マリアビートル

疾风号

〔日〕伊坂幸太郎　著
代珂　译

南海出版公司

新经典文化股份有限公司
www.readinglife.com
出　品

疾风号

木村

东京站人头攒动。许久未曾来过的木村雄一并不知道这嘈杂的景象是否正常，要是说今天有什么特别的活动倒还可以接受。络绎往来的乘客令木村不知所措，他想起了跟涉一起在电视上看到的企鹅群，也是密密麻麻的。可是，企鹅的拥挤还可以理解——因为它们冷嘛。

木村绕过人流，挨着土特产店和报刊亭快速前进。他走上一小段台阶，穿过新干线的检票口。通过自动检票机的时候，他有些担心贴身口袋里的自动手枪会被查出来，然后检票机的门啪地关上，自己立即被突然出现的警备队押走。他有些恐慌，但那样的事并未发生。木村站在电子显示屏前面，抬头看着时刻表，确认“疾风号”的发车站台。他看见一个身着制服、担任警备工作的警察，但对方并未过来盘问。

一个背着双肩包、看上去像小学生的少年从身边走了过去。木村想起了涉，心揪了起来，脑海里浮现出失去意识、躺在医院病床上的涉那稚嫩又毫无表情的脸。“都成这样了，这张脸看上去却还是那么懂事听话，这孩子真是太可怜了。”木村的母亲流着泪说道，她的话再次令木村心如刀割。

不可饶恕！木村觉得身体深处的岩浆已经沸腾。那个将六岁孩子从商场楼顶推下来的罪魁祸首，居然还悠然自得地活着，这简直令人难以置信。木村觉得连呼吸都变得痛苦起来，不是因为悲伤，而是愤怒。他迈着稳健的步子朝手扶电梯走去。酒已经戒掉了，木村走得很直，他的手也不再发抖，左手还拿着印有“东京特产”字样的纸袋。

“疾风号”已经在站台等候发车。木村心里着急，脚步更快了。他从三号车厢前方的车门上了车。根据从前一起做事的朋友提供的情报，目标的座位在七号车厢第五排，是个三人座。安全起见，木村决定从前方车厢上车，慎重地接近目标，充分观察清楚情况后再慢慢走近。

木村一脚踏进车厢的连接处。左边是盥洗池，他在镜子面前停住脚步，拉上背后用来遮挡的门帘，看着镜子中的自己。头发长了，眼角可以看见细小的脂肪粒般的东西，胡子稀稀拉拉，脸上的茸毛也很显眼。这毫无生气的脸，自己看着都觉得可悲。他开始洗手，直到水自动停止都在认真地搓洗。手指在颤抖。不是因为酒，而是因为紧张吧，他告诉自己。

自从涉出生之后，他就再也没有用过枪了，顶多在搬家或整理行李的时候摸一摸。这枪没扔掉真是太好了，他打心眼里这样感慨。如果想让自以为是的对手感到恐惧，让不知天高地厚的小无赖明白处境的差别，枪是最有效的。

镜子中的脸突然扭曲了。镜面出现了裂痕，变得凹凸不平，还变形了。“过去是过去。你现在真的还开得了枪？”镜子说，“现在你只是个酒鬼，连自己的儿子都保护不了。”

“酒已经戒掉了。”“儿子还在医院。”“我要让那小子痛苦。”“能原谅吗？”一连串毫无逻辑可言的话涌现出来，木村脑海里那些情感的水泡开始破裂。

从黑色外套的口袋里掏出枪，木村又从手里的纸袋中抽出一个圆筒状器具，是消声器，旋转着装到枪头。虽然不可能完全消除枪声，但装到这点二二口径的小手枪上，可以将音量削弱到比玩具枪还小，只有轻微的咔嚓声而已。

木村对着镜子点了一下头，将枪收进纸袋，走了出去。外面是正在准备小推车的女售货员，木村差点就撞了上去。“真碍事！”他嘴里骂着，眼角瞟见推车里摆着的罐装啤酒，立刻慌忙逃开。“哪怕只是喝一小口都会完蛋。你给我记住了。”父亲曾经这样对他说过，“酒精依赖没法治。哪怕喝一口，它就复活了。”

进入四号车厢，顺着过道向前走过自动门。坐在门边左侧的一个男人正变换着跷腿的姿势，木村这时正好挤了过去。枪装了消声器后变得更长，虽然是放在纸袋里，可还是碰到了对方。木村小心翼翼地将袋子拎到身前。由于突如其来的紧张，木村一下子激动起来，心头涌上一股使用暴力的冲动。一转身，只见一个戴着黑框眼镜的男人正微微低下头致歉：“对不起。”木村强压住怒火，咂了下嘴，继续朝前走去。而那个人却开口说：“啊，纸袋破了。没关系吗？”木村停下脚步看了看，装手枪的纸袋确实破了一个口，但还没到需要特别留意的程度。“少废话。”他丢下这句话继续前进。

走过四号车厢后，木村并未放慢脚步，他就这样一口气穿过了五号和六号车厢。

“哎，为什么新干线的一号车厢是在后面呢？”木村想起涉曾经这样问过自己。当然了，那时涉还没失去意识。

“离东京较近的那头就是一号车厢哦。”回答的是木村的母亲。

“爸爸，什么意思？”

“从离东京近的那头开始，依次是一号车厢、二号车厢。所以，回奶奶家的时候一号车厢在最后面，可是去东京的时候就在最前面啦。”

“往东京开的新干线，从方向上来讲也是上行，总之不管什么都围着东京转。”木村的父亲说道。

“那爷爷和奶奶每次都是特意上到东京来咯。”

“还不是因为想来看你嘛。就算爬坡爬得气喘吁吁，也要上来啊。”

“新干线自己会爬。”

爷爷看着孩子身后的木村，一边点头一边说道：“涉真可爱啊，简直不像是你的孩子。”

“我可是经常被问到，说真想看看你亲生父亲长什么样子。”

爷爷和奶奶并不理会木村的冷笑话，只喜不自禁地互相看着对方道：“原来这就是隔代遗传啊。”

进到七号车厢了。中间是过道，左边是两人座，右边是三人座，所有座位都朝同一个方向排列。木村将手伸进纸袋抓住枪。第一排，第二排，他一边在心里数着一边大踏步前进。

空位出乎意料地多，乘客寥寥无几。第五排座位的靠窗位置可以看到一个少年的后脑勺。白领衬衫、西装校服的少年看上去身板笔直，完全是一副优等生的样子。他身体靠在窗边，正出神地盯着窗外，像是在打量进站的新干线列车。

木村慢慢地靠近。走到前一排的时候，虽然只是一瞬间，但心里还是冒出了疑问：这个看上去还天真稚气的孩子，真的会心怀恶意吗？从那小小的肩膀和优雅的背影来看，完全只是一副享受着独自一人乘坐新干线旅行的初中生模样。木村那紧系着的、装满紧张和决心的口袋似乎微微松开了。

突然，一朵巨大的火花在眼前绽放。

新干线的电力系统出故障了——这是木村最初的想法，但并非如此。他体内的神经信号在一瞬间短路，视野也随之变得昏暗。面朝窗口的少年迅速转身，将手里藏着的一个小型器械抵住木村的大腿。那东西差不多电视遥控器大小，是那些初中生用的自制电击棒。等木村意识到时，只觉毛发倒竖，身体麻痹。再睁开眼时，他已坐在靠窗的座位，两只手被绑到身体前方，双脚也是一样。用来捆绑的是厚实的布带，最外面还用胶带做了固定。手臂和腿的关节都还能弯曲，但身体无法动弹。

“叔叔，你真笨啊。这么听话，完全按照我的计划行动，真让人吃惊，就算是电脑程序恐怕都没法这么听话吧。我早就知道你要来，也知道你以前做的是非法行当。”挨着自己坐在左边的少年平静地说道。他双眼皮，鼻梁挺直，看上去像个小女生。

这个少年为了取乐，将木村的儿子从商场的楼顶上推了下去，虽然只是个初中生，却带着似乎经历过数次人生轮回的满满自信。“之前也跟叔叔说过吧，为什么一切都这么顺风顺水呢？人生真是简单啊。”他说，“对不起啦，害得你连最爱的酒都不敢喝，一直努力到现在。”

水果

“伤口没事吧？”蜜柑在靠过道的位置坐下，问窗边的柠檬。他们坐在新干线三号车厢，第十排的三人座上。

“为什么五〇〇系列停用了呢？我还挺喜欢那绿色车身的。”柠檬看着窗外小声嘀咕道，然后又忽然回过了神似的皱了皱眉头道：“什么伤口？”不知道是没睡好还是刻意设计过，他那头偏长的头发看上去就像狮子的鬃毛。单眼皮、嘴角桀骜地上扬的柠檬，却是一做事就犯懒、不管干什么都嫌麻烦的性格。

他是先有了那样的性格，还是先有了那样的外表呢？蜜柑呆呆地想。“柠檬，昨天你不是被刀子伤到了吗？就是脸颊上那道伤口。”蜜柑指着他的脸。

“我怎么会受伤呢？”

“当然是为了救这位大少爷。”蜜柑指着坐在他们中间的一名男子。那人缩着肩膀，是个二十五岁的长发青年，正来回看着蜜柑和柠檬。比起昨天晚上被救的时候，他的脸色已经好很多了。当时他全身被绑，还被严刑拷打过，身体不住地颤抖。这才刚过一天，他的情绪便基本稳定了下来，可见是个完全没思想的家伙，蜜柑想。只是活着却从不想象的人大都这样，内心空洞，色调单一，所以转变得也很快，只要渡过了难关就会立即遗忘，从不顾及他人的感情。明明这样的人才更应该去读小说，可恐怕他们早已错失了机会。

蜜柑看了看手表。现在是早晨九点，那么救出这个年轻人已经是九个小时之前的事情了。东京市内藤泽金刚站附近，某栋楼地下三层的一个房间，这个大少爷——峰岸良夫唯一的儿子此前就是被囚禁在那里，而蜜柑二人昨天晚上硬闯进去将其救了出来。

“我怎么可能会蠢到让别人用刀子在我脸上留下伤口？少在那儿胡说八道。”柠檬跟蜜柑一样，有着将近一米八的身高。大概是二人瘦削的身形颇为相像的原因，他们时常被误认为双胞胎，或者至少也是被认作兄弟。于是，常有人称他们是双胞胎杀手或兄弟杀手。每当这种时候，蜜柑都非常生气，强调说别把我们混作一谈。自己怎么会被跟这么一个冲动、轻率的人归为兄弟呢？他实在无话可说。当然，柠檬肯定是没放在心上。可他那毫不讲究的粗糙性格，蜜柑却不喜欢。曾经有个职业中介说：“蜜柑很好相处，柠檬却很麻烦。水果不也一样嘛，柠檬太酸，根本没法吃。”这话说得真是太对了，蜜柑想。

“那你倒是说说看，你脸上的伤是怎么回事？现在你脸上还有一道红线呢。而且我可是听得清清楚楚，你被对方的小混混刺到后，还惨叫了一声。”

“那点小事我怎么可能害怕！就算我真的叫了，那也是因为对手没用，令我太意外了。‘哇，怎么会这么弱？’而且我脸上的红线也不是刀伤，只是普通的湿疹而已。我对有些东西过敏。”

“有长得那么像刀伤的湿疹吗？”

"湿疹难不成是你发明的？"

"什么跟什么啊！"蜜柑的脸色有些难看。

"这世上的湿疹，还有皮肤过敏什么的，是你发明的吗？不是吧？你是哪门子评论家啊？难道想要否定我这二十八年来的过敏人生吗？你根本就不了解湿疹。"

"我没有否定你的人生，湿疹也不是我发明的，但你脸上的不是湿疹。"

总是这样。柠檬总是这样，推卸责任，死要面子，满口胡言。除非蜜柑表示认可，或者是干脆不理他，否则他就说个没完。"那个……"坐在蜜柑和柠檬中间的年轻人——峰岸家大少爷胆怯地轻声说道，"嗯，那个……"

"什么？"蜜柑说。

"什么？"柠檬也说。

"那个，你们二位……嗯，叫什么名字来着？"

昨晚蜜柑和柠檬闯进去的时候，大少爷被绑在椅子上，已经奄奄一息。蜜柑和柠檬把他弄醒抬出去的时候，他也只是一个劲地道歉，连句像样的话都不会说了。说起来，我们几乎还没对他解释过任何事情，蜜柑想。

"我是杜嘉，那个是班纳。①"蜜柑随口说道。

"不。我是唐诺，那家伙是道格拉斯。"柠檬一边点头一边说。

"什么玩意儿啊？"蜜柑问道，其实他明白，那恐怕又是小火车托马斯的朋友们的名字。柠檬不管说什么，都会扯到那个话题上去。那好像是一个用火车模型拍摄的、面向孩子的电视节目②，颇具

---

①杜嘉班纳，知名意大利服饰品牌，品牌名称来自两个创办人的姓氏。

②指英国导演大卫·米顿执导的知名动画节目《托马斯和他的朋友们》。

人气和历史，柠檬非常喜欢，他打比方的时候总会借用里面的故事，仿佛他的人生教训和喜悦全是从那里学来的。

“蜜柑，以前不是告诉过你嘛。唐诺和道格拉斯是一对黑色的双胞胎火车，说话很有礼貌。‘哎呀哎呀，这不是亨利嘛’——基本都是这种语气，很讨人喜欢，是不是听了就让人心动？”

“没觉得。”

柠檬将手伸到上衣口袋里摸索了一阵，掏出一张便笺大小、泛着光泽的纸质印刷品。“你看，这就是唐诺。”他伸手指着说道。好像是托马斯小火车的贴纸，上面印着火车的图案，是一列黑色车体的火车。“蜜柑啊，不管教你几次，你都记不住名字。你根本就没打算要记吧？”

“对。”

“真是个无聊的人。这个给你，这次要把名字记住啊。你看这张，从这边的托马斯开始到奥利佛，大家都按顺序排着呢。狄塞尔也在。”柠檬一一指着道出名字。

“知道啦！你赶紧给我闭嘴！”蜜柑将贴纸推回去。

“那个，你们的名字到底是……”

“芥川龙之介和梶井基次郎。[①]”蜜柑接着他的话说道。

“比尔和班，还有艾瑞和伯特，他们都是双胞胎。[②]”

“我们不是双胞胎。”

“那，唐诺先生你们，”峰岸的儿子一脸认真地说，“你们是我爸爸找来救我的吗？”

---

①芥川龙之介和梶井基次郎均为影响深远的日本作家，《蜜柑》和《柠檬》分别为两人的代表作。

②均为《托马斯和他的朋友们》中的小火车。

窗边的柠檬兴趣索然地挠着耳朵说道："啊，是啊。不过，真要我说的话，你爸爸这个人也太可怕了。"蜜柑也表示同意。"是啊，太可怕了。"

"你这个当儿子的会怕他吗？还是说他不擅长对付孩子，对你其实很宠爱？"蜜柑伸出指头戳着，虽然只是指尖的轻微触碰，可大少爷还是惊慌地抖了一下。"啊，他在我面前倒是没那么可怕。"

蜜柑苦笑。他好不容易习惯了座椅上散发出的特殊气味。"你爸爸当初在东京的事，你知道吗？关于他的各种传闻简直堆积如山。据说他放高利贷的时候，对方只是比约定的时间晚了五分钟，他就剁掉了那个女人的手，这事你听说过吗？不是手指，是手哦。也不是五个小时，是五分钟。而那只手……"他说到这里才意识到，这可不是什么能在新干线上大肆谈论的内容，于是便省略了。

"啊，我听说过。"大少爷带着一副愧疚的表情小声回答道，"没记错的话，最后应该是放进了微波炉。"说得就像是在回忆父亲亲手做饭时的场景一样。

"那么，那个你知道吗？"柠檬伸出食指，身体前倾，"把不还钱的人的儿子找来，让父子俩面对面站着，给每人一把刀……"

"啊，那个我也知道。"

"你知道啊。"蜜柑有些意外。

"不过你爸爸很聪明，做事也果断。有人碍事就说'杀掉就行了'，遇到麻烦就是'不做就行了'。"柠檬面向窗外，看着旁边启动的新干线，"不久之前东京还有个姓寺原的，那家伙也疯狂地赚了很多钱呢。"

"是一家叫'千金'的公司吧。我知道，以前听说过。"

大少爷渐渐精神了起来，蜜柑觉得他的态度像是要越来越傲慢，心里有些不开心。年轻人的成长故事在小说里看看可能还会让人愉悦，现实里连听都不想听，只会惹来一肚子气而已。

“那个千金被击垮了，大概六七年前吧。寺原父子惨死，公司也散了。所以，你爸爸应该是凭直觉意识到有危险，立刻就退到盛冈去了。真聪明啊！”柠檬说。

“那个，真是非常感谢你们。”

“为什么要谢？我又不是在夸你爸爸。”柠檬不舍地注视着渐行渐远的白色新干线列车。

“不是。我是谢谢你们救了我。当时以为自己要完蛋了，被绑作一团，对方竟然有三十个多人，而且还是在地下。我那时候觉得，就算我爸爸准备了赎金送过来，那些家伙最后还是会把我给杀了。他们似乎非常恨我爸爸。我都以为我的人生要结束了。”

大少爷好像越来越能说了，蜜柑板起了脸。“你还挺明白。”他说道，“首先，有很多人恨你爸爸。不光是那些人，干脆说，不讨厌你爸爸的人估计比长生不老的人还罕见。其次，跟你猜的一样，那些家伙一旦拿到赎金，就会立刻杀掉你。这也是肯定的。你的人生的确差一点就玩完了。”

蜜柑和柠檬接受身在盛冈的峰岸委托，负责押运赎金。“把赎金送到绑架的那帮人那里，然后把我儿子救出来。”峰岸的话讲得简单，他们做起来却是难上加难。

“你爸爸也够烦的。”柠檬小声嘀咕着，掰起了手指，“救儿子，带回赎金，把那伙人全部杀掉。我说，理想没法全部实现的。”

峰岸排出了先后顺序。儿子的命是第一位，赎金是第二位，杀掉所有人是第三位。

“可是，唐诺先生你们全都做到了。真厉害！”大少爷两眼放光。

“喂，柠檬，箱子怎么样了？”蜜柑忽然想了起来。装赎金的箱子是由柠檬拿着的，那是一个带滚轮的结实的行李箱，尺寸如果用来去国外旅行可能稍微让人有些不放心，但也不算小。蜜柑在行李架上和座位四周都没有见到箱子。

“啊，问得好。”柠檬猛地转过身，将脚架到前方的椅背上，得意扬扬地说道。他拍了拍自己的口袋。“箱子放在这儿了。”

“那儿？口袋里可装不下箱子。”

柠檬笑了笑。“骗你的，口袋里只有一张小纸片。”他掏出一张名片大小的纸片晃动着。

“这是什么啊？”大少爷凑过脸来。

“是之前去的那家超市的摇奖券，每个月有固定的日子可以去摇奖。一等奖，你看，是旅游代金券！也不是什么规则严密的活动，没有时间限制，想什么时候去抽都可以。”

“能给我吗？”

“才不给你呢。你也用不上旅行代金券，让你爸爸给你买就行了。”

“喂，柠檬，摇奖的事我不管，你先告诉我箱子在哪儿。”一丝不祥的预感飘过，蜜柑的语气有些咄咄逼人。

柠檬夸张地扬起头。“听好了，你对铁路不熟悉我就教你一次，新干线的车厢跟车厢之间，如今都有大件行李存放处。出国旅行用的大箱子啊，滑雪用具啊，这些东西都放得下。”

蜜柑一时间不知该说什么才好。为了让充血的大脑冷静下来，他下意识用手肘砸向旁边大少爷的手臂。一声痛苦的呻吟响起。“你干什么呢！”蜜柑不管喘着粗气对自己说话的大少爷，压低声音说道：“柠檬，你爸妈没教过你吗？贵重行李要随身携带。”

柠檬看上去也很生气。“你那是什么口气！你看看，那箱子这里能放下吗？三个大男人并排坐着的地方，要怎么再塞个箱子进来？”他抱怨道，唾沫星子接二连三地溅到旁边的大少爷身上，“只能暂时放到别的地方。”

“放到这上面的行李架上不就行了？”

“你不拿箱子不知道，那玩意儿很重。”

“不，我拿过，也没多重。”

“像我们这样一看就不是什么好人的家伙身边如果再摆个行李箱，旁人一看就会说‘啊，那里面应该是装了什么值钱的东西呢’，到时候就暴露了，很危险。”

“暴露不了。”

“会暴露。而且，蜜柑，我爸妈你也知道，我还上幼儿园的时候他们就出事故死了，几乎什么都没教给我。要说教也只教了一件事，就是绝对不要把行李箱放到座位上方。”

“少胡扯！”

裤子口袋里的手机有来电了，呜呜地振动着，刺激着皮肤。蜜柑掏出手机，看了一下来电号码，脸色不觉难看起来。“是你爸爸。”他对大少爷说。从座位上站起来，蜜柑准备往车厢连接处走。这时新干线发车了。

车厢门自动打开，蜜柑来到后方的车厢连接处按下接听键，将手机放到耳边。峰岸良夫的声音响起。“怎么样？”声音很平静，却很有质感。蜜柑走到窗边，眼睛追逐着窗外的景色，答道：“现在新干线刚好发车。”

“我儿子没事吧？”

"要是有事，我们现在就不会坐在新干线上了。"

接下来，峰岸良夫又一一确认：赎金带回来了吗？凶手都怎么样了？列车行驶的声音更大了，要听清对方说话变得十分困难。蜜柑说明了当前的情况。

"把我儿子平安带回来后，你们的工作就结束了。"

你不是在别墅里悠闲得很嘛，真的有在担心你儿子吗？蜜柑真想这样对他说。

电话挂断了。蜜柑再次走进三号车厢准备回到座位上的时候，柠檬突然出现在眼前，吓了他一跳。跟一个和自己差不多高的男人面对面站着有种奇妙的感觉，像是在看着一面镜子。而这面镜子里的另一个自己还是个性格比自己粗糙、行为比自己的莽撞的男人，这让蜜柑觉得，此刻出现在眼前的柠檬简直就是自己身体里邪恶面的化身。

柠檬带着他那与生俱来的浮躁说道："蜜柑，这下麻烦了。"

"什么麻烦了？你自己的麻烦可别扯上我。"

"跟你也有关系。"

"怎么了？"

"你刚才不是说，装了钱的箱子要放到座位上方的行李架上。"

"没错。"

"我有些在意，所以就跑去拿了。去了车厢另一头的大件行李存放处。"

"很听话啊。然后呢？"

"行李箱不见了。"

蜜柑跟柠檬一起穿过三号车厢，来到另一头的车厢连接处。厕所和盥洗池旁边就是大件行李存放处，一共有两层，上面一层放了一个大行李箱，但不是峰岸用来装赎金的那个。旁边是一个台子，以前应该是用来放公用电话的，现在电话已经拆除了。

“你确定放在这儿了？”蜜柑指着大行李箱下面那一层空出来的地方。

“嗯，就是这儿。”

“那去哪儿了？”

“是不是上厕所去了？”

“行李箱？”

“对啊。”也不知道柠檬是怎么想的，竟然真跑去看了看男厕所，然后又粗暴地打开单人厕所的门。“在哪儿啊？在哪儿解小便呢？出来！”他的声音里还带着惊慌。

会不会有人拿错了？蜜柑想，随即又觉得不会。他发现心跳开始加快。自己不安了，而这一事实又让他更加不安。

“蜜柑，现在这情况，如果用三个字来形容，你知道是哪三个字吗？”柠檬的脸抽搐着。

就在这个时候，售货的小推车过来了。年轻女售货员很识相地在面前停下，可是对话内容如果让她听到也不好办，于是二人让她先过去了。随后蜜柑说道：“三个字啊。是‘不得了’？”

“是‘麻烦了’。”

“总之应该先回三号车厢，冷静下来想一想。”蜜柑提议。柠檬跟在他后面。“喂，你有没有听到啊。还有其他什么三个字的话吗？”也不知道他是太过混乱还是太过放松，语气里竟然连哪怕一丁点的紧迫感都没有。

蜜柑装作没听见，穿过了车厢的过道。车内很空。可能因为是工作日的上午，并且时间还早，座位只坐了大约四成。不知道正常的客流量是什么情况，但感觉这也太少了。他们行走的方向跟列车前进的方向相反，所以可以迎面看到坐着的乘客。双臂环抱的、闭着眼的、看报纸的，看上去都像是上班族。蜜柑打量着每个座位的下面以及上方的行李架，检查有没有黑色的小行李箱。

峰岸大少爷大概在车厢正中间附近的位置。他嘴巴大张着，靠在椅背上，身子稍稍有些朝窗户那边倾斜，闭着眼睛。两天前被绑架后就一直被囚禁，又在大半夜被救出来，一直到现在都没睡过觉，也该困了吧——蜜柑当然不会这么想。他只感到一阵惊悚，心脏几乎要蹦出来。竟然来了这么一手！他既意外又紧张，立刻回到座位上，伸手摸向大少爷的脖子。

“出了这么大的事，你竟然还在睡觉，我的大少爷。”柠檬走过来站住。

“柠檬，还有更大的事呢。”蜜柑说。

“什么啊？”

“大少爷死了。”

“你骗人吧？”柠檬愣了一会儿，又说道，“这下麻烦大了。”他掰起手指数了数，六个字。

瓢虫

有第一次就会有第二次，有第二次就会有第三次，那么有了第三次肯定会有第四次，发生过一次的事情会永远持续下去，就跟推倒多米诺骨牌一样。是不是应该这样说呢？七尾思考着。五年前第一次做事时遇到了意想不到的大麻烦，或许那个时候就不应该想当然地觉得“有第一次是否就会有第二次呢”，结果第二次的工作又被卷进了灾难，理所当然地，第三次也同样被预期之外的变故玩弄于股掌之间。

“你是不是想太多啦？”真莉亚以前曾这样对自己说过。真莉亚自称是窗口接待员一样的角色，负责接受委托然后将工作交给七尾去做，可在七尾看来完全不是那么回事。“你做菜，我负责吃”或者“你发令，我照办”，这些话总是出现在七尾的脑海里。“你也来做事怎么样？”不记得是什么时候了，七尾曾经这样向真莉亚提议。

“不是一直在做事吗？”

“我是说实际操作，类似执行部队这样的。”

如果要打个比方，就像是天才球员在场外拼命指挥，咬牙切齿地对着场上不知所措的业余球员大吼："怎么就不能好好踢呢！"现在的状况也是这样，明明你是天才球员而我只是个业余球员，既然如此，天才球员直接上场比赛不是更有效吗？七尾这样对她说。这样双方都不会有太大压力，而且也会出成果。

"你说什么呢，我可是个女人！"

"可是你如果用最擅长的中国拳法，一次可以打倒三个男人，或许比我更可靠吧。"

"不是这个问题。女人如果脸受伤了可怎么办啊。"

"都什么年代了，现在都提倡男女平等。"

"你这是性骚扰。"

对话完全无法进行，七尾放弃了。无论如何，"真莉亚做出指示，七尾负责行动""天才当教练，外行当选手"的分配方法，实际运作起来确实有些困难。

这次的工作，真莉亚也像平常一样断定道："简简单单，一会儿就结束了。这次一定没有问题。"每次都是这么说，七尾已经没有力气反驳了。"不，我觉得肯定又会出事。"

"你还真是消极。简直跟整天躲在家里嚷嚷着'地震啦，地震啦'的寄居蟹一样。"

"寄居蟹是那样的吗？"

"如果不是那样，它干吗每天都背着自己的房子到处跑？"

"难道不是因为不想交固定资产税吗？"

真莉亚没理会这不知所云的回答。"反正，我们做的很多工作本来就既危险又麻烦，就算每次被卷到麻烦里也没什么大不了的。麻烦也是工作的一部分啦。"

“才不是这样。”七尾斩钉截铁地回答。“不、是、这、样！”他异常明确地否定道。这是唯一一件他不想被人误解的事。“你听着，至今为止我所碰到的麻烦，完全不是你所说的那种。之前有一次去高层酒店拍摄政客偷情的照片，你那时候也说，简简单单，一会儿就结束了。”

“本来不就是简简单单嘛。只是去拍个照而已哦。”

“前提是那个酒店没有发生连环枪击案。”

大厅里，一个身着西装的男人忽然开始胡乱开枪射击。事后查明，那个男人是一名颇有才干的官员，或许是被日常工作的积郁所逼，他选择了射杀酒店里的客人，然后在里面顽强抵抗。那是一桩跟七尾的工作完全没有关系的纯粹偶发事件。

“那时候你不是很出风头嘛。你救了几个人来着？凶手的脖子也让你给拧断了。”

“我当时可是拼命了。还有一次，是要求去快餐店点一份那里新出的菜品，然后当场说‘太好吃啦，好吃到爆啦’，做出夸张吃惊的反应给周围的人看。”

“怎么了？难道不好吃吗？”

“好吃啊。只不过吃完之后那家店真的爆炸了。”

那是一个被解雇的店员干的。虽然当时人比较少没有人死亡，可是店里因此发生了火灾，浓烟滚滚。七尾只得拼死将客人带到店外。而且，店里还藏了一个黑道上有名的人物，有一个带着狙击枪的职业杀手在外面等着，结果又是一场骚乱。

“你那么了不起，最后不是找到了狙击手的位置，还把人家揍了一顿嘛。那次也是大出风头啦。”

“那次的工作之前你也断定‘简简单单’。”

"难道你觉得买个汉堡来吃的工作很困难吗？"

"最近那回的工作也一样。'只要把钱藏到快餐店的餐盘里就行了。'你是这么说的。可结果呢？袜子全湿了，还差点吃了个全是芥末酱的汉堡。这世上根本就不存在什么简单的工作，想得太乐观很危险。而且，这次你连工作内容都没有好好跟我讲清楚。"

"你没听我给你的指示吗？抢一个什么人的行李箱，然后下车。就这样而已。"

"谁的行李箱、放在什么位置，这些全都不知道。'先去坐新干线，详细情况回头再告诉你'，这样的工作一听就不可能简单。而且，你是要我在上野下车吧？那不就是一眨眼的事嘛。时间太紧了。"

"你不能换个思路吗？越是困难的工作才越要提前给出指示，必须反复讨论、联系，还得制定失败后的对策；那反过来想，如果一直到开始之前都没什么指示，这就说明工作的内容很简单。比如说，如果有个工作，要你从现在开始吹三口气，你觉得怎么样？需要提前给你什么情报吗？"

"从来没听过你这种歪理，我也不想听。总之这肯定不是什么简单的工作，这世上就没有所谓单纯又简单的工作。"

"有啊，简单的工作要多少有多少。"

"你倒是说个看看。"

"比如现在，我正在做的工作。只负责中介就很简单。"

"我想也是。"

东京站新干线站台，就像早就计算好了似的，七尾刚把有来电的手机放到耳朵边，站内的广播也响了。"二十号线，盛冈方向的'小町号'列车就要……"一个男人的声音在回荡，电话那端正在说话的真莉亚的声音怎么也听不清楚。

“喂，你在听吗？听得见吗？”

“小町号来了。”

广播的声音席卷了整个站台。手机像是被一张无形的网罩住，七尾甚至觉得连信号都被干扰了。秋天的风很舒畅，天空中只零散地点缀了几朵云，呈现出一片清澈的淡蓝。

“等关于行李箱的指示来了之后我再联络你，估计也就是发车后不久吧。”

“电话还是短信？”

“应该是电话。反正你盯紧自己的手机就行。这点事总能做好吧？”

新干线列车细长的车头缓慢而流畅地出现在眼前，修长洁白的车体驶进站台，减速，停止。车门打开，有乘客下来，站台上瞬间挤满了人。人群填满了整个站台，就像水流冲刷着地面，试图浸湿每一寸干燥。原本整齐的队列一点点地开始崩溃，人群顺着台阶慢慢下沉，而狂潮之后残余的人们虽然没有任何交流，又已开始无言地重新组织队形。没有任何明确的指示，一切却在控制之中——真是个不可思议的体制，七尾想，而他自己也是其中一员。

原本以为马上就可以上车，可接下来似乎是车内清扫时间，车门暂时关闭了。他这才反应过来，根本不需要那么匆忙就挂断真莉亚的电话嘛。

“为什么不是绿色车厢[1]？”身边有人说话。七尾顺着声音看了过去，一个浓妆艳抹的女人和一个矮个子男人就站在旁边。男人拎

---

①新干线列车的头等车厢，车体上印有绿色四叶草标志。

着纸袋，圆圆的脸上留着胡须，让人联想到玩具里那个躲在桶里让人用剑去插的家伙。女人则穿着鲜艳的绿色无袖衫，展示着魄力十足的胳膊，短裙已经短到了极限，整个大腿都露在外面，七尾选择了移开视线。他感到一种不必要的尴尬，伸手推了推黑色的眼镜镜框。

“绿色车厢肯定不行吧。”男人挠着头，将车票递给女人，“可是你看啊，二号车厢的第二排，不是刚好跟你的生日一样嘛，二月二日。”

“你说什么呢！连生日都搞错了。而且我就是为了坐绿色车厢，才穿了一身绿衣服。”体格健壮的女人叫嚷着，咚的一下用力捶在男人的肩膀上。男人手中的纸袋应声翻倒在地，里面的东西都掉了出来。红色外套、黑色连衣裙，这些东西如同小型雪崩一般顺势而出，夹杂其中的还有一个黑乎乎、毛茸茸、像小动物一样的东西。七尾不禁愣了一下。那东西看上去像一个诡异的生物，七尾身上鸡皮疙瘩都起来了。

男人不情愿地将那东西捡了起来。原来是假发，像是那种用来装饰的时尚假发。再定睛一看，才发现无袖衫女人其实并不是女人，而是异装的男人，有喉结，肩膀也很宽。七尾可以接受那粗壮的胳膊，但对于那短裙的长度还是抱有抵触。“我说，这位小哥，你别这么赤裸裸地盯着我看，行吗？”

七尾意识到这话是冲自己说的，连忙挺直了腰板。

“兄弟，谁让你盯着看的？”留着胡子的可爱圆脸男人稍稍往前踏了一步，“想要这衣服吗？一万块卖给你。好了，快拿钱。”他说着捡起一件掉在地上的衣服。

一千我都不要，七尾正打算回答，可一想如果这样肯定又要纠缠不清，于是闭上了嘴。看吧，果然不走运啊。他心里想。

男人得寸进尺。“喂，身上没钱吗？还是说你给我跳下去？”他像在恐吓初中生似的半开着玩笑。“还戴黑框眼镜，应该是个知识分子吧。”他调侃道。

七尾快速离开了现场。他考虑着工作的事情。要做的事情很简单，拿走那个行李箱，然后在下一站立马下车。没问题，什么都不会发生，肯定不会有其他附赠的事件。现在已经被这两人纠缠过了，卷进了这样的不幸之后，倒霉的事就结束了，就跟预先付款一个道理。他自我安慰着。

“让您久等了……”车站里再次响起广播。虽然只是例行公事，可这样的通知还是让等得不耐烦的乘客们心情得到了一丝缓和。至少七尾就是这样，他虽然没有等太长时间，可还是松了口气。“业务联络”“二十号”“请开车门”，一连串的语句之后，车门如同被施了咒语般自动打开了。

看了看车票上的座位，四号车第一排 D 座。七尾记了下来。“你或许不知道，疾风号所有位置都是对号入座的。所以，不管你是不是马上要下车，都得事先订个座位。”他想起真莉亚将车票交给自己时说过的话。“为了让你行动方便，给你选了个靠车厢门的位置。”

“那个行李箱里到底装了什么？”

“不知道，不过肯定不是什么大不了的东西啦。”

“肯定是什么意思？你不知道里面是什么？”

“那谁知道。要是问了，被委托人骂怎么办？”

“你没想过里面可能是危险的东西？”

“危险的东西是指哪些东西呢？”

“尸体啊，巨款啊，非法药物啊，大量的昆虫啊。”

“大量的昆虫很恐怖啊。太恶心啦。”

“其他三种也很恐怖。总之里面肯定是什么可疑的货物吧？”

“反正是不能光明正大地说出口的东西。”

“那不就是危险的东西吗？”七尾有些生气地说道。

“不管里面的东西危不危险，只是搬运的话还是安全的。”

“这是哪门子逻辑。不然你代替我来做好了。”

“我才不要呢。这么危险的工作。”

七尾来到四号车厢的最后一排坐了下来。一眼望去，车内的空位还有很多。他等待着新干线发车，眼睛盯着捏在手里的电话。真莉亚还没有来电话。一旦发车一眨眼就会到上野站，抢走行李箱的时间很有限。来不来得及呢？他有些担心。

自动门伴随着鼻息般的声音打开了。有人上车。七尾正想着，原本打算换个姿势的腿就碰到了那人手上的纸袋。那男人眼神凶狠地盯着自己，胡子看上去好久没剃过，脸上气色很差，眼睛四周透着微微的黑，一副不健康的样子。“对不起。”七尾立刻道歉。严格来讲，其实撞过来的是那个男人，本不该七尾率先道歉，可七尾并不介意。比起纠缠不清来，只要能尽可能地避免麻烦，自己道多少次歉都无所谓。男人一脸不快地继续往前走了。就在这时，七尾发现那人的纸袋破了一个小洞。可能是刚才自己撞到时弄破的吧。“啊，纸袋破了。没关系吗？”

“少废话。”男人丢下这句就走了。

七尾想再确认一下车票，于是摘下了系在腰上的小皮包打开来看。除了车票，里面还有各种各样的东西：圆珠笔、便笺纸、小铁钉、打火机、药丸、手表、指南针、强力 U 形磁铁，还有高黏性胶带，一股脑地塞在里头。没有闹钟，但有三个带闹铃功能的电子表，因为闹铃的功用出乎意料地多。这些东西在厨房或便利店都可以轻易搞到手，真莉亚曾调侃这是“平民的七道具[1]”。为了能简单地处理皮肤烫伤或其他一些轻伤，七尾还准备了用于涂抹的消炎药和止血药膏。一个被命运抛弃的男人，绝不能打无准备之仗，所以七尾的各种道具一应俱全。

七尾拿出插在腰包外面袋子里的写有座位信息的新干线车票。看到上面印的字还在，他松了一口气。票是从东京到盛冈的。为什么要买到盛冈呢？正这么想着，手机响了，七尾立刻接通。真莉亚的声音传来：“知道位置啦。放在三号车厢和四号车厢之间的大件行李存放处，是个黑色行李箱，把手附近好像还贴了贴纸什么的。箱子的主人坐在三号车厢，所以你拿到箱子之后记得离三号车厢远一点，然后赶紧下车。”

“明白。”七尾回答后又问道，“我才发现，你不是要我在上野下车吗，为什么车票却是到盛冈的？”

“也没什么特别的意思啦。这种时候车票买到终点站是铁定的吧，毕竟谁也不知道会发生什么啊。”

“喂！”七尾稍微抬高了音量，“原来你也觉得可能会发生什么事啊！”

“常识而已，别那么紧张嘛。你有没有好好地在微笑啊？微笑之门的背后是幸福哦。”

“一个人在这儿傻笑也太可疑了！”七尾应道，随即挂断了电话。不知什么时候，新干线已经发车。

---

①该名称或来自卡牌游戏《游戏王》中的陷阱卡“盗贼的七道具”。

七尾从座位上站起，走过身后的门，来到车厢连接处。到上野站只要五分钟，时间很紧。好在大件行李存放处很好找，塞在里面的黑色行李箱也不难发现。箱子并不是很大，带滚轮，箱体是什么材料不清楚，但很坚硬。七尾看到了贴在把手旁边的贴纸。他将箱子拉出来，尽量不发出任何声音。“是个简单的工作吧。”真莉亚那略带诱惑的声音钻进了耳朵深处。迄今为止的确都很简单。他看了看表，到上野站还有四分钟。快点到，快点到，七尾在心里默念。他再次走进四号车厢，带着行李箱，以自然的步伐朝前走去。似乎没有乘客注意到他。

从四号车厢出来，进入五号车厢。通过过道，又来到六号车厢前面的连接处。这时，七尾才放心地长出了一口气。他原本已经做好了应对有人在车厢出入口处碍事的准备，像是一帮年轻人堵坐在门口啦，有人在那里睡觉或化妆啦，总之就是等在那里，然后一看到他出现便以“瞪我了”之类的理由上来纠缠找碴；要不然就是在过道上吵架的男女指着他的鼻子问“你说你到底站在哪一边”，硬要把他也拖入战争。总之，他总是觉得自己会不会又要面对什么骚乱了。简单的工作很少能简单地结束，无论发生什么事情都不奇怪。他早就有了这个觉悟。

所以，当七尾看见门附近没有人时，不禁松了口气。接下来只要等着到达上野站，然后下车，出了检票口后再给真莉亚打电话就可以了。你看，很简单吧？七尾甚至可以想象得到对方调侃自己时的语气，心里一股说不出的不快。不过跟碰上那些不必要的麻烦事比起来，这样要好太多了。

周围忽然暗了下来。列车像是要钻进地下，车体开始倾斜。这证明车即将进入上野站的地下站台。七尾抓着行李箱的手握得更紧了，他没来由地看了看手表。

车门玻璃上映着自己的脸，一眼看上去就是一个跟好运无缘的男人。“跟七尾开始交往之后变得容易丢钱包了”“失败次数增加了”“痘痘更难恢复了”，前女友们曾这样说，自己当时虽然坚持认为那是胡说，可现在想想或许真的不无道理，倒霉可能真的会传染。

行进时发出巨大声响的列车逐渐安静了下来。似乎要从前进方向的左侧下车。车门对面变得明亮，站台的景象映入眼帘，就像洞窟里忽然出现了一座未来都市般唐突。站台上三三两两的乘客朝后方流动，跟那些台阶、长椅和电子显示屏上的时间表一起消失在七尾左侧。

七尾盯着玻璃，确认身后有没有人靠近。如果此时被行李箱的主人发现，那就麻烦了。新干线的速度降了下来，车站的轮廓开始变得清晰。七尾想起了只进去过一次的赌场里的俄罗斯转盘，那轮盘煞有介事地旋转着，似乎在挑选要将球放到哪里；此时的新干线看上去也是如此，列车像是在选择究竟要停在站台上的哪个乘客面前，到底要停在哪里呢？哎呀哎呀，速度吊人胃口地逐渐变慢，接着在乘客身前停了下来。

虽然停了下来，车门却迟迟未开，七尾此时的感觉就像是在水中憋着气、无法呼吸一般。

门的对面站着一个乘客。小个子，戴着鸭舌帽，样子很像经常出现在故事里的私家侦探。七尾和乘客隔着玻璃相对而立。面色如此无精打采，还喜欢侦探打扮的男人以前也有过一个，他回忆着。

那个人做着跟七尾同样的事，即在这危险又见不得光的业界打拼。他的真名其实很普通，可是因为说话夸张、满嘴跑火车，喜欢自吹自擂和中伤他人，那人得了个“狼”的称号——这名号当然不是说他像“一头狼”或“独狼”般勇猛和独行，而是来自那个关于爱说谎的孩子的寓言。可他从未因这屈辱的名号而感到任何不满，还总是骄傲地说“这是寺原先生给我起的名字”。在业界呼风唤雨的寺原实在不大可能会特意为他取名，可是他本人对此十分笃定。

狼大言不惭的例子比比皆是。“不是有一个专门让政客或是他们的秘书自杀的家伙嘛，人们都叫他自杀手来着。”很久以前，他在小酒馆里遇到七尾时说，“是个叫鲸还是虎鲸什么的大个子。最近常听人说他不见了，那个，是我干的哦。”

“‘是我干的’是什么意思？”

“是我受别人委托，去把鲸杀掉的。我。”

那个叫鲸的自杀手忽然销声匿迹，这事在业界曾一度成为热门话题。有人说是被别人杀掉了，也有人说是出了意外事故。而关于他的尸体，还有更恶心的谣言说是被早就对他怀恨在心的政客高价买去，当装饰摆在了房间里。不管真相如何，平时只能接一些搬搬行李、教训妇女小孩或者外行人这种活的狼，是绝对干不出这种惊天动地的大事的。

七尾极力避免跟狼打照面，他担心自己看到那张脸会压抑不住内心的冲动，万一揍了对方就不好了。而这预感也并没有错，有一次，七尾到底还是揍了狼。

那是在夜晚的闹市区的一条小路上，当时狼正准备对三个小学生下手。七尾质问他“你想干什么”，他回答“这帮小子说我脏还嘲笑我，我要教训教训他们”——狼确实也用拳头挨个揍了那些因恐惧而只能傻站着的小学生的脸。七尾听完气血上涌，一下子推翻了狼，然后一脚踢在他的后脑勺上。

“还知道保护小孩子，你也太好心啦。”事后得知原委的真莉亚调侃道。

“不，”七尾刚回答，脑海中立刻涌上了胆怯地喊着“救命”的孩子们那柔弱的模样，“我只是最受不了孩子向我求助了。”

“是因为人们常说的心理创伤？”

“简单用心理创伤似乎有些难以概括。”

“心理创伤已经不流行了哦。”真莉亚似乎有些轻蔑地说。

跟流不流行什么的没关系，七尾解释道。心理创伤这词不管是老套了还是被用烂了，人会被囚禁在阴暗的过去当中总是事实。

“唉，那个狼啊，面对孩子啊动物啊什么的时候，就会变得极其残忍，简直无可救药。一旦觉得自身有危险了就立刻搬出寺原的名字，总说些‘寺原先生可是很喜欢我’，或者‘我要去告诉寺原先生’之类的话。”

“寺原已经死了。”

“寺原一死，他好像因为哭得太厉害连人都瘦了呢，跟个傻子似的。不过，总之你也算是教训了他一回啦。”

被七尾踢过后，狼不光是肉体，就连自尊心也受到了打击。他瞪圆了眼睛，暴跳如雷。“下次再让我看见绝对饶不了你！”他喊了这句话之后便跑掉了。那是七尾最后一次见到狼。

新干线的车门打开了，七尾拎着箱子准备下车。看着面前那个戴着帽子、让他不禁联想到那个狼的男人，他在心里悠然地感叹道，这世上还真是有相像的人呢。就在这个时候，对方指着他说了一句：“啊，是你。”他这才意识到，这就是狼本人。

七尾慌乱之下打算挤过车门，狼却拼了命地挡在面前，硬是要把他推回车里。七尾被猛地撞了一下，朝后退去。

“真是要感谢这次偶遇啊，没想到竟然能在这种地方碰到你。”狼看上去很开心，鼻孔都变得更大了。

“你先慢着，我要下车了。”七尾压低声音说道。如果声音太大过于引人注目，会有被箱子主人发现的危险。

“怎么能眼睁睁地看着你跑了呢？欠你的人情也该还啦。”

“下次再还吧，我正做事呢。不，那人情你也不用还，就送你了。”这可麻烦了！七尾正想着，门开始缓缓关上，新干线无情地载着七尾驶出了上野站。

很简单的工作吧，真莉亚那含笑的声音在耳边回响。

放过我吧！七尾直想哭号。果然，事情又成了这样。

王子

王子从前方座位的椅背上抽出小桌板，将塑料瓶放到上面，接着打开巧克力糖果的袋子，拿了一个放到嘴里。车出了上野站之后，重新回到地面上。虽然零散地飘浮着一些云朵，可大半的天空仍是湛蓝，简直就和自己此时的心情一样令人愉悦。旁边可以看到一座高尔夫练习场，那如蚊帐般绿色的巨网刚消失在右侧不久，一座学校又出现在眼前。几个钢筋水泥的立方体紧挨着排列在一起，可以看见学生在窗边来回走动。

是初中生还是高中生呢？王子慧稍微想了一下，立刻又觉得都无所谓，没有多大差别。不管是跟自己一样的初中生，还是比自己年龄大的人，所有人都一样，所有人的行动都在预料之中。他看了一眼右边座位上的木村。眼前这个男人，就是那些无聊之人的典型代表。

虽说已经被胶带限制了行动自由，可一开始木村还是露出了凶残的模样。于是王子将从木村那里夺来的枪以一种难以被察觉的角度架在他身旁，说道：“就一会儿而已，老实点。如果不听话，叔叔，你可是绝对要后悔的哦。话说回来，叔叔，你就一点也没觉得可疑吗？我一个初中生竟然会自己跑来坐新干线。而且，我具体坐在新干线的什么位置，弄到这种消息的时候，一般不是应该考虑考虑这会不会是圈套吗？”

“难道这消息是你自己放出来的？”

“谁让我知道了叔叔你在打探我的下落呢。”

“因为你不在，我才找的。谁让你躲起来了，学校也不去。”

“我才没有躲呢。班上突然放假了，我也没有办法啊。”他并没有说谎。虽然还没到冬天，但受到忽然流行起来的病毒性感冒影响，王子所在的班级停了一周的课。可流感威猛的势头丝毫没有衰减的迹象，学校不得已只好再停课一周。王子无法理解那些对感染途径、潜伏时间和发病后症状恶化的概率等情况不做任何分析，只盲目地认可一旦缺席学生数达到一定程度便自动走程序让整个班级停课这种规则的大人。那说到底只不过是害怕承担风险，为了回避责任，就选择服从规则。王子对规则本身并无不满，但那些在毫无质疑的情况下就选择隔离整个班级的老师，却让人感到一种思考停滞般的愚蠢——讨论、分析、决断能力简直为零。

“你知道我在放假的这段时间里都干了些什么吗？”王子说。

“我怎么会知道。”

“我去查了查叔叔的事情。我想，叔叔大概是在生我的气吧。”

“不。”

“哦，是吗？”

“生气这个词不足以表达我的心情。”木村的话简直像渗着血一般。

王子不禁笑了起来。要让这些不能控制自身情感的人失控真是太简单了。“这样啊，所以你就想惩罚我，是吧？于是我就想，叔叔该不会是想找到我，然后攻击我吧。那么就算在家里也很危险，而且机会难得，我就去调查了很多关于叔叔的事。想要袭击一个人、陷害一个人或者利用一个人的时候，首先要做的就是收集情报。那个人的家庭、工作、性取向和爱好，从这些情报当中就可以发现头绪。跟税务局的做法是一样的。”

“拿税务局来举例的初中生最让人恶心了。”木村苦笑，“而且，你一个小鬼能查到什么。”

王子斜了斜眼睛。这个男人果然还是太天真，他有些失落。人们总是会被外貌和年龄左右，低估对手的能力。“有些人只要给钱，就会替我去收集情报。”

“看样子你还存了不少压岁钱。”

王子深深地叹了口气，满心的期待全都幻灭了。“打个比方吧，假如哦，即便不像我刚才说的那样，不是还有很多男人对女中学生感兴趣嘛。只要给他个裸体的女学生抱一抱，那他也许就会去做一回侦探，帮我查查叔叔的情况什么的。比如，叔叔的老婆对叔叔完全没了兴趣，两人离了婚，叔叔带着一个可爱的孩子独自生活，还嗜酒如命，这些事情他或许都能替我查到。而我呢，或许刚好有那么一个女生朋友，愿意为我付出一切。”

“你该不会是让初中女生去给大叔投怀送抱吧。难道是抓住了她的什么把柄？”

“我是说假如，你也别太当真啊。人这种东西，不光为钱，还会因为各种欲望和算计而奔走，这就跟杠杆原理一样。只要你能把握好欲望的开关，适时地按下去，那么就算只是一个初中生，也可以让别人为他卖命。你不懂吧？而性欲这杠杆呢，则是比较容易撬动的。”王子故意用挑衅的语气让对方窝火。对方越冲动，就越容易控制。“不过，叔叔，你还挺厉害的嘛。我听说，你几年前可是净做些可怕又危险的工作。喂，那你杀过人没有？”王子说着，视线落到自己端着的那把枪上。“你竟然还有这种东西，真厉害。前面装着的这玩意儿，是减弱枪声的工具吧？很专业嘛。”他将摘下来的消声器拿给木村看。“我怕得都快哭出来啦。”王子面无表情地说。骗你的，别说哭了，光是忍住笑就差点没憋死。

“你小子早就等在这里了？”

“既然叔叔在到处打探我的下落，那我就让人放出我在这里的消息喽。叔叔，你是不是委托了什么人让他替你来找我？”

“一个过去打过照面的男人。”

“是过去做事的时候认识的吧？到处找一个男学生，人家没觉得你可疑吗？”

“一开始他嘲笑我说居然还有这种嗜好，但听我解释完之后就很激动，很同情我，还说，把我们涉害成那样，我饶不了那小子。”

“可是，那个人到底还是出卖了叔叔你。我发现他似乎在调查我，就主动去找他，问他能不能替我告诉叔叔一些情报。”

“你就胡扯吧。”

“一听说可以随意玩弄女学生，他立马露出了好色的嘴脸，连喘气声都变粗。大人是不是都那副德行？”王子说道。用语言的利爪轻轻抓挠包裹着对方情感的那层薄膜，王子很喜欢这种感觉。肉体可以锻炼，可想要强化精神的肌肉却很难。虽然表面上强装镇静，但还是会不自觉地对这恶意的尖刺做出反应。

“那家伙还有这种癖好？”

“叔叔，可不能轻信过去的熟人哦。不管过去有过怎样的恩情，人们都会选择遗忘。靠互相信赖构成的社会恐怕早就消失不见了，又或许那种东西从来就没有存在过。不过，真没想到你竟然真的来了，我吓了一跳呢。叔叔你也太相信别人了。啊，对了，叔叔的孩子现在还好吗？”王子说着，又吃了一颗巧克力糖。

“怎么可能好！”

“叔叔，声音太大了。要是有人来了，你可就麻烦了。这里还有一把枪呢，事情会闹大的哦。”王子故意装出低声说话的样子，“太引人注目可不好。”

“枪在你手上，要麻烦也是你麻烦才对吧。”

王子对事无巨细全凭自己想象做出反应的木村感到失望。“枪这么可怕，我是拼了命才从叔叔手里夺过来的。我会跟人家这样解释哦。”

“你说什么呢，我都已经被你绑成这样了！”

“无所谓啊。一边是患有乙醇依赖症，辞掉了保安的工作，连份稳定工作都没有的你，一边是初中生的我，你觉得他们会同情哪边？”

“什么乙醇，是酒精！”

“酒精的成分就是乙醇哦。叔叔，亏你真的能把酒戒掉呢。这不是开玩笑，我是真的感动了。是不是有什么特别的原因？比如说儿子快死了之类的？”

木村如同恶鬼般盯着王子。

“叔叔，我再问你一次，你那可爱的小孩还好吗？叫什么来着？哎呀，就是那个，很喜欢楼顶的……”王子故意没有说出木村儿子的名字，“不过，还是应该小心点哦。小孩子一个人上楼顶，是很容易摔下去的。商场的楼顶上虽然有护栏，但是搞不好也会坏的，小孩子就是喜欢去那种危险的地方玩。”见木村又要大吼，王子立刻说道：“叔叔，不老实点可是会被怀疑的哦。”说完望向窗外。往东京方向的新干线正从对面驶来，两辆列车交错而过，车体发出一阵颤抖。由于速度太快，外观没办法看得十分清楚。这速度令王子无言地兴奋起来，在这时速超过两百公里的庞然大物面前，人是那么无力。此时，即便是将某个人的整个人生堆到列车前方的铁轨上，恐怕也轻而易举就灰飞烟灭了吧。这压倒性的力量对比是如此充满魅力。我也是一样。虽然不能以两百公里的时速奔驰，但是我也一样可以轻易毁掉别人。笑容浮现在王子的脸上。

将木村的儿子带到商场楼顶上的，就是王子一伙人。准确地说，是王子和听从他指挥的同年级学生们。那个六岁的孩子害怕了，害怕，却还不够熟知所谓人的恶意。

“喂，你从那边的护栏朝下面看看啊。一点都不可怕，很安全的。”只要笑眯眯地说话，他便丝毫不再怀疑了。

“真的没问题吗？不会掉下去吗？”欺骗一个这样询问自己的孩子，再将他推下楼去，这感觉真是痛快淋漓。

“你在这新干线上一个人等我，就不害怕吗？”木村皱着眉头道。

“害怕？”

“你不是也知道我从前做的工作很可怕吗？我很有可能像今天这样带着枪。刚才如果时机稍有差错，我就已经朝你开枪了。”

“是吗？”王子心里真的在想：是吗？自己并没有感觉到恐惧。紧张倒是有，但那是在意游戏是否可以顺利进行的兴奋和紧张。“我觉得，叔叔不会立刻朝我开枪或者是拿刀捅我。”

“为什么？”

“因为叔叔对我的仇恨光靠那样无法宣泄。”王子耸肩道，“趁我不备将我射杀，就此了事，这样的结果你肯定无法接受。至少也要先威胁我，让我害怕，让我哭得稀里哗啦，难道不是吗？”

木村既没肯定也没否定。如果大人沉默了，那基本上就表明孩子的意见是正确的。

“所以，我想只要我能先下手就没问题了。”王子从背包里掏出自制电击枪。

“那么喜欢玩电，你怎么不去当电工？”

“叔叔以前做那些非法工作的时候杀了多少人啊？”王子细细回味着交错而过的新干线所留下的余韵，转身问木村。木村双眼充血，简直像要拿眼皮咬过来一样。唉，再这样下去，就算手脚不能动，他都有可能直接扑过来啊，王子想。“我也有杀过哦。”王子说道，“第一次是十岁的时候，杀了一个。之后的三年时间里又杀了九个，一共十个人。这数量跟平均标准比起来算多还是算少？”木村的眼睛里露出一丝惊讶。怎么这点程度的事就感到意外呢？王子更加失望了。“顺便说一下，你别误会，我亲自下手干掉的只有一个。”

“什么意思？”

“会自己亲手去犯罪的人是傻子，不是吗？我可不想被人误以为是那样的傻瓜。”

“你这执着可真奇怪。”木村板着脸道。

“第一个。”王子开始说道。

那时王子还是小学四年级学生，有一天放学回家之后，他骑着自行车去买东西。他在一家大型书店买了一本早就想买的书，然后沿着一条宽阔的马路回家。人行横道两头的信号灯都还是红色，王子便停下自行车，百无聊赖地等着。旁边是一个一边听随身听一边盯着手机、穿着毛线外套的男人，除此之外四周再没有别人。马路上几乎没有车经过，周围很安静，连耳机里传出的声音都听得清。

之所以会闯红灯，其实也没有什么特别的打算，只不过绿灯总是不亮，而路上又几乎没有车经过，所以觉得没有必要老老实实地等着。王子于是缓缓地踏起脚蹬，骑过了斑马线。而身后传来声响就是在那之后。刹车声，冲撞声，准确地说，是先有冲撞的声响，随后再传来刹车的尖啸。他回头，发现一辆黑色面包车横在路中间，似乎是刚停稳，留着胡子的司机正从驾驶席慌慌张张地跑出来。而那个男人躺在斑马线上，随身听早已摔碎。

刚才那个人为什么会……王子刚这么想，就立刻明白了。恐怕是因为看到自己骑车前进，那个男人就以为信号灯已经变成绿色了。他塞着耳机，注意力又全部放在手机上，有可能只是凭借眼角余光看到王子的自行车动了，便匆忙做出了判断。等他开始下意识地迈出脚步，就被从旁边转角处出来的车撞了。这车到底是从哪里冒出来的？明明前一秒还完全没有任何迹象。这个问题似乎更令人在意。但不管怎样，那个男人死了。站在斑马线另一头，王子看到那人已经完全没有了呼吸，耳机线如同纤细的血流般蔓延伸展。

"那一刻，我明白了两件事。"

"要注意红绿灯？"木村说。

"一件是，只要充分注意方法，那么即使杀了人可能也不会受到惩罚。实际上，那起交通事故就完全被当作一起普通的事故处理了，没有任何人怀疑到我头上。"

"嗯，应该是。"

"还有一件是，我意识到，就算有人因我而死，我也不会有哪怕一点点的难过。"

"这倒是真难得。"

“就是从那时起，我开始对杀人产生了兴趣。夺走别人的生命，或者是注视那些生命被夺走了的人的表情，我很喜欢这些东西。”

“你是想尝试完美犯罪，还是觉得自己正思考着一些他人无法想象的残忍问题？那种事只要不实际去做，谁都想过。‘为什么不可以杀人？’‘所有活着的生命都会死去！可为什么所有人都如此镇定？多么苍白！’你所想的东西就跟这些问题一样，是任何人都会经历的青春期典型症状。”

“为什么不可以杀人？”王子问道。这并不是调侃或玩笑，他确实想知道答案。王子一直希望遇见一个可以给出令他满意的答案的大人。当然他也知道，从木村身上得不到什么像样的回答。“就算杀了人也没什么大不了嘛。”他顶多只能给出这样毫无建树的意见，接着肯定又会说，“如果我和我的家人被杀了那当然不能忍，但是别人死了我根本无所谓。”

木村那布满胡茬的下巴动了起来。“就算是杀了人，我觉得也没什么不好啊。”他笑道，“嗯，如果有人说要杀我或者我的家人，那我肯定饶不了他。但除此之外，不管有多少人杀或者是被杀，都请自便。”

王子叹了口气。

“感慨的叹息？”

“完全意料之中的答案，实在令人失望。”王子坦率地说道，“继续刚才的话题吧。总之，从那时起，我做了各种尝试，首先就是试着靠自己更直接地去杀人。”

“就是你所说的亲手杀掉的那个人？”

“对对。”

“你难道就是为了这无聊的课外研究活动，才把涉推下楼的？”

木村声音不大，却像是从喉咙里挤出来般鲜血淋漓，还带着颤抖。

“才不是呢，叔叔的儿子应该是很想跟我们一起玩吧。都告诉他让他不要跟着，还是跟了过来。他一直看着我们在商场楼顶的停车场交换卡片。都跟他说过了很危险，要老老实实地待着，他却还是摇摇晃晃地跑到台阶那边。等我注意到的时候，已经掉下去了。”

“明明是你，是你们推下去的！”

“把一个六岁的孩子从楼顶！”王子双手捂嘴，夸张地做出想到可怕的场景时强忍住惊呼的样子，“那么残忍的事情，我们怎么可能做得出来？连想都没想过。大人真可怕！”

“你小子，我杀了你！”木村双手双脚不能动弹，却当即起身，打算用牙齿攻击。

“叔叔，停。接下来我要说一件很重要的事，你一定要听好，这件事关系到你儿子的性命，所以你冷静点。”王子伸出双手挡在身前，说话却很沉着。

木村大张着鼻孔，十分激动，但或许是在意王子口中“儿子的性命”这个词，他又一下子坐回了座位。

就在这时，后方的车厢门打开了，是列车上的售货小推车，有人叫住了售货员正在买东西。木村转身去看。

“叔叔，你不可以跟那个推车的女人说奇怪的话哦。”

“什么叫奇怪的话？跟我交往吧之类的？”

“比如救救我什么的。”

“既然不想我乱说，那你把我的嘴堵上啊。”

“那么做就没意义了。”

“为什么？什么没意义？”

“明明可以说话，可以求救，却做不到，我是想要你品尝这种无能为力的感觉。如果只是塞上嘴巴，那就没意义了。‘明明能做却做不到’，我就是想看你那样挣扎。”

木村眼中头一次浮现出跟以往都不一样的光，看上去像是发现了恶心的毒虫，里面掺杂着轻蔑和恐惧。似乎是为了掩饰惊恐，他刻意地笑了一声。“不好意思，越是有人告诉我不可以时我就越要去做，这才是我的人生。我就是这样活到了现在。所以我待会儿就要抱住那个小姑娘哭诉给你看。‘帮我管管这个初中生。’你不想我那样，我就偏要那样。”

这个中年男人为什么会这么倔？王子有些意外。手脚被绑，武器被夺，力量明明已经这么悬殊，为什么他还能装模作样地保持着居高临下的态度呢？恐怕他唯一的依据就是自己更年长吧，跟初中生比起来，自己多活了好几十年，他所拥有的仅此而已！王子不禁替他觉得可怜，你是比我多活了毫无意义的几十年，可那又让你得到了什么呢？

“叔叔，为了让你更好理解，我就简单地说吧。叔叔如果在这里不听我的话，或者，如果我出了什么事，那么最后有危险的就会是正在医院里的叔叔的儿子。”

木村沉默了。

满足和失望同时朝王子袭来。看着对方迷惑的样子不管什么时候都令人心情舒畅，但同时心里又有另一种感觉：果然又是这样。

“有个人正守在东京某家医院附近，就是叔叔的儿子住院的那家。”

“附近是指哪里？”

“可能就是医院里面。总之，那个人正等着准备随时开始做事。”

“做事？”

"一旦联系不上我，那个人就会行动。"

木村脸上露出明显的不快。"联系不上是什么意思？"

"我们约好了，按照列车时刻表，当疾风号到达大宫、仙台、盛冈的时候，那个人都会给我打电话，以确认我是否安全。如果我没有接电话，就表示出意外了。"

"那个人是谁？你朋友？"

"不是。刚才不是说过了嘛，人会为了各种欲望行动。有的爱女人，有的想要钱。说出来你可能会觉得意外，还有不分善恶、什么事都愿意干的人呢。"

"那种随便从网络上找来的小角色，能干出什么事？"

"那个人说自己以前在售卖医疗器械的公司上班。所以，进到医院，把接在你儿子身上的那些仪器乱搞一通，这种事应该也不是做不到。"

"什么叫'也不是做不到'，你说什么胡话！这种事情怎么能行？"

"做不做得到不试试怎么知道呢？刚才也说过了，那个人就在医院附近，正等着可以开始做事的指令呢——比如我打个电话，通知'请开始工作'，这就是指令。另外，除了各个车站的定期联络之外，只要那个人打来电话，响了十声以上我还没有接，那也是行动的指令哦。只要收到指令，那个小角色就会跑去医院，摆弄一下叔叔儿子身上的呼吸机。"

"这算什么！规则这么随便，不全是行动指令了吗？那手机要是没信号了怎么办？"

"如今就算是隧道里也都装了天线，我想应该不会有手机打不通的情况，但你最好还是祈祷手机不要没信号吧。总之，如果叔叔在这里做出什么奇怪的事，我就故意不接那个人的电话，然后在接下来的大宫下车，找个电影院打发两个小时。等我看完电影出来的时候，我想叔叔的儿子应该已经因为器械故障而大祸临头了。”

“你别乱来！”木村瞪着眼。

“才没有乱来呢。我做事一直都很认真，乱来的是叔叔你才对吧。”

木村的情绪已经到了爆发的边缘，鼻孔张得老大，他似乎终于明白了自己什么也做不了，身体一软，瘫坐在椅子上。推着售货车的女人正好路过，王子故意叫住她，买了一包巧克力糖。他看着旁边抿着嘴、脸因愤怒而变得通红的木村，心里说不出的开心。

“要是我的手机响了，叔叔要记得提醒我哦。万一十声之内没有接，那可麻烦了。”

水果

“怎么办，蜜柑？”柠檬说，用下巴指了指闭着眼一动不动的峰岸大少爷。他那张着嘴如同正在嘲笑自己的样子让柠檬很是不爽。

“还能怎么办？”蜜柑来回摸着下巴。看着蜜柑露出罕见的坐立难安模样，柠檬又觉得心情愉快了一点。

“还不是你，没有看好他。你为什么要让这大少爷一个人？”蜜柑质问道。

“那不是没办法嘛。你说起箱子的事让我很在意啊。被那么一唬，我当然会想去检查一下。”

“而且箱子也确实被抢了。”蜜柑叹了口气。“你的行为和言语怎么就这么莽撞呢？所以你这种 B 型血……”

柠檬立刻闷哼了一声。“不要什么东西都怪到血型上，根本没有科学依据嘛。这种事情说得这么当真，会被人瞧不起的。要这么说的话，A 型血的你就是工整又爱干净了？”

“本来就是，我既工整又爱干净，做事也很认真。”

“你在那儿自我感觉良好个什么劲啊，你听着，我的失败跟我的血型无关。”

“是啊。”蜜柑淡淡地应道，“你的失败，说到底应该归结于你的性格和判断力。”说完，蜜柑觉得老这样站着太引人注目，于是弯下腰，将死在中间座位的峰岸大少爷拉起来，摆到窗边的座位上。他让尸体靠着窗户，稍微调整了一下姿势。“只能先这样把他弄成在睡觉的样子了。”

蜜柑坐到了尸体旁边，三人座的中间，而柠檬则在他旁边靠过道的位置上坐了下来。“到底是谁干的？死因又是什么？”柠檬低声道。

蜜柑在尸体身上四处摸了起来。看上去并没有伤口之类的痕迹，也没有出血。他掰开死者的嘴巴朝里面看去。如果吃过什么有毒的东西，很有可能残留了一些在嘴里。脸也不能靠得太近。“好像没什么外伤。”

“下毒？”

“可能，也有可能是过敏引起的休克致死。”

“这种时候哪儿来的过敏？”

“不知道。毕竟过敏也不是我发明的。啊，该不会是忽然从绑架的紧张中解脱出来，再加上睡眠不足和过度疲劳，结果心脏衰竭停止跳动了吧？”

“医学上有这种可能吗？”柠檬问道。

“柠檬，你见过我读医学书吗？”

“你不是总在看书嘛。”柠檬说。蜜柑走路的时候身上总是带着书，即便是在做事的时候只要有时间也会拿出来读。

“我喜欢的是小说，对医学书没有兴趣。心脏停止跳动的医学案例我也不可能知道。”

柠檬胡乱地抓着头发。“现在怎么办？就这样去盛冈，然后告诉峰岸‘你儿子救是救出来了，可是死在了新干线上’吗？”

“而且还得告诉他，装赎金的箱子也被偷了。”

“如果我是峰岸，肯定会生气。”

“如果我是峰岸，肯定会特别生气。”

“不过啊，峰岸那家伙，现在应该正在别墅里逍遥自在吧。”

虽然不是一手消息，但是有人说峰岸跟情人还有和情人生的女儿，一起家庭旅行去了。

“儿子被绑架、生死攸关的时候，竟然跑去跟情人家庭旅行，也太不合理了吧。”

“那边的小女儿刚上小学，正可爱着呢；而另一边，这个重要的大少爷，喏，就是这家伙，却行事轻佻又头脑简单。不用想也知道对那边更容易产生感情。”蜜柑看上去有些开玩笑般说道。

“唉，大少爷行事轻佻、头脑简单，还死了。既然如此，你说他会不会放我们一马？”

“不可能。再不中意的车，如果被别人弄坏了还是会火冒三丈，何况还涉及面子。”

“那到底要怎么办！”柠檬直想大声叫出来。蜜柑将手指放到嘴前，小声说道：“安静点。只有想办法了。”

“想办法是你的工作。”

“胡扯！”

柠檬开始乱动起来。一会儿看看大少爷旁边的窗户，一会儿又摆弄起前面座位上的小桌板来，再不然就是将插在网兜里的广告杂志拿出来乱翻。

“你到底在搞什么？”蜜柑问道。

“我想看看附近有没有留下什么线索。结果完全没有。这大少爷真没用。”

“线索？”

“用血写下凶手的名字之类的，不是经常有嘛。”

“有也是在推理小说里。现实当中没有。”

“是吗？”柠檬合上手里的杂志，意犹未尽地在大少爷四周稀里哗啦地翻找着。

“他在死之前应该是没机会留下线索吧。而且连血都没有出，想要留下血字也肯定不可能。”

“蜜柑，你真是够烦的。”柠檬歪嘴道，“我说，这种死法让剩下的人很难办啊。为了今后着想，我话可先说在前面，蜜柑，你要是被谁杀了，一定得给我留下提示啊。”

“什么提示？”

“有关凶手或者是真相的，至少让我知道是他杀还是自杀，或者是事故。我最怕麻烦啦。”

“我就算死了，也不可能是自杀。”蜜柑斩钉截铁地说道，“虽然我喜欢弗吉尼亚·伍尔夫，也喜欢三岛由纪夫，但是我不喜欢自杀。”

“什么东西啊，那个弗吉尼亚什么的？”

“你挂在嘴边的那些火车的名字才更难记。你至少也读一本我给你推荐过的小说啊。”

“我还是小孩的时候就没有好好地读过书。你知道看完一本书要花多长时间吗？你还不是一样，我告诉你的那些托马斯的朋友们你也没打算记住，连培西都不知道。”

“培西是什么？”

柠檬干咳了一声，开始娓娓道来：“培西啊，‘是绿色的小火车。虽然调皮又喜欢恶作剧，但是工作的时候十分认真。它经常对朋友们恶作剧，但有时候也会反过来被别人骗’。”

“我总是在想，为什么你会背得下这些东西呢？”

“都是写在卡片模型上的说明啊。怎么样，不错吧？虽然只是几句简单的说明文字，含义却很深刻。培西‘有时候也会反过来被别人骗’呢，真可怜。听着是不是很想哭？你看的那些小说里面应该没有这么深刻的东西吧？”

“随便什么都好，比如说《到灯塔去》吧，你先给我读去。”

“读了又怎么样？”

“读了你就可以感受到，自己的存在是多么渺小，只不过是无数个意识主体之一。你就会明白自己只不过是一个在渺茫而宽阔的时间海洋中被波涛吞没了的微小存在。很感人。‘我们终将死去，各自孤零零地死去。’”

“你在说什么？”

“那篇小说里一个角色的自言自语。知道了吗？人终将灭亡，每个人都是孤单的。”

“我才不会灭亡呢。”柠檬露出不屑的神情。

“会灭亡，而且还是一个人。”

“就算死了，我也会再活过来给你看。”

“这种死缠烂打的性格真是像极了你。可是有一天我也会死，一个人。”

“所以我才说，到了那时候，你要给我留下提示。”

“知道了。万一我真的要被杀了，我会试着好好地给你留下讯息。”

“用血写凶手名字的时候要写清楚，写得好认一点，别搞什么简写啊之类的花样。”

“我才不会用血写呢。对了，如果有机会能跟凶手多聊两句，我会托他带话，怎么样？”蜜柑稍作考虑后说道。

“带话？”

“我会留下几句令凶手在意的话，比如‘你替我带个话给柠檬。告诉他，你要找的钥匙就放在东京站的行李寄存处’之类的。”

“我才没找什么钥匙呢。”

“具体说什么不重要，只要能让被要求带话的人感兴趣就行了。然后说不定，那家伙有一天就会装出不经意的样子出现在你面前，对你说‘你是在找钥匙吗’，或者突然间在东京站的行李寄存处附近现身。”

“你是说他会好奇，然后采取行动？”

“如果是这样，那么那家伙就是杀掉我的凶手了，至少也是跟凶手有关系。”

“真是个难懂的讯息啊。”

“总不能告诉凶手那些一目了然的讯息。”

“不过，”柠檬忽然表情严肃地开口道，“我可不会那么轻易就死。”

“是啊。你有股倔劲，就算死了也会再活过来。”

“蜜柑，你也一样。我和你都是，就算死了，也会重新活过来。”

“水果到来年还会再结出果实。就跟那个一样吧？”

“是复活。”

新干线摇晃着身体缓缓潜入地下，应该是接近上野站的地下站台了。窗外暗了下去，景色一下子消失了，取而代之的是朦胧地映照在玻璃上的车内的光景。柠檬从前方座位的椅背上抽出一本杂志，读了起来。

“喂，”蜜柑立刻说道，“你怎么能这么放松？”

“我还是那句话，想办法是你的工作。开饼店的就该做饼，对吧？”

“那你开的是什么店？”

新干线的速度慢了下来。黑暗的洞穴里似乎有灯光在闪烁，可立刻又出现了一片明亮的空间。已经可以看见站台了。蜜柑突然站起身来。“你要去厕所？”柠檬问。“快走。”蜜柑下令道。

“去哪儿啊？”柠檬虽然没能理解状况，但被表情严肃的蜜柑所震慑，也站了起来。“要下车吗？离东京才一站路，这也太奢侈了。”

自动门打开后，两人来到了三号车厢前方的车厢连接处。没有人。前方左侧可以看到站台已经越来越近了。

“你说得对。”

“什么啊？”柠檬皱起眉头。

“从东京上车，在上野就下车实在是奢侈。如果是这样，何必要来坐疾风号，搭山手线不就好了嘛。可是，这里头或许真的会有想在上野站下车的家伙。”

“谁？”

“在新干线上偷了别人的行李箱，急着逃跑的人。”

柠檬“啊”了一声，点了点头。“原来如此。”

两人朝车门走去。“如果有人在上野下车，那个人恐怕就是窃贼。”蜜柑用食指敲着玻璃窗。

列车开始刹车了。

“如果那个人还拿着箱子倒是很好找，但他也可能已经把钱转移到别的什么东西里了。不过，即使如此，那也应该是一件不小的行李。总之，如果有人在这里下车，他就是头号嫌疑犯，先给我追上再说。”

“我吗？”

“除了你还能有谁！饼店就要做饼，不是吗？你没做过饼，也没想过办法，可疑的人总追过吧？”

列车几乎完全停了下来，刹车的声音响起。“如果不止一个人，那怎么办？”盯着站台的柠檬忽然意识到这一点，问道。

“那只有追可疑的了。”蜜柑简单地答道。

“要是可疑的不止一个又怎么办？如今的社会到处都是可疑的家伙。”

列车停了下来，门打开了。蜜柑走下站台，接着柠檬也从车里走了出来。两人分别站在站台两端，严密观察有没有人下车。站台几乎是一条直线，只要凝神注目仔细观察，肯定可以看到下车乘客的身影。柠檬和蜜柑的视力都很好，远处的事物也能把握大概。

并没发现有乘客下车。前方大约两节车厢，不知是五号还是六号车厢的车门处，一个戴着帽子的男人正伸手指着车内走了进去，除此之外并没有什么特别的情况。

车头附近的车厢由于太远，实在无法看到，蜜柑只得叹息道：“最前面看不见啊。”

“从十一号车厢再往前，就是秋田新干线的小町号了。两列车虽然连在一起，但是从疾风号这边的车厢没法过去，窃贼应该不会在那边。”

“原来是这样，列车还真是麻烦。”

“蜜柑，我要教育你一下，‘麻烦’可不是褒义词。”

站台上响起列车发车的旋律。零零散散有几个乘客上车，但没人下车。“怎么办？”柠檬问。“还能怎么办？没有人下车，就只能再回车上了。”蜜柑回答。

蜜柑与柠檬刚回到车内，列车便开始前进，朝着地面的亮光，攀爬着平缓的斜坡。发车音乐轻快地在车厢内流淌，柠檬和着音乐轻声哼着，回到了座位。可一看到靠在车窗边的峰岸的儿子，他的心情立刻又灰暗起来，像是忽然想起了一件不得不处理的麻烦事。或者说，一件不得不处理的麻烦事正摆在眼前。

“那么……”柠檬靠着过道坐下，跷起腿，摆出一副放松的姿态，“到底怎么回事，蜜柑？”他还是一副坐享其成、一切都靠饼店的语气。

“窃贼还留在车里的可能性很高。”

“还有子弹吗？”柠檬从外套内侧背在双肩上的枪套里掏出枪，昨天为了救峰岸大少爷已经用掉很多了，“我只剩一个弹夹了。”

蜜柑也拿出了自己的枪。“我也是，子弹几乎用完了。谁能想到在新干线上还用得着呢？准备不充分啊。”他说着从枪套的另一个口袋里又掏出一把枪来。“这玩意儿倒是有不少。”他略带自嘲地说道。

“那枪到底怎么回事？”

“是昨天在那个地下室，关押大少爷的家伙们手上的。我看着有意思，就捡回来了。”

“有意思？枪能有什么意思？难道上面有托马斯的贴纸？不要啊，托马斯是属于孩子们的，跟枪这种凶险的东西可没关系。”

“不是。”蜜柑苦笑，“这枪被加工过，子弹不会正常地射出来。你看。”他说着将枪口对准了柠檬，柠檬立刻向后仰身将脸避开。“住手！很危险！”

“没事，这枪打不出子弹，枪口看上去是通的，但里面其实堵上了。这是一把爆炸手枪。”

“爆炸手枪？是跟《暴走潜龙》差不多的东西吗？”柠檬想起了以前看过的一部电影。他对电影本身没有兴趣，但很喜欢看里面出现的火车和电车。车轮滚动的声音，拉杆的轨迹，蒸汽火车的话还会喷烟，那黑色而立体的烟雾让人联想到隆起的肌肉，还有列车在铁轨上疾驰的声响，而最让人激动的莫过于飞驰的钢铁电车的魄力，每当感受到这些东西时，柠檬都觉得兴奋。《暴走潜龙》的内容他不记得了，但男主角在一片苍茫的雪景中站在火车顶的英勇身姿却留在了记忆中。这个男人也爱火车爱得很深啊，他感到一丝亲切。

“这把枪如果直接开枪就会爆炸。”

“那要它有什么用？”

“陷阱吧。拿着这玩意儿的家伙，那表情简直巴不得别人把他的枪夺走。他应该是希望我夺枪之后扣动扳机，砰！我被炸飞，然后他捧腹大笑吧。”

“亏你发现得了！蜜柑，你为什么就能那么小心翼翼呢？”

“是你太草率。有按钮就按，有绳子就拉，不管什么邮件都打开，结果最后弄得中了病毒。”

“唉。”柠檬放下脚，立刻站了起来。他低头看着蜜柑，“我去看看。”说着用下巴示意列车前进的方向。“去检查一下车里有没有什么可疑的人。拿走了行李箱的家伙应该还在车上的什么地方，到下一站大宫还有不少时间呢。”

“也有可能已经把箱子藏了起来，若无其事地坐在车上。要从头开始逐一检查，看有没有可疑的人。”

“我知道。”

“低调点。如果打起来也很麻烦，要低调行事。”

“你真麻烦。”

“麻烦可不是褒义词。”蜜柑调侃道，“到了大宫就不好办了，必须赶紧找出来。”

“为什么？”

怎么这也能忘了，蜜柑一时间哑口无言。“不是约好了，峰岸的手下会等在那里吗？”

“对哦。”柠檬说着也想起来了。为了确认峰岸大少爷和箱子是否都平安无事地上了疾风号，峰岸早派人等在车站里了。是这样没错。“真麻烦啊。”

瓢虫

没想到会在这里见面，狼双眼放光，抓住七尾的胸口用力一推，将他压到对面的门上。

新干线从上野站出发，重新回到地面之后又开始加速。窗外的风景不停地朝后方飞逝。

“慢、慢着。我必须在上野下车。”七尾正准备开口，还是放弃了，因为狼正用左肘撞向他的下巴。箱子还放在对面的门边，会不会因为车身的摇晃而歪倒呢？七尾不禁担心起来。

“就因为你，我少了一颗槽牙。”戴着鸭舌帽的狼嘴角泛出泡沫，“就因为你，就因为你！”他十分激动。

果然，七尾心想。果然还是成了这个样子。狼的手肘撞在脸上虽然疼痛，但七尾更多感觉到的是对眼前事态的绝望。为什么总是这样？为什么工作就不能简单地结束呢？在上野没能下车，那就只能一直在这列车上等到下一站大宫，其间很有可能还会遭遇箱子的主人。

狼永无止境地甩着沾满了头皮屑的长发，口吐恶毒言语，简直令人烦躁，无法忍受。

列车又晃了一下，狼失去了平衡。狼的手肘刚一拿开，七尾便连忙“饶了我吧饶了我吧”地道歉。“反对暴力，反对暴力。”他摊开双手，微微做出投降的架势，“在新干线上这样乱来也太显眼了。总之我会在大宫跟你一起下车，有什么话到时候再说吧。”他这样提议，心里却升起一股不祥的预感：在上野没能成功下车，会不会就再也无法回头了？

“你凭什么跟我对等地谈话？你小子就是只瓢虫。”

这句话让七尾气不打一处来，脑中的温度瞬间上升。在这一行里管七尾叫瓢虫的人不少。七尾本身并不讨厌那昆虫，它很小，赤红的身体很可爱，每一个星星般的黑色印记都让人联想到宇宙。并且对于厄运缠身的七尾来说，那七颗星星所代表的幸运七[①] 甚至可以说正是他憧憬的图案。但是，同行们笑着叫出这个名字的时候，语气里明显带着挑衅，说白了就是只把七尾当作一只弱小的昆虫，这让七尾十分不舒服。

“好了好了，你先放开我。你到底想把我怎么样啊？”

几乎是在七尾说话的同时，狼伸手亮出了一把匕首。

“喂喂，”七尾有些慌乱，“在这种地方拿出那玩意儿，你想干什么啊？要是被人看见就麻烦了。”

“不要动。保持这个姿势，你给我去厕所，我要在那里捅死你。放心吧，我也还有事情必须要做，没时间慢慢折磨你。本来是应该慢慢折磨，直到你哭着求我让你赶紧去死为止的，这次就便宜你，让你死快点。”

---

①日本受西方文化影响，认为 7 是幸运数字。

“我不是很喜欢列车上的厕所。”

“那你的人生就要在那个你并不是很喜欢的厕所里结束了，这样最好不过。”鸭舌帽下的双眼散发出邪恶的目光。

“我还有事要做。”

“我也有啊。我跟你不一样，是要做大事的。不是跟你说了没时间嘛。”

“胡说！你能有什么大事？”

“都说了是真的。”狼鼻孔张大，毫无顾忌地展示着肥胖的自尊心，没拿刀的那只手在贴身口袋里翻找着，取出一张相片，上面是一张女人的脸。“喏，你知道这女人吗？”

“我怎么会知道。”七尾满脸不快地说。狼总是随身带着行动目标的相片。他喜欢收集从委托人那里得到的相片和自己做完事之后的相片，做一些“揍之前和揍之后”“做之前和做之后”或者“死之前和死之后”的比较，沾沾自喜。这种做法令七尾更加不快。“为什么净是女人和孩子？就因为你是狼，所以就总找小红帽吗？”

“你知道这女人是谁吗？这可不是普通的女人。”

“到底是谁？”

“我是在复仇啊，复仇。终于让我找到了。”

“你该不会是打算报复甩掉你的女人吧？”

狼的脸瞬间变得狰狞。“随便你怎么说。”

“反正也就是欺负柔弱的女性而已。”

“随便你怎么想。要是跟你讲话时被别人抢先下了手，那就太亏了。我现在可是要去打倒明智光秀的丰臣秀吉。”他说着，将照片放回口袋。

他那将自己比作历史人物的心态，七尾无法理解。

“接下来我得赶紧去做正事了。所以你小子的事要快点解决。”狼说着，将刀架到七尾的脖子上，“怕吗？”

“怕。”七尾觉得没有必要逞强，“快住手。”

“应该是请住手吧？”

“请住手。狼大人。”

如果有乘客经过肯定会怀疑的。两个大男人身体贴这么紧，是在做什么？就算对方没看见刀子也肯定会怀疑。怎么办？怎么办？七尾的大脑开始转动。架在脖子上的刀刃似乎随时都会割破皮肤，刀尖如针扎般刺激着皮肤，让人很想动手去挠。

七尾一边注意刀子，一边观察狼的姿势。由于七尾个头很高，狼伸长了手臂，重心并不稳。全是破绽，七尾想着，转身绕到了狼的背后，他的双手从对方腋下穿过，手腕一翻，捏住狼的后脑勺和下巴，把狼固定成了双手举起的投降姿势。形势瞬间逆转，这次换成狼慌乱了，连忙说：“喂喂，停、停！”

“你就这样给我老老实实地回到自己的座位上，我也不想找麻烦。”七尾对着狼的耳朵说道。扭断脖子的技巧早已跟七尾的身体融为一体。就跟年轻时为了掌握颠球技术一样，他一直在反复练习，这也成了他的拿手招数。只要抓住对方的头，考虑清楚角度和力度，猛地一拧，就可以轻松将脖子折断。当然，他并不真的打算拧断狼的脖子，麻烦事已经够多了。现在只需要用手固定住对方的脖子不让他乱动，接下来再装出一副要拧了要拧了的架势就足够了。

“知道了，赶快把你的手从我头上拿开。”狼快速说道。

就在这时，列车摇晃了一下。虽然震动的幅度并不是很大，但可能束缚着狼的姿势不太稳定，又或许是狼的鞋底不防滑，七尾当即摔倒。回过神来一看，自己已经跌坐到地上，跌倒的尴尬让七尾的脸变得通红。随后他又注意到，自己手上还抓着狼的头发，而狼也跟自己一样跌倒在地上。七尾担心刚才这一下可能会让狼将匕首误扎到自己，于是慌忙检查他的右手，所幸匕首上似乎并没有血迹。七尾松了口气。

“喂，你先给我站起来。”七尾松开手，推了一下朝前弓着身的狼的后背，对方却像刚出生不久还不能独立转动脖子的婴儿一样，头软弱无力地耷拉下去。

哎？七尾茫然地眨了眨眼，忽然想到了什么，绕到狼的面前，看着他的脸。狼的表情很奇特——翻着白眼、嘴巴半张，最重要的是，脖子弯曲的角度极不自然。

“开玩笑吧！”现在这样说已经晚了。并不是开玩笑，七尾抓着狼的头摔倒的时候因为势头太猛，顺势就拧断了脖子。

手机在振动。七尾连号码都没看一眼，就接起来放到耳边。会打来电话的只有一个人。“这世上会不会根本就没有什么简单的工作？”七尾说。他好不容易才站起来，狼的尸体也一并拉了起来。他让尸体靠着自己，调整着姿势找平衡。很困难，就像在操纵一个巨大的木偶一般。

“你为什么没打电话过来？难以置信！”真莉亚不耐烦的声音响起，“你在哪里？已经在上野下车了吧？行李箱呢？”

“现在还在新干线上。行李箱在我边上。”七尾尽量语气平和地答道，他看着靠在对面车门上一动不动的行李箱，“我没能在上野下车。”

“为什么？”她责问道，声音有些激动。“什么意思啊！”她的声音更大了，接着又像是在拼命压抑着情绪，“你连从东京上车到上野下车这点事都做不好吗？”她低声说道。“你到底还能做什么？

去当收银员？肯定不行，收银员需要随机应变做出很多判断，是份很难的工作。哦，也不能这么说，毕竟只是从东京站上车的话你还是可以的呢。只管上车，不用下车，今后我就替你接这样的活来做吧。”

七尾有种将手机砸到地板上的冲动，他极力忍耐着。

“我是打算在上野下车，门也打开了，再差一步我就能下去。可就在那个时候，那家伙却要上车，而且就在那个站台那节车厢门前。”他说着，看了看靠在自己身上的狼，又修正道：“现在也不是那家伙了，是这家伙。”

“什么那家伙这家伙，到底是谁啊？疾风号之神吗？他难道跟你说，这位年轻人你不可以下车？”

七尾对这些幼稚的讽刺选择了无视，压低嗓音道：“是狼。那个专门对女人、小孩还有动物暴力相向的可恶男人。”

“啊，狼啊。”真莉亚这时才终于发出担心这边安危的声音。她似乎并不担心七尾是否平安，只是怕箱子出事。“那他应该喜出望外吧，不是本来就恨你来着。”

“高兴得过了头，还抱在了一起呢。”

真莉亚没有说话，或许是在尝试弄清楚究竟怎么回事吧。七尾将手机夹到了脖子上，考虑着应该把狼安置到哪里才好。像狼自己说的那样，把他藏到厕所里行不行呢？不，不行，他立刻否定。把尸体塞进厕所应该是没有什么问题，但是，胆战心惊地坐在座位上，一直带着不安的心情担心尸体会被发现，这种事他可受不了。到时候自己肯定会心神不宁，动不动就跑去厕所检查一次，反而招人怀疑。

“喂，那，到底怎么样了？”真莉亚试探地询问。

“现在正烦恼着到底应该把尸体藏哪儿。”

真莉亚又沉默了，过了一会儿才说道：“你先把过程告诉我啊。上了车的狼和你抱在了一起，然后现在成了尸体。那中间呢？”

“没有什么中间。硬要说的话就是狼先掏出刀架在我脖子上，威胁要捅死我。”

“为什么？”

“讨厌我呗。然后形势发生了逆转，我装出要拧断他脖子的样子。那只是装样子而已。再然后，列车就晃了一下。”

“新干线经常晃啊，那又能怎么样？”

“真是的，狼到底为什么会出现在这种地方！”七尾想也没想就埋怨起来。

“不要说死人的坏话。”真莉亚严肃地说道，“就算这样，也没必要下杀手吧？”

“我根本没打算杀他。只是脚一滑跌倒了，然后就折断了他的脖子。这不是失误，是不可抗力。”

“找借口的男人可不怎么样。”

“不要说活人的坏话。”七尾看似在开玩笑，其实他根本没那个心思，“现在我正怀抱着狼左顾右盼呢。这尸体到底要怎么办？”

“你们俩就那样在车厢外面抱着，让他一直跟你接吻不就好了？”真莉亚也有些无可奈何了。

“两个大男人这样腻在一起，一直腻到大宫？根本不现实啊。”

“要说现实，那就只有找个座位把狼放上去，注意别被看出来。可以放到你的座位上，或者把他的票找出来，看看他的座位在哪儿。”

原来可以这样啊，七尾点着头。“帮我大忙了，就这么办。”

在狼身上那件廉价外套的口袋里，可以看到一部手机。七尾觉得或许用得上，就抽出来放进了自己工装裤的口袋。

“行李箱可别忘了啊。”真莉亚说。

“差点真忘了。”

他听见了真莉亚的叹息声。“行了，赶紧把事情解决好。我睡觉去了。”

“现在不是睡觉的时候吧？”

“我从昨天开始就一直在家里看电影啊。《星球大战》六部全看完了。”

“我先挂了。回头再给你打。”

木村

木村被配有尼龙搭扣的带子绑住了手脚。他扭动着手腕和脚踝，尝试挣脱束缚，可带子丝毫没有松动的迹象。

“这种事情是有诀窍的哦，雄一。”儿时的记忆不经意间出现在脑海。有个声音正在唤着自己的名字。

那是一个至今为止从未回想过的画面，在木村家的客厅，一个二十多岁的男人手脚都被绳子绑住。“哈，你试试看能不能逃脱啊，繁。”木村的父亲在笑，母亲就在旁边，也捧腹大笑，还没有上小学的木村也发出咯咯的声音。那个叫作繁的年轻人是木村父亲上一份工作的接班人，换言之，他跟父亲应该仅仅是职场上后辈和前辈的关系，可繁仍时不时会来木村家做客。他看上去很诚恳，像个精神抖擞的运动员。繁视木村的父亲为恩师，所以对木村也是疼爱有加。

“雄一的父亲工作起来可是很可怕的。他叫木村茂，所以大家都管他叫茂鹰呢。”繁说道。木村的父亲和繁好像是因为名字的发音一样才亲近起来。[1] 每次在家里喝酒的时候，他都会对木村的父亲抱怨：“现在的工作真不好干啊。我都想换工作了。”这让木村领悟到，原来大人们也有示弱的时候，人不管到什么年纪都很辛苦。可不知从何时开始，他们跟繁之间渐渐疏远了。如今木村想起来的，是繁在模仿电视上的逃生秀，那节目是从事先在身上绑好的绳索中逃脱出来。繁看到后说：“这种事我也做得到。”

繁扭动身体，嘴里发出“嗯嗯”的闷哼声，而就在木村转眼看电视的时候，他已经解开了绳扣。

他到底是怎么做到的？

或许能想到一些帮助我打破现状的提示呢。他奋力挥舞锄头，希望可以从沉睡的记忆大山里挖出一些重要信息，却什么也想不起来。

“叔叔，你在这里等一等，我去趟厕所。”王子起身转向过道。那身着西装校服的样子怎么看都只是个家境优越、受到良好教育的初中生。为什么我非得对这样一个小鬼言听计从？木村郁闷得有些坐立难安。“啊，我给你买些酒吧。那种杯装的，行吗？”留下了这句令人咬牙切齿的话之后，王子便朝车厢后方走去。去厕所不是反方向更近一些吗？木村察觉到了，却并不打算告诉他。

这个初中生，毫无疑问是在优越的家庭环境中成长起来的，是一个优越的家庭所培养出来的、充满恶意的初中生。木村想起了几个月前第一次见到王子时的情景。

那时接近正午，积雨云如同要吞噬天空般聚集，木村走在从仓

---

①日语中“茂”和“繁”的发音相同。

井町的医院回家的路上。保安的工作结束到家后已是早晨，涉吵着说肚子痛，所以就直接带他去了平时常去的那家儿科医院。平常都是回来后先将涉送到幼儿园然后钻被窝，今天由于没有睡觉，困倦令他觉得头异常沉重。而且，医院竟然超乎想象地拥挤。在候诊室又不能明目张胆地喝酒，木村注意到自己的手指正在不经意间颤抖。

其他所有孩子的症状看上去都比涉的轻，看着那些戴着口罩、做出痛苦表情的孩子，木村心里想的却是“净装出些夸张的样子，应该让真正痛苦的孩子先看吧”。他很恼火，一个个地瞪着其他孩子的家长，瞪了一圈之后没有其他事可做，于是便贪婪地意淫着往来穿梭的护士的屁股。结果，涉的症状其实也很轻。在开始诊断之前，他便好似什么都没发生过地轻声说：“爸爸，我好像已经没事了。”可是都已经等到现在了，就这样回去又不甘心，木村最终还是让涉装出肚子痛的样子，拿了处方之后才离开了医院。

“爸爸，你喝酒了？”走出大楼之后，涉似乎有些难以启齿地问道。

听涉说肚子不痛了之后，木村的心情一下子放松了，于是在候诊室攥着小瓶子偷偷喝了一点，这似乎被涉看见了。如果涉的肚子一直痛，那我肯定会因为紧张过度而喝很多酒。这样看来，这点润润口的程度也不是什么大问题。木村在心里这样告诉自己，然后从口袋里掏出瓶子打开瓶盖。为了不让其他候诊的患者看到，他面对着墙壁，偷偷抿了一口。小瓶子里装的是廉价白兰地。工作时，为了可以在身体开始渴求酒精时立即喝上两口，他常常带在身边。木村有一套自己的理论：这就跟有过敏性鼻炎的人，为了不影响工作而使用喷剂一样。我要是没有了酒，注意力就不能集中，保安的工作也没法干好。要是手指发抖，手电筒都拿不住，不是很麻烦嘛。

换言之，这就相当于针对疾病的必要处理措施，是为了工作能够顺利进行而准备的。

“涉，白兰地是蒸馏酒。这蒸馏酒啊，可是在两河流域文明时期就被造出来了。”

涉当然无法理解这话的意思。他只觉得爸爸的借口又开始了，既然听不懂，便干脆反复玩味起爸爸所发出的那些声音：两河，流流。

“蒸馏酒用法语说就是 eau de vie。你知道那是什么意思吗？生命之水。是生命的水哦，生命的水。”木村说着说着，自己也感慨起来。是啊，自己之所以将这小瓶子里的白兰地送进嘴里，只是为了救命而已。

“可是，医院里的医生闻到爸爸身上的酒臭味，吓了一跳呢。”

“不是戴了口罩嘛，那个医生。”

“戴了口罩也闻得到哦。”

“这是生命之水，臭一点又有什么关系？他是医生，肯定也明白。”木村说。

“爸爸，尿尿。”走到了步行街的时候，涉说。木村冲进了一家以年轻人服饰为主题的时装商场，找起了厕所。一楼没有。木村一阵骂骂咧咧之后，顺着手扶电梯上了二楼，在卖场里走了好久终于找到了深处的一个厕所。

“一个人能行吧。我就在这里等着。”木村拍了拍涉的屁股，在厕所旁边过道的长椅上坐了下来。对面是一家女性品牌服装店，里面的店员胸很大，而且穿着开领衬衫，所以他打算坐下来慢慢欣赏。

“嗯，一个人能行。”涉骄傲地消失在厕所里。

涉很快就回来了。木村这才注意到，自己手里握着装有白兰地的小瓶子。究竟是什么时候取出来的呢？他完全不记得。盖子还没打开，应该还没有喝过。他确认着，好像这行为跟自己无关。

“挺快的嘛，没尿出来吗？”

“尿出来啦。不过，有好多。”

“好多？小便吗？”

“不是啊。有好多哥哥。”

木村站起身，嘴上说道“在哪儿在哪儿”，朝厕所走去。“好像很可怕的，我们回去吧。”涉边说边拽着木村的手，木村则将其挡开。反正就是些小鬼聚在一起，要么抽烟，要么吵吵嚷嚷，再不然就是为了勒索或者偷东西，大不了就是这样呗，那我就好好陪他们玩玩，他想。由于睡眠和酒精摄入不足，木村很烦躁，早想找地方发泄了。你在这里等着，他将涉留在长椅上，朝男厕所走去。里面大约有五个穿着校服、表情稚嫩的初中生。厕所很宽敞，两面墙上装着小便池，另外一面墙则是四个隔间。这些初中生就站在隔间附近的空地上，围成一圈，看了一眼走进来的木村，立即又将头凑到一起继续说话。木村若无其事地走过他们旁边，站到小便池前开始小便，同时竖起耳朵偷听后方正在进行的对话。肯定又是些无聊的议论，要不就是讨论什么恶作剧。就给你们稍微找点小麻烦吧，他立刻想道。以前那凶险的工作虽然洗手不干了，但并不表示自己讨厌暴力。

“怎么办啊？”一名初中生带着生气的口吻说道。

“找个人去跟王子解释一下吧。”

“找个人，找谁啊？半路上跑掉的不就是你小子吗？”

“才不是呢，我是打算做的，是卓也害怕了，说什么肚子痛。”

“是真的肚子痛。”

“那就你去跟王子说啊。因为肚子痛，所以吩咐的事情没办成。”

“不干。之前那次被电击我已经够呛了，如果比那个更严重会死的。”

这时，其他四个人都沉默不语了。

木村有些意外。他们谈话的具体内容并不清楚，但大致经过却可以想象出来。

这些初中生有个老大，是同年级的、高年级的还是大人现在还不知道，但总之是一个可以对他们发号施令的人，估计就是他们口中所说的王子吧。王子大人，这真是个滑稽的名字。而且，他们应该是辜负了那个王子大人的期待，没有实施他的命令，因此王子有可能会动怒。于是他们在这里绞尽脑汁，讨论谁该负责，要怎样解释。大概就是这样。面对王子大人，平民们就算聚在一起也无能为力啊，木村一边继续着他那总不结束的小便，一边愣愣地想着。只是，他们所说的“电击”自己却无法理解。电击，从这个词去理解，难道是电椅之类的东西？木村在头脑里想象出来的，是外国在执行死刑时使用的刑具。怎么可能！他不觉得仅仅为了惩罚会如此大手笔。除此之外，不知谁感叹的那一句“如果比那个更严重会死的”也很令人在意。十几岁的年轻人经常会若无其事地把“去死”“杀了你”或者“被杀”这些词挂在嘴边，口气远比这些词的实际意义轻松，但是这句话跟那些不一样，其中有着死亡真的就在身边般的沉重。

木村解完小便，拉着拉链朝初中生们靠近。“你们在这种脏兮兮的地方嘀嘀咕咕干什么呢？真碍事！那，你们到底准备怎么办？到底谁去跟王子大人道歉？”还没有洗的右手顺势就要放到身前小个子的校服肩部擦拭。

初中生们一下子变换了站立的阵形。原本围成的圆圈忽然间散开，跟木村面对面站成了一排。五个人都穿着一样的校服，身高和脸型则各不相同，有青春痘很显眼的高个子，有光头，还有个子不高看上去很蠢的胖子，木村逐一观察审视着。他们虽然卖力地威胁着自己，但不管怎么看都只是幼稚的孩子。

“你们这帮初中生，在这里这样商量也商量不出什么结果，不如赶快去跟王子大人道歉更好吧。”木村拍了下手，初中生们应声身体猛地一抖。

“跟你没关系吧。”“大叔就赶紧滚吧。”

稚气未脱的孩子们故意逞强的样子很可笑，木村乐开了花。“你们啊，摆出那些凶狠的表情，是不是平时还会对着镜子练习？我以前也干过哦，初中的时候，眉毛还拧成这样，‘说什么’‘啊？’说着这些台词做自主训练呢。但是这些东西屁用都没有。等青春期一过再回想起来，只觉得很好笑，在网上找些色情裸体照片来看都比这有意义多了。”

“这家伙一身酒味，好臭。”光头学生体格还算可以，但是捏着鼻子做出那些夸张动作时的样子，看上去就像个小学生。

“你们这帮家伙，今天原本打算去干什么？告诉我嘛，告诉我这个大叔啊。把大叔我也当作你们的同伙吧。王子大人的命令到底是什么？”

初中生们瞬间沉默了。过了一会儿，最边上的学生才开口道：“你怎么会知道？”

“我解小便的时候，你们不是一直在后面嘀嘀咕咕嘛。全都听得清清楚楚。”木村说着，扫视了一下眼前的五个初中生，“不如跟我商量商量吧，我可以听你们谈谈烦心事。包括那个王子大人的事情，都跟我这个大叔聊聊吧。”

他们又沉默了一会儿，互相交换着眼神，似乎在进行一场无言的交谈。

“喂喂，不会真的要跟我商量吧？”木村笑了出来，“我开玩笑的啊，开玩笑。我怎么会听你们这帮小鬼的话？顶多带你们去夜总会玩玩，要不然就是帮你们教训一下别人。”

初中生们表情没有丝毫缓和，反而更加严肃地交谈起来。你们还真的在烦恼啊？木村板起了脸，接着走到洗手池边开始洗手。从镜子里可以看到，初中生们再次满脸愁容地围成了一圈，正在小声地说话。

“不好意思吵到你们啦。走了。”木村打了个招呼，又在另外一个学生的衣服上擦了擦手。初中生们并没有动怒。

“喂，涉，等急了吧，爸爸回来了。”木村说着，从厕所里走了出来，可眼前却没有涉的踪影。木村心头一惊，到底去哪儿了，他左右张望着。眼前的走廊很长，可哪里都看不到儿子。木村大步走到那个大胸女店员旁边，“喂”了一声。一头茶色卷发、眼睛很大的店员脸上露出了明显的不快，不知是因为木村身上的酒气，还是他那毫无礼貌可言的招呼方式。“喂，你有没有见到过一个大概这么高的小男孩？”木村将手放到腰附近。

“啊，”她看上去有些讶异，“刚看到他朝那边走过去了。”她伸手朝商店后门指去。

“那边？为什么？”

“我不知道啊。但是，还有另外一个男孩带着他。”

“另外一个男孩又是谁？”木村的声音更大了，“幼儿园的朋友？”

“难道不是他哥哥吗？好像是个初中生，看上去很整洁，很有教养。”

“很有教养？谁啊那是？”

“我不知道啊。”

木村连声“谢谢”都没说就离开了。他拐过一个弯，视线四处扫着。涉，你这是要去哪儿啊，你现在人在哪儿？“就你，还能看好孩子？”他的脑海里出现了前妻轻蔑地嘲笑自己的模样。焦躁的情绪化成汗滴渗出皮肤，心跳越来越快。

总算在下行手扶电梯附近看到涉了，木村这才放下心来，几乎想要当即坐倒在地。涉的手正被一个身着校服的男孩拉着。

木村大吼一声，冲上前去，狠命将涉的手拉了过来。尽管手被强行拉开，那个男孩却并没有任何多余的动作，只面色平静地抬头道：“啊，您是他父亲吗？”

男孩的身高大概有一米六五，体形偏瘦，细而黑的头发有些偏长，但感觉并不浓密。轮廓分明的双眼皮下，大大的眼睛像黑暗中的猫眼一样引人注目。简直像个女孩，木村想。一瞬间自己竟然有种被颇有姿色的女人打量的感觉，下意识扭捏起来，他不禁苦笑。“你想干什么？”木村粗暴地拽过了涉的手。

这句话是对那个男孩说的，涉却以为被责骂的是自己，带着胆怯的表情回答道：“因为，他说爸爸到这边来了。”

“不是告诉过你很多次不能跟陌生人走吗？”木村加强了语气，同时却想起，这样的事情自己其实从来没有注意过，而父母当初对自己也只是这样随口说说而已。“你是谁？”他对着那个相貌端正的初中生板起了脸。

“我是加野山中学的学生。”少年丝毫不为所动，态度也不软弱，好像在说，我只是在做老师吩咐过我的事情而已。“刚才我的朋友们都聚在厕所里，我怕小朋友会感到害怕，就想带他走远一点。结果他说不知道爸爸去哪儿了，我就打算带他去问询处。”

“我刚才就在厕所里，涉他也知道。你少在这儿胡说八道。”

涉可能觉得是自己挨骂了，在一边缩着脖子战战兢兢地不停点头。

“那就奇怪了，他没告诉我这个啊。”初中生面不改色，淡然地说道，“可能是我说话的方式比较凶，他不好说出口吧。我刚才有些担心，所以语气可能有些严厉。”

真是看不顺眼。比起打算带涉离开的行为，他那令人惊异的冷静，以及面对木村的言语和行动毫不回避的态度更让人恼火。木村感觉到了跟没礼貌和恶作剧完全不同的另一种令人厌恶的东西，一定要说的话，那应该就是所谓的狡猾吧。

“厕所里的那帮学生好像在等什么王子大人。”木村拉着涉准备离开，“嘀嘀咕咕说个没完。”

“哦，他们说的就是我。”初中生爽朗地回答，“我姓王子，名叫王子慧。是个挺奇怪的姓吧？经常有人拿这开玩笑，我也挺烦的。啊，他们虽然都聚在厕所里，但并不是为了抽烟哦。”连这种日常交谈竟然都说得这么礼貌规矩，说完，他朝厕所走去。

王子回来了，木村也停止了回忆。

“第一次遇见你时，你原本打算对涉做什么？”手脚被绑、坐在列车座位上的木村谈起刚才回想起来的事情。

“我只是想确认一下。”王子淡淡地答道，“那时厕所里那些同学的对话，我都窃听到了。”

“窃听？你在厕所里装了窃听器？”

“才不是呢。我偷偷藏在了其中一个人的校服口袋里。”

“间谍啊。”这话一说出口，木村便觉得十分幼稚，自己都不好意思起来，“你是不放心，想知道别人有没有在背后说你的坏话？”

“不全是。其实他们说我坏话也无所谓，只不过我想令他们互相猜疑，‘搞不好被窃听了’‘我们中间可能有间谍’，这样对他们的行动会产生很大的影响。最重要的就是，同伴就不能再当作同伴去信任了。这对于我来说反而是好事情。”

“那跟涉有什么关系？”

“所以啊，我那个时候只不过是在厕所外面偷听，然后打算告诉他们，他们中间有人是间谍。这样他们就会彼此互相猜疑。嗯，实际上最后也确实变成那样了。只不过，当时在那里，叔叔的儿子一直看着我，好像对我很感兴趣，所以我就想跟他玩玩啦。”

“他只是个六岁的孩子，就算看着你，也不可能有什么特别的意思。”

“话虽如此，但我就是想跟他玩，这也没办法啊。而且我也想试试，对小孩到底有多的影响。”

“什么有多大影响？”

“通电啊。我很想知道，如果被电击了，那么点大的小孩到底会做出什么样的反应。”王子指了指放在自己背包里的那把电击枪，“原本打算试试看，结果被叔叔发现就泡汤了。”

水果

柠檬首先朝前方的四号车厢走去。他试图回想起丢失的行李箱的形状，到底是一只怎样的行李箱来着？

“您的孙子除了自己感兴趣的东西之外什么都记不住。”这是自己读小学的时候，班主任对爷爷奶奶说过的一句话。“他可以凭空背出机器猫在哪一卷里拿出了什么道具，却总也记不住校长的名字。”老师有些不可思议地说道。柠檬不知道班主任为什么要这样感慨，校长的名字和机器猫道具的登场画面到底哪个重要，这不是一目了然嘛。

行李箱的尺寸，感觉应该是长六十厘米、宽四十厘米吧。有拉杆，还有滚轮。黑色，材质看上去很结实，摸上去冷冰冰的。

要打开箱子，必须输入四位数的密码，这个密码柠檬他们也不知道。“如果不告诉我们，那还怎么跟对方交易？里面的东西也没法确认，这事简直没法做。”从峰岸的手下那里接过箱子的时候，柠檬实在没忍住说出了口。

蜜柑给出了合情合理的回答：“也就是说，比起敌人来，我们更不值得信任，人家以为我们会抢了赎金然后逃走。”

“喂喂，少开玩笑了。我可不想接不信任我们的人的工作。”

“不也挺好的嘛，如果知道了密码还总会想去打开。”蜜柑随后说，“那就先做个记号吧。”说着从口袋里掏出了一张小孩玩的贴纸，贴在了密码锁旁边。对了，箱子上肯定还有那张橘子贴纸。

四号车厢前站着一个列车售货员。她把推车停在一边，似乎在确认商品的数量，手里拿着一个小机器按着。

“喂，你有没有看见有人拿着一个大概这么大的行李箱？”柠檬问道。

“嗯？”女人瞬间瞪大了眼睛，随后反问道，“行李箱是指……”她系着一条深蓝色围裙，制服看上去很休闲。

“行李箱就是那种用来装行李的箱子，一个黑色的箱子。我明明放在这里的，但是不见了。”

“真是非常抱歉，我不太清楚。”售货员似乎被柠檬盯得有些不安，稍稍躲到了推车后面。

“啊，是嘛，不太清楚啊。”柠檬说完继续往前，走进了四号车厢。

车厢门安静而迅速地打开了，让他想起在电影里看到过的宇宙飞船，唰的一下就打开了。

乘客并不多。柠檬顺着过道前进，观察着左右座椅的下方以及两侧上方的行李架。车上的行李很少，很容易确认。四处都没发现黑色的行李箱，但是在右侧行李架上柠檬发现了一个令他在意的袋子。那是一个大纸袋，放在离门大概几排座位上方的行李架上。看不见里面是什么，但柠檬怀疑箱子里面的东西被调包之后放在了那里。

既然已经怀疑了，那行动就不需要再犹豫。他径直朝那个座位走去。是个靠右的三人座，但只有靠窗的座位上坐着一个男人。柠檬于是坐到靠过道的座位上，开始打量那人。

按第一印象，那人年龄在三十岁上下，或许比自己稍长些。他看上去有些像学生，但穿着西装，拿在手上读的书还包着书店的书皮。[①]

“喂。”柠檬朝对方伸出右手，身体稍稍倾斜着，“喂，放在那里的那些行李是什么？”他指着头顶上的行李架。

男人似乎这才发现对方是在跟自己说话，看了看柠檬，随后又抬头朝正上方看去。“啊，那些只是普通的纸袋。”

“我知道是纸袋。里面装了什么？”

“嗯？”

“我的行李不见了，但现在肯定还在车上，一路边走边找就到了这里。”

男人一时间似乎没明白对方话里的意思，只说道：“如果能找回来就好啦。”过了一会儿，他好像终于明白了柠檬的目的，连忙又说：“啊，那个不是，我没有拿你的东西。纸袋里面只有点心而已。”

“有那么大的点心吗？”

“量很多的。”这个看上去知书达礼、小心翼翼的男人，竟然出乎意料地没有对柠檬产生任何怀疑。

“那你就给我看看吧。”柠檬说着站起身，伸出手准备将架子上的纸袋取下来。男人既没有生气也没有着急，而是将视线重新移回到书本上。他脸上浮现出平静的微笑，反倒让柠檬不知所措。

“你查完里面的东西之后，再帮我放回去就好了。”

---

①日本的书店会给购书者提供印有自家书店标识的书皮。

柠檬将纸袋放到座位上，盯着里面看。里面装了好几种点心，看上去像是在东京站买的。“是土特产嘛，还真是不少啊。”

“原本只是想买些好吃的东西，但不知道怎么取舍。”

“土特产这种东西需要那么认真地去选吗？”

“没帮上你的忙，真是不好意思。”男人静静地笑着，“那袋子你可以再帮我放回去吗？”

柠檬粗暴地将纸袋扔回到行李架上，接着坐到男人旁边，身体如弹簧般动着。“你啊，其实知道我正在找的箱子在哪儿吧？”

男人无言地看着柠檬。

“一般情况下，如果自己的袋子像这样被人家查了，多少都会生气，或者会害怕。但是你却那么镇定，好像从一开始就知道似的。就好像事先准备好了不在场证明的凶手一样，就算被警察问到不在场证明，也可以不动声色地说‘那个时间，我在那家店里’之类的话。你从一开始就已经考虑好怎么应对了吧？啊，是不是？”

“这也太牵强了。”男人眯起眼睛，似乎要放声大笑。随着这个动作，他手上书的封面也露了出来。柠檬看到上面写着“酒店旅馆推荐指南”，内页则是各种酒店和菜肴的照片。“你这不是跟抓女巫的时候说‘不承认自己是女巫的人就是女巫’一样嘛。我不害怕你所以就可疑，这是什么话。”他合上了书。“突然有个人出现在身边然后让我给他看行李什么的，我其实也很吃惊，只不过因为太过意外，反而没了反应。”

“看上去可不像。”柠檬想着，也说出了口。“你做什么工作？”

“现在是补习班的讲师。不过是个很小的补习班。”

“是老师啊，我当初属于跟老师处不好关系的那一派呢。不过，我认识的老师基本上都很怕我，从来没有人像你这样这么冷静。是因为那个吗？早就习惯了跟不良少年相处？”

“你希望我怕你？”

“倒也不是这个意思。”

“我觉得自己只是个普通人，也没有刻意想要不怕你。”男人表现出了一丝困惑，“不过，如果我真的表现出了不害怕的样子，”他继续说道，“那可能是因为我曾经被卷入到一起凶险的事件中过，从那之后，我似乎就对很多事情都觉得无所谓了。是不是麻木了呢？”

凶险的事件？柠檬皱起了眉头。“是行为不端的坏学生打算揍你吗？”

男人再次眯起了双眼，眼角出现皱纹，嘴巴咧开，像是变成了一个少年。“妻子因为事故去世，我也见到了许多恐怖的人，总之发生了很多事情。”他说。“不过，”他立刻又换了一种口气，“不过，一直唯唯诺诺也不是个办法，所以就决定要像活着一样地活着。”

“‘像活着一样地活着’，这什么话啊！意思不都一样嘛。”

“不，让人惊讶的是，人们都是在漫无目的地活着。当然，大家都在说话，也会去玩乐，我说的是更加……”

“难道还要时不时嚎两声吗？”

男人露出十分开心的笑容，用力地点了点头。“这也不错啊。嚎两声确实会让人有活着的感觉。另外，还可以去吃很多好吃的东西。”他啪地翻开手中的书，给柠檬看里面自助餐的照片。

柠檬有些困惑，不知道该说什么好，又觉得继续跟这个男人纠缠下去也不是办法，于是起身站到过道上。“感觉老师你很像艾德华啊。”

“艾德华是谁？”

“是小火车托马斯的朋友，号码是二号，‘是非常温柔的火车，对谁都很亲切。曾经从后面推过爬不上坡的高登，还拯救过险些被当作废铁的特雷弗。得到了多多岛上每一个人的信赖’。”想都不用想，早已熟记在心的内容就脱口而出。

“真厉害啊。刚才这些话，你都背下来了吗？”

“如果考试科目里有托马斯小火车，我早就上东大啦。”

柠檬顺着列车前进的方向继续朝前走去。

走出四号车厢，柠檬看到大型行李存放处什么东西也没有。

等那个少年出现在眼前时，柠檬已经走到了六号车厢的正中央。具体也不太清楚他到底从哪里冒出来的，回过神来的时候，就已经跟他面对面地站在过道上了。初中生吗？现在的小孩都长着一张不错的脸啊，柠檬想。眼睛鼻子轮廓分明，看上去像一个性别不明的人偶。

“干什么？”面对一个孩子，柠檬也不知道究竟该吓唬对方到什么程度才合适。看着这个娇美的少年，他不禁想起了小火车培西。

“啊，没有，我是想问你在找什么东西吗？”少年说，“你刚才在朝厕所里看。”

那副好学生的样子令柠檬看着很不顺眼。他跟这种八面玲珑的家伙从来就没能好好相处过。“一个行李箱，黑色的，大概有这么大吧。你见过吗？没有吧？”

“啊，那个的话……”

柠檬猛地贴到少年身边。“哦，你知道？”

少年像是被柠檬的架势压倒了，却又没有一点害怕的样子。“刚才，我看到一个拿着大概这么大行李箱的人走了过去。”他用手比画着箱子的大小。“黑色的。”他噌噌地指了指列车前进的方向。似乎是在配合他手指的频率，列车的速度也噌噌地加快了。柠檬稍微晃了一下。

“是什么样的人？”

“嗯……”少年将手放在下巴上，歪着脖子看向天花板，似乎是在搜索记忆，看上去就像个演技精湛的少女，“嗯……穿着一条朴素的裤子，上身好像是牛仔外套。”

“牛仔外套啊。年龄呢？”

“大概二十五以上吧，又像是三十岁出头，大概就是那么大。对了对了，还戴着黑色眼镜。看上去挺帅呢。”

“谢谢啦。”

“不用不用，小事而已。”少年摆着手，四周似乎都因他脸上那炫目的微笑而变得更加明亮了。

“你的那个笑容，”柠檬苦笑着说，“是在把大人当傻瓜，还是真的因为内心清澈无云？到底是哪个？”

“哪个都不是。”少年立刻回答道，“我长这样而已。”

“小孩坐在新干线上，就给我装得更像小孩一点，要两眼放光。”

“叔叔你很喜欢新干线吗？”

“难道还有人不喜欢？当然，比起疾风号，我更喜欢的还是五一○○系列。不过真要说起来，我最喜欢的其实是那个说着‘我拉的可是公爵大人的专用车厢哦’的家伙。”

少年露出不可思议的表情。

“嗯？你不知道史宾塞吗？你难道不看《托马斯和他的朋友们》？”

“还是小孩的时候好像也喜欢过。”

“现在不也是小孩嘛，脸长得跟培西似的。”柠檬哼了一声。他准备按照少年告诉他的方向继续朝前走，脚已经踏向车厢连接处的门了，却忽然看到了车门上方长条状电子显示屏。“新闻报道”的字样往左滑去，柠檬没有多想，只是单纯地盯着显示屏。是市内的头条新闻，有一条蛇被偷了，似乎是一条足以上新闻的珍贵品种，动机仍旧不明。“应该是想把蛇卖给什么人吧。”柠檬兴趣索然地嘀咕道。接着，下一条新闻出现在眼前。

“藤泽金刚站杀人事件死者十三人，监视摄像头被人为破坏。”文字又从右至左地显示出来。

十三个人啊，柠檬想着，并没有什么特别的感慨。当时一片黑暗，他们只是拿着枪挨个解决掉对手，并不清楚人数。明明是那么血肉横飞的场面，可是化作文字再次出现在眼前的时候却是如此枯燥无味。

“真不太平啊。”身后的少年也跟柠檬一样，正抬头看着新闻，“十三个人呢。”

“我应该干掉了六个以上吧，其余是蜜柑负责的。不算少，但也不多。”

“啊？”

被少年一问，柠檬才发现自己多嘴了。“这东西，正式名称叫作旅客引导情报处理装置，你知道吗？”他岔开话题。

“嗯？”

“就是那个显示新闻的东西。”

“哦。”少年点头。“也不知道那些消息是从哪里传过来的。”他说出了自己的疑问。

柠檬感觉到自己笑了。“那就让我来告诉你好了。”他的鼻孔变得更粗大了，“那东西啊，有两种。一种是从车头的装置里自动显示到这里，还有一种是从东京的综合指挥所传送过来。车内自动显示的大概就是那些，比如‘列车现在正在经过某某车站’之类的信息。除此之外的广告、新闻报道什么的都是从综合指挥所发送过来的。有时候不是会因为发生了事故，列车时间表就跟着乱掉了嘛，这些实时的信息通知都从综合指挥所发射过来，然后显示在这里。另外，这些新闻的显示也很有意思的，总共集合了六家报社的新闻，然后轮流显示，而且……”

“那个，我们挡路了。”少年说得毅然决然，柠檬这才回过神来。

售货的小推车已经很近了。女售货员的脸在抽搐，那表情似乎是在感叹，怎么又跟这个男人碰面了？是不是接下来每节车厢都会碰到他呢？

“怎么搞的！我还打算再告诉你些有用的知识呢。”

“有用的知识？”少年接下来想说的一定是：哪里有用？

“难道不是有用的知识吗？这些关于旅客引导情报处理装置的知识，你听了难道不会感动落泪吗？”柠檬一脸严肃地说道，“唉，总之，谢谢你刚才告诉我有用的知识，要是能找到箱子多亏了你，下次买糖给你吃。”

瓢虫

这个正路过的乘客个子不高，是个穿着西装校服的少年。七尾合上手机，放到工装裤的口袋里，告诉自己要冷静。狼的尸体靠着车门，脖子断了。如果一不小心让他失去平衡，他的头很可能会朝一个不自然的方向垂下去。

“他没事吗？”少年站住了，朝七尾问道。是不是学校教过他，遇到有麻烦的人要立刻上前打招呼？真是麻烦。

“没事没事，他就是酒喝太多意识不清醒了。”七尾注意着不让语速太快，接着稍稍侧过身，轻轻敲打着狼的身体说道，“喂，快起来。孩子都被你吓到了。”

“我帮你把他抬到座位那边去吧。”

“不、不用不用。我就喜欢这样。”什么啊？喜欢哪样？身体里的另一个自己不可思议地质问道。难道是喜欢靠在尸体旁边向车窗外眺望吗？

“啊，那个。”少年的目光落在地板上。七尾正想着是什么，一看原来是新干线的车票。可能是狼身上的车票掉在了地上。

“不好意思，可不可以帮我捡一下？”七尾问道。自己正抱着一具尸体，不方便蹲下去，除此之外，他也觉得先满足一下眼前这个少年心中翻涌着的“与人为善”的欲望比较好。

少年立刻将票捡起来递给七尾。

“非常感谢。”七尾略微一低头，道了声谢。

“酒还真是可怕啊。今天跟我一起过来的叔叔，也是戒不了酒，正发愁呢。”少年一字一句地说。“那我先走啦。”说着，他便朝六号车厢走去，但刚走到一半，似乎又注意到了孤零零地立在对面车门附近的行李箱，问道：“这个也是大哥哥的东西吗？”

你到底是哪所学校的！七尾的五官都要揪到一起了。现在自己最希望的就是他赶紧离开这里，可对方却似乎并不满足，仍不打算离去。到底要在哪所学校接受教育，才能把孩子教得这么好心肠？有朝一日我如果有了小孩，真想让他去读那所学校！七尾简直想破口大骂。接着他又想，果然不走运。在这种情况下，偏偏路过的乘客是一个满怀善意、态度亲切的少年，运气真是坏到家了。

“是我的，就那样放着没事。我待会儿会过来拿的。”无意间自己的语气变得有些强硬了，七尾赶忙平复心情。

“可是，如果就这样放着，可能会被别人拿走哦。”少年还不罢休，“一个不小心，别人就会乘虚而入的。”

“没想到啊，”七尾想都没想就说出了口，“我还以为你那学校光教你要相信别人，只宣扬性本善呢。”

“为什么？”少年这样回答道，他似乎知道“性本善”这个词是什么意思。

我还是最近才从真莉亚那里学来的呢，七尾有些不好意思。“你要问为什么，我也不好回答。”总之就是觉得你那所学校里都是些品行端正的学生。

"我觉得人生下来的时候没有善恶之分。"

"你是说，后来变成哪边都有可能？"

"不，我是觉得所谓的善恶之分都是因为观点的不同。"

真是个品学兼优的好学生，七尾听了直想逃跑。初中生都这样说话吗？他暗自感慨。

接着少年又说："我帮你拿箱子吧。"

"不用了。"再纠缠下去自己就真要发火了。"这点小事我自己会处理。"

"那，这里头装的是什么啊？"少年摸着箱子，弯下腰仔细地打量。

"我也不大清楚呢。"七尾不经意间说出了实话。

少年以为他在开玩笑，还真的笑了起来，整齐的牙齿闪耀着洁白的光。少年似乎还想说些什么，但过了一会儿快活地打了声招呼，便朝六号车厢走去。

松了口气的七尾这才用肩膀撑住狼的尸体，迈步朝箱子走去。先是尸体，再是箱子，这两样东西都必须要处理。坐在三号车厢的箱子主人或许还没有发觉箱子不见了，可一旦发觉，肯定会彻底搜查整辆列车。一直这样毫无防备地带着箱子在车里乱走，很可能会被发现。

七尾抱着尸体，抓着箱子的把手，左顾右盼，手忙脚乱。是不是应该先给这具尸体找个座位坐下呢？七尾看见了一个嵌在墙里的垃圾箱，上面有用来扔瓶罐的圆形投放口和扔杂志等的长方形投放口，还有一个打开了的大大的盖子。

在装着垃圾箱的那面墙壁上、扔杂志用的长方形投放口旁边，有一个小小的突起，像是钥匙孔，但并没有真的开孔，仅仅是一个突起。七尾没多考虑便伸出手按了一下，结果咔嚓一声冒出了一节金属把手。这又是什么？他想着，伸手拉了拉。

竟然打开了。

原本以为是墙壁的部分其实只是一块板，打开之后，里面竟然是一个储物柜大小的空间。中间隔着一块板，分成了上下两段。下段就是垃圾箱，里面张着几个不同颜色的垃圾袋。乘客扔进孔里的垃圾最终会落到这里。收拾垃圾袋的时候，肯定就是像现在这样把门打开然后收走。

令七尾欣喜的是，上面那段什么东西都没有。没有思考的余地了，七尾用左手抱住尸体，右手拎起行李箱，一使劲，顺势便将箱子放到隔板上方。只听隔板处咚地发出了一声粗暴的声响。他立刻关上门。这儿居然还藏着这么一个地方，七尾心里有些沾沾自喜。接着，他支撑好尸体，拿出刚才少年捡给自己的车票看了看。狼的座位在六号车厢第一排，就在正前方，是最靠前的座位。如果想要在搬运尸体过程中不被人注意到，那位置简直是再好不过了。

得救啦！走运啦！接着，他又想，真是这样吗？平常被厄运缠身的自己，今天居然破天荒地接连两次品尝到幸运的滋味：第一，垃圾箱后面的门板可以打开，箱子藏好了；第二，狼的座位就在离车厢连接处最近的位置。肯定会在什么时候付出代价！一个自己敲响了警钟；就因为这点小运气？另一个自己发出了哀号。

车窗外的景色接连不断地流向后方。正在建设的大楼顶部的塔吊，连成一片的住宅区，浮在空中的航迹云，所有的一切都以同样的速度消失不见。

七尾重新抬起狼的尸体。将一个大男人扛在背上太过显眼，所以他还是决定把狼架在肩上，如同在练习两人三脚游戏般地朝前走去。虽然这样走路姿势也很奇怪，但除此之外没有其他办法。往前走了几步，六号车厢的门便打开了，刚一进去，七尾就为了隐蔽而俯身趴倒在左侧的两人座上坐下。他将狼移到窗户边，自己则坐在了靠过道的那一侧。旁边的座位正好空着，实在是万幸。

七尾刚松了口气，狼就一阵歪斜，倒在了他身上。他连忙将其推回窗边，调整着手和脚的角度试图保持平衡。失去了灵魂的生物躯壳，不论什么时候看上去都那么令人不快。为了不让尸体再晃动，七尾简直想找东西把它固定住。他试着将狼的左肘放到窗台边，可或许是因为狼体形太小，那手臂向上的角度显得极其不自然。七尾来来回回地忙了一会儿，每次都觉得可以了，可是松手后用不了多久，尸体又会像一场小型雪崩般倒下。他强忍住几乎要发疯的狂躁，再一次小心翼翼地调整尸体的姿势。最后终于将其靠到窗边，勉强摆出熟睡的姿势，帽子也重新牢牢地戴好了。

就在这时，真莉亚打来了电话。七尾从狼旁边的座位上站起身，回到后方的车厢连接处，在窗边接通了电话。

“一定要在大宫下车哦。”

七尾苦笑。不用说我也会那么做。

“怎么样，新干线之旅开心吗？”

“根本没心情享受，简直要命。刚刚好不容易才让狼坐好，他现在正睡在座位上呢。行李箱也藏好了。”

“挺能干的嘛。”

“行李箱的主人长什么样子不知道吗？”

“只知道在三号车厢。”

“没有更具体些的情报吗？如果能知道要防备什么样的对手会

很有帮助。”

“知道的话当然会告诉你。可我真的不知道啊。”

“真莉亚大人，我可全靠你了。”站在车门附近，感觉列车行进的声音更大了。七尾将电话放在耳边，额头贴到了车窗上，凉凉的。他注视着一栋栋建筑接二连三地出现在眼前，接着又逐一消失。

后方的车厢传来有人靠近的声音。门随即打开，脚步声响起，接着又传来了厕所门被打开的声音。七尾刚以为那人是进去上厕所，又听到那人立刻走了出来，还伴随着十分不耐烦的咂嘴声。

难道是在厕所里找什么东西？

七尾偷偷地瞟了一眼，是一个高个子、身形苗条的男人。

外套敞着，可以看到里面灰色的衬衫。可能是睡觉姿势的关系，头发毫无章法地蓬着。眼神看上去颇具攻击性，似乎跟谁都可以吵起来。这个男人似乎见过。七尾强忍住焦躁的心情，装出一个正在打电话的普通乘客的语气，面对窗外，背对着那个男人说道：“啊，对了。”

“怎么啦？”真莉亚也发现了七尾语气的变化。

“那个事啊——”七尾拖长了语气答道，直到看见男人消失在六号车厢之后，他才恢复到正常的声音。“有认识的人也在车上。”

“谁啊？是名人吗？”

“就是那对跟我们做着差不多事情的双胞胎。是叫麒麟和柠檬吗？好像不是。”

真莉亚的语气也变得紧张起来。“是蜜柑和柠檬，那两个人其实不是双胞胎。风格是挺像的，所以大家都误会了，但他们的性格一点都不一样。”

“那两人中的一个，刚才走过去了。”

“性格冒失、喜欢火车和托马斯的是柠檬，爱读小说的是蜜柑。一个像极了B型血，另一个则像极了A型血。要是夫妇的话早离婚了。”

“光让看外表，我还真分不出血型来。”七尾为了掩饰紧张，刻意说得很轻松。喜欢火车的那个如果穿着一件印着火车的衣服就简单了,他想。“箱子的主人该不会就是他们吧？”他有种不祥的预感。

“有可能，不知道两人现在是不是在一起，以前听说他们也各自单独做过事。”

“听别人说他们俩是如今这行里做得最好的。”

那究竟是什么时候呢？当时他在一家营业到深夜的咖啡店遇到了那个身材微胖、颇有名气的中间人。那人从前也杀人，接些危险的工作，如今身体上开始堆积起赘肉，行动也日渐迟缓，于是逐渐不愿意再做那样的事,转行做了中介。当时中介这个职业还算罕见，再加上他性格认真，又守规矩，所以获得了理所应当的成功。从如今俨然已经中年发福的体形来看,当初收手不做也算是选对了路吧。“我原本就擅长琢磨同伴之间的联络方式，所以应该是挺适合中介这一行的。”听他的口气似乎很认同自己的选择，但七尾却不明白其中的逻辑。他曾经主动找到七尾说:“别跟真莉亚干了，从我这里接活怎么样？”

“有一个好消息和一个坏消息”是他的口头禅，那时候他也说了同样的话。

“好消息是什么？”

“正好有件报酬很高的工作，可以介绍给你。”

“那坏消息呢？”

“对手很可怕，是蜜柑和柠檬。估计是如今这行里做事最稳妥、最乱来、最恐怖……”

七尾立刻拒绝了。跟真莉亚一刀两断他倒不是很抵触，但要跟带着那么多“最”的男人战斗，他暂时还没这个打算。

“我可没法跟那种人对着来。”七尾对电话那头的真莉亚叹道。

“如果他们真的跟行李箱有关，就算你没那意思，对方可不一定也那么想。”真莉亚平静地说道，“而且，所谓‘业界之最’这种东西，就跟每年的‘文学奖最有希望获奖者’这种煽动性语句一样，都是说说而已啦。这种事情太多了。你看，你应该也听说过推手吧。啪的一下把人推到地铁或汽车前，伪装成交通事故的那个杀手。他曾经也被说成是最优秀的。还有一段时间，黄蜂不是也成为热门话题了嘛。”

黄蜂这名字七尾也听过。六年前，这杀手因为只身潜入在业界势力强大的寺原的公司，将身为社长的寺原杀掉而一举成名。七尾还听说，黄蜂有时候一个人单独行动，有时候两个人一起行动，用的是抹过毒的针，神不知鬼不觉地刺向目标的脖子或者手指。

“可是最近谁都不谈黄蜂的事了，就好像风潮已经过去了。这种东西就是昙花一现啦。蜜蜂不就是这样吗，刺一下自己也结束了，他们或许也是如此。”

“真的？”

“曾经业界的那些人也就剩下些传说啦。”

七尾又想起了中间人的另一句话。“每次看那些老电影的时候都会很激动。那时候既没有 CG 也没有特技，可为什么就能拍出那么好的场面呢？你看德国的无声电影，明明已经那么老旧了，还是令人回味无穷。”

“难道不就是因为太过老旧才令人回味吗？毕竟是一个时代的产物。”

中间人如同演戏般振臂一挥。“不，不是‘因为老’，而是‘尽管老’。所以说过去做这一行的那些人真的很强，道理是一样的，他们有能耐，有骨气，坚韧的程度更是跟现在这些人完全不一样。”他激动地说道，“你知道他们之所以绝对不会输给现在这些人的理由吗？”

“什么？”

“因为他们如今要么死了，要么退休了，反正肯定是这两者之一，不存在再有输给谁的可能了。”

“好像也有点道理。”

中间人满意地点了点头，开始大谈特谈那些自己曾经熟识的传说中的人物，唾沫横飞。

“我如果早些退休，会不会也能成为传说？”回过神来的七尾对着电话那头的真莉亚说道。

“‘一个连乘新干线在上野下车都做不到的男人’，后世肯定会这样传颂你的光辉事迹。”真莉亚立刻嘲讽般地回答。

“到了大宫我就下车。”

“但愿你别再成为‘一个在大宫也下不了车的男人’。”

七尾挂断了电话，朝四号车厢走去。他打算先回到自己最开始坐的位置。

王子

“喂，叔叔，事情开始变得有些好玩了。”王子对旁边的木村说。

“好玩？哪里好玩？”木村一副听天由命的样子，将手凑到面前，用还绑在一起的大拇指挠着鼻子，“是忽然受到上天的启发，还是忽然开始忏悔起自己的罪孽深重来了？就去上了趟厕所回来而已。”

“其实厕所就在这节车厢往前走很近的地方，但我搞错了方向，往后面去了，不得不穿过整节六号车厢，走到跟五号车厢的连接处才可以。”

“王子大人也有出错的时候啊。”

“但是呢，我实在是太走运了。”王子嘴上说着，心里也在想，为什么自己会走运到这种地步呢？“虽然表面上失败了，但结果这失败却跟成功有关。绕了远路跑去那个厕所，真是去对了。最开始，在我去厕所之前，就看到两个男人站在车厢的连接处。当时我还没太在意，就直接进了厕所，可出来之后发现他们竟然还在，其中一个正抱着另一个。”

“被别人抱住的家伙通常都是喝醉了。”木村笑了起来。

“是啊。那个抱着别人的人也是这样说的，说是另一个人醉了，但在我看来却不是这样。”

“不是这样是哪样？”

“那个人已经没了意识，身上也没什么酒味，更重要的是，他头的方向很不自然。”王子说着，竟忍不住笑出了声。

“头的方向不自然？”

“那个戴黑框眼镜的哥哥虽然拼命掩饰，但是，我看那个人的脖子应该是断了。”

“我说，”木村长长地叹了口气，“怎么可能有那种事？”

“为什么不可能？”王子不像是在看着木村，而是看着木村身后窗外的风景。他的头脑正旋转着，思考着接下来该怎样行动。

“要是有人死了，早就闹翻天了。”

“我觉得那个人就是因为不想把事情闹大，所以才拼命掩饰。他还对我说谎了。”王子回忆着刚才那个男人的样子。戴着黑框眼镜的他，虽然看上去一副好人相，但当自己提出要帮忙搀扶那个醉汉时，他却慌了。一眼就可以看出是在强装镇定，那不安的神情是那么明显，让人直想同情他。“而且啊，那个人还带着个行李箱。”

“那他应该是想把尸体塞到行李箱里吧。”木村不假思索地说。

“啊，好主意。但是应该塞不进去吧，虽然被抱着的那个人是个小个子。”

“总之先去报告列车长吧。跟他说，有个脖子断了的人正坐在车上，这样可以吗？还可以问问他，脖子断了的人坐新干线，车票要多少钱？”

“不。”王子立刻答道，“那样一来，列车肯定会停下。而且……”他稍微停顿了一会儿，“那就没意思了。”

“王子大人真是任性啊。”

“我话还没说完呢。”王子脸上又露出笑容，“之后我就回到了旁边那个车厢连接处，但走到一半觉得不对劲，于是又回去了。结果就看见六号车厢里出现了另外一个男人，正在找行李箱呢。”

“什么意思？”

“有个男人好像在找什么东西，眼睛不停地打量着过道和座位间的空隙处。”

“跟那个抱着醉汉的黑框眼镜不是同一个人？”

“嗯。个子很高，眼神很不善，感觉挺凶狠的，反正看上去不像什么正经人。而且，他竟然跑去问一个坐在自己座位上的乘客‘你那个行李里面是什么’。很可疑吧？所以我一下子就明白了，他正拼命地找东西呢。”

木村夸张地打了个哈欠。王子看在眼里，心里冷冷地想道，这个大叔真够可以的，不仅完全抓不住我说话的脉络，也不知道我跟他谈论这些到底是什么目的，心里大概只有不安吧。为了不让年少的敌人察觉到自己的不安，才借打哈欠做着深呼吸。还差一点，王子想。要让这个木村承认自己的无能，接受自己不管是在处境上还是事态上都已经走投无路的现状，只需要再下一点点功夫。

人都是需要自我辩解的。

自己是正确的、强大的、有价值的人，不这样想，他们就活不下去。所以，当自己的言行与思想背道而驰的时候，为了掩盖矛盾，他们就需要找到借口。虐待孩子的父母、乱搞关系的神职人员、失足的政客……每个人都需要编织出自己的借口。

被迫屈服于他人时的情况也是一样。为了逃避自己的无力，他们会自我辩解、无能和软弱，找出各种理由。他们会想，这个对手竟然能让我屈服，肯定是非常优秀的人。紧接着就会说服自己认可对方，如果到了这一步，不管是谁肯定都没办法再抵抗下去了。自尊心、自信心越强的人，这种说服自己的力量也越大。而一旦思想转变之后，力量上的从属关系就会被深深地烙在他们心底。这时候，只要再丢出两三句照顾到他们自尊心的话，就可以让他们对自己言听计从了。迄今为止，这样的事情王子在校园生活中屡试不爽。

不管是大人还是孩子都差不多，王子平静地想。

"也就是说，那个人在找箱子，而另一个人手上拿着箱子。"

"那你就告诉他啊。你找的行李箱，那个戴黑框眼镜的人正拿着呢。"

王子看了一眼前进方向那边的车厢门。"事实上我骗了他。拿着箱子、戴黑框眼镜的人实际上在后面的厕所那边，但是我却告诉找箱子的人'他在前面呢'。"

"你究竟想干什么？"

"只是凭直觉吧，我觉得那个箱子里一定装着很重要的东西。有人正拼了命地在找，就说明里面的东西有某种价值。"王子边说边思考着。对了，那个找箱子的人在来到六号车厢跟自己说话之前，难道没有在车厢连接处碰到那个戴黑框眼镜的人吗？行李箱可不是什么可以折叠好藏起来的东西，如果他们相遇过一定早就应该发现了，是没有注意到，还是说那个戴黑框眼镜的人直接拿着箱子躲进了厕所？"应该是我小学二年级的时候吧。"王子瞥了一眼旁边的木村，露出了笑容。笑的时候要笑得灿烂，这样大人们就会误以为自己只是个天真烂漫、毫无威胁的孩子，从而放松警惕——王子深知这一点，事实上，木村也确实因为王子此时的笑容而舒缓了紧张的情绪。“当时很流行机器人卡片，同年级的学生们都在收集。在超市里就可以买到，大概一百日元。可我完全不理解那玩意儿究竟哪里好玩。”

“我家涉因为买不起卡片，都是自己做。手工卡片，听着都想哭吧？”

“才不想哭呢。”王子觉得没必要撒谎，“如果是那样反而还可以理解。比起买某些人因商业目的而制造的、印着完全没有个性可言的图案的卡片，在不花钱的情况下自己画出来的东西要有意义得多。叔叔的孩子画画很好吧？”

“一点都不好，听着都想哭吧？”

“不好啊？真没用。”

木村愣了一下，之后才因儿子被侮辱而露出愤怒的表情。

王子总是十分注意言辞的选择。不管是多么粗俗、多么轻蔑的话，都不是随口说出去的。说什么话、用怎样的语气，对于这些必须有所了解。他知道，朋友间的对话中常出现的“没用”“蠢”或者“无聊”这类否定词，在不经意说出口的同时，也会产生某种力量关系。这些评价可能毫无根据，却很有影响力。“你爸爸真没用”或者“你真是一点品位都没有”，如此这般地将对方最重要的根基在不经意间否定，这种做法十分有效。

对于自己的价值观有着坚定标准和十足自信的人本来就不多，尤其是年轻人，价值观总是处于动摇的状态，他们不得不受到来自周围的影响。所以王子只要一有合适的机会，就会在带着充分确信的前提下说出一些侮辱和嘲笑的话。而这些话常常会成为超越了主观的客观标准，让自己和对方的地位区别更加明确。他们会承认王子，觉得“这个人有着一套自己的标准，是可以做出判断的人”。虽然明明没有恳求他们，但他们就是会这样评价自己。而在一个群体中只要拥有了“能够决定价值”的地位，那接下来就很轻松了。即便不像棒球或足球那样有着明确的规则，但周围的朋友们还是会将王子的判断当作裁判判决来对待。

“那时候，我在超市的停车场里捡到了一张，还没开封，可能是往店里运货的时候掉出来的，刚好是十分难得的品种。”

“王子就是运气好啊。”

“是，那个说到底就是靠运气。把那张卡片拿到学校给那些少年收藏家看了之后，他们竟都两眼放光地问我可不可以让出来。我本来也不需要那种东西，说实话原本是打算白给的。但是，想要的人太多了。我不知道究竟该给谁才好，所以就随口说了一声‘那可不能白给哦’，这是真的，我当时其实没有任何企图，也没有多想。结果你猜怎么着？”

“反正就是变成了类似高价拍卖一样的场面呗。”

“叔叔你太单纯了，不过挺可爱的。”王子这时也同样筛选了词汇。这句话的问题不在于究竟哪里“挺可爱的”，而是自己单方面做出了“挺可爱的”这一判断给对方看，这点很重要，这样一来，木村就会察觉到自己在对方眼里很幼稚。然后就会忍不住去想，自己到底哪里幼稚，是想法吗？这样，木村就会觉得对方应该“清楚理由吧”，从而开始在意王子的价值标准。

“当然，确实也差点变成了拍卖会。有几个人开始出价，可这时不知道谁突然说了一句：‘王子，不是钱而是别的事情怎么样？我会听从你的吩咐。’从那时候起，局面就转变了。那个人恐怕是觉得比起付钱，‘听从吩咐’需要付出的代价更小吧，又或许他根本没有钱。结果，其他人也纷纷提出了同样的方案。我那时候才注意到，利用这种情况，就可以让自己的班级产生混乱哦。”

“‘产生混乱哦’……唉。”

“让谁和谁起争执啊，互相猜疑啊。”

“从那时候开始你就把自己当作王子了啊，王子大人。”

“我那个时候意识到，一旦某人想要获得某样东西，那这样东西对他而言就有了价值，而如果自己手里有那个东西的话就可以占据优势。”

“真够自大的。”

“才不是自大呢。我那时只是好奇，想知道自己究竟能对别人的生活产生多大的影响。刚才也说过了，就像杠杆原理一样，我发现自己一个小小的行动，居然可以让别人陷入无尽的忧愁之中，甚至可以摧毁那个人的人生，这是多么了不起的事啊。”

“完全无法赞同。如果为了做到这一点，连人都要去杀，究竟有什么好的？”

“也可以不杀人啊，比如，感冒快好的时候不是有一段时间会经常咳嗽嘛。那时候如果偶然走在路上碰到了躺在婴儿车里的婴儿，我就会趁婴儿妈妈不注意的时候故意把脸贴上去咳两下。”

“那算什么啊，真够无聊的。”

“婴儿不是没有免疫力嘛，搞不好会因此感染上病毒性感冒。就因为我咳了两下，那个孩子及其父母的生活就会乱作一团。”

“那种事你还真干过啊？”

“嗯。还可以到殡仪馆，故意去撞捧着骨灰的死者家属。要让他摔倒哦。这样骨灰盒就会掉到地上，那麻烦就大啦。就因为这么一个简单的动作，一个人的人生终点都会化为乌有。而且因为谁都不觉得孩子会抱有恶意，所以也没有人会对我强加责难，更不会到需要借助法律制裁的地步。可跌落了骨灰的家属则会陷入更加悲伤的生活，痛苦不堪。”

“你真干过？”

“我出去一会儿哦。”

“去哪儿？”

“去看看箱子在哪里。”

王子顺着过道一直往六号车厢后面望去，并没看到那个戴黑框眼镜的男人。他又看向天花板附近的行李架，那里就像是一条装满了行李的传送带，各种大背包、纸袋、行李箱都放在上面，但颜色和形状都跟刚才看到的那个带滚轮的行李箱不一样。那个戴黑框眼镜的男人应该并没有去比自己和木村所在的七号车厢更靠前的车厢——王子一直在留意观察，如果真这样不可能没看到。所以，他应该在从这里往后、靠近一号车厢的某节车厢里。

他思考着，走出了六号车厢。

连接处没有人。有两间单间的厕所，其中靠近前进方向的那间关着门，对面盥洗池的门帘也拉上了，应该有人在用吧。戴黑框眼镜的男人有可能带着箱子直接躲进了厕所。会不会打算一直在里面躲到大宫站？倒也不是个坏主意。虽然厕所一直在“使用中”可能会给别人造成不便，但车上人并不多，所以事情闹大的可能性也很小。藏到里面的确是个办法。

王子考虑着要不要等一会儿看看。如果一段时间内一直没人从里面出来，那让列车长强行把门打开也可以。就跟以往一样，装出一副心地善良爱管闲事的好学生样子："厕所的门一直都关着，里面的人会不会出事了？"列车长应该会毫不犹豫地替自己把门打开吧。

这时，盥洗池的门帘忽然打开了。王子一惊，立刻闪身退开，从里面出来的女人并无异样，只是简单地道歉："啊，不好意思。"王子的头脑里也闪出了道歉的话，却并未说出口。道歉的话会构成人与人之间的上下级关系，说的时候必须慎重。

他看着那个女人的背影。连衣裙外面披着外套，中等身材，中等身高，大概过了二十五岁。他忽然想起了自己小学六年级时的班主任。名字想不起来了，不是佐仓就是佐藤。当初当然是记得的，但是从学校毕业之后便觉得没有必要再记下去，于是就遗忘了。在王子看来，班主任说到底只是个名为"班主任"的职务，就好像棒球选手说到其他队里的人的时候，并不称呼名字而是称呼其场上的位置一样，他对所谓的班主任也只有这种程度的认识。

"班主任的名字和个性这种东西根本无所谓。人们的信念和使命大多相似甚至相同，虽说大家的个性和想法有所差别，但说到底其实都可以分成几个大致的种类。要怎样做才可以让对方成为我们的伙伴，其模式早有定式。教师说到底也是这样，自己这样做对方就会这样行动，那样做就会那样反应，如同图表一般，跟机械装置没什么差别，至于称呼装置的专有名词则可有可无。"

自己这样说的时候，大部分同学都不明白其中的意思，只会傻傻地点头，最多就是顺从地附和道："原来如此，老师的名字是可有可无的啊。"他们本应该质问王子"那对于王子来说，我们这些同学也只不过是机械装置而已吗"，或者说本应该意识到这一点，可他们并没有。

那个女老师一直到最后都深信不疑地认为王子是弥合老师和学

生之间裂痕的桥梁，是一个懂事而优秀的少年。“如果没有慧，我还不知道班上有欺负同学的现象呢。”老师还这样感谢过王子。

王子替这个过分天真、坚信自己是伙伴的老师感到悲哀，因此曾试图给她一个提示。那是一次写读后感的时候，王子写的是刚读完的关于卢旺达大屠杀的书。比起小说来，王子更喜欢读这些关于世界局势的书和历史资料。老师似乎很难相信一个小学生竟然会去读那样的书，甚至因此还充满了敬佩之情地感慨道：“真是令人印象深刻的早熟啊。”或许，王子想，如果说自己真的有什么特殊才能，那应该就是善于读书吧。读书，将书里的内容拆解，积累词汇，增广见闻，最终，解读能力也提高了。读书与将人的感情以及抽象概念转化为言语的能力密切相关，让复杂而客观的思考成为可能。有一次，他只是将某人心里的阴郁、不安和烦躁用言语表达了出来，便因此得到了对方的认同和信赖。

对王子而言，卢旺达大屠杀隐含了丰富的启示。卢旺达有图西和胡图两个民族，两族在外貌上几乎没有差别，通婚组成的家庭也不在少数——其民族区分本质上只是一种人为的分类。一九九四年，由于总统的飞机被击落，胡图族对图西族展开了屠杀。在一百天、三个多月的时间里，惨遭杀害的图西族人大约有八十万，而杀死他们的凶器就是曾经朝夕相处的邻居手里的砍刀。单纯地计算，平均每天有八千人被杀，每分钟五六人。

不分男女，不论老幼，全都惨遭杀害。这一事件不是发生在遥远的过去，而是就发生在仅仅十几年前的现代社会，这一点让王子产生了极大的兴趣。

“世上竟有如此残酷的事，实在叫人难以置信，但我觉得我们不应该视而不见。这并不是一个遥远的国度里发生的特殊事件，从这件事中我认识到，我们必须从自己开始，承认自身的脆弱。”

他在读后感里如此写道。虽然有些不知所云，只不过是将一些看上去“似乎写得还不错”的感想堆砌起来的随处可见而毫无意义的文字。但王子知道，这样的东西大人们反而更容易接受。虽然不过是些泛泛之谈，但那些文字的后半段却是自己的真心话。他认识到了人是多么容易被煽动。这令人战栗的事情为什么没有被阻止？为什么屠杀得以实行？其中的深层机制值得参考。

比如，书上提到，美国极力反对承认在卢旺达发生的这一事件是屠杀，而且还拼命搜罗“这不是一场屠杀”的理由，对事实不予正视。即便大量图西族人的尸体被报道曝光，美国也只是采取了“无法断定是否为屠杀”的暧昧态度。

为什么？因为一旦承认其为屠杀，那么就有可能被联合国依据国际条约要求采取行动。

联合国也是一样，几乎没有发挥任何作用。

身处日本的人们则都认为，一旦有什么大问题，美国和联合国肯定会处理。反正有警察在，应该没事吧——差不多就是这种感觉。但实际上，决定美国和联合国态度的不是根本使命感和道德观，而是另一种东西：利害分析。

王子凭直觉意识到，这并不是只存在于非洲小国的事例，自己的学校也同样适用。如果将学生之间的问题，比如说欺凌或者暴力，当作大屠杀来理解，那么老师就是美国和联合国。就像美国不接受“屠杀”这一称呼一样，老师也不愿意承认欺凌的存在。一旦承认，各种精神上、事务上的烦恼便会随之而来。所以，王子便想是否可以将老师卷进来，反过来制造出一种“欺凌确实存在，但却不被视作问题处理”的状态。

王子记得，当读到在卢旺达一所专科学校里所发生的屠杀时，自己曾经受到震撼，觉得这实在是有趣。

当时有消息说，那所专科学校里有联合国部队驻守，会保护当地人的安全。联合国会保护我们不被屠杀——怀着这样想法的两千名图西族人逃到了那里。但遗憾的是，当时联合国部队的任务已经从“解救图西族人”变为“护送身处卢旺达的‘外国人’避难”，这就相当于间接地命令联合国部队的士兵“不需要去拯救卢旺达人”。士兵们松了一口气，因为可以不用掺和到这件事里了，如果要去保护图西族人，那自己惨遭不幸的可能性也很大。于是，联合国部队以“这不是我们的任务”为理由，在胡图族的保卫之下撤出了那所学校。随后，被抛弃的两千名图西族人则惨遭屠杀。

正因为本该维护和平的联合国部队的存在，才集中出现了这么多的遇难者。

真是有意思。

同样，教室里的这些学生不管表面上怎么样，内心深处都坚信老师最终会出面维持秩序，大部分的家长也都这样认为，相信老师，或者说将责任推卸给老师，自己就能心安理得。所以，只要能顺利控制老师，那么或许就可以令班里的这些学生感到绝望。

王子决定对老师采取以下行动。

首先，要让老师认识到，如果承认了欺凌现象存在，会给自己带来大量的麻烦；接着，要让她感受到自己可能受到波及，产生可能会成为受害者的恐惧；另外，还要替她准备一个可供自我辩解的理由——虽然没有积极地去处理，但是我已经尽了身为教师的责任。

在读后感中，王子针对这一事件，提到了美国和联合国那愚蠢而利己的伦理观。他觉得这样一来，班主任或许就会发现，“这是在写我”“这孩子是个危险人物”。这就是他给老师的暗示。当然，女老师并未察觉。“慧，你在读这么难懂的书吗？真了不起。”她只是这样感叹着，“不过，发生了这种悲剧真是好恐怖啊。明明同样是人，简直不敢相信。”她的这番话让王子失望不已。

王子很快就明白了为什么会发生屠杀这样的事件，因为人对一切事物都是靠直觉来判断，而这种直觉又会强烈地受到周围环境的影响。

王子曾经在书上读到过一个著名的实验：集合一大群人，然后挨个儿问他们同一个问题，一个正确答案显而易见的问题。由于是每个人轮流回答，所以谁是怎样答的全都一目了然。但是，这些人当中其实只有一个人是真正的实验对象，其他所有人都是工作人员，他们被指示故意回答一个错误的答案。

结果如何呢？那个唯一“可以凭借自己的意志选择正确答案”的人，每三次里就有一次会迎合其他人的错误答案。实验对象里有四分之三的人都曾至少一次地放弃过自己正确的判断。

人类是迎合的生物。

类似的实验还有很多。根据这些实验，可以将容易令人产生迎合行为的状况总结为这样一个模式：“该判断十分重要，而且，正确答案并不明显，难以回答”。这种时候，人就会想要去迎合他人的意见——答案十分明显的情况下没有什么问题，人会选择相信自己的判断；判断的结果并不特别重要的情况下也没有问题，人可以轻松地说出自己的回答。

因此，可以这样去理解：人只有在必须做出令人不快或违反伦理的判断时，才会选择迎合集体的意见，然后选择坚信“这就是正确的”。

从这个角度来看，就可以明白为何卢旺达大屠杀非但没有被阻止，反而逐渐扩大了——他们必然没有相信自己的判断，而是坚信集体的判断才是正确的，并且选择了服从。

厕所里有动静，是水流的声音。门打开了，一个穿西装的中年男人走了出来，朝盥洗池走去。王子立刻拉开厕所的门，朝里面看去。只有一个呆板的坐便器，看上去行李箱并没有被藏在这里。他接着又打开了旁边厕所的门。虽然是女厕所，但他并没太在意。

还是没有箱子。

到底拿到哪儿去了呢？王子思索着。从那箱子的大小来看，应该没法完全藏到座椅底下，可行李架上和厕所里都没有。

来到垃圾箱旁边其实没有什么特别的理由，只不过是因为其他地方都已经找过了。盯着用来扔瓶罐的圆形投放口和扔杂志的长方形投放口，王子虽然心里知道箱子不可能从这里塞进去，还是将脸凑了过去看了看。里面只有一堆被捏扁了的便当盒。

他随后便注意到了那个突起。

在用来扔杂志的投放口旁边，有一处小小的突起。王子怀着试一试的心情按了下去，结果竟然真的蹦出来一个把手。他毫不犹豫地拉动了把手。眼前的面板应声打开，王子的心开始躁动。完全没想过这种地方竟然还可以打开。里面看上去就像是一个架子，下方是垃圾袋，上方则放着那个行李箱。是行李箱没错，显然就是戴黑框眼镜的男人打算搬走的那个。

找到了。

关上面板，一切恢复原样。王子缓缓地舒了一口气。

没必要慌张。那个戴黑框眼镜的男人应该不会轻易再将箱子从这里搬走，他现在一定很放心，觉得只要放在这里，在到达目的地之前谁都不会发现。

该怎么做才会让事情变得更有意思呢？

带着找到了行李箱的成就感，王子再次回到七号车厢。我果然走运，他更加坚信了。

木村

木村回想起有关于王子的记忆。

在商场里第一次见到王子的时候，木村以为自己跟这个初中生应该不会再见面了。但是，就好像被一股看不见的磁力所吸引一般，还没到两个星期，木村就再次跟王子扯上了关系。

那天，木村同样是和涉在一起，两人刚把木村的父母送到家附近的地铁站，正走在回家的路上。

他们前一天来到东京，说是为了参加同学会，住在木村家附近的一家小旅馆，还带从幼儿园放学回来的涉去了玩具店，哄他说“想要什么都买给你”。涉是个害羞的孩子，在爷爷“给你买给你买”的攻势之下显得不知所措，最终只拿了一个在店门口发放的气球便满足了。“就因为你什么都不给他买，才把他养成了这样一个清心寡欲的孩子啊。唉，真可怜。”父亲表情夸张地叹着气，责备木村。

“涉生下来就这样。”木村解释道，可他们并不买账。“她还在的时候，涉明明更天真活泼，也喜欢玩玩具。”他们搬出那个已经离了婚的女人的名字，令人厌烦地说着。“不就是因为你没用她才走的吗？”“才不是。不是告诉过你她自己也欠了很多钱，只能跑路吗？”“应该是对只会喝酒的你太失望了吧。”“那时候我还没喝成这样呢。”木村没有说谎，在妻子离开之前，自己的性格虽然一样怠惰，但还没到没有酒便活不下去的地步。假如那时候他也像现在这般喝酒，妻子肯定会因为担心涉的安危而要求抚养权。

“你就知道喝酒。”

“别给我乱下结论。”

父亲的表情变得严肃起来。“光看就知道了。”他说，“闻也闻得出来。”现在回想起来，当木村还是孩子的时候，他就常常这样乱下结论。“光看就知道了”“人身上那些恶的部分散发着腐臭，立刻就分辨得出”，他经常这样了不起似的说道。在木村看来，这只是上了年纪的人在倚老卖老，他很不喜欢。那时候经常来家里做客的繁也常常苦笑着说：“木村先生常常动不动就说，那家伙真臭，这家伙也很臭。”

“结果自己还不是一直放屁。”说这话的是母亲。

买过玩具之后，一家人来到设有很多健身器具的大型公园。木村在长椅上坐下，静静地看着涉拉着气喘吁吁的母亲跑向滑梯。他舒了一口气，觉得这样不用自己带着涉玩也很轻松，正打算从口袋里掏出装有白兰地的小瓶子，手却被父亲一把抓住了。父亲不知什么时候坐到了自己旁边。

“干什么啊？”木村小声斥责，父亲却不为所动。明明一头白发看上去很符合老人的年龄，可结实的身体又给人安全感，握力也很强，还在不断加大手上的力气。木村不得已只好将手从瓶子上拿开，父亲这才松手道：“你小子是酒精依赖，知不知道？”

“我自己的事情自己清楚。”

“或许，你现在的情况还只是一只脚跨在门口，可是如果再这样下去铁定会变成酒精依赖症。你知道酒精依赖是什么样的症状吗？”说着又突然将刚才夺走的瓶子递了回去，木村接下说：“大不了就是喜欢酒，喝得很多呗。”

“笼统说是那样没错，但既然都说了是依赖症，那自然就是一种病，跟喜欢酒、酒量大、喝得多是两码事。只要喝了一口，就会一直不停地喝下去。这已经不是韧性和耐性的问题了，想戒却戒不了的才是酒精依赖症。当然这也和体质有关系，有些人只要沾上酒就完蛋了。”

“如果是遗传基因的问题，那爸你不应该也是吗？啊，难道是妈的遗传基因？”

“我们不喝酒。你知道为什么不喝吗？因为我们知道酒精依赖症绝对治不好。”

“怎么可能有治不好的病！”

“人的大脑里啊，据说有种 A10 神经。”

这喋喋不休的老头子，上什么课啊，木村故意装出挖耳朵的样子给他看。

“然后有人做了个实验。实验用到一种装置，只要按下按键，就可以对 A10 神经产生刺激。这样一来，你知道人会怎么样吗？”

“谁知道。”

“人会不停地去按那个按钮。”

“为什么？”

“A10 神经一旦被刺激，大脑就会产生舒服的感觉。也就是说，只需要按一下按钮，就可以轻松地获得快感。所以，人就会不停地按下去，跟猩猩无法停止自慰是一个道理。而这个所谓的快感，就跟吃了美味的食物或者好不容易完成了一件工作时的成就感差不多。”

“那又怎么样？”

“喝酒的时候，这个 A10 神经就会得到刺激。”

“那又怎么样？”

“只要喝酒，尽管什么都没做，却可以获得成就感。这多轻松，多好啊。轻松，又舒服。那么接下来怎么办呢？就跟不停地按按钮一样，只好不停地喝酒。这样反复重复的同时，大脑的形状就会产生变化。”

“大脑的形状产生变化？”

“到这一步之后就无法回头了，只要一喝酒，开关就立刻打开。比如说，某个患酒精依赖症的人忍了很长时间没有喝酒，依赖症状也没有了，可以像一个普通人一样正常生活。但是，那个人只要再喝哪怕一口，肯定又会复发，无法停止喝酒，因为大脑已经成那个样子不会变了。这不是忍耐力和精神力的问题，是大脑已经变成了那样的构造。就跟看到女人的裸体时，男人的瞳孔会放大一样，是没有办法改变的。这就是所谓的‘依赖症机制’。”

“还机制呢，少来这些装模作样的话了。那又怎么样？真要说的话，白兰地可是从两河流域文明时期就有了，是历史悠久的饮品。”

“是真是假都还没法证实呢。不管什么信息都囫囵吞枣地完全相信可是要吃苦头的。你听着，控制酒精依赖症唯一的方法就是不再碰酒，哪怕只是再喝一口都完蛋了。说到底，成就感不应该是靠酒或者药物去获得的东西，只有去认真地做事。如果轻轻松松就能够获得快感，人的身体就会生成依赖。”

“‘生成依赖’，真够装模作样的。”

“你倒是学学我啊，只要去工作就好了。通过劳动得来的成就感是最健全的。”父亲说得不容置疑。

“还说什么工作呢，你不一直就是个超市里管仓库的嘛。”从木村开始记事起，父母就过着几乎隐居般的生活。虽然在附近的超市有一份工作，可也只是临时工。朴素地工作，朴素地赚着生活费，木村打心眼里讨厌这样的人生。

“你别看不起仓库的工作，那可是管理库存和订货。”父亲张大鼻孔，喘着粗气，“跟我比起来，你根本就没一个像样的工作啊。”

“我现在可是勤勤恳恳地在保安公司上班。”

“那确实了不起啊，不好意思。”父亲坦率地道歉，“但是，在那之前你的确也没好好工作嘛。”

“别老翻旧账啊。你要这样说，那读初中的时候每个人不都没工作？而且在当保安之前，我也有在做事。”

“你都做什么了？”被父亲一脸严肃地盯着，木村有些心虚了。他做的是从别人那里接受任务，然后拿起枪，从右往左收割人命的非人道的事。这些话如果说出来，父亲必然会觉得自己也有责任。面对父亲的质问，木村险些就要说出口，可还是犹豫了。没必要告诉年过花甲、人生早已进入下半场的父亲这些多余而又负面的消息。

“反正，也都是些说不出口的事情吧？”

“你又是光看就知道了，是吧？”

“是的。”

“你要是听了肯定会晕倒，所以我还是不说了。”

“告诉你，我年轻的时候也乱来过。”

“不是你那种程度啦。”木村苦笑，再没有比长辈追忆当年勇更无聊的事了。

“总之你小子别再喝酒了。”

“谢谢你还关心我的身体。”

“不是关心你的身体，是为了涉。你倒是顽强得很，估计拿脚踩、在地上碾可能都弄不死你。”

“我又不是蟑螂。就算是蟑螂，被脚碾在地上也肯定死了。”木村笑道。

“你听好了，为了涉，你一定要戒酒。”

“我当然也想啊。”木村说着又开始拧起瓶盖。

“话音还没落呢。”父亲叹息道，“我再说一次，治好酒精依赖症唯一的办法就是远远地避开。只有戒酒。”

“反正我就是个一身酒臭的人而已。”

父亲目不转睛地注视着木村。“只是酒臭还好。如果连人都开始臭了，一切就完了。”他吸了吸鼻子。

“是是是。”木村将打开了瓶盖的瓶口放到嘴边。或许是因为父亲刚才的忠告还留在脑海里，他有些犹豫，喝到嘴里的酒也只有一点点。他体会着大脑被酒精所浸染，然后像一块被拧过的海绵般变形的感觉，不禁有些汗毛倒竖。

那天，在车站跟父母告别后，木村便带着涉一起顺着来时的路回去了。两人穿过一片老旧的商店街，朝住宅区走去。

“啊，爸爸，有人在哭哦。”正路过一家关了门的加油站旁边时，涉说道。木村牵着涉，可脑子里还在想刚才父亲说过的话，整个人正处于恍惚状态。酒精依赖症治不好，这句话一直在他脑海里盘旋，迟迟不肯离去。木村一直以为，就算自己现在是酒精依赖，但是只要接受治疗后，还是可以正常地喝酒。就像说得了性病，生殖器肿了起来，那段时间虽然不能性交，但如果治好了还是可以。他一直以为是这样的。但是，如果父亲的话是真的，那么酒精依赖症就跟性病不一样。它治不好，而自己也永远不能再喝酒。

“哎，爸爸。”再次听到涉叫他后，木村看了看涉的脸，又顺着涉的视线看过去。在关了门，用绳索拉起来围住的加油站背面，建筑和墙壁中间有一帮穿着校服的人。

一共有四个人。

其中两个人分别抱住另一个人的两只手臂，令他无法动弹。还有一个人则站在对面。被抓住的那个人表情紧张而严肃，几乎是哭喊道：“喂，快住手！”

“爸爸，他们没事吧？”

“嗯，应该没事，哥哥们有他们自己的事情要做。”

木村没理他们径直走了过去。他回想起自己的中学时代，他也曾经像这样在背地里教训过别人。他一直都是“教训”的那一方，所以知道这种事其实并不需要什么特别的动机或原因。人只要让自己身处比别人有利的位置，就会感到心安。通过欺虐对方，自己则能品尝到安全的滋味。人性即是如此，这是木村的解释。

“等等，你们不也是共犯嘛，为什么只有我一个人受罚啊？”他听到一个少年喊道，是那个两只手臂被抓失去自由的初中生。

木村停下脚步，再次看过去。两只手臂被抓的那个少年一头茶色短发，穿着短款的校服，体格不错。这些人似乎不是在欺负弱小，可能是伙伴之间闹翻了。他开始有了些兴趣。

“没办法，那家伙之所以跳了下去，还不是因为你做得太过分了嘛。”负责抓住右臂的初中生不满地说道。他的脸圆圆的，额头很宽，看上去很像是一块岩石，可还是掺杂着一丝稚嫩。

初中生说到底还是孩子，但现在这些小孩却聚在一起散发出危险的气息，看上去是那么不真实。

“盯上那个人不也是大家的主意吗？而且，我往网上传视频前，那家伙不就一直说很想死吗？”

“在他打算去死之前一定要出手制止，之前不是就告诉过你吗？王子正发火呢。”负责抓着左臂的初中生说。

王子，这名字似乎在哪儿听过，木村稍微愣了一下，但“想死”和“去死之前”这些话却更令他好奇。

“只要你被电一下，这事就解决了，你就忍忍吧。”

“我才不干呢。”

“你好好想想。”说话的是四个人当中个子最高的那个学生，“你这时候如果不愿意，结果会怎么样？我们所有人都要被电。到时候你还是跑不了，而且还害得我们也要被电。如果搞成那样，我们肯定会记恨你。但是如果你可以一个人在这里忍下来，我们则会很感激你。反正都要被电，你觉得哪边更好啊？是被我们记恨还是被我们感激？”

“那就假装成已经电过了不就好了吗？就跟王子说，已经电过了。”

“你以为骗得过去吗？”高个子苦笑道，“你觉得你骗得过王子吗？”

“慢着啊，各位初中生。”木村故意装出谨慎的样子说着，走进了墙壁和建筑之间。涉被他牵着，跟在后面。“你们去欺负人，结果把同学害死了吗？”他逐渐靠近。“佩服佩服。”木村故意开玩笑地点头。

初中生们面面相觑。三对一的形势发生了变化，他们忽然间又成了四人同伙，一起防备着木村。

“你说什么呢？”高个子不快地说道，脸色通红，不知道是因为紧张不安，还是只是单纯的生气——在木村看来，他光是这样虚张声势就已经很辛苦了。“你有什么事吗？”

“我有什么事？你自己看看，这明显不是什么正常情况吧。”他指着刚才被夺去自由的初中生，“电什么啊，电击吗？你们到底在玩什么呢？”

“你到底在说什么啊？”

“你们那么吵，我全都听见了。欺负同学，结果把同学给欺负死了，还真过分啊。然后现在呢，在开检讨会吗？”木村说话的同时，感到涉正不安地拉动自己的手。“我们还是赶紧回去吧。”涉轻声地说。

“王子又是谁啊？”

一瞬间，四个初中生都脸色苍白起来，像是听到了什么可怕的咒语。这些表情被木村看在眼里，更激起了他的兴趣。而就在这时，或许应该说终于，木村想起了曾经在商场里碰到过的那些初中生。

“啊，对了，王子就是那小子吧。我说，你们不就是厕所里的那帮家伙嘛，那时候也是在鬼鬼祟祟地说着些‘再这样下去王子要生气了’‘怎么办’什么的。”木村一边调侃他们，一边回想之前见过的王子，“那种长得像有钱人家少爷的家伙到底哪里可怕了？”

四个人都沉默不语。

看到高个子手里有一个便利店的塑料袋，木村往前踏出一步，一把夺了过来。这突如其来的动作让高个子的反应慢了半拍，他吓了一跳，随即摆出一副要拼命的样子伸出了手打算抢回去。木村敏捷地移动着身体，一把抓住了高个子，捏住他的小拇指用力一摁，紧接着便听见一声惨叫。

“小心我折断你的手指！你们这帮小鬼，少瞧不起大人还得寸进尺。我不知道比你们多活了多少年，忍受着比你们多出好几倍的无聊时光。我都不知道自己究竟弄断过多少根小拇指了。”木村的话内容凶狠，语气却很平淡。他将夺过来的袋子交给涉。“你们要是敢动一下，我立马折断这家伙的手指。”他威胁道，“我说得出，就做得到。”

“爸爸，这是什么？”涉从塑料袋里掏出了一个东西，有点像无线电遥控器，上面有把手，还连着几根电线，构造看上去并不复杂。

“什么玩意儿？”木村放开了初中生的手指，将机器拿到手上，“看上去像是火车模型之类玩具的电池包。”

木村读小学时有一个同学，家里很有钱，给他买了很多火车模型，木村常常在他家看他炫耀那些跑动着的小火车。现在手上这东西看上去就像装在模型上供电的电池包，或者说肯定就是那玩意儿。上面有两条线，线头上连着胶带般的东西，另外还有一根电源线。“这是用来干吗的？”

面对他的提问，初中生们依然保持着沉默。

木村低头盯着手上的机器，又看了看四周，发现墙壁下方竟然还有一个插座，应该是用来给在外作业的机械提供电源的吧。为了防止雨水，插口上面还装有盖子。

“喂，是那东西吗？你们是打算把电源线插到那里，把这电线贴到他身上，然后通电吗？”木村说着，感觉连自己都有些困惑了。木村读初中的时候为了折磨别人也曾经用过道具，但顶多也就是敲敲打打。为了折磨别人竟然还要用上电源插座，这种事他想也没想过。而且这个机器似乎为了便于电击还做过改良，看上去使用次数也很频繁。“你们常干这种事？”

这根本已经不是校园暴力和霸凌了，更像是使用器械的拷问。

“喂，这就是那个王子的癖好吗？”

“你知道王子？”手臂被抱住的初中生胆怯地问道。

“之前在商场的时候就见过。你们在商场的厕所里哭着喊着说王子要生气了的时候，我也在那里。”

“啊！”这时，那高个子才终于意识到好像在哪儿见过木村这张脸，其他三人也跟着想起来了，这不就是当时那个过来找碴、一身酒味的人嘛。

“那时你们打算找卓也来顶罪。”他将这个偶然留在记忆中的名字说出了口，“卓也当时很害怕，一直在说，没听王子的命令肯定会被骂，好可怕，好可怕。”

他们互相交换了一下眼神，无言地商量着。不一会儿，一个圆脸的初中生站了出来快速说道：“卓也已经死了。”

多嘴！其他三个人脸色一变，都瞪着他。

“死了是什么意思？比喻吗？”木村实在不愿意承认自己在害怕，便开了个玩笑，“摇滚已死，是这意思吗？职业棒球已经死了，卓也已经死了。”

初中生们脸上露出抽筋般的笑容，看上去不像是在嘲笑木村犯傻，更像是因为他的不可靠而生出了同情和失望。

“该不会是真的死了吧？原来如此，刚才你们说的跳楼什么的，就是在说那个卓也啊。”木村叹了口气，竟然引出来这么个阴暗的话题，他觉得很烦。“我说，人一死可就什么都完了。”

“爸爸。”涉拉扯着他的手。木村觉得还是就此打住离开比较好，也没什么意思了，于是转过了身。

就在这时，有人说话了。“叔叔，你帮帮我们！”回头一看，四个初中生脸色苍白，嘴角剧烈地颤抖着。“叔叔！”高个子喊道。圆脸也说：“你想想办法。”而剩下的两个人则齐声喊着：“帮帮我们吧！”当然，他们说话的顺序并不是像在班级联欢晚会上表演节目那样是事先想好的，四人只是各自凭意愿发出呼救，声音又刚好重叠在了一起。然而，这却更加真实地体现了他们急切的心情，甚至连木村听着也不安了起来。“刚刚还在逞强，现在又让我帮你们，到底什么意思？”

初中生们已变回一个个脆弱的少年，不知是哭号还是恳求的话如同决了堤的洪水般迎面扑来。

“叔叔，你肯定也不是什么正经上班族吧。”

“你帮我们解决一下王子的事情吧。”

“我们全都会被杀掉的！”

“现在这个样子也太不正常了，我们学校里的每个人都变成神经病了，就因为那个王子。”

木村已经烦得受不了了。“吵死了！你们这到底是在干什么？”他挥手喊道。原本只是为了取乐才撒了点鱼钩，没想到却钓到了一条令人吃惊的大鱼，自己都快被拉到水里了。木村感到一阵恐惧。

“知道了，我替你们去解决掉王子就是。”他随口说道，本来只是打算开个玩笑，初中生们却因此露出了熠熠生辉的表情，这让他更加惊慌。他打量了一下四周，建筑和墙壁之间的缝隙虽然狭窄，但从后面的大路上仍然可以看得很清楚。在往来的行人看来，他们会不会以为一个带着孩子的父亲被几个初中生恐吓了？还是说会以为一个带着孩子的男人正在对初中生进行说教呢？“你们每人拿一百万来，我就替你们办了这件事。”

这句话原本是木村为了拒绝而加上的，可那些初中生竟然真的表现出兴趣，更令人惊讶的是，他们还开始计算起这一百万该如何支付了。木村慌了。“骗你们的，这当然是在开玩笑啊。你们如果真的这么怕那个王子大人，还是回去跟父母商量去吧，去告诉家长或者老师。”

初中生们就像忍不住快要哭出来一般，突然窸窸窣窣地开始抽泣。

“你们别一副死到临头的样子啊，真吓人。我可没辙。”木村低下头，发现涉一直在看着自己。木村正想他在看什么呢？这才发现是自己手里抓着的酒瓶，那个装有白兰地的酒瓶。自己到底是什么时候拿出来的？他一边思考着一边拧上瓶盖。拧上，那就意味着曾经打开过——在毫无意识的时候。自己在毫无察觉的情况下，拿出瓶子，拧开瓶盖，朝嘴里灌了酒。他强忍着心中的烦躁，而涉正关切并怜悯地看着自己。

这是被初中生们逼成这样的，木村寻找着借口。在这种情况之下，不喝点酒肯定无法冷静下来。出于保护涉的目的，这时候喝点酒保持冷静是必须的。对，酒很必要，喝下酒的瞬间，自己就像是干涸的土地迎来了甘霖，体内所有的神经都得到了养分，感觉头脑都变得更加清晰了。你看，酒精到底哪里不好？木村脑中涌现出这样的想法，是毒药还是解药，也是要看用途的。

“卓也……”一个初中生哭哭啼啼地说道，“卓也的爸爸，上个月，被公司开除了。”

“什么啊。”木村没抓住他讲话的逻辑，眉头紧皱，“卓也，就是那个死了的学生吗？”

“在卓也死之前，卓也的爸爸对我们学校的女生下了手，被抓住了。事情暴露之后，公司就把他开除了。”

“虽然不知道他到底对那女生做了什么，但这算是自作自受吧。”木村的鼻孔张得更大了。他发现初中生们似乎正在组织语言，相互之间还递着眼色。“该不会，”他忍不住问道，“是你们干的吧？你们该不会想说是你们设计陷害了卓也的爸爸吧？”

没有否认，这在木村看来就是承认了。

“他爸爸其实是清白的？”

仍然没有否认。

“虽然不知道你们用的是什么方法，但这种事情有这么容易吗？”

“那个女生，也只不过是按照王子的吩咐去做了而已。”圆脸带着哭腔小声说道。

“因为卓也的爸爸在四处调查王子。”

“因为打算对付王子，结果却被扣上了淫魔的帽子？这个王子大人竟然还能想出这种办法来，真是聪颖过人又毫不留情啊。”木村原本只当作玩笑来说的话，却让四个初中生一齐点起头来。看来，对于王子的不留情面，他们早已深有体会。

“至今为止，已经有三个老师辞职了。”其中一个人说道。

“一个是抑郁症，一个是非礼，还有一个是事故。”

“你们该不会想说，那些全是你们干的吧？”

初中生们还是没有回答。

“不过，就算是那样，你们也没必要这么害怕啊。你们要是联合起来去揍王子大人，要不了一会儿他就被解决了，难道不是吗？”从体格来看，那个王子没有多厉害，就算他是个格斗高手，只要人多也没问题。

四个人的反应有些奇怪。好像听到了什么闻所未闻的事情一样，他们全愣住了，一个个都显得不知所措，似乎在疑惑这男人到底在说什么。原来如此，木村明白了，这些初中生从没想过这样的事情，他们从没想过去跟王子对决，转换彼此的地位。

他想起了以前某次做事的时候。那时候自己正看守着一个被绑架来关押的男人。在一间昏暗破旧的房间里，那个男人几乎全身赤裸，也不说话，意识朦胧。木村在旁边的房间看着电视喝着酒打发时间，当时他就觉得十分不可思议：男人的手脚并没有被绑，房间的门也没有上锁，而且外面的大门还敞开着，明明完全是出入自由的状态，为什么这个男人就没想到逃跑呢？木村对此非常疑惑。

解答了这个疑惑的，是那时负责和木村轮流看守的人。他说："你知道习得性无助吗？"

"习得性？"木村反问道。

"以前有人做过一个对狗进行电击的实验。实验者会把狗放在一个电击装置里，其实那狗只要跳起来，就能逃出去。一般情况下，狗肯定会跑，但是，如果在实验之前就让那只狗认识到，不管自己做什么都无法逃出去，它就再也不会打算逃跑了。"

"是放弃了吗？"

"总之，就是认定了自己做不到。就算是在稍作努力便可获救的情况下，它也什么都不会做。人也是一样，家庭暴力就是同样的道理，妈妈只会不停地挨打，因为无助感已经深深地植入到了她的思想之中。"

"所以……"木村看着囚禁着男人的房间。

"嗯。他已经不打算逃跑了，因为他深信自己逃不了。人并不是什么事情都会遵从逻辑去行动的，说到底，人还是动物。"

跟当时一样啊。

他看着眼前的这些初中生。他们早已偏执地相信，凭自己的力量根本战胜不了王子。他们已经认定了吗？在王子的指挥之下，不管是自己的同伴也好还是大人也好都惨遭了不幸，这种事或许已经发生过很多次了。一次又一次地累积，最终将无助感深深地植入了他们的内心。另外，电击也是一个重要的原因吧。虽然不知道这电击要如何实施，王子又是如何做出指示的，但电击很可能已经将他们的精神逼至极点了。

木村再看一遍才发现，这四个初中生是如此幼稚。做发型，修眉毛，外貌上虽然已经有模有样，但内心却充满了不安，简直像小狗一般。为了在那小小的世界里赢取一席之地便拼尽全力，这些全都写在他们的脸上。

想要操纵这些家伙或许格外简单，木村想，同时又意识到，自己没必要跟他们再纠缠下去。眼泪汪汪地发出悲惨号叫的野狗注定要被遗弃。“总之你们想想办法吧，靠自己。”

“叔叔，救我！”他听到圆脸的初中生说。

涉十分不安地抓住了木村的手。往那边走吧，快回家吧，他拽着木村。

“谁管你啊，走啦。”木村这才注意到瓶子里的酒不知什么时候竟然已经喝光了，顿感惊惶。“唉，都给我好好地长大成人吧。”他丢下这句话，便转身离开了。

“喂，叔叔。”

听到声音，木村睁开了双眼。他花了点时间才意识到自己还在新干线上。虽然睡得不算很熟，但脑子还是迷迷糊糊的，因此王子那紧贴在旁边的脸看上去竟像是从记忆中苏醒过来的幻觉。

“喂，叔叔，现在可不是懒洋洋睡大觉的时候。难道你就不担心接下来自己会怎么样吗？”

“担心有什么用。被绑成这个样子什么也做不了，难道不是吗？”

“就算是这样没错，你也还是多点危机意识比较好吧。我在这新干线上等叔叔等了半天，可不是为了跟你一起开开心心地去东北旅行哦。”

“不是吗？一起去嘛。一会儿在盛冈吃碗凉面吧，我请你。”

王子一动不动。“我有件事要拜托叔叔。”

“不干。”

“别说什么不干嘛。一想到医院里的小孩要受苦，连我都受不了啊。”

木村觉得胃部一阵抽痛，同时一股愤怒如鲜血沸腾般涌了上来。“你想让我做什么？”

“等快到盛冈的时候，我会告诉你。”

“还装模作样想让我着急？”

“你也不想这么快就知道自己会被要求去杀人吧。”

木村想咂嘴又忍住了。竟然如此随意地说出这种可怕的话，这到底是孩子的天真，还是成人的老成呢？“谁啊？要杀谁？”

“敬请期待。”王子说着，弯下腰开始摆弄起绑在木村脚上的带子。

“哦，要释放我了？”

“没问题吧？记得哦，要是乱来，叔叔的儿子可就麻烦了。就算我替你解开，也不代表你就自由了。可别忘了，如果有人无法跟我取得联系，你就要跟医院里的儿子说拜拜了。”

奔涌而来的愤怒让木村浑身颤抖。“喂，你小子有没有好好地看手机？”

“嗯？”

“你要是没接电话就麻烦了。”木村板着脸。

“啊，对，我都忘记了。如果响了十声我还没接，那叔叔的孩子也危险了。是这样没错。”

“你要是敢跟我说什么完全没注意到有电话之类的话，我可饶不了你。”

“叔叔，那个你就先别管了。”王子若无其事地说道，“我突然想起还有一件事情要你去做。”

“给你捶捶背？”

“我想让你陪我一起去拿那个行李箱。”王子指着后方的车厢说。

槿

藤泽金刚街上的十字路口，南北走向的马路上，信号灯保持着绿色。车一辆接着一辆地驶过，人们站在斑马线前，等待着通行信号灯变色。槿站在离那里大概三十米远的一家大型书店门前，他看了看灯，又看向行人。男、高个子、瘦、三十多岁，不是；男、大块头、二十多岁，不是；女，不是；男、小个子、二十多岁，不是；女，不是；男、校服，不是……他在等待着目标男人经过。

路口的信号灯变了，人们一下子涌上了斑马线。纵向的，横向的，行人们呈十字形前进。不一会儿，信号灯又开始闪烁，变成了红色，而马路上的信号灯则亮起绿色。槿将这些时机变化牢牢记在心里。重要的是黄灯闪烁的时间和结束的那一瞬间，比起绿灯时，车辆在黄灯的时候速度更快，缺乏慎重，横冲直撞。

推手，就像镰鼬一样。有个女人曾这样说过。她是以委托人的身份出现的，槿则自称是推手的代理人在跟她接触。

有时候尽管什么都没做，手上或脚上却会忽然出现划伤，人们经常会说那是被妖怪镰鼬抓了，但实际上那只是强风导致的割伤而已。推手就跟镰鼬一样，人们会把那些因交通事故而死，或者跳到地铁列车前自杀的人全都解释成被推手推的。其实，那不过是一个事后捏造出来的根本不存在的人物吧？

虽然经常有人误解，但镰鼬的伤并不是因为风或者什么真空状态造成的。确实坊间有那是由风造成的说法，但说到底那也只不过是谣言而已。槿如此做出了说明，女人有些不快。

既然不高兴，那赶紧回去就好，可那女人却显示出了她的执着，非要对推手的事情刨根问底。槿讨厌她，没有接下工作而是选择了离去。可女人还是不厌其烦地跟在身后，所以槿便在夜晚的路上推了她一把。在信号灯就要变成红色的瞬间，女人撞上了一辆飞驰而来的小货车。没有报酬的工作结束后，留下的只有疲倦。

男、小个子、四十多岁，不是；女，不是；男、大个子、二十多岁，不是；女，不是；女，不是；男、大个子、四十多岁——槿的目光继续追踪着这个由左边经过的男人。他穿着带有竖条纹的灰色西装，短头发，宽肩膀。槿动了起来。男人走向了十字路口，等待绿色信号灯，混入了人群。槿也加快脚步。虽然此刻是有自我意识的，可跟那种自己转舵调整方向的感觉又有些不同。

马路上的信号灯由绿色变成黄色，男人在斑马线前停了下来。槿打量着由右侧驶来的车，是辆黑色小轿车，开车的是个短发女人，后面还有一个儿童座椅。时机不对。接下来看见的那一辆，很巧竟是相同的车型。信号灯变了，车飞驰而来，槿自然地伸出右手，触到男人的后背。

冲撞的声音和轮胎犹如冲刺般抓挠地面的声音响起。惨叫声通常不会立刻出现，人们的沉默，犹如一场透明而无声的爆炸。

槿已离开了现场。顺着来时的路，他犹如随波逐流般顺畅地行走着。背后响起了尖叫："救护车！"槿的心中却没有一丝哪怕是小石子沉入湖中时所激起的涟漪。他只是隐约想起，很久以前，自己也曾在这十字路口做过相同的事。

水果

“蜜柑，你给我说说托马斯的朋友们的名字啊。”本应该在找行李箱的柠檬两手空空地回来，并没有做什么解释，而是一屁股坐在了三人座靠过道的位置上，悠闲地来了这么一句。

蜜柑瞥了一眼窗户旁边的峰岸大少爷的尸体。柠檬表现得太过若无其事，令他忍不住想要再确认一下两人现在究竟处于怎样的处境——明明尸体还在，事态也并未发生什么大的转变。尽管如此，柠檬这家伙谈论的竟然却是毫不相关的话题。“箱子找到了吗？”

“你到底知不知道托马斯的朋友们的名字？你从你所知道的名字里面，找一个最小众的说来听听。”

“这跟你报告箱子的事有什么关联吗？”

“怎么可能有。”柠檬稍稍向前伸了伸下巴，以一副不可思议的表情说道，“箱子什么的都已经无所谓了。”

也就是说没找到，蜜柑看出来了。自己跟柠檬一起搭档做事已经超过五年了。这人运动神经超群，无论陷入怎样的事态都不慌张，并且可以冷静甚至堪称冷酷地行动，本应该说在这个危险的行当里再也找不出比他更值得信赖的同伴了；可另一方面，柠檬却不擅长琐碎的工作，或许是因为那不管做什么都觉得麻烦的性格，他时常做事马虎，不负责任。另外他还从不服输，一旦犯了什么错，就会找各种理由开脱，就是不承认自己的失败。如果到了不得不承认的地步，他又会说："这事就忘了吧。"而且是真的会将意识从事实当中抽离，实实在在地打算忘记。蜜柑很清楚，最后收拾残局的永远是自己。同时他也知道，不管自己怎么抗议，柠檬也都不会在乎。

"高登，"蜜柑叹了口气，说道，"确实有的吧？一个叫高登的角色，在托马斯小火车里面。"

"我说你啊，"柠檬竟马上摆出一副大获全胜的表情，"高登在托马斯的朋友里可是非常有名，几乎就是主角，主角！我出的题目是'小众的名字'。"

"什么题目不题目的。"蜜柑扭过头去，他觉得跟柠檬交流简直比工作还累，"那你倒是说给我听听，哪个名字才算是标准答案？"

柠檬微微抽动着鼻翼，拼命地掩饰着扬扬自得的心情。"唉，我希望你至少可以说出汉德尔先生之类的名字嘛，原名叫作——菲康。"

"还有叫这个名字的朋友吗？"

"要不然奈德也可以。"

"真是什么样的火车都有呢。"蜜柑只有选择这种感觉相对安全保险的回应。

"他不是火车，是汽车。"

"真不知道你到底在说什么。"

蜜柑向尸体旁边的窗外眺望。外面的风景稍纵即逝，一栋巨大的住宅楼从眼前掠过。

“喂，”蜜柑开始对旁边哼着小曲看起杂志的柠檬说教，“我知道你不愿意承认自己的失败，但现在可不是这么悠闲自在的时候。你自己也明白吧？峰岸的儿子气都没了，尸体冰凉，箱子还不知道在哪儿。现在的我们，就跟被派去蔬菜水果商店买东西，结果菜没买到，钱包还弄丢了，什么事都做不好的笨小孩一样。”

“蜜柑，你说话又长又绕，真的很难懂啊。”

“归纳总结一下就是，这下麻烦大了。”

“我知道啊，不就是那六个字嘛。”

“就是看你不像知道的样子我才说的。你听着，我们必须再紧张一些。不，我已经够紧张了，是你，你应该再紧张一点。我再问你一次，箱子是不是没找到？”

“算是吧。”看柠檬回答得理直气壮，蜜柑正准备再批评他一顿，结果他竟先辩解了起来。“不过啊，是因为有个孩子骗了我，我也够惨的了。”

“孩子骗你？什么啊？”

“跟我说什么‘有个人带着哥哥要找的箱子往那边去了哦’。说的时候一副好孩子的嘴脸，我就相信了，结果一直找到了疾风号的最前头。”

“也不一定就是那个孩子说谎骗了你。有人手上正拿着那箱子，这是肯定的。孩子看到过那个人，可能也是真的。只不过是你没能找到那个人。”

“但那也很奇怪吧，那么大的箱子不可能消失不见。”

“厕所都找过了？”

“基本上吧。”

“基本上？基本上是什么意思？”蜜柑不得不加强语气又问了

一遍，确定柠檬不是在开玩笑之后，更是目瞪口呆。“当然要全部！不全部找一遍那还有什么意义！拿着箱子的人也有可能躲在厕所里啊。”

“有人正在用的话没办法检查吧。”

蜜柑觉得连叹气都是浪费。“总之不全部找一遍根本没有意义，换我去吧。”蜜柑看了一眼手表，再过五分钟就到大宫站了，“糟了。”

“怎么了？什么糟了？”

“快到大宫站了，待会儿要接受峰岸手下的检查。”

峰岸这个人，或许是因为经营非法组织太久，十分多疑，从不相信别人。他坚信“人到了可以背叛的时候一定会背叛”，所以每次委托别人做事的时候，为了防止别人背叛，他都会准备好专门负责检查的人或者监视装置。

这次他也是害怕蜜柑二人会在某个时候下决心背叛自己，带着钱逃跑，或是把儿子作为人质带到别的什么地方。“我得确保你们没有背叛我。”早在商议工作内容的时候，他便曾当着蜜柑和柠檬两人的面这样说道。

峰岸让手下等在新干线停靠的车站，调查蜜柑和柠檬有没有带着自己的儿子坐在开往盛冈的新干线上，以及有没有什么可疑的动向。当然，听到他这样说明的时候，蜜柑和柠檬根本没有要背叛他的意思，两人只是打算按照要求完成任务，所以便一口答应了。“请便请便，随便你怎么调查。”

“当时完全没想到事情竟然会变成现在这个样子啊。”

“总会遇上事故的。托马斯的歌里不是也唱到了嘛。要是遇上事故了，也别垂头丧气呀。”

“你还是垂头丧气一点好。”

不知是不是根本没在听蜜柑说话，柠檬竟然打着拍子轻快地哼起了歌，还充满了感情。“说得真好啊，托马斯的歌真是含义深刻。啊，但是，”他终于看了蜜柑一眼，“那些等在大宫负责检查的峰岸的手下，他们会上车吗？”

“谁知道呢。”这些细节蜜柑还真不知道，“或许只是从站台上透过车窗观察我们的座位也说不定。”

“如果是那样，”柠檬直起上身，指着窗边的尸体道，“就把这小子弄成在睡觉的样子糊弄一下好了，应该能蒙混过关吧。”

蜜柑很反感柠檬那乐观的语气，但他的话的确有值得赞同的部分。确实，如果他们不上车，可以考虑蒙混过关。

“反正也不会有人想到峰岸的儿子已经死了还坐在这里吧。”

“确实，连我也吓一跳。”

“是吧！所以肯定能行。”

“但如果他们觉得可疑，还是有可能会上车。”

“在大宫的停车时间只有一分钟，哪有那些闲工夫。”

“这样啊。”蜜柑想象着，如果自己是峰岸，会做出怎样的指示呢？“估计他们早就准备好了，手下先在站台上确认我们的情况，如果觉得可疑就用电话通知峰岸。”

“‘老大，您儿子脸变得跟死人一样了。’这样说吗？那接下来会怎样？”

“峰岸肯定会立刻明白，‘我儿子不可能是醉酒，这肯定是有什么意外情况。’”

“真的能明白过来吗？”

“那种大人物对这种事都特别敏感。然后，峰岸肯定会在下一个停靠站仙台集结大量手下，让他们冲上车，不惜一切代价也要把我们抓住。”

“那我们干脆抢走那个负责联络的人的电话怎么样？只要不让那人跟峰岸报告，那峰岸就不会立刻动怒到我们头上啦。只要这大少爷死亡的消息还没公开，那他就还没死。”

“对方是峰岸，恐怕就算没有电话也会有其他各种联络手段。”

“信差吗？”柠檬似乎很满意自己的这个回答，不厌其烦地重复着，“啊，就是信差吧。”

“比如高楼上的电子大屏幕，现在不是有很多嘛。或许会把信息写在那个上面，告诉他‘儿子被杀了’。”

柠檬快速地眨着眼睛，盯着蜜柑。“你说真的吗？”

“开玩笑的。”

“蜜柑的玩笑真无聊啊。”柠檬嘴上说着无聊，表情却很激动，“那我们以后也把棒球场里的大屏幕当作留言板来用吧，在那么大的地方映上‘工作顺利完成’来告诉委托人。”

“那么做能有什么好处？”

“不是很有意思嘛。”柠檬孩子般地笑着。接着，他慢慢从口袋里掏出一张纸片，然后又不知从哪儿掏出一支笔在上面写了起来。“喏，这个你拿着。”他塞给蜜柑。

蜜柑接过来一看，是超市举办的摇奖活动的奖券。

“是反面啦，反面。”听柠檬这样一说，他又翻过来看，上面画着一个圆脸的小火车。画得不算差，但也不算好。

“这是什么？”

“是亚瑟哦，不是写了名字嘛。‘是害羞的紫色小火车。非常热衷工作，最自豪的事就是从来没有出过事故。’亚瑟是从未出过事故的完美小火车，他的零事故纪录现在还在不断刷新呢。因为贴纸上没有，我就替你画了一个。”

“这又要拿来做什么？”

“这可是零事故的小火车。你就当作护身符带着吧。”

这话拿来骗小孩都嫌寒碜，蜜柑哑口无言之余，终于连反驳的力气都没有了，只将其对折之后塞进了后裤袋。

“唉，不过这个亚瑟最终还是上了托马斯的当，发生了事故。”

“那不是没用了嘛。”

“但是，托马斯说得很好。”

“说什么？”

“‘纪录就是为了被破坏而存在的嘛！’”

“这哪里是故意破坏别人纪录的人该说的话！如此无法触动人的台词也真是罕见。”

瓢虫

七尾回到了四号车厢的第一排。如果真莉亚的话是真的，那么箱子的主人就在三号车厢。坐在距离如此之近的车厢里让人感觉心里很不安，但仔细想想其实坐在哪里都一样，倒不如就简简单单地选择车票上的座位坐下。

他想到了柠檬和蜜柑。他们也在找那个箱子吗？七尾觉得自己坐着的座位沉到了地下，天花板也塌了下来，整个人都有种压抑的感觉。这个二人组既冷漠又危险，不管是精神上还是技巧上都善于暴力行事——他想起了从微微发福的中间人那里听来的话。

七尾原本想将箱子移动到离自己更近的地方，即三号和四号车厢连接处的垃圾箱，但最后还是放弃了。再次移动的途中有可能会被人发现，现在不去改变箱子的位置才是上策。可以的，会顺利的，没问题的，七尾告诉自己，突发事件应该不会再发生了。“真的会是那样吗？”内心的自己揶揄般地轻声低语，“一旦要做什么事的时候就会被卷入意料之外的事件之中，这才是平常的你吧。”那个声音说。从小学在回家的路上被绑架那件事开始就一直是这样，这不就是你人生中无法抵抗的沉重的命运吗？

他叫住从旁边经过的售货推车，对女售货员说："我要一瓶橘子汁。"

"卖完啦。平常很少这样的，这次真的是意外。"

她还在解释，七尾却呆住了。就知道会这样，他真想这样回答对方。这样的倒霉他已经习惯了。比如说去买鞋子的时候，喜欢的颜色都会卖完，而剩下的那些都不合脚；在收银台排队的时候，旁边的那一列永远行进得更快；乘电梯的时候，发发善心让老人先进，到自己的时候就会因超重而响铃……简直都是家常便饭。

他买了一罐碳酸饮料，付钱。

"就因为你总是这样惴惴不安畏首畏尾，所以才一年到头都弄得跟大祸临头一样。"真莉亚曾经这样说他，"所以我觉得你应该更沉着一点，慌张的时候就喝喝茶，深呼吸，在手掌上写写'人'字或者'蔷薇'，让自己冷静下来比较好。"

"我之所以总是惴惴不安，并不是因为多疑或者想太多，而是过去的经验告诉我，我的人生太倒霉了。"七尾回答。

打开饮料罐，喝了一口，噼噼啪啪的触感在嘴里扩散开来，七尾不小心呛了一下。

箱子已经藏好了，大宫站也马上就要到了。只要冷静行事，虽然终点从上野站变成了大宫站，但基本上还是可以按计划完成任务。然后再找到真莉亚抱怨一句"这哪里是什么简单的工作啊"，一切就结束了。越是纠结，那个不安的自己就越要跑出来。

为了让自己冷静，七尾深深地瘫坐在座位上。他定了定神，张开左手，打算用右手写几个字，就开始用食指写起了'蔷薇'。没想到这动作竟然出奇地痒，于是他便甩了甩手，结果碰倒了前面小桌板上的罐子。可能是因为列车正在行进，掉在地上的罐子发出咕噜噜的声音轻快地滚动着，一直朝车厢前方滚去。七尾连忙站起身追了过去。

原本乐观地以为它会很快停下，可罐子却忽左忽右地变换路线，越滚越远。七尾只得慌慌张张地弯着腰，一边顺着过道前进一边向乘客道歉。好不容易罐子滚过了大半个车厢后终于停了下来，七尾连忙趴到地上捡了起来。他叹了口气正要站起身，腰部却传来一阵剧痛。七尾一声闷哼，不知道发生了什么，还以为是什么敌人，比如说箱子的主人发起了攻击，瞬间出了一身冷汗。可接着七尾忽然听到了一个老太太的声音。“哎呀，真是对不起。”他这才知道事情并不是自己想的那么回事。对方是一个矮个女人，似乎刚好打算从座位上站起来，往前伸出了拐杖，结果刚好撞在了刚捡到罐子的七尾的腰上。可能是撞上的部位不对吧，七尾十分痛苦。

“哎呀！”老太太站到了过道上。她光是自己移动就已经十分费力了，所以也没太关注七尾。“不好意思啊，让我过去一下。”老太太只说了这么一句便走掉了。

七尾靠在椅背上，抚摩着腰腹部，调整呼吸。这疼痛还没法光靠一时的忍耐就能消去，他只得来回扭动着身体。就在这时，他的视线跟后面座位上的男人对到了一起。那人与七尾年龄相当，或许稍微长一点，穿着西装，看上去像是个十分认真勤恳的上班族。七尾立刻猜测起对方的职业来，看上去是个很擅长认真计算数据的人，比如审计员或税务所职员。

“没事吧？”那人有些担心地问道。

“没事。”七尾立刻直起身给他看，又是一阵剧痛传来，差点没站稳，七尾赶紧紧急避难似的坐到了男人旁边的位置上。“稍微有点痛。刚才跟那个人撞上了，就为了捡这个罐子。”

“真倒霉啊。”

“唉，确实倒霉，一直都在倒霉。”

“你总这么不走运吗？”

七尾看了一眼男人手上的书，好像是导游手册，有很多酒店的图片。疼痛终于有所缓和，七尾打算站起来，可不经意间又想起了些事情。“比如，”他说道，“比如我小学二年级的时候，曾经被绑架过。”

男人稍微愣了一下。“为什么突然间说起这个呢？”他轻声笑了一下，“你家是富豪吗？”

“怎么可能！”七尾立刻摇头，“跟富豪简直八竿子打不着。小学的时候，家里除了体操服以外都不给我买衣服，朋友们玩玩具，我也只有搓着手站在旁边干瞪眼的份儿，真的是在搓手哦。那时候，班上有一个很有钱的同学跟我正好相反，什么都有，零花钱好像总也花不完，漫画书啊组装模型啊有一大堆。唉，总之就是‘什么都有’的人啦，一个什么都有的朋友。这个什么都有的朋友有一次这样跟我说：‘你家里那么穷，还是选择足球运动员或者罪犯这两条路比较好。’”

“噢。”男人模棱两可地应道，像是在同情那时的七尾，表情都变得悲怆起来，“还有这样的小孩啊。”

“有啊。除了罪犯和足球运动员就没有其他路可走，说得也太过分了，但当时的我太老实，心想原来如此，就两件事都去干了。”

“两件？足球和……”男人瞪大了眼睛，歪着头。

“犯罪。去偷足球就是我第一次犯罪。话说回来，经过后来的勤加练习，这两件事我都取得了不错的成绩，它们确实让我的人生有所成就，所以，这个什么都有的朋友其实也算是我的恩人了。”平时话并不多的自己，如今却跟一个素昧平生的人聊个不停，七尾觉得有些困惑，而面前这个表情沉稳甚至有些缺少生气的男人，似乎就这样安静地吸收了自己所有的话。“啊，我刚才说什么来着？”七尾说着，想了起来，“对了，绑架。”还要继续说吗？七尾自己都有些意外。

“你那个什么都有的朋友，好像更容易被绑架吧。”男人说道。

“好眼力！”七尾发出兴奋的声音，“正是如此。”他开始继续了。“我只是被认错了。绑匪把我跟那个有钱的小子搞混了，我跟他回家的路是一样的，而且，那时候因为猜拳输了，我还替他背着书包——这个什么都有的朋友连书包的颜色都跟别的学生不一样，怎么说呢……”

“特别定制版？”

“是是，应该是有钱人专用款吧。”七尾笑着说道，“所以我就被误认为是他，被绑了起来，吃了不少苦头。明明我都跟他们说了我不是那个什么都有的朋友，但没有人相信。”

“不过最终还是得救了吧？”

“是我自己逃出来的。”

绑匪跟那个什么都有的朋友的父母要赎金，对方并没有认真对待。自己的儿子就在家里，那也是理所当然。绑匪们很生气，开始粗暴地对待七尾。“都说了，我不是你们要找的人！”最后绑匪们终于相信了七尾的话，又朝七尾家里打了个电话，应该是重新考虑一番之后觉得“只要钱能到手，从哪家来的都无所谓了”吧。

“我爸爸对绑匪们说了一句非常义正词严的话。”

“什么？”

“家中无米难为炊。”

“啊？”

“连绑匪们都瞠目结舌，觉得这爸爸也太过分了，但我却可以理解。无米难为炊，一点没错。就算想要救孩子，也没有钱去付赎金，这是无论如何也没办法的事。当时我就明白了，必须要靠自己才可以，所以就跑了。”

记忆的窗口一个接着一个地打开，发出啪嗒、啪嗒的声音，开了又关。从中窥视到的过去的场面，虽已蒙上厚厚的灰尘，却又具备了某种真实，带给人一种完全不像是儿时记忆的身临其境之感。绑匪们的粗心大意，七尾的运动神经和胆量，还有铁路道口护栏关闭的时机以及公交到来的时间，所有这些东西合在一起才救了七尾。直到现在他还记得自己坐上那辆公交时的心情，一边是目睹发车后的安心，另一边则是想到没钱买车票时的焦急。总之，虽然只是个小学生，七尾还是成功地靠自己的力量逃脱了。啪嗒，啪嗒，记忆的窗口一个接一个地打开，这样毫无防备地搜寻记忆会很危险，七尾想到这一点时发现已经晚了，本不该打开的窗户已然开了。出现在眼前的，是用那双渴望的眼睛恳求着“救救我”的少年的脸。

“你怎么了？”穿西服的男人似乎敏感地察觉到了七尾的变化，开口问道。

“心理创伤。”七尾说出了真莉亚调侃他时曾经用过的这个词，“那时候，除了我之外，还有另外一个被绑架的孩子。”

“是谁？”

“嗯……”七尾其实也不知道，他只是也关在那个自己被关押的地方，“或许，那里是一个把绑来的孩子集中在一起的仓库般的地方。”

素未谋面的光头少年对试图逃跑的七尾说了一声“救救我”。但是，七尾没有救他。

“是担心他成为累赘吗？”

“具体的理由什么的早就不记得了，或许只不过是凭直觉而已。总之，当时我没有救他的打算。”

“那个孩子最后怎么样了？”

“不知道。”七尾坦率地答道，“只不过是在我心里留下了一道伤口，也不愿意再回想起来。”为什么又想起了这件事呢？七尾再次合上记忆之窗。如果可以，真想再上把锁。

“绑匪呢？”

“没抓住。爸爸嫌麻烦没有报警，我也觉得无所谓了。能活着回来，而且明白了靠自己总会有办法这个道理，对我来说已经是收获了。哎，我是从什么话题扯到这件事上来的……”七尾觉得十分不可思议，为什么自己会这样说个不停呢？“总之，从那次错误的绑架之后，我的人生中就全是些类似的事情。高中入学考试的时候，好不容易事先猜对了题，可是旁边一个男生不停地打喷嚏，结果我也没及格。”

“是因为没法集中注意力吗？”

“才不是。是因为他的鼻涕啊口水啊，喷了一大堆在我的答题卡上。我连忙用手擦，结果好不容易涂好的答题卡全看不清了，连名字都不见了。”

七尾家经济上并不宽裕，想要继续升学除了公立高中之外再没有其他选择，可这点梦想也因一个毫无关系的陌生人的过敏性鼻炎而泡汤了。父母对于这件事倒是没有多大的情绪起伏，既没有愤怒，也没有惋惜。

“真是不走运啊。”

“‘一洗车就下雨，但为求下雨而洗车的时候除外。’”

“这又是什么？”

“以前曾经很流行的墨菲定律。我的人生简直就是它的延续。”

“墨菲定律，还真是很久没听说过了。”

“如果有一天你在超市排队等着付钱的时候，发现我站在前面，最好赶紧换到旁边那一队去，绝对是那边速度更快。”

“我先记在心里。”

手机响了，来电显示是真莉亚。七尾先是叹了口气，随即又有些生气，难得自己正说着话呢，心里那不耐烦的急躁让他直想咂嘴。哈！哼！啧！“刚被拐杖撞到的地方已经不痛啦。谢谢你听我说话。”

“其实我什么也没做。”七尾的道谢令男人有些受宠若惊。那表情没有任何胆怯，也不像是强装出来的镇定，似乎他身上那些至关重要的感情电路的插头已经全被拔掉了。

“你或许很善于掏出别人的心里话。”七尾说出了最直观的感受，“没有人这样评价过你吗？”

“嗯？”男人似乎觉得自己受到了责备，显得有些不安，“可是，我不是什么都没有做嘛。”

“怎么说呢？就像神父一样，只要在你旁边就想说话。你就像会走路的忏悔室，行走的神父。”

“行走的神父，这个，神父基本上都会行走哦。而且，我只是一个普通的补习班讲师而已。”

七尾早已背过身去，一边听着这些话，一边走到了车厢连接处。刚把手机放到耳边，真莉亚的声音便冒了出来。“接得真慢！”

“我去上厕所了。”七尾大声说。

“还挺闲的嘛。反正像你这样的人，就算去上厕所，也是碰到厕纸刚好用光，不然就是小便沾到手上吧。”

“这我不否认。你打来到底什么事？”

真莉亚那明显带有不满的喘气声顺着话筒传过来，但七尾只当是列车行进时发出的震动声，并不放在心上。虽然站在窗边，但心情总也定不下来，于是七尾又走到了连接处站定。脚下是重叠在一起的地板，好像某种生物的关节似的蠕动着。

“还什么事，你真是悠闲啊。马上就到大宫了，这次一定好好给我下车啊。可怕的大灰狼的尸体在哪里？”

“别再提醒我想起那东西了。”脚底一阵抖动，七尾调整着重心。

“嗯，假如狼的尸体被发现了，应该也没人知道是你干的吧？”

正是如此，七尾想。狼的真面目和本名，知道的人肯定是少之又少，警察就算发现了尸体，光是弄清楚真实身份就得费一番功夫。“嗯，然后还有什么？从大宫下车是吧？我知道啦。”

“我想这次应该没问题，不过以防万一，我还是决定给你点压力。”

“压力？”

“刚才我给委托人打了个电话，告诉他我这边的优秀选手没能成功带着行李箱在上野下车。仅此而已。嗯，虽然我觉得只要在大宫下车了那问题也不大，不过还是想着通知他一下比较好。这不是步入社会工作的常识嘛，遇上麻烦或者是失败要立刻如实报告。”

“对方发火了？”

“估计脸都青了。虽然看是看不见，但肯定是变得面无血色了。”

“为什么会脸都青了呢？”如果对方生气，那还可以理解。不祥的预感又来了——这恐怕不是什么简单的工作的预感，以及这个预感会成真的预感。

“那个委托人，似乎也是从别人手上接来的工作。我们相当于承包方的承包方。”

“这不是常有的事嘛。”

“是啊是啊。但是，那个最开始的委托人，好像是盛冈一个姓峰岸的……”

就在这个时候，列车剧烈地左右摇晃了一下。七尾失去平衡，一个趔趄，连忙抓住了旁边的扶手。“你说是谁？”他将手机重新放回耳边，问道。“刚才没听见。”刚问完，列车就进了隧道。窗外一下子暗了下来。一阵低沉而剧烈的闷响包围了整个列车。孩提时代，每当列车进入隧道，七尾都会觉得害怕。他觉得当周围一片黑暗的时候，似乎有一只巨大的怪兽带着强烈的鼻息将脸贴在列车上，审视着车里的乘客。有没有坏孩子？有没有正好可以抓走的小孩？怪兽那贪婪的目光似乎正在偷偷地盯着自己，所以每到这种时候他都会缩起肩膀一动不动。或许那次认错了人的绑架所导致的恐惧还残留在心底，七尾总认为如果要从乘客中选出一个最倒霉的带走，肯定就是自己。

“峰岸你知道吧？至少名字应该听说过吧？”

七尾一时间没明白真莉亚究竟想说什么，而当他终于理解了之后，胃又开始痛了起来。“你说的峰岸，是那个峰岸吗？”

“我又不知道你的‘那个’是哪个。”

“那个迟到的女人的手到底剁没剁下来？”

“五分钟哦。就迟了五分钟而已哦。”

“简直就是传说中的人物！只听说过有关他的传闻。人们都说，峰岸先生最讨厌不好好做事的人。”七尾说完之后站在那里，感觉被一阵眩晕包围了，他似乎要随着脚下的摇晃而当即倒下。

“是啊。”真莉亚说，“这可麻烦啦，我们就没有好好做事啊。”

“为什么听你的口气总觉得有点事不关己的意思？所以最初的委托人真的是峰岸吗？”

“究竟是不是还不清楚，但怎么看都感觉像是。”

“如果只是感觉，那还不能确定。”

“是啊。但我们的那个委托人可是脸都青了，说如果再这样下去峰岸肯定要怪罪他。我就跟他说，唉，发生了的事情也没办法，只要在大宫下了车那问题也不大，别哭哭啼啼的，打起精神来吧。”

“峰岸知道这事吗？我没能在上野下车，没能好好完成任务的事。”

“唉，谁知道呢。这得看我们的委托人是怎么处理的，是害怕跟他讲于是知情不报呢，还是觉得不告诉他要被怪罪，于是慌慌张张地就报告了。”

“对了，当初的确是有个人打电话告诉你箱子的具体位置了吧？”七尾想了起来，“说行李箱在三号车厢跟四号车厢之间。”疾风号刚出发，真莉亚的联络就来了。“难道那个负责联络的人也在这列车上？”

“或许吧，如果是又怎么样？”

“如果是，就可以把那个人看作是我这一边的，同样是为了抢箱子。”如果列车上有自己人，心里多少还有点底。

“你还是别抱太大期望比较好。就算是肯定也只是负责确定箱子位置然后打电话的角色，可能都已经在上野下车了。”

确实也是，七尾想。

“不过，怎么样，有没有紧张点了？有没有觉得，再不好好做事就麻烦大了？”

“我从一开始就打算要好好做事。”七尾说着，不禁狠狠地点了一下头，是这样的。应该再没有人像我这样，一心只想好好地活着吧。当然这也要看“好好地”这个词该如何定义，但自己从来没有眼高手低过，从来都是一步一个脚印，不曾怨恨过家境的贫寒，也没有自暴自弃，而是用偷来的足球勤奋地练习着颠球活到了现在。我也想成为这样的人——明明自己就算是这样被别人尊敬都不为过，他想。

“你确实有好好做事，但也很倒霉，永远不知道接下来会发生什么。”

“没关系。”这当然不是对真莉亚的回应，而是七尾对自己、对自己的命运所做出的强调。“箱子已经藏起来了，大宫也马上就到了。只要一下车，工作就结束了。峰岸没理由生气。”

“我也这样祈祷。但是，自从跟你一起做事，我也学到了很多。这世上啊，就是有想都想不到的倒霉事在等你。有些事情原本认为绝对不可能失败，却因为一些意料之外的突发情况而失败了。就算没失败，也要吃一番苦头。‘啊，原来还可以通过这样的方式失败。’每次我都很长见识。”

“那你还每次都说是简单的工作？”

“那也是事实啊。只是不管做什么，你都会被卷进麻烦，这能怎么办？为了检查石桥结不结实，就带着锤子边敲边走，结果锤子竟然敲到了马蜂窝上，最后被马蜂蜇不说，还掉到了水里。你身上全是这种事。你啊，应该没打过高尔夫吧？”

为什么突然又说到高尔夫？七尾想。“没有。”

“你还是别打比较好。玩那个不是要把球打进球洞里嘛。等你去球洞捡球的时候，估计会从里面蹦出只老鼠来一口咬在你手上。”

“净胡扯！高尔夫球洞里怎么会有老鼠？”

“如果是你去，就会发生这种事。你是发现让工作失败的方法的天才。”

“如果有一天，工作的内容是‘这件事给我失败’，那我可能就可以顺利完成了吧。”七尾开玩笑道。结果真莉亚却以十分严肃而认真的口吻说：“那种情况下你肯定反而不会失败了。”

“墨菲定律啊。”

“你在说演员的名字吗？艾迪·墨菲？”

这时，七尾突然感到强烈的不安。“我忽然很担心箱子还在不在。”他的视线顺着列车的行进方向看了过去。

“是啊。明明藏好了的箱子却不见了，这种事在你身上的确很有可能发生。”

“你别吓唬我。”

“小心点吧。你这一去检查箱子还在不在，或许就又会发生些什么了。”

那你到底要我怎么办！七尾直想冲真莉亚大吼，但同时又可以理解她的担心。

王子

王子解开带子，让木村的手脚可以自由活动。他对此并不担心。如果任由感情冲动使而诉诸暴力，自己的儿子就会有生命危险，这件事情木村已经有所了解。恐怕木村也不觉得那是谎言或者虚张声势吧，他应该早已明白，王子不是那种随意说谎的人。并且，既然王子已经跟木村说了“有事情想拜托你”，那么，木村应该也明白，只要自己能完成这件事情，儿子就会得救。明明有其他解决方法却弃之不用，而是选择不顾儿子安危跟自己硬拼，这样的可能性很低。人只要知道还有路可走，就不会自暴自弃。

“那，我要怎么做？”木村揉了揉之前被绑在一起的脚踝，带着愤愤不平的表情说道。请求一个恨之入骨的人给自己下命令，这种事带给他的明明只有屈辱，但却只能忍耐。王子看着觉得十分痛快。

“现在跟我一起去后面那节车厢吧。连接处有一个垃圾箱，里面藏着一个行李箱。”

“行李能塞进垃圾箱里？”

“我一开始也不知道，后来才发现垃圾箱那里的墙只是一块板子，可以打开。”

“是那个戴黑框眼镜的男人藏起来的？抢了那个，你打算怎么办？既然是行李箱，那应该比较大，搬到这边来放到脚下很容易就会被发现，放到座位上然后人趴在上面估计也不行。”

王子觉得木村的这些想法理所当然，的确，就算不是海外旅行用的那种大行李箱，普通的行李箱放在座位附近肯定也立刻就会被发现。

“我想了两个方法。”王子说着便走到了车厢连接处，先走到对面的门附近，又转过身对着木村，“第一个方法是，交给列车长保管。”

“列车长？”

“是。带着箱子去跟他说明情况，让他替我们保管。可以放到乘务室，也可以放到旁边的小操作间。要是能把箱子放到那种地方，肯定很难被主人找到。”

“你打算跟列车长说，我发现了一个没人要的行李箱吗？那他肯定会立刻通过车内广播找人，‘哪位旅客丢失了行李箱’什么的，到时候全车人都知道了。想要行李箱的人估计能在乘务室前排起队来。”

“我当然会说个更像样点的谎。比如说，这是我自己的箱子，但旁边的叔叔总是恶作剧不让我放，能不能先放在这里到下车时再来拿。”说到“旁边的叔叔”时，王子指了指木村。

“到时候人家反而会更加怀疑，那你就完蛋了。”

“像我这样的初中生老老实实地跟他解释，是不会被怀疑的哦。”

木村愤愤地哼了一声。他本想大声嘲笑一番，但显然心里也觉得，列车长恐怕真的会被这个初中生骗，于是说道："可放到列车长那里，就不是你的东西了。"

"到盛冈下车时再让他还给我就好，如果实在困难，就那样放着也无所谓啊。虽然想知道箱子里装着的是什么，但比起那个来，还是把箱子藏起来更重要。我可以借此诱导想要箱子的人，让他们产生混乱。"

"就像当初你在班上卖弄卡片时一样？"

"是。我还想了另外一个方法，就是只拿走箱子里的东西。"被那个戴黑框眼镜的男人小心翼翼地保管着的箱子上，有一个排列着四位数字的密码锁。"箱子上的密码锁，只要不停地去拨动，总有打开的时候。"

"你还准备全部试一遍啊。你知道那有多少种组合吗？真是辛苦你了。"木村似乎很瞧不起这个由孩子提出的方案。这个男人依然无法从先入为主的观念中逃脱出来，王子很是同情。

"反正做这事的是叔叔你啊，你就跑到厕所里，一个劲地拨弄去吧。"

"我怎么可能跑到厕所里做那种事！"

立刻就失去冷静的木村让王子很想笑。他咬紧牙关，忍耐着。"叔叔，同一句话说太多遍也很累的。不是说了吗，如果不听我的话，你的孩子就危险喽。在厕所里摆弄密码锁这种事，你还是去做比较好哦，至少做绝对比不做好。"

"总在厕所里，会被列车长怀疑。"

"我会定期检查厕所附近的情况，如果有人在等，我会告诉你。那时候你就先出来，然后看情况再进去就好了。反正摆弄箱子的密码锁这事本身也没什么稀奇的，借口要多少有多少。"

“那我可能要转密码转到死。一直摆弄着箱子上的密码锁，结果就老了，我可不干。”

王子再次朝前走去，进入下一节车厢，顺着过道继续前进。他推测着跟在身后的木村的想法。把儿子从楼顶推下去的罪魁祸首那幼小的身体就在面前，他一定巴不得立刻扑上去。如果条件允许，他还会掐脖子、抓手臂，想尽办法地折磨自己。但现在的他却不能那样做，列车内有乘客是一个原因，更重要的是，这关系到儿子的性命。光是想象着木村咬牙切齿、心急如焚的样子，就已让王子心中充满了欢欣和愉悦。

“叔叔。”王子一边走过六号车厢一边转头朝后说道。果然，木村那因竭力压抑着愤怒的冲动而丑陋地扭曲着的脸就等在那里，实在让人痛快。“找个四位数的密码，肯定没你想象的那么花时间啦。从 0000 到 9999 一共一万种组合，就粗略估计一种组合用一秒吧，那一共就是一万秒。大概一百六十七分钟，两小时五十分钟不到。而且，实际操作起来恐怕比这还快，转一下应该要不了一秒，而且……”

“心算这么快，真是个好学生啊。”木村打趣道，可看在王子眼里只是愚蠢。

“虽然我自己都有些不敢相信，但是，我是真的很走运。就算是随便胡来，事情也大致会朝好的方向发展，还经常能中奖。从生下来开始，我的运气就不可思议地好。所以啊，这次应该也很快就能找到正确密码。照我估计，用不了三十分钟，大概在 0000 到 1800 这个范围之内，锁就会打开啦。”

进入车厢连接处。没有其他人，王子径直朝垃圾箱走去。

“喂，是这里吗？”木村也站到了旁边。

“看，就是那里。”王子指着垃圾箱附近的一处突起。“你先按下去，然后再抓着拉一下看看。”

木村按照他的要求伸出了手，然后用力拉了一下拉杆。“啊！”木村叫出了声。王子也站在旁边朝里看，垃圾箱的上方，黑色的箱子还在那里。“就是那个，快拿出来。”他告诉木村。

原本没想到能打开的地方居然打开了，这让木村有些发愣，被王子一阵催促之后，他探身用力拖出箱子。就在他把箱子放到地上的同时，王子迅速地关上了那块板。

“好了，叔叔，你就赶紧到那边的厕所里开锁吧。”王子随即指着车厢连接处的厕所说，“我们还是先想个暗号比较好。如果有什么情况，我会在外面敲门。但其他乘客可能也会敲门，所以得有区别。那么，如果外面有人等着，我觉得这时候还是应该先出来一下比较好的话，我就咚咚咚咚咚地敲五下，一般人应该也不会敲五下吧。如果有看上去不对劲的人来了，我就敲咚咚、咚，中间会停顿一下。”

“不对劲的人又是什么人？”

“比如说那个戴黑框眼镜的哥哥啊。”王子说道。他觉得，如果是那个看上去毫无自信的男人，即便是偷箱子的事情败露了，或许也可以勉强蒙混过关。人分为容易控制的和不容易控制的。这跟知识和体能都有关系，但根本上是由基本的精神构造和性格决定。容易被控制的人，即便年龄增长，也不会有所成长，所以这世上的欺诈和犯罪才不会减少。“或者是那个正在找箱子的人啊。”相比之下，那个男人就充满了会毫不犹豫地下狠手的危险感。“这类人来了的时候，我就先敲两下再敲一下哦。”

“咚咚、咚，是吧？那时候我要怎么办？”

木村的这个提问让王子不自觉地笑了起来。此时他完全仰仗自己来做判断，彼此的地位俨然已经确立。王子真想鼓励他，你自己想想嘛。“我想应该要看情况，所以你先保持警惕等在里面。如果人走了，我会给你暗号，再敲一下门的。”

“那如果不走怎么办？”

“我会试着转移他们的注意力。说到底，谁也不会想到叔叔正在厕所里想要打开密码锁吧。所以我想应该不会太执着地等很久。”

“没想到啊，你的计划也挺粗糙的嘛。”

木村这样说可能是为了嘲讽他，但王子并没有特别的反应。计划并不需要太过缜密，他早意识到了这一点。一旦发生意外，能够不因慌张而无所适从，随机应变选择下一步行动才最重要。

“叔叔，从现在开始，赶紧找密码去吧，一定要打开锁哦。预备开始。”王子拽着木村的衣服，朝厕所走去。

“少在那儿装模作样地发号施令，你以为我会乖乖听你的话？”

“是啊。如果叔叔从厕所里消失了，逃到别的地方，那我就立刻打电话，打给我那个等在医院的朋友，怎么样？这样一来，叔叔的儿子应该就会因为那一通电话而彻底玩完哦。手机还真是恐怖，简直无所不能呢。”

木村如同恶鬼般地瞪着王子，王子却并不在意。他打开了厕所的门。木村也不再做任何抵抗，顺从地进了厕所。门从里面上锁的声音传来。

王子看了看手表，大宫站很近了，到盛冈则还有时间。应该要不了太久，箱子的密码锁就会打开了。

王子站在车厢的连接处，身后五号车厢的门发出一阵如狂风吹过般的声音，打开了。

走过来的是那个戴着黑框眼镜的男人。上身是短款牛仔外套，工装裤看上去也很合身。眼角附近已刻上了皱纹，看上去简直就是老好人的标志。王子注意着不露出任何不自然的样子，靠近厕所，敲了两下门，停顿了一会儿，又敲了一下。他装出原本想上厕所，但因为里面有人，所以不得不放弃的样子，然后再转身做出一副恍然大悟的表情。“你是刚才的……”他首先发话，“那个，喝酒醉倒的人已经没事了吗？”

“啊，是你啊。”虽然只有一点点，但这男人的脸上正蔓延着疲劳的神色。应该是把我当作个爱管闲事的少年了吧，王子有所察觉。这样的反应并不少见。有的大人将王子看作令人感动的好学生，还有的大人觉得天底下没有比令人感动的好学生更令人烦躁的了。

“那个人就那样睡着了，醉汉还真是麻烦。”男人揉着太阳穴，停住脚步，然后又转身对着垃圾箱，偷偷瞟了王子一眼。

“怎么了？”虽然是自己问的，但是接下来这个男人会如何行动却可以想象。他打算检查箱子是不是还在。比想象中更早啊，王子想。箱子刚藏起来，就算要来检查应该也得再过一段时间吧，王子此前这样推测。这个人可能比我想得要更谨慎、更神经质，王子重新对其进行了评估。他一定是那种刚出家门就担心门有没有锁好、煤气有没有关的类型。

“稍微有点事。”他肯定巴不得王子早点离开这里，虽然还不到发火的程度，但不满已写在了脸上。

王子故意看了一眼手机，然后说了句谎：“啊，电话来了。”他装作接电话的样子，走到了车门附近。他想，自己没在看的时候，男人应该更好将垃圾箱附近的面板打开吧。果然，男人鬼鬼祟祟的身影出现在了视野边缘。一声稍微有些大的响动传来，垃圾箱的面板应该已经打开了。王子故意没有朝那边看，但男人因箱子不在而备受打击的表情却生动地浮现在眼前。王子强忍住笑。

“饶了我吧！”听到这如同哭泣般的声音之后，王子装作电话打完了的样子，回到了厕所门前。怎么了？他平淡地问道。那块板还没来得及合上，就那么敞开着。男人脸上青一阵白一阵，愣住了。“哦？那里还可以打开吗？”王子假惺惺地问道。

男人正胡乱地抓着头发。他摘下眼镜，狠狠地揉着眼睛，看上去根本就是连漫画人物都不会去做的表示后悔的老板动作，他却完成得如此认真。男人很茫然，但从嘴里说出来的却是一声“果然”，只有这一点令王子有些意外。“果然？什么果然啊？”

男人可能因打击太大连意识都朦胧了，开始说明情况：“我把箱子，哎呀，你不是也看到了嘛，就是我带着的那个箱子，我把那箱子放到这里了。”

“为什么要放到这种地方呢？”王子装出一副无知天真的学生模样，问道。

“原因有很多。”

“那个箱子不见了吗？那你说的果然又是什么意思呢？”

“我就觉得事情可能会变成这个样子。”

你早知道箱子会被抢走吗？王子有些不高兴。你是在说早料到了我要抢箱子吗？说得跟早看穿了一切似的，别骗人了！王子几乎忍不住要指责他。“你早知道了箱子会不见吗？”

“也不是说我早知道。如果是那样，我怎么也不会把箱子放进去。但是，我总是不管做什么都会事与愿违。‘如果变成这样就麻烦了’‘真不想这样啊’，每当这样想的时候，希望避免的事情就会成真。刚才我有些担心，觉得箱子如果不见了就麻烦了，所以就来看看，没想到箱子果然不见了。”男人说着，几乎要支吾着哭出来。

是这么回事啊，王子松了口气。“真辛苦啊。”他表示同情。“箱子没有了会很麻烦吗？”

“很麻烦，非常麻烦。原本打算在大宫下车的。”

“没有箱子你就不能下车吗？”

男人目不转睛地看着王子。这样的选择他似乎从来没考虑过，只见他眨着眼，似乎在幻想着自己做出了这样的选择之后的未来。“如果打算过一辈子逃亡生活，倒是可以就那样下车。”

“里面装了那么重要的东西吗？”王子伸手捂着嘴。这动作明显是在演戏，连自己都觉得好笑，但又觉得如果笑出来，对方可能会以为是在嘲笑自己。“啊——”这时王子发出了缓慢而悠长的一声，“我想起来了，就在刚才我还看见那个箱子了呢。”

“哦？”男人瞪大了眼睛，“在、在哪儿？”

“我到这里来的时候看到有个拿着黑色箱子的人，个子很高，穿着夹克外套，头发稍微有点长。”王子回想着碰到的那个找箱子的男人的相貌说道。

男人脸上露出了惊讶的神色，不一会儿又变得痛苦起来。“是蜜柑还是柠檬呢？”

王子不明白他为什么要在这个时候念叨水果的名字。

“他朝哪个方向走了？”

“等我注意到的时候，人已经不见了。”

“是嘛。”男人说着，来回看着前后。他在烦恼究竟要往哪个方向找。“你觉得他会朝哪个方向走？直觉就好，你说说看。”

“哎？”直觉就好，这算什么啊。

“我不管做什么肯定都不会有好结果。所以如果我往六号车厢走，或许拿了箱子的人其实是往反方向去了，反过来如果我去五号车厢，那对方又可能是去了前面。如果我自己选择，肯定会措手不及。”

“被谁弄得措手不及呢？”

男人像是说不出话来了，他深深地吸了一口气，面带厌倦的神色继续说道：“被一个不知道是谁的人。会不会是有个人正从上方俯视我们，操纵着每个人的命运呢？”

“我不这么认为哦。”王子说，“我觉得谁也没有在操纵谁，命运之神可没人见过。而且，就算神真的存在，我也觉得神只不过是把人类扔在一个玻璃柜里，然后便不闻不问了。”

“那，我这么倒霉，难道不是神的错？”

“我也说不好，比如说，准备一块倾斜的板，然后将玻璃球啊捡来的小石子啊从上面往下放。这样一来，它们就会沿着各种不同的方向、不同的路线下滑，但是，下滑翻滚的时候并没有任何人在操纵它们的前进方向。仅仅是速度和形状决定了它们会去到哪儿，就算没人管它们，结果也还是那样。”

“你是说我之所以如此不幸，是因为我带有这样的特性，不管我怎么挣扎，都不会改变了吗？”

如果对方感到不快，甚至愤怒生气，就有意思了。可这个人却因王子的话陷入了更深的消极之中，打乱了王子的节奏。“那，你喜欢的号码是几号呢？”王子唐突地问道。

“嗯？”男人有些不安，而这不安又令他的思绪更加混乱，即便如此，他还是回答道：“七。”简洁明了，“我姓七尾，所以喜欢七，而且还有幸运七的说法……”

“那，不如就去七号车厢赌赌看吧？”王子指着前方的车厢道。

“我还是觉得不会有什么好结果。”他说道，“我还是去反方向看看吧。”他开始朝后方走去。大宫站应该马上就要到了。

“如果能找到就好啦。”王子走到厕所边，用手背敲了一下门。你要找的箱子明明就在这里，结果你却毫无察觉地走过了，果然不走运啊，他真想对着那个男人这样喊道。

水果

通知大宫站到了的音乐在列车内响起，紧接着又放起了广播。坐在蜜柑旁边的柠檬笑眯眯地说："你该不会是在紧张吧？"

"有点。你不紧张吗？"峰岸的手下一定已经在大宫站等着了。

"我一般不紧张。"

蜜柑不由得叹息。"真是羡慕你的单纯啊，明明就是因为自己粗心大意才搞成现在这个样子。"

"就算是吧。"柠檬说着，开始吃起膨化零食，"但也不光是我一个人的错。可能箱子不见了确实得怪我，但那小子的死可跟我们没关系，都是那家伙自己的错。"

"那家伙？你是说这家伙？"蜜柑指着窗户边一动不动的尸体。

"是啊。这家伙死得这么随便实在不对，你不觉得吗？而且到底怎么死的也完全搞不清楚。"

列车开始慢了下来，蜜柑站起了身。"喂，你去哪儿？"柠檬不安地问道。

"大宫到了，总得跟峰岸的手下说声一切正常吧。我去车门那里。"

“你该不会直接下车跑掉吧？”

原来还有这个办法，蜜柑想。“唉，逃了可能更惨。”

“你如果跑了，我就立刻给峰岸打电话，把所有责任都推到你身上，然后自告奋勇去抓你。我要舔峰岸的鞋尖，还要摇尾巴，跟他讲：‘我一定把蜜柑那混蛋抓回来，请您一定要原谅我。别杀我，饶命。’”

“我觉得那样的事情你还真做不到。”蜜柑从坐着没动的柠檬和前方的椅背之间走过。

列车开始刹车。蜜柑站定后看向右边的窗户，可以看到一座大型体育馆，看上去如同巨大要塞一般，有种让人觉得很不真实的魄力。左侧商场的广告牌正朝后方滑去。

“你别太自信了。”柠檬在身后道，“托马斯的歌里也说啦，过分自信会分散注意力。”

“我只听得出来有人在自我感觉良好地强词夺理。”蜜柑很无奈，“而且那首歌简直就是在唱你自己。”

“我可从来没过分自信过。我的自信不是过分，是过分不足。”

“我是说分散注意力的部分。你不总是马马虎虎怕麻烦吗？既没有注意力，也不懂得集中精神。”

“喂，你可别瞧不起我的注意力。比如说啊，托马斯的朋友里……”

“又来了。”

“有两个叫奥利佛的，你知道吗？一个是帮助过道格拉斯的小火车，还有一个是挖土机。一般说到奥利佛的时候，人们只会联想到那个小火车，但严格来说，其实有两个同名的。”

“那又怎么样？”

“就是想告诉你，我的注意力很不得了。”

知道了知道了，蜜柑无力地挥挥手。要这么说，《安娜·卡列尼娜》里面叫尼古拉的角色可出现了三个呢，他心想。但如果告诉柠檬的话，书名刚说完，他肯定就会说出“安娜捏尼娜？她们两个关系很好嘛”这种牛头不对马嘴的话来。

列车驶进了大宫站的站台。

蜜柑来到车厢连接处，听到车内的广播正在播报着出口在左侧，他于是站在了左侧的车门前。站台面对着车身向左移动着，外面可以看到三三两两等待到站的乘客。

也不知道峰岸的手下长什么样子、大概有多少人，到底能不能顺利找到呢？蜜柑脑海里刚闪过这个疑问，就看到在几乎已经停稳的列车对面，出现了一个一看就跟遵守社会常识和法律的上班族风马牛不相及，明显是混迹于阴暗小巷模样的男人。蜜柑确信“就是他了”。高个子，大背头。黑西装，蓝衬衫，没系领带。由于他立刻便消失在了左侧，所以没看清长相。

随着一声叹气般的声音，车门一阵颤动，打开了。

蜜柑立刻下到站台。刚转身向左，便看到那个黑西装蓝衬衫的男人站到了站台边，脸朝车厢凑去。他将两手放到眉毛上方，做出遮光的架势。坐在窗户边的两个年轻女乘客露出惊慌的神色，他丝毫没当回事，继续朝车厢内看着，应该是在确认大少爷的座位。

“喂。”蜜柑朝他打招呼。

男人转过身，皱着眉头。这个人竟然没有想象中那种浮躁的感觉，反而有着跟黑社会不相称的威严。年龄大概四十多岁，如果在公司上班应该已经做到管理层了吧。大背头看上去很适合他。眼神锐利，全身看不出有任何赘肉。明明只是站着没动，却让蜜柑感觉到周围的空气似乎都在噼里啪啦地刺激着自己的神经。

“什么事啊，兄弟？”男人问道，他的视线仍在扫视着车厢内部，时不时才看一下蜜柑。

“我是蜜柑。你是受峰岸吩咐，来检查我们有没有好好带他儿子过来的吧？”

“啊，就是你啊！”蓝衬衫脸上紧绷的表情一瞬间有些缓和，可立刻又浮现出另一种紧张，“一路还顺利吧？”

“马马虎虎吧。三个大男人坐在一起也没什么好开心的。”蜜柑说着指了指车窗。坐在列车内的柠檬注意到了这边的动静，像个孩子般天真烂漫地挥起了手。你可别给我多事！蜜柑只有祈祷了。

“睡着了？”蓝衬衫拿大拇指朝车窗比画着。

“你说大少爷？是啊。我们去救他的时候，他正被五花大绑在椅子上，也没办法睡觉，肯定累了。”蜜柑一边解释，一边紧绷着神经不让语气变得不自然。停车时间不长，肯定马上就要发车了。

“有那么累吗？”蓝衬衫抱起胳膊，带着不大相信的表情将脸贴到车窗上。列车内，靠窗的两名女乘客脸上一阵痉挛，纷纷朝边上避开。柠檬还在挥手。

“对了，峰岸他……”蜜柑开始找话说。他不想峰岸大少爷的尸体像那样一直被盯着。

“什么峰岸？是峰岸先生！”蓝衬衫鼻子都快顶到车窗上了，他转过脸来，语气很沉稳，散发出一股不容分说的威严。

“峰岸先生，”蜜柑改口道，“峰岸先生是个很可怕的人吗？传闻是听说过不少，但具体的我们不知道。”

“只要能守约就不可怕，但对那些不好好做事的人来说则很恐怖。这也是理所当然吧，不是吗？”

站台上响起了即将发车的旋律。蜜柑拼命掩饰着如释重负的心情，装出一副神情自若的样子说：“我差不多要回去了。”

“啊，是啊。”蓝衬衫也从车窗边抽身，面对着蜜柑。

“你要替我向峰岸好好报告啊。”

“是峰岸先生！”

蜜柑转身回到车门边。如此一来，至少到下一站仙台为止都还有时间，他抚摩着胸口，同时感觉到蓝衬衫一直在背后目不转睛地观察着自己。不能大意，他告诉自己。他将手放到后裤袋上，摸着柠檬给自己的摇奖券。这可是画了零事故小火车的东西。应该会显灵保佑我吧。

“喂！”被蓝衬衫从背后叫住，一只脚已经踏上车的蜜柑只得停下脚步。他装出很自然的样子，将另一只脚也踏进车门之后转过身去。“干什么？”

“行李箱拿好了吧？”蓝衬衫的表情并无怪异之处，似乎也不像是有所警觉，显然只是在例行公事地询问。于是蜜柑也稳住呼吸回答道：“当然。”

“你们不会把箱子放在远离座位的什么地方吧？”

真够犀利，蜜柑在心里不耐烦地抱怨着。“当然了，就在座位下头呢。”蜜柑缓缓地转过身，朝列车里走去。门刚好在身后关上。

进入三号车厢，回到座位，视线跟坐在那里的柠檬交汇。“小菜一碟嘛。”柠檬正竖起大拇指，喜笑颜开。“别动！”蜜柑慌忙小声训斥，“他恐怕还盯着呢。”

柠檬下意识地望向车窗，真是没城府的反应，让人觉得很不自然。但蜜柑已经来不及再出声制止，反而受柠檬的影响也向车窗望去。蓝衬衫正站在窗外，弯着腰盯着这边。柠檬再次挥手。不知是不是错觉，蜜柑总觉得对方的表情带着怀疑。“喂，你别太过分，会被怀疑的。”蜜柑低声说道，尽量控制着嘴唇不要张开。

“没事，马上要出发了。列车一开动谁都拦不了啦，就算是胖总管也无能为力。”

蓝衬衫站在开始缓缓前行的列车外面，眯起了双眼。蜜柑做出跟工作伙伴打招呼的架势，微微抬了下手。蓝衬衫也挥动着右手，好像在说拜拜，然后稍微朝前走了两步。可紧接着，他忽然瞪大了眼睛，表情有些僵硬。蜜柑也皱起了眉。到底怎么了？正奇怪着，他转头朝旁边看去，结果看到了难以置信的一幕：柠檬竟然拿起已死去的峰岸大少爷放在窗边的左手，宛如强行挥动着人偶的手一般在左右摇晃着。明明头搭在窗边，身体也倒向那个方向，左手却被抓过来摇晃，角度非常不自然。蜜柑着实吓了一跳，连忙拉过柠檬的手。“喂，别动！”结果尸体也跟着一晃，朝柠檬倒了过来，脖子软弱无力地一转，头便沉重地垂了下去。这下无论怎么看，都不像是一个正在睡觉的人了。不知所措的蜜柑慌忙支起尸体。“哎呀哎呀！”柠檬终于也显出一丝焦急。

列车开始加速，蜜柑看了看正朝后方消失的站台。蓝衬衫正神情凝重地举着手机。

两人重新调整尸体的角度，好不容易将其稳住后，蜜柑靠向了椅背，柠檬也瘫倒在座位上。

“麻烦了！”蜜柑忍不住说道。

柠檬则在旁边小声地唱起了歌来：“要是遇上事故了，也别垂头丧——气呀——”

瓢虫

七尾眼睁睁地看着大宫站越来越远，心想到底该怎么办呢？他感觉大脑如同布满了烟雾一般，根本没办法思考。因为不想回座位，他便看起了手机。这时候应该给真莉亚打电话了，但七尾始终提不起精神，即便如此，对方打来电话也只是时间问题。

下定决心，打电话。

真莉亚立刻便接了起来，好像铃声都还没响，她就扑上去接了，七尾的心情变得更加沉重。就连性格乐观、不管什么事都能泰然处之的真莉亚都开始焦急了，显然是她也知道峰岸有多可怕。

真莉亚先开口了，她很不耐烦地问道："你现在坐哪条线过来呢？"应该是在确认从大宫站下车后七尾的行动路线。

"跟刚才一样，东北新干线的疾风号。"七尾多少带着些面对现实的心态，极为平常地回答道。车厢连接处噪音比较大，真莉亚的声音不怎么容易听清，他的语气稍微有些强硬。

"还没到大宫吗？"

"大宫已经过了。但我坐着的还是疾风号。"

一瞬间，真莉亚哑口无言，估计是完全找不到合适的词来表达了，七尾能感受得到电话那头的心情。她似乎通过至今为止跟七尾一起做事的经验，立刻明白究竟发生了什么，深深地叹了一口气。“我有想过该不会又出什么意外了吧，可没想到还真出意外了，果然名不虚传啊，七尾先生。”

“箱子不见了。所以，我也下不了车了。”

“箱子你不是藏好了吗？”

“就是藏好之后又不见了。”

“结婚吧。”

“啊？”

“你跟你那不幸之神结婚吧。你看人家多喜欢你啊。本来或许也是件值得开心的事，但我真的没什么好说的了。”

“什么叫值得开心？”

“因为你可能下不了车这事我早有预感！预感中了本应该开心，但得知事情真的变成了这样，我还是很受打击。”

她略带嘲讽、事不关已的口气让七尾有些不快。本想也反过来抱怨几句，可他随即意识到自己此时已无暇那样做。怎样渡过目前的危机才是最重要的。

“七尾先生，我有一个问题。箱子不见了这一点我已经明白了，虽然不能接受，但情况我明白了。可你没在大宫下车又是为什么？箱子不见了，那就意味着被什么人给抢走了，然后新干线又在大宫停车了，那么，能考虑到的情况就只有两种啊。拿了箱子的人直接在那里下车，或者是还坐在车上。”

“没错。”就在列车快要到达大宫站之前，七尾如同紧急施工般匆忙分析了一遍情况。自己应该在大宫站下车，还是继续留在列车上搜索箱子呢?

“那，你没下车是为什么？”

“就是二选一，两边必须从中选一个。但是，我当时想至少选一个还留有一丝希望的选项。”

七尾考虑的只是在哪种选择下取回箱子的可能性更大而已。如果在大宫站下车，自己能不能找到并抓住偷箱子的人？他对此没有自信。一旦对方跳上了别的列车或者消失在街道的人群中，那他就束手无策了。而反过来，如果自己不下车，同时偷箱子的人也还在车上，那么只要仔细搜查，或许还有找到的可能。这样一想之后，七尾便得出了留在车上更好的结论。说到底，只要还在列车上，这次的工作便还在“继续”，就不能被轻易判定为“失败”，这才是七尾的期待。就算到时候被峰岸质问要求说明情况，自己也可以回答：“我还在新干线上奋斗着呢。”

刚想完，新干线便在大宫站停了下来，门也打开了。七尾一直在站台上没动。他觉得至少还是应该检查一下有没有乘客带着行李箱下车。如果真发现了可疑的乘客，那就非追不可。列车在站台边呈一条平缓的弧线，所以前方的车厢几乎看不见。就在能看见的范围内观察也行，七尾想着，来回眺望起来。

在自己身后，大概三号车厢和四号车厢之间，有两个人引起了七尾的注意。一个是高个子，穿着黑西装，头发比一般男人要长。应该是蜜柑或者柠檬其中的一人，但七尾不清楚具体是哪个，他正背对着自己，跟另一个人面对面站着。而对面那个男人似乎是到站台来迎接的，蓝衬衫很醒目，有些年长，梳着大背头，造型有点像外国电影里常出现的老太太，看上去颇为可爱。

不一会儿，高个子男人回到了新干线上。七尾只在刹那间看到了一张侧脸，还是无法判断究竟是蜜柑还是柠檬，又或者是某个完全不相干的人。留在站台上的蓝衬衫男人从窗外注视着车厢，看上去不像只是来站台接人，可他究竟为什么会出现在这里？七尾想不出来。唯一可以确定的就是那里是三号车厢。

“你说过行李箱的主人坐在三号车厢吧？”说明了在大宫站的情况之后，七尾对真莉亚说。

“是啊。我是接到了这样的通知。你是说，蜜柑和柠檬也在三号车厢？”

“反正那人看上去很像，那么他们就是箱子主人的这个假设越来越站得住脚了。”

“假设，说得这么随便可不行。”

“啊，什么？”七尾并不是故意装傻。新干线虽逐渐变得平稳，但站在车厢连接处时身体还是很容易失去平衡。车体的震动也是连绵不绝，十分嘈杂，像是故意要分散七尾的注意力，阻挠七尾和他唯一的战友真莉亚对话。“总之我觉得，只有继续留在新干线上，找到箱子的可能性才比较大。”七尾口齿清晰地说道。

“确实这样可能性比较大。也就是说，蜜柑他们又从你手上把箱子抢回去了？”

“我先拿走了他们的箱子，结果他们又从我手上拿了回去。估计就是这么回事吧。我可不希望再有第三方插进来把事情搞得更加复杂。”

“要是你已经那样想过了，恐怕真的会实现吧。”

“你可别吓我。”希望和梦想没法成真，害怕的事情却会成为现实，一件件出现在眼前。

“我这不是吓唬你。这在你身上不是常有的事嘛。你是被看上了啊，被不幸女神看上了。”

七尾忍受着车体的摇晃，高声道：“也不知道不幸女神是不是个美女啊。”

“你想知道答案？”

“不想。”

“到底该怎么办呢？”七尾明白，真莉亚着实伤透了脑筋，正竭尽全力地想着对策。

“该怎么办呢？”

“好吧，你听好。”七尾刚好被车体摇晃所干扰，正调整着站姿，真莉亚说的话有些听不清。“你先从蜜柑那里把箱子抢回来。”

“怎么抢？”

“我怎么知道！但不管发生什么，这件事非做不可。你一定要拿到箱子，这是大前提。然后，只有想办法跟委托人说谎骗过他了。”

“说什么谎？”

“箱子在手上，但是没能在大宫下车。新干线一直要到仙台才停，在那之前就等等吧。我会这样对他说。最重要的是箱子在手上这件事情，一定要坚决强调我们在好好做事，只不过是因为运气不好所以没能下车。这样可能还会好点。”

“什么还会好点？”

“峰岸的愤怒啊。”

有一定道理，七尾想。被派去蔬菜水果商店买东西的孩子，与其哭着说“菜没买到，不能回家了”，倒不如解释说“菜是买到了，但是由于道路在施工，所以一时半会儿不能回家”，这样才更容易获得信赖，最后被训斥的程度肯定也不一样。

“对了，蜜柑他们知道你吗？”真莉亚的声音很严肃，显然她是在考虑七尾跟蜜柑和柠檬之间的对决。

七尾回想着。“我觉得应该不知道，以前从来没在一起做过事。只有一次在一个小酒馆喝酒的时候，有人跟我讲起了他们。‘那两个人就是有名的蜜柑和柠檬。’那个人这样告诉我，还说什么他们如今在这一行里据说是最厉害的呢。那两人光看上去就很不好惹，而且他们还真的在那里大闹了一场，我都吓了一跳。所以我看到他们的脸时才能认出来。”

“啊，那，反过来不是也有可能吗？”

“反过来？”

“可能也有人对蜜柑他们介绍过你的事哦。‘那个，戴着黑框眼镜的那个年轻人，就是我们这一行里运气最不好的哦。’如果是这样，他们看到你的脸时或许也能认出你来。”

“怎么可能有……”七尾话说到一半又咽了回去。怎么可能有那种事，也不能就这么断定。

真莉亚似乎也察觉到了七尾的想法，有些得意地说：“是吧。搞不好就有那样的可能，这才是你的人生嘛。因为你被丑陋的不幸女神看上了。”

“喂，你刚才说了‘丑陋’吧。”

“因为我也没工夫细想了。别磨蹭了，赶紧去三号车厢吧。”

这时，七尾忽然察觉到真莉亚的周围似乎很吵。“你在外面吗？”

“啊！”真莉亚大叫了一声。

“怎么了？”

“吓我一跳，这到底是怎么回事啊？”

“发生什么事了？”七尾将手机紧紧地压在了耳朵上。

“真是的，已经完全没心情再做下去了。”真莉亚一个人嘀嘀咕咕地叹息着。

七尾不知道该说什么好，只得挂断了电话。

木村

列车上的厕所怎么就让人觉得这么不舒服呢？木村弓着腰摆弄着箱子，满脸都写着不高兴。厕所打扫得很干净，并没有什么不整洁的地方，但就是让人不舒服。

木村拨弄着摆在面前的密码锁。转动一下，用力捏一下，纹丝不动。下一个，木村又转动了一下那小小的数字转盘。他就这样一个个地转动着数字，开锁。一直在开锁，可总也没反应。新干线微微摇晃着。在这样一个狭小的空间里，这样的压迫感之下，木村觉得自己的精神都要被摧残得支离破碎了。

他想起了前不久的自己。戒不了酒，只要没有酒，哪怕是一小会儿，就会变得不安、焦躁、易怒。涉似乎是受了爷爷奶奶的指使，将家中的酒全藏了起来，木村发了疯似的找也找不到，几乎就快打算去喝生发剂了。唯一值得庆幸的就是，他从来没对涉动用过暴力。如果连涉也打了，那此刻他一定已经带着满身后悔的脓水奄奄一息了。木村拼尽全力才抵抗住酒的诱惑，从酒精依赖的丛林中挣扎着逃了出来，可如今涉却躺在医院里不省人事。准确地说，正是因为涉被送进了医院，木村才下决心要摆脱对酒精的依赖。“为什么我明明已经重新做人了，涉却不在呢？我的人生就不能好好地重新开始吗？”这的确也是木村心里最大的哀叹。

列车的摇晃不时地将木村的身体微微朝上顶着。他用手指旋转密码锁，接着又用力试图开锁，但打不开。已经从0000试到了0261，虽然才刚开始没多久，但这琐碎而单调的动作已经令他厌烦。为什么为了那个王子，自己非得做这无聊的事情不可呢？屈辱和愤怒令他情绪爆发，对着马桶连踹了三脚。随后他又恢复了理智，告诉自己“现在必须要冷静”。冷静地装出服从王子命令的样子，等待机会，等待报复那个小鬼的机会。可是，要不了一会儿，他的神经又开始烦躁，几乎令人疯狂。这样的过程不断重复。

王子送来了一次暗号。先敲两下，然后再一下，“咚咚、咚”的敲门声响起。如果按照刚才商量好的来判断，应该是那个戴着黑框眼镜的男人来找箱子了。外面的情况令人好奇，可他能做的只有继续摆弄这密码锁而已。过了一会儿，又响起了一次敲门声，他于是知道那个男人已经离去。

到0500的时候，木村下意识地想起了某天傍晚，那个显示着“05:00”这串数字的时钟。

那正好是涉所看的儿童节目结束的时间，木村待在家中的客厅里，侧卧在涉旁边喝着瓶子里的酒。虽是星期一，那天却是木村保安工作的休息日，他便这样侧卧着靠酒过了一整天。这时门铃响了。应该是推销报纸的吧，木村想。平时他都是让涉去接待来客。比起一个出现在门口的中年醉汉，年纪虽小但面相聪颖的孩子必然更让对方心情舒畅。但那次木村自己去应了门。涉正入神地看着电视，自己也差不多到了该起身的时候。

门外站着一个身着校服的少年。

木村想不出为什么会有学生前来造访，于是便认定对方是某个宗教团体派来传教的，当下就扔给了对方一句："我们家不需要。"

"叔叔。"初中生一副跟木村很熟识的样子，完全没有初次见面的感觉，但看他的表情又没那么厚脸皮，反而更像是要哭。

"你谁啊？"木村以为酒精终于开始让自己看到了现实中根本不存在的东西，眼前这个初中生就是某种幻觉。可他又忽然想起了什么。这个少年的脸似乎在哪里见过。忘记是什么时候了，但自己应该在路上碰见过这个初中生：身形细长、面色白皙，看上去像一个菜瓜，鼻梁挺高，可稍微有些歪。"你为什么跑到这里来？"木村厉声道，眉头已经皱得不能再皱。

"叔叔，救救我。"

"你说什么呢。"木村觉得麻烦，正准备关门，但又有些在意，便走到屋外。他抓住初中生后脖颈处的校服衣领用力一扯，将其拉倒在地。瓜脸少年立刻哭喊了一声"好痛"，但木村根本没打算手下留情。"你怎么会知道我家的地址？你小子就是之前我在外面碰到过的家伙吧，就是那个因为得罪了王大人，不对，叫什么来着？啊，王子，因为得罪了王子大人吓得屁滚尿流的初中生。你怎么会找到这里？"

"我跟踪你了。"初中生呜咽着一字一顿地说道。

"跟踪？"

"我去上补习班的时候，骑自行车路过这里，正好看到叔叔在走路，就跟踪你了，所以才知道你家的地址……"

"要跟踪也去跟踪有姿色的女人啊。还是说，你有那种嗜好？你喜欢大叔？"木村嘴上开着玩笑，心里却在担心，这个中学生会不会带来什么阴暗而险恶的祸事？为了掩饰内心的胆怯，木村无意识地说出了这些轻佻的话。

“不是那样的。只是，除了叔叔以外我已经找不到可以依靠的人了。”

“又是那个王子大人啊。”木村呼了口气，喷到了瓜脸少年。这口气有没有酒臭味，木村自己无法判断，但从少年那痛苦的表情来看，恐怕是有的。

“要死了。”

“如果酒臭味能熏死人，那政府在禁烟之前早就先禁酒了。”

“不是那个意思，我说的是，阿武要死了。”

“阿武是谁？又是你同学？”木村不耐烦地说道，“之前不是已经有人自杀了。你们那到底是个什么学校啊。我以后绝对不让我家孩子去念。”

“这次不是自杀。”少年激动起来。

“我才懒得管你们那些破事呢。”

木村本可以一脚踹向那个少年，丢下一句关我什么事，然后回家关上门。但是，那少年却说：“不是人，是一只狗。阿武是朋康家养的狗。”于是，木村又改变了想法。

“啊？什么跟什么啊，真够绕的。”木村说着，心里却涌上了一股好奇。他对房间里的涉说：“涉，我出去一下。你在家好好看电视。”涉乖巧地应了。“真是麻烦，我就姑且跟你去看看吧。”

这座位于住宅区一角的公园，木村也经常来。里面有各种提供给孩子玩耍的游艺设施和沙地，深处还有一片杂树林。对于都市人来说算得上是一座宽敞奢侈的公园。

在去公园的路上，木村从少年那里得知了事情的原委。

起因是班里一个学生的爸爸经营着一家私人医院。那学生说：“我家有用于医疗的电击装置。”好像是那种跟 AED[①] 差不多的，用来向因心室颤动而停止跳动的心脏施以电击的机器，但功率更强一些，是还处于试验阶段的产品。用法也跟 AED 一样简单，将两个电极片分别贴到心脏两边的位置，机器就会显示出心电图。根据心电图，如果判断需要实施电击，那么按下按钮就会产生电流。

“王子听后马上就说‘那我们就来试试，看那东西到底有多大的威力吧’。”瓜脸少年一脸愁容地说。

木村觉得嘴里像是咬破了苦胆。“王子大人居然会想到这种事情，真是个了不得的人物啊。”他调侃道。“那，结果呢，怎么样了？”

“那个医生的儿子说，因为是自动式的，所以用在正常人身上恐怕不会启动。”

“是真的吗？”

瓜脸少年严肃地摇着头。“他以为这样说王子或许就会放弃了。”

“王子应该会试试看吧？”

少年又痛苦地点了点头。王子让那个医生的儿子今天去把电击机器拿出来。

“现在正准备在公园里试吗？”

“把所有人都叫上了。”

“但那是用在心脏停止跳动的人身上的机器吧？”

“是。”

“那如果用在正常人身上，会怎么样呢？”

少年哭丧着脸。“我偷偷问过那个医生的儿子。结果他说‘我

---

①自动体外除颤器，常用于抢救心源性猝死患者的便携式医疗设备。

问了我爸，说可能会致死’。”

“真的？”

“AED是自动式的，当然不会那样。但他那东西还是试验阶段，而且功率也更强。”

木村吐了吐舌头。“所以，那个王子就打算拿那只叫阿武的狗做试验是吧。原来如此。就算是王子大人，也没胆量一下子就拿人下手啊。”

瓜脸少年摇了摇头。那不像是在否定，更像是在为木村的想法并未能凌驾于王子之上而感到失落。这个人或许并不能战胜王子，他表现出的是这样一种失望。

“不是那样的。一开始王子打算拿朋康来试。”

“他做错了什么事吗，那个朋康？”应该是有，木村在心里推测。他想起了自己曾加入过的那个危险组织。统率组织的人对同伙施以暴力的时候，大多数时候都是带着以儆效尤的目的。这样做有利于掌管整个组织，让恐惧渗透其中，也即让同伴顺从的效果非常明显。如果是让班上的同学们害怕到如此地步的王子，或许也会做出同样的事。通过电击来实施惩罚，让周围的人再次感受到恐惧。

“朋康有些呆，尤其是行动上。之前在书店里偷漫画的时候，他还因为逃得慢差点被抓。”朋康被店员抓住，多亏另外一个同伴从背后踹了那个店员一脚，他这才得救。瓜脸少年解释道。“店员倒了之后，他们还不停地踹，那个人都晕过去了，好像还闹出了麻烦。”

“有必要那么拼命地去偷漫画书吗？”

“这样的事情常有，而且朋康还稍微有些自大。”

“迟钝还自大，是够让王子生气的。所以他是那种会说‘我爸爸是律师，很了不起’这种话的人吗？”木村之所以会说律师，只不过是偶然想到，可这种直觉偶尔居然也会中。

“是啊。他的爸爸就是个律师。”当瓜脸少年这样说的时候，木村吓了一跳。

“就算是律师也没什么好怕的，王子本来就身处法律之外啊。”

“但是，朋康的爸爸好像还认识一些可怕的人，所以他才那样有恃无恐。”

“哦，那是会被讨厌。本来光是吹嘘炫耀就够惹人烦了，比那个更过分的就是把朋友拿来吹嘘炫耀。唉，这样的家伙就让他吃点苦头也不错。”木村半开玩笑半当真地说道。

“朋康被选去做那个医疗器具的试验，他当然不愿意，就在公园哭着给王子下跪，求王子饶命呢。”

“王子大人怎么做的？”

“他说，那我就饶了你，但你把狗带来。就是朋康家养的阿武。我小学时就跟朋康认识，阿武从那时候起就在了，他们家很宠那只狗。”

哼，木村从鼻子里笑出声来。他明白王子的伎俩了。恐怕医疗器具的试验只是其次。王子只是在享受逼朋康为了自保而交出爱犬的感觉，只是想通过此事从心理上践踏朋康而已。简直太好懂了。虽然好懂，但木村心里同时又有些动摇，他真的要做到这一步吗？“真行啊，这个王子大人。性格坏成这样，反而更好懂。”

“叔叔，王子可没那么好懂。”瓜脸少年一脸担心地这样说的时候，已经可以看见公园入口了。“那个，我不能跟你一起进去，就在这里直接回家了。如果被人怀疑我打小报告，那我也完蛋了。”

真随便真没用啊，木村并没有这样嘲笑他。其实，这个少年也算是够拼了。如果他被发现出卖了同伴，还不知道会遭到怎样的惩罚。至少，被选作医疗器具的试验品是肯定的了。木村于是挥挥手。“那你赶紧走，我就装作是偶然经过。”

少年如一个胆怯的幼儿般点了点头便立刻离开了。啊，等等，木村又把他叫住。少年转过身，随即挨了一记左拳。木村对准他的脸，使出全力揍了一拳。少年的脸猛烈地摇晃了一下。他翻着白眼趴倒在地。

“你小子应该也干过不少坏事吧？刚才这下算教训你的，你就领了吧。”木村说道，“但是，为什么是我？为什么要来向我求救？难道就没有其他大人了？”要求一个嗜酒如命、带着小孩的男人出手相救，这选择显然是错误的。

“没有其他人了。”少年不停地摸着被揍了的下巴，检查有没有出血。他并没有生气，看样子似乎在想，如果一记铁拳就能解决那真是谢天谢地了。“再没有什么其他的人了。能够制止王子的人。”

“你对警察说啊。”

“警察……”少年有些口齿不清，“没用的，警察根本没用。那种地方不是都讲求证据吗？警察只能去抓那种十分好懂的坏人。”

“什么玩意儿，什么叫‘十分好懂的坏人’？”木村说着，其实他也懂了。对于那些偷盗、打人的人，法律可以发挥作用。因为只需要按照法律条文，执行刑罚就可以；但对于并不是那样而是更暧昧模糊的恶意，法律却无法轻易出手，甚至会失去效力。“唉，不过王子本来就是在自己王国的城堡中制定法律、更改法律的那一方。”

“是啊。”少年一边摸着下巴，一边远离木村，“而叔叔看上去就好像跟那城堡中的规则没什么关系。”

“就因为我是个醉鬼吗？”

少年没有回答，而是选择了消失。木村到最后还是觉得，这会不会只是自己因酒精而产生的幻觉呢？

木村踏进公园，笔直地朝前走去。不过这只是他自己的想法，实际上有没有走成直线他也不知道。你的人生本来就没有笔直地前进，他似乎听见了父母的叹息。他朝手心吹了口气，试图确认有没有酒味，但判断不出来。往深处前进，逐渐接近那片林立着树木的昏暗，迎面扑来的是从深处飘浮而出的黑色躁动，悄无声息却又直指人心。

平缓的下坡后，在那可称作林子底部的场所，堆砌了各种树木的落叶。黑色的阴影聚集在一起。那些身着校服的初中生，看上去就像一个正在举行仪式的诡异团体。

起初，木村隐藏在树木的阴影之中。鞋踏在树叶上，发出轻薄的纸片摩擦般的声音。可能因为还有一段距离，那些人并没有注意到他。

木村探出头，看着那些初中生，观察着他们。酒劲上来了。近十个穿着校服的少年，正在捆绑一只狗。刚开始木村不知道紧挨着那只狗的是什么，但很快，他明白了那是一个初中生，恐怕就是狗的主人朋康吧。那只杂种狗被朋康抱在怀里，正被胶带一圈一圈地缠绕着。“没事，阿武，没事的。”可以听见朋康试图安慰那只狗的声音。他正竭尽全力地跟自己的狗说话，似乎想消除它的不安。这毅然决然的架势真是令人动容，木村心想。

再一次，木村将身体藏回树后。其他那些包围着狗和朋康的学生都没有说话，兴奋和紧张充满了他们的身体。狗竟然一声都没有叫，这让木村觉得不可思议，他再次伸出头眺望。狗嘴上缠着一张大大的布一样的东西，扎得很紧。

“喂，快点贴！”有人说道。似乎是在安装那医疗器具上的贴片。

“在贴啦。这个在这边可以吧？”

“这东西真的能用吗？”

“当然能用了，别说得我好像在撒谎似的。你小子才是呢，刚才打朋康的时候，还跟他道歉。你其实很不情愿吧？我会跟王子讲的。”

“我才没说呢，你别乱讲。”

简直无药可救！王子大人的统治真是厉害啊！木村感慨道。当用恐惧统治一个群体的时候，这统治越成功，群体结构中最末端的那些人就越难以互相信任，更不可能存在同伴之间互通对暴君的愤怒和逆反之情，培育反抗火种的情况。每个人都只会祈求自己不要被骂、不要受罚，为此，他们只能互相监视。木村以前还拿着枪做那些非法勾当时，曾听说过一个姓寺原的男人，在他的组织里，那些手下似乎就是日夜处于互相猜忌之中。他们只期望自己不犯错，期望寺原的注意力能转移到其他人身上。不管什么时候，他们总处于在同伴中寻找替罪羊的状态。

此时的情况完全一样。

木村脸色很难看。踏在那些落叶之上，打算用医疗器具做危险试验的少年们，既没有享受恶作剧的闲暇，也没有玩味紧张的兴奋。他们有的只是恐惧。为了保护自己，就算再恶毒的事也要去做。

木村看着自己的脚，这才发现自己穿着一双拖鞋。接下来将发生什么，事情会在这公园里发展至何种地步，这些他都想象得到，但准备工作却漏洞百出。拖鞋要脱掉吗？不，赤脚状态下的行动必然会有所局限。要回去拿枪吗？那样或许更快些，但太麻烦。他正思考着，同样被绑着的朋康喊了起来。“对不起。还是不可以。我不要阿武死啊！”布满了整个林子的各种树叶似乎要将那喊声全部吸走，但声音仍传到了木村的耳朵里。如此悲痛的叫声不但不会牵制群体的行动，反而是一种催化剂——替罪羊的悲鸣只会刺激其他人的施虐心理。

木村从树后走出，缓慢而沉稳地踩在下坡的路面上，朝那个群体靠近。

“啊，那个大叔。”一个人立刻反应过来。木村对那人并无印象，恐怕跟带木村来公园的那个瓜脸少年一样，也是自己曾经在路上见过的初中生中的一个。

木村的拖鞋踩在落叶上，一步步地靠近。“喂喂，不可以欺负狗。阿武，我来救你了。”木村打量着眼前的群体。一个看似医疗器具的东西放在地上，上面的贴片已经贴在了狗的身上。“阿武，你怎么被弄成这样了，真可怜，连我都同情你了。现在我这个烂醉的大叔来了，你不会有事啦。”

四周的少年都傻愣着，木村趁机走近那只狗，将贴片扯了下来，随后又开始扯将朋康和狗绑在一起的胶带。胶带的黏着力很强，粘住不少毛，扯的时候狗一阵挣扎。不过，最后总算全扯了下来。

“喂，这下不好了。”背后有人说话，“再不制止这个大叔……”

“少年啊，尽情烦恼吧。我现在碍着你们完成任务了，再不想点办法，王子大人可要动怒喽。”木村夸张地说道。“不过王子去哪儿了？”他一边撕碎胶带一边说道。

“叔叔，你为什么这么倔呢？”一个极其清澈而沉静的声音响起。

木村抬起头。在稍远一些的地方，是王子那炫目的笑脸。一块石头飞了过来。

咔嚓一声，行李箱开了，木村停止了回忆。密码锁上显示的是0600。王子大人果然是红运当头吗？考虑到出四个数字全部排列组合的数量，这正确答案已经算是找得非常快了。木村将行李箱关起放到马桶上，摆平后又重新打开。

箱子里整齐地摆满了一捆捆面值一万的钞票。木村对此并没有特别感慨。箱子里的钱不是新钞，而是用旧了的纸币，虽然有一定厚度，但看上去也还没到可以令人为之动容的程度。过去自己曾经押运过比这数额多出好几倍的钞票。

木村正准备合上箱子，却发现箱盖反面还插着几张卡片。拔出来一看，是银行卡，一共有五张，都是不同的银行，每张卡片正面还用油性笔写下了四个数字。用这卡，里面的钱随便取，原来是这么回事。除了成堆的钞票之外，还附加了银行卡，真是个奢侈的礼物啊。最近的非法交易都流行用这种方式了吗？

木村一时兴起，从一捆钞票里抽出了一张。“反正少了一张也不是什么大不了的事吧。”他说着，将钞票撕了个粉碎。早就想这么干一次了，理由仅此而已。他合上箱子，拿开，将钞票碎片扔进了马桶。将手放到传感器上之后，马桶里便喷出了强烈的水流。木村从厕所里走了出来。他并没意识到，自己正期待着能被眼前的王子夸奖：干得好。

水果

“好吧，接下来怎么办啊，小蜜柑？”柠檬被窗边的尸体和靠过道的蜜柑夹在中间，感到一阵憋闷。“你跟我换一换位子吧。我啊，讨厌坐在中间。”他说。

“你到底想干吗？”蜜柑瞪着他说，似乎并没打算让出位置。

“什么叫‘到底想干吗’？”

“柠檬，你也知道刚才峰岸的人就站在站台上吧？”

“我当然知道，你当我傻啊。所以我才朝他挥手嘛。”

“为什么连那小子的手也要挥？”蜜柑强忍住心中的怒火，指着在窗户边紧闭着双眼的峰岸大少爷。蜜柑那明明十分激动却又要顾及周围情况小声说话的样子，让柠檬觉得十分可笑。

“你现在说话的样子就跟那个《明星恶作剧秘密报告》① 里的睡相大调查一样，说起话来偷偷摸摸的。”柠檬说着，忽然又想起了以前听说过的一件事，“提到睡相，你有没有听说过那个起床气超

---

①日本富士电视台的一档综艺节目，主要内容为恶搞明星，播出期间为 1976 年到 1998 年。

大的杀手？”

蜜柑看上去似乎并不想轻易搭理柠檬，只简单地应了声“有”。

“他在睡觉的时候被人叫醒，一生气，就开枪把那家伙打死了。而且，就算只是看到别人被吵醒，他也会气得火冒三丈，真是个性格恶劣的家伙。”

“就算是被朋友叫醒，他也一样发火，所以渐渐地，一起做事的人都避免跟他见面，而是通过电话联络。我听说还常在车站的留言板上写下消息什么的。”

“搞得跟冴羽獠[①]似的。”柠檬想起了一部很久以前看过的漫画。反正蜜柑肯定不知道，他正这样想着，蜜柑果然立刻问了一句“谁啊”。柠檬随便应付道：“以前一个杀手的名字。不过，留言板也太老套了。”

“做我们这行，确保有效的联络手段是最麻烦的，既要保证能有效地转达情报，还不能留下证据。不过，太过执着于联络手段，最终往往都会失败。”

“是吗？”

“比如说，刚才讲的那个，利用大楼的电子大屏幕来取得联络。假如真的用那个方法，就必须先派人潜入信息管理处，或者设法收买那里的负责人。”

“那不就是说，只要能搞定信息管理处那边的人，就基本上没问题了嘛。”

“没必要执着到那种地步。”

“但那个起床气很大的杀手不是很优秀嘛。我听说了很多他的

---

①北条司漫画《城市猎人》的主角，杀手、保镖、私家侦探。只要在新宿车站的留言板写下“XYZ”，冴羽獠便会进行联络。

事，总之就是很厉害，是杀手中的传说。”

“传说还不是靠人传出来的，那样的杀手根本就不存在。说是传说，其实只不过是流传在街头巷尾的小道消息。搞不好，那些家伙太过钻研联络方式，还打算在梦中取得联系呢。所以，到现在他们也还在睡觉。”蜜柑说着说着，音量又逐渐大了起来。

“你如果睡着了，我肯定不把你叫醒。我很温柔的。”

“因为你永远都睡得比我久。”

“我说，为了让这家伙看上去不那么像尸体，当然是要他动一动比较好吧。”

“如果有人明明睡着了却在挥手，那他要么是木偶，要么就是死了，手却被别人抓起来摇。”

“你烦不烦！不是也挺有效果的嘛。”柠檬开始抖起腿来，“那个大背头或许现在正给峰岸打电话报告呢。三个字，‘一切 OK’，两个英文字母算一个字。”

“他当然正在报告。‘峰岸先生的大少爷样子很可疑，恐怕是有什么麻烦事了。’”

“你那都不知道到底有多少个字了。”

“根本不是字数的问题。”

柠檬看着蜜柑那严肃地回应自己的侧脸，心想，这家伙为什么总是这么不苟言笑呢？“唉，算了。那，蜜柑，你怎么看现在的情况？”

蜜柑看了一眼手表。“如果我是峰岸，一定会派手下去下一站仙台，而且都是些带着武器、凶神恶煞的家伙。他们肯定会事先控制整个站台，让车上的两个家伙插翅难逃。如果那两个人打算躲在车上，他们就会上车。幸运的是，这车上还有很多空位。所以现在他们应该已经在买团体票了吧。”

"那两个被盯上的人真可怜啊。"

"也不知道是从哪儿来的什么倒霉家伙。"

"所以，等到了仙台，就会有恶心的大叔成群结队地往这新干线上挤啦。可真够惨的。"柠檬想象着留胡子的男人手持刀枪冲上列车的情景，身体不禁想要颤抖。"不知道峰岸的手下有没有年轻的女孩，可不可以让她们穿着泳衣冲上来啊。"

"不管是男是女，只要手里拿着枪，还不都是一样。可能你正对着泳衣发呆的时候，人家就已经开枪了。"

车厢间的门打开了，一名乘客从四号车厢走来。是个年轻的男人。

"柠檬老师。"蜜柑忽然这样跟自己讲话，柠檬有些意外。

"干什么啊，蜜柑同学？"

"来听我讲个小笑话吧。"

"才不。像你这种一本正经的人，每次以'有件事挺好笑'作为开场说出来的东西，百分之九十都叫人笑不出来。"

蜜柑却不管他，自顾自地开始说道："最近啊，我在家附近碰到一个熟人。"

蜜柑想说什么，柠檬瞬间就明白了。柠檬一边留意着不让自己脸上浮现出得意的笑容一边说："那人我也认识。"

"是吗？"

对话停止了。

新干线飞驰着穿行在一连串的风景之间。看着窗外那些奔向后方的高尔夫球场和宅邸，柠檬又想起了托马斯小火车。"哎，在托马斯小火车的故事里，多多岛上的铁路局长胖总管，经常对托马斯或培西说'你真是个能干的小火车'。他经常这样说。"

“谁啊？哪个胖总管？”

“就是那个胖胖的局长啊，你到底要让我说几遍才甘心？‘总是戴着黑色高礼帽，是多多岛的铁路局长。经常夸奖那些认真干活的小火车，而责骂那些做了坏事的小火车，很受小火车们尊敬。’相当于多多岛上的铁路大亨。他的身份先别管，那句话很不错吧。”

“什么话？”

“就是他的那句台词啊，‘你真是个能干的小火车’。不管是谁，只要被别人夸奖能干，都会高兴吧。我也想被别人这样说，你真是个能干的小火车。”

“那你得先好好发挥作用才可以。你听好了，今天我们俩离能干的小火车可差着十万八千里。”

“那是因为我们本来就不是小火车啊。”

“这不是你先开始说起的嘛！小火车什么的。”蜜柑愤愤地哼了一声。

“蜜柑，我刚才给你的那张贴纸，你拿出来看看。”

“不是还给你了吗。”

“啊，是嘛。”柠檬从口袋里掏出那张对折的贴纸，翻开，“你知道哪个是培西吗？”

“不知道。”

“我们都一起干了多少年了。肯定很久了吧？你多少也给我记住点托马斯的朋友们的名字好吗？”

“那，我推荐给你的《禁色》你读了没有？《群魔》你又读了没有？”

“都跟你说了那些东西我不想读。你推荐的东西全是字。”

“你推荐的东西全是蒸汽火车。”

“有些是内燃火车哦。算啦算啦，那些先别管了。我啊，忽然间灵光一闪。”

“什么灵光一闪？”

“妙计。”

“像你这种不着调的人，每次以‘我有一条妙计’作为开场说出来的东西，有百分之九十都没什么大不了的。不过我还是姑且听听看吧。”

“认真听好。你刚才不是说，要么就找出杀害峰岸大少爷的凶手，要么就找出丢了的箱子，否则会被峰岸怪罪吗？”

“是。而且，我们现在还一个都没找到。”

“然而这个方针就是错的。也不是说错，但并不是什么聪明的做法。唉，不过你也别太失落。谁都有失败的时候。”

“除此之外还有什么解决办法吗？”

“有。”柠檬强忍着不让嘴角上扬。

蜜柑稍微睁大了些眼睛。“喂，你注意点，别让那个人听到了。”

“我知道。”柠檬回答，“‘凶手不靠找，而是要创造。’你知道这句名言是谁说的吗？”

“反正都是你喜欢的托马斯小火车里的谁吧。”

“哪能不管什么事全扯到托马斯身上呢？是我啦，我。这是我自己发明的名言警句。‘凶手不靠找，而是要创造。’”

“什么意思？”

“随便在这车上找个人，把那家伙当作凶手就好。”

蜜柑的表情发生了变化。一定是被我的妙计震撼了，柠檬开心地想道。

“不算坏。”蜜柑轻声说了一句。

“对吧？”

“但不知道峰岸会不会相信我们。”

“那还不知道。不过总比什么都不做好吧？我跟你，不，是你跟我把工作做砸了，大少爷在眼皮子底下被杀，箱子也不见了。肯定要被怪罪。但如果我们解决掉了凶手，那情况多少会好些。”

“那箱子又怎么解释？”

“嗯，就说被那个凶手不知半路扔到什么地方去了。反正也不指望这样能一下子解决所有问题，事情变成这样，就先找个人让他承担责任嘛，这样一来，怎么说呢……”

“或许可以分散峰岸的愤怒。”

“对，我想说的就是这个。”

“找谁？”

蜜柑接受了自己的提议并且立刻要付诸行动，这让柠檬十分得意，但同时又感到有些麻烦。“啊？真的要做啊。”他下意识地说道。

“不是你自己提出来的吗？喂，柠檬，你要总这样满嘴废话，我可真要发火了。你听着，我喜欢的小说里有这么一句话。‘我对这个男人只有轻蔑。因为当我们脚下的大地迸裂、头顶的巨岩砸落之时，他却朝我咧嘴露出那雪白的牙，审视着我的妆容。因为当我的轻蔑化作狂风席卷此地之时，他却……’”

“知道啦，知道啦。”柠檬左右挥起了手，“你别生气嘛。”

愤怒的蜜柑有多可怕，柠檬心里十分清楚。他平时读着难懂的书，最大限度地避免使用暴力，平静如水，可一旦生起气来，却极端冷酷无情，无法控制。而且光从表情上还无法判断出他究竟有没有生气，这更麻烦。既没有预告也没有警报，那恐怖就像是突然喷发的火山。而柠檬知道，一旦蜜柑开始引用小说或电影里的台词，那就得小心了。或许是激动的情绪打翻了头脑里记忆的箱子，他会滔滔不绝地背起喜欢的小说里的片段。那是他即将发怒的前兆。

“我知道啦。我们好好说话。”柠檬微微地举起了双手，“我找到了一个最适合背这个黑锅的完美男人。”

“谁？”

“你应该也已经注意到了，那个看上去应该对峰岸有所了解的家伙。”

“你是说那个人啊。家附近的……”

“对，就是他，我们都认识的那个人。”

“原来如此。是个好办法。”蜜柑说完站起了身，“我去一趟厕所。”

“喂，你什么意思？”

“趁现在先去方便一下。”

“万一你回来之前机会就溜走了怎么办？万一我有机会跟那个人聊天呢？万一我没能拖到你回来呢？”

“交给你了。你一个人应该也可以吧。估计，还比两个人做起来更安静。”

柠檬似乎因对方对自己的信赖而感到愉快。“也是。”

“不要给周围的人添麻烦。”

目送蜜柑走出车厢，柠檬将脸凑到车窗边大少爷的尸体旁，伸手抓住了他的头，如木偶般上下拽动着。“柠檬，你真是个能干的小火车啊。”他模仿着腹语的样子说道。

瓢虫

没时间烦恼了，真莉亚是这样说的。但七尾却还在烦恼，烦恼着走向了三号车厢。

他在想着蜜柑和柠檬，胃忽然间又开始痛了起来。动荡不安的工作他早已习惯了，对优秀的同行究竟有多可怕也同样深有体会。

当三号车厢的车门打开的瞬间，他便做好了准备。他们应该就在这里面吧，必须要装得自然些。我只是个刚上完厕所回到三号车厢的乘客，没有任何可疑的地方——他告诉自己。就应该带着这样的心态进去。车厢里空位很多，虽说随便找个位置坐下很方便，但这样就没法将自己隐藏到人群中了。七尾抬起头，一副若无其事的样子打量着车厢。有了。对面左侧三人座的那一列，大概正中间的位置坐着三个男人。靠窗的那个人身体贴在窗边，睡得跟死人似的。旁边的两个人醒着，靠过道的那个正一脸严肃地问中间的人什么问题，反正看上去似乎是这样。两个人外貌很像，都是长发、苗条、大个子，弓起来的腿看上去甚至有些多余。不知道哪个是蜜柑而哪个又是柠檬。

坐到他们附近的座位上也只是临时起意。那三人身后的位置刚好空着，再往后一排还是空着。为了安全起见，原本应该远离他们才对，但考虑到要尽快掌握情报，还是坐得越近越好。一方面是因为受到了真莉亚的恐吓，另一方面也是因为之前差错频出而焦急起来了。一瞬间，七尾的脑海里想到的是那些因自己的失误造成失球，而不得不拼了命地使出平时很少用到的招式进行突破的足球运动员，为挽回失败，冒着风险出招。七尾从没见过哪个失误了的球员在这种情况下还能大显身手。一切都只是徒劳的挣扎，不会有任何结果，但是，犯下了过错的球员却不得不这样做。

七尾选择了坐在他们后方。在七尾进入车厢的瞬间，其中一人跟他对视了一眼，不知道是蜜柑还是柠檬，对方似乎并没有认出他的真实身份，这也让他平添了一分底气。太好了，他们不认识我，他松了口气。根据经验，座位后面反而比较容易被忽视，这是七尾的判断。

屏住呼吸，七尾留意着不要太过引人注意。他从前方椅背的网兜里抽出一本小册子摊开来。好像是购物宣传册，上面罗列了各种商品。七尾一边翻着，一边侧耳倾听前面两人的对话。只要身体稍微前倾一些，虽然听不到全部，但也能把握大概。坐在中间的男人，正说着托马斯啊火车啊什么的。根据真莉亚的情报，喜欢托马斯小火车的一定是柠檬。那么，从后往前看位于左侧的那个，就是喜好文学的蜜柑了。

七尾尽量注意不引起他们的怀疑，聚精会神地听着，同时手上的商品目录翻到了箱包那一页。如果这里有名叫“峰岸的行李箱”的商品，那我马上就买，他想。

“认真听好了。你刚才不是说，要么就找出杀害峰岸大少爷的凶手，要么就找出丢了的箱子，否则会被峰岸怪罪吗？”

柠檬的说话声传来，七尾全身都险些颤抖起来。箱子不在他们手上，这一点已经明确了。同时，“峰岸”这个关键词也令他一惊，不是“峰岸”,而是“峰岸大少爷”,这是在说谁？如果从字面上理解，那应该是峰岸的儿子。可峰岸有儿子吗？真莉亚说过这样的话吗？想不起来。而且，柠檬说的是“杀害峰岸大少爷的凶手”，峰岸的儿子被杀了！七尾的整个脊背都似乎要开始颤抖。到底是谁？谁敢做出如此胆大包天的事？

七尾想起了有一次，一家酒馆的老板当着自己和其他人的面说着“这世上的人分两种”这句话——这样的说辞实在缺乏新鲜感，七尾只得苦笑着礼节性地问道：“哪两种？”

老板是这样说的。“不知道峰岸的人和害怕峰岸的人。”

周围的反应有些木然。老板似乎察觉到这一点，又加了一句：“再就是峰岸本人。”

“这不是三种了嘛。”周围有人挑刺。

七尾笑着听完他们的对话，心里更加坚定了自己的想法：峰岸果然很恐怖，恐怖到不能再恐怖了，最好不要跟他扯上关系。

“凶手……”七尾可以看到柠檬伸出手指，正夸张地对蜜柑说着什么，但是后面的话又听不太清楚，最后说的好像是“创造”。

靠过道的人——蜜柑，忽然间站了起来。七尾吃了一惊，他身体紧绷，脸立刻转向窗户那边。“我去一趟厕所。”蜜柑说，似乎打算朝着厕所所在的四号车厢方向走去。

柠檬叫住了他。“喂，你什么意思？”

“趁现在先去方便一下。”蜜柑答道。

“万一你回来之前机会就溜走了怎么办？万一我有机会跟那个

人聊天呢？万一我没能拖到你回来呢？”

“交给你了。你一个人应该也可以吧。估计，还比两个人做起来更安静——不要给周围的人添麻烦。”柠檬说完便转过身，离开了三号车厢。

车厢里忽然变得安静下来，至少在七尾看来是这样。当然，车身还在摇晃，伴随着窗外流逝的景色发出有节奏的声响，但从蜜柑和柠檬对话消失的那一瞬间起，车厢内就被寂静所包围，甚至让人产生一种时间静止了的错觉。

七尾还在翻着手上的册子。字看在眼里，意思却一点也没理解。现在……他的视线划过那篇文章的同时心里想着，现在只有柠檬一个人。如果想跟他们接触，现在不就是机会吗？他拼命思考着。

“接触了又怎么样？”另一个自己反问道，“我必须要找到箱子才行，他们手上又没有箱子，跟他们说话也是白搭。”

“可现在不是没有其他值得信赖的人了嘛。”

“他们就可以信赖了？”

“拿峰岸的事情作为条件，或许可以跟他们交涉。俗话不是经常说嘛，敌人的敌人就是朋友。”

虽然整件事情的来龙去脉还不清楚，可毫无疑问，蜜柑他们是在为峰岸护送那个箱子。而七尾则是受峰岸委托，要从蜜柑他们手上抢走箱子。峰岸在委托了蜜柑他们的同时，又让七尾去抢那个箱子，想也想得到这中间肯定藏有什么企图。所以，只要告诉他们“其实，我也是受了峰岸的委托才来的”，就算对方会惊讶和有所戒备，但或许还会把他当作自己人来看待呢。从“找箱子”这个角度来考虑，双方有着相同的目的，所以如果可以放下最初自己抢走了箱子这个事实不管，达成互相合作的可能性也不是没有。就好像有人就算面对曾经有过外遇的对象也能原谅，仍然可以和对方携手作为夫妻过一辈子，接下来三个人何不联手来干呢——这就是七尾心里盘算的提议。

七尾把册子拿在手里噼里啪啦地翻了一阵，然后又合上，打算将其重新插回前方椅背的网兜里，可忙活了好一阵却总也插不好。尽管如此，他还是下决心要收拾好。如果趁其不备先行攻击，或许可以完全封住柠檬的行动。然后，再跟他解释这边的情况。好，就这么办，七尾直起身，站了起来。

“嗨。”柠檬的脸出现在眼前。

七尾没能立刻反应过来到底发生了什么事情，但眼前出现的确实是一张曾经见过的脸。

“嗨，最近怎么样？”柠檬说得仿佛老相识一般，他紧贴着七尾的座位站在过道上，像是要堵住七尾。

脑袋里的问号还没来得及整理清楚，身体就先动了起来。先是低下头，紧接着就感到柠檬的拳头从头顶飞了过去。稍有差池，那记侧勾拳肯定早已砸在自己头上。七尾接着又立刻抬起头，抓住柠檬的右手，用最大的力气往后一拧，打算从背后压制住对方。他试着尽可能地控制动作的幅度，不惊动其他乘客，他可不想在这里闹得一团糟。要是有人报警或者上了新闻，那只会让峰岸更快地知道自己失手了。现在自己还需要一些时间。所幸，柠檬似乎也想避免太过引人注目，同样只是做出一些最小幅度的动作。柠檬如癫痫发作似的快速抖动右手，七尾抓着的手只得松开。

七尾明白，眼下任何一丝破绽都会致命，可他总忍不住去在意周围的情况。环顾四周，大部分乘客不是在睡觉，就是玩手机或看杂志。唯独车厢后方有一个站在座椅上的幼儿，正瞪大眼睛饶有兴致地看着这边。七尾一记肘击撞向柠檬的胸口，这一下不是为了造成伤害，而是要破坏对方平衡。就在对方回避的同时，七尾一个闪身，在刚才一直坐着的窗户边的位置上坐了下来。若总站着，迟早会引起别人的注意。柠檬也坐了下来。两人隔着中间的座位，继续大打出手。前面一排中间位置的座椅稍微有些后倾，虽然碍事，但也无可奈何。

坐在椅子上跟别人打斗，这还是头一次。七尾晃动着上半身，频频出手，面对对方的拳头则要么向后闪身避开，要么用胳膊挡下。对方也差不多。柠檬瞄准七尾的侧腰，从下方击出凌厉的一拳。七尾则看准时机，使用了扶手。原本收起来的扶手被七尾用左手猛地放了下来。于是柠檬的右手撞了上去，咚地发出了一声闷响。七尾听见了柠檬不耐烦的咂嘴声，刚在心里叫了一声好，却又立刻发现柠檬的左手不知何时多出了一把刀，虽然小，却散发着锐利的光，凛冽地划开了空气。七尾一把抓起前方椅背上的宣传册，两手拉起摊开，挡住了刀子。刀锋刺穿了纸张，刺穿了照片里的田园风光。七尾立刻转动双手，打算利用这册子卸下柠檬手上的刀子，对方却先一步拔了回去。

还好不是枪。是在顾虑枪声，还是觉得这样近身格斗的时候，刀比枪更有效，还是根本就没带枪？不管是哪一种原因，反正柠檬自始至终都没有用枪。

对方的刀再一次刺了过来。七尾打算跟刚才一样，用宣传册避开，但动作没能跟上意识。刀尖刺到了左臂上，疼痛感随之而来。七尾不得不瞟了一眼伤口，并不深。他再次看向柠檬，一甩手成功地抓住了柠檬的左手拉向自己，同时另一只手全力拉下中间的扶手，砸向柠檬的手腕。刀应声从手上掉落，滚到了座椅下面。一阵呻吟声传来。七尾不打算给对方喘息的机会。他伸出右手的两根手指，插向柠檬的双眼。此时已经来不及斟酌力道大小，只求能够直刺对方的眼球，但柠檬竟然在千钧一发之际避开了。手指触碰到的是眼眶。柠檬一下子龇牙咧嘴起来。七尾正打算再次攻击对方的眼球，柠檬的手却朝他自己腰部摸去。七尾知道柠檬的手摸到了什么，正眨了眨眼准备看个究竟时，枪口已经指了过来。柠檬把枪低低地架在左腿附近。

"原本真没打算用，但实在是烦了。"柠檬小声说道。

"一开枪事情就闹大了。"

"没办法，现在是紧急情况。就算是蜜柑，只要跟他好好解释，他也能明白的。本来嘛，打架的时候怎么可能不给别人添麻烦呢？"

"你们早就认出了我？"

"你一脸紧张地走进车厢时就认出来了。一看到你，我们就觉得，啊，终于找到替罪羊了。"

"替罪羊？替什么罪？"

"你小子是在真莉亚那里做事吧。"

"连真莉亚你们也知道啊。"七尾说着，视线不断在柠檬的脸和他放在腰边的枪之间来回徘徊。现在这情况，他随时都有开枪的可能。

"因为大家都是同行嘛。就跟麦当劳了解摩斯汉堡，亚玛达知道友都八喜一样。本来业界就够小的了，什么活都愿意接的人更是少之又少。那个中介大叔也提起过你们啊。"

"'有一个好消息和一个坏消息'的那个？"

"对对，反正那家伙只要一开口几乎全是坏消息。不过，真莉亚的名字倒是经常听说，还从他那知道了这几年真莉亚做了你这眼镜小子的经纪人。”

“不知道大家对眼镜小子评价如何啊。”七尾一边集中注意力，一边尽量装出一副游刃有余的样子。

“还不错。如果拿托马斯的朋友们来举例，应该算是莫道夫那个级别了吧。”

“那是什么，角色的名字吗？”

“是啊。很帅的，莫道夫。”他又继续道，“‘一个有十只车轮的很大的火车。性格非常冷静，喜欢安静的地方。不过，在车库里跟朋友们聊天的时候，也会觉得很开心。’”

“啊？”

“卡片上莫道夫的说明文字啦。”

这突如其来的朗诵让七尾有些不知所措，不过，“喜欢安静的地方”这一点确实可以用到自己身上，他不禁苦笑了一声。宁静的时光是最大的愿望，可现实却是这副模样，他自嘲着。

“我还在照片上看到过你呢，没想到竟然在这种地方大摇大摆地送上门来了。是巧合吗？”

“是巧合吧，也不算是巧合。”

“哦，原来是这样，是你吧，拿了行李箱。”柠檬做出一副恍然大悟的样子，“正好，也不用费事去冤枉你了。因为你本来就是凶手。”

“你先听我说。你们是受峰岸的委托送箱子的吧？”

“哦，果然跟你有关系啊，连这个你都知道。”

“我也是被峰岸委托了。他让我来抢箱子。”

“你什么意思？”

“峰岸瞒着你们，同时雇了我。不过理由我现在还不知道。”

“真的？”

柠檬并不是有凭有据才那样问的，可七尾却因这一声“真的”而产生了动摇。究竟这委托是不是来自峰岸，还不能完全确定。

“为什么峰岸要让你抢箱子？我们正要按计划把箱子送到他那里呢。”

“很可疑吧。”这可疑的部分才是七尾更想强调的。

“你听着，打个比方，如果有人打算把小火车托马斯的货交给别的火车运，那只有两个原因。一是托马斯出了故障没法动了，要么就是托马斯没有得到对方的信任。”

“你们出故障了吗？没有吧。不是第一个。”

柠檬又不耐烦地砸了一下嘴。“也就是说，那个峰岸不相信我们啊。”他手上的枪口忽然间变得狰狞起来。他显然十分不快，那烦躁的情绪似乎让他扣在扳机上的手指更加用力了。“喂，你最好马上把箱子还回来。到底在什么地方？你听着，我现在就可以开枪，等你半死不活的时候，只要翻翻你的衣服我就能找到车票，到时候照样可以到你的座位上找到箱子，是吧？你好好想想，与其那样还不如在我开枪之前就把箱子交给我们。”

“事情不是你想的那样。我也在找箱子。你到我的座位上也找不到箱子。”

“好，我开枪了。”

“是真的。如果箱子在我手上，我怎么可能特意跑到这节车厢来。就是因为以为箱子一定是在你们手上，所以我才明知道有危险还跑来。结果，还真的就危险了。”七尾一边说着，一边在心里告诉自己要冷静。胆怯或者激动会让对方处于有利地位。自己虽然到现在都还没习惯倒霉和不幸，但却早已习惯枪口了。现在不是迟疑的时候。

柠檬显然并不相信七尾的话，但还是思考了一番。“那，现在箱子到底在谁手上？”

“我如果知道，就不用这么烦恼了。会不会这车上还有另外一个或者一组人呢？”

“另一组人？”

“除了我和你们之外，可能还有其他想要箱子的人，而现在箱子就在他们手上。”

“难道那也是跟峰岸有关？他到底是怎么想的？”

“我说了很多遍了，具体情况我也不清楚。我脑子也不太好使。”自己唯一比别人擅长的，就是业余的足球技术和遭遇危险频发的工作了。

“明明戴着眼镜，怎么脑子还不好？”

“就没有戴眼镜的火车吗？”

“维夫怎么样？是个戴眼镜的蒸汽火车。就算被别人说了坏话也不生气，是个好人。不过，嗯，头脑确实不算好。”

“峰岸或许根本不信任干我们这一行的人。包括我，还有你们。”七尾此刻只能想到什么就说什么。他只能期望自己只要还在说话，对方便不会开枪。“所以，就算只是送一个行李箱，他也可能打算要用好几个人。”

“为什么要搞那么麻烦？”

“以前，我还是个孩子的时候，曾经被邻居的一个男人叫去买东西。”

“你这又是在说什么？”

“他告诉我，只要我按照他说的去车站旁边替他买杂志回来，就可以得到跑腿费，所以我就兴高采烈地去了。结果买回来之后，那人竟然一本正经地说‘杂志怎么都折弯了啊，这我可不能给你跑腿费’。”

“你到底想说什么？”

“那个狡猾的男人从一开始就没打算给什么跑腿费，他早就准备好了借口。所以，到时候峰岸也可以对你们说‘箱子是怎么回事？你们失败了，我可不能轻饶’。”

“就为了这个，所以让你来抢我们的箱子？”

“只是个假设。”七尾说着，渐渐开始觉得这或许就是事情的真相。峰岸从一开始就不愿意对自己雇的人说“做得很好”，然后付清全额报酬，所以才必须如此这般地制造出一种让这些人都处于被动的局面。

“不能轻饶，那具体又怎么样？”

“要么就是不付钱，要么干脆用枪结果掉。麻烦事就交给别人做吧，但又不想付钱，如果能利用完就处理掉就好了。他会不会是这样考虑的呢？”

“他为了扰乱我们，结果还是要雇别的人来，到最后不还是要付给那个人钱，也没有什么好处啊。”

“简单的事情就可以找更便宜的人来做。估计，总体算起来只要付一笔很小的钱就解决了。”

“对那些努力工作了的小火车，竟然不好好夸他们真是能干，这怎么行！”

“有些人，让他们夸奖别人简直比叫他们去死更难。峰岸说不定就是这种人？”七尾尽量控制自己，不要太过注意那个枪口。他尽可能地想从柠檬的脑子里抹去扣动扳机这一想法。“你的同伴，那个蜜柑，他还没从厕所回来吗？”

“确实有点慢啊。”柠檬说道，眼睛却一动都没有动，“是不是厕所人很多？”

“你确定他不会出卖你吗？”七尾随口问道。

“蜜柑才不会出卖我呢。”

“或许，其实他早已经把箱子藏到了其他什么地方。”七尾的目的是让对方产生动摇。但如果惹恼了对方，结果扣动扳机，那就全完蛋了。七尾正摸索着其中的平衡点。

“蜜柑不会背叛我，倒不是说我们彼此有多信赖。只是那家伙不管什么时候都很冷静，他明白就算骗了我也只是自找麻烦。”

“他都不知道你在这儿打斗，只顾自己悠然地在厕所门口排队，你就不生气吗？”七尾尝试着让他们俩翻脸。

柠檬的表情略微有所松弛。“我告诉你，蜜柑也早就注意到你了。”

“嗯？”

“你刚走进车厢，他就说‘最近啊，我在家附近碰到一个熟人’。说得很唐突，那就是暗号。意思是，附近有人是他见到过的。为了不让本人注意到，所以才那样说。他起身去厕所的时候，就说过要把你交给我了。”

“哎？是吗？”七尾觉得自己的无能赤裸裸地暴露无遗。通过秘密暗号沟通是行内人常用的手段。虽想不起来他们的对话中是否出现过类似的交流，但柠檬应该没有说谎。同时，焦躁开始涌现。如果蜜柑早就知道了自己的底细，那他完全有可能随时回来。到时候二对一，自己全无获胜的可能。

“喂，你啊，”柠檬说，“你的起床气应该不大吧？”

“起床气？”

“因为我刚听说了一个起床气很大、非常恐怖的杀手的事，还以为就是你呢。不是吗？”

七尾从未听说过那些。说到底，一个杀手的特点居然是起床气很大，这听起来总觉得有些好笑。“很强吗？”

“或许跟传说中的火车塞勒布里提一样强哦，连那个高登都比不过他。”

“不好意思，你举的例子我听不太懂。”

“你听好了，你打不倒我。就算你真把我杀了，我也死不了。”

“什么意思？”

“因为柠檬是不死之身，就算我死了，也会复活，会突然出现在你面前，吓你一大跳。”

“别说那样的话来威胁我。”七尾板着脸说，“鬼魂啊死后的世界啊之类的话我最怕了。”

“我们可是比鬼魂更可怕哦。”

就在这时，透过他们座位对面的窗户，可以看到另一列新干线列车正会车经过。虽然只是一瞬间，却发出了巨大的鸣啸，快速地消失在后方。两列车的车身都因此产生了摇晃，似乎在警告对方，新干线可不容许如此安稳的飞驰，有刺激才有人生。

“啊，那个就是莫道夫吗？”七尾小声嘀咕着。其实他并没什么特别的企图。这称不上是战略，他也根本没觉得自己有胜算，只不过是忽然想起了刚才柠檬所说的那个叫莫道夫的火车，想知道它究竟有着一副怎样的身体，便说出了口。

“哪个啊？”柠檬竟然毫无戒备地扭头朝后看去，着实让七尾大吃一惊。明明手上还拿着枪，他却如同日常闲聊般对自己的话做出回应，扭头去看身后的窗户。即便是七尾也明白这个机会绝不可以错过。他从上方压住柠檬持枪的右手，同时另一只手砸向对方的下巴。下巴剧烈摇晃会冲击大脑，导致失去意识——这是他十几岁同练习足球一起开始进行犯罪训练时不知练习过多少遍的技巧。七尾听到了一声响动，像是韧带断裂，又像是开关被打开。哐当一声，柠檬翻着白眼倒在了座位上。七尾将他拖到了窗户边，为了不让其瘫倒，努力调整着坐姿和角度。一瞬间，七尾忽然想，此时是不是应该干脆拧断他的脖子呢？但他犹豫了。继狼之后，又要再一次在这列车上杀人，这令他感觉到某种危险。而且，如果此时杀了柠檬，那蜜柑必然会大发雷霆。不能与柠檬他们为敌。虽然算不上是战友，但如果现在就完全敌对起来，必然有害无益。

接下来怎么办？怎么办？怎么办？七尾的大脑开始发烫，齿轮飞速地转动着。

他取下柠檬手中的枪，插到腰后的皮带上，用外套下的衬衫遮住。手机也决定拿走。随后又弯下腰，确认掉在地板上的刀子的位置。原本打算去捡，中途又放弃了。怎么办？思绪如同滑轮般不停转动，接二连三地带出各式各样的想法。想法不断地出现又消失。怎么办？怎么办？七尾体内似乎有个人在小声低语。应该去前方的车厢还是后方的呢？蜜柑或许就要从厕所回来了。考虑到这一点，前方的车厢是去不成了。只有朝后方的车厢去了。

七尾不断地想象着此时应该采取的行动和逃跑的方法。朝后方跑的自己，还有追过来的蜜柑，这样下去最终只能束手就擒，还是死路一条。必须找个地方，想办法躲过蜜柑。

七尾打开腰包，首先取出了那管药膏，打开盖子，抹在刚才被柠檬刺破的伤口上，虽说没流多少血，但此刻应该尽快做好止血处理。他小心翼翼地涂抹着。手臂内侧和外侧都有疼痛感，应该是刚才被打到的地方产生了内出血吧。柠檬的攻击拳拳到肉，对肌肉和骨骼都造成了打击，每次活动或触碰的时候都会隐隐作痛。

七尾又从腰包里拿出了电子表。没时间多做考虑了。他将音量调到最大，又设定了时间。究竟要花多长时间呢？太快就没意义了，太慢了也不太好。以防万一，他想着，于是决定再多用一块电子表，时间设定为比第一个晚十分钟。设定好时间，七尾先将一块电子表放到了柠檬所坐着的位置下方的地板上，随即又站起身，将另一块放在头顶的行李架上。

正准备转身离去，七尾的视线却落到了前方那排座位上。柠檬他们原本坐着的那个三人座上，靠窗的那个男人仍旧一动不动。七尾觉得可疑，于是走到旁边，伸手去摸。他做好了戒备，将手放到那人的肩膀上，可对方仍旧毫无反应。不会吧？七尾想着，手放到那人的脖子上一摸，发现已经没有了脉搏。死了。这是谁？七尾的脑子一片混乱，不禁长叹了一口气，但现在不是傻站在这里的时候。他注意到柠檬原先坐着的位置前方，椅背的网兜里放着一瓶喝了一半的矿泉水，于是决定再加一道工序。他从腰包里取出一个小小的药包，里面装着的是水溶性的安眠药。他撕破包装，倒进矿泉水瓶里，摇晃了一阵之后盖上盖子，放回网兜里。这东西柠檬会不会喝，安眠药又会不会起作用，这些七尾都无法预知，他只有四处撒下可能性的种子。

七尾朝身后的二号车厢迈出脚步。好了，接下来该怎么办？他再次问起了自己这个问题。

王子

王子正想着是否应该先回一趟座位，便听到厕所里传来一阵声响，接着就看到木村走了出来，脸上满是不快。

“是什么密码啊？”

“你怎么知道我打开了？”

“看你的脸就知道了。”

“你看上去好像既不意外也不开心啊。王子大人可真是红运当头，密码是0600。”木村说着，低头看了看放在旁边的箱子，“我先合上了。”

“那，先回去吧。”王子说着便往自己的车厢走去。箱子还是交给木村提。如果半路上被箱子的主人逮到了，只要把一切责任都推到木村身上就可以。

回到座位后，王子让木村坐到窗户边。现在是关键时刻，王子打起了精神。如果此时可以再次将木村束缚起来，那么接下来就可以暂时安心了。“叔叔，我要再把你的手脚绑起来了。虽然我觉得事关自己儿子的安危，叔叔也不敢乱来，但我还是得让你回到刚才的状态。”

绑不绑你其实并不重要，不管怎样都可以——让对方认为自己是这么想的很关键。木村跟自己在体格上有很大差距。再怎么拿他儿子的生命作为要挟，一旦对方变得自暴自弃，打算同归于尽，那自己在力量上绝对无法战胜他。如果发展到需要以暴力进行对抗的地步，那就无法保证会不会发生什么意料之外的麻烦。为确保安全，还是应该像刚才一样夺去他身体上的自由。只是，自己的这些想法或顾虑一定不能令对方察觉到。

王子很早就知道，如果想站在有利的位置去控制一个人，不被对方察觉到自己的顾虑是很重要的一点。“现在就是改变境况的关键时刻”“如果想扭转局面，就要趁现在了，应该全力以赴”——如果有人被这样告知，那不管是谁或许都会去拼拼看。如果对方明白了此刻正是唯一的机会，那一定会不顾一切地奋起反抗。反过来说，只要不让对方察觉到这一点，那么就能胜算在握。很多统治者都很擅长这一点，他们会隐藏起自身的意图，就如同驾驶着始终不明确公布终点站，却十分自然地输送着乘客的列车一般。中途停靠在车站的时候，尽管乘客明明可以下车，却完全不让他们察觉到这一点，只装出很自然的样子让列车驶过。当人们意识到“那时候如果在那里下车就好了”的时候，后悔已经晚了。不论是屠杀还是战争，又或者是对自己毫无利益可言的法律修正案，全都是“等意识到时已经变成那样了”“早知道会变成这样，当初早就反抗了”。

所以，当再次捆绑好木村的手脚时，王子很是松了一口气。木村甚至都没有意识到，他可以反抗的机会正在流逝。王子打开了脚边的箱子。看到里面装得满满的纸币，他哼了一声。

“唉，既没超出预想也没违背期望的东西。行李箱里装钞票，真够老套的。不过，里面还有银行卡，这倒算点新花样。”

听木村这样说后，王子检查了一番，果然在箱盖内袋里发现了五张银行卡，每张上面都用油性笔写上了四个数字。“意思是让人家拿这些卡去取钱？”

“应该是吧。现钞加银行卡，真够麻烦的。”

“不过，如果拿这些银行卡去取钱，不会暴露行踪吗？”

“又不是警察，应该做不到那一步。而且，这交货的和接货的估计都不是什么做正经行当的人，应该早就有了互相默认的规矩。‘不可以出卖我们’之类的。”

“是那样吗？”王子从成捆的钞票中捡起一两张看着，“啊，叔叔，你应该拿过一张吧。”

木村的表情很僵硬。他的脸扭曲着，两颊都红了。“你说什么？”

“我总觉得，当这样的东西出现在面前的时候，叔叔应该会做出那样的事来。反正机会难得，不如干脆拿出一两张来，撕个粉碎，冲进马桶。难道不是吗？”

木村的脸色有些阴沉，脸一下子苍白了。似乎是被猜中了。他无言以对。

直到这时，木村才开始扭动起手脚来，尽管此时他已经被绑得严严实实的了。要是想动，之前早就应该动嘛。

“喂，叔叔，你知道这世上究竟什么事情才是正确的吗？”王子脱下鞋，弯曲起膝盖，用两只手抱住。他背靠在椅子上，挪动着屁股调整平衡。

“哪有什么正确的事情！”

“对对，完全正确。”王子点头，“这世上虽然有些事情被定义为正确的，但是否真的正确却无从得知。所以啊，那些可以让别人认定‘这是正确的’的人才最厉害。”

“真难懂。可不可以用平民的话来告诉我啊，王子大人？”

“哎呀，比如说，不是有一部纪录片叫作《原子咖啡厅》嘛，很有名的。里面有利用核武器进行作战演习的场面，就是核爆发生后，让士兵步行到指定地点进行攻击训练。在演习前的作战会议上，有一个长官模样的人站在士兵面前，一边在黑板上写一边说：‘需要注意的事情只有三件：爆炸、热能和辐射。’然后他居然告诉那些士兵，‘这里面比较新鲜的就是辐射，但这是最无所谓的东西。辐射这东西眼睛看不见，也没有气味。只要按照命令行动，不会觉得不舒服。’于是士兵们就真的相信了，然后，在核弹爆炸之后，他们便朝着正在升起蘑菇云的地方步行前进，身上穿着的还是跟平时一样的衣服。”

“什么啊。辐射原来不是什么了不起的事吗？”

“怎么可能呢？最后所有人都被辐射了，可严重了。总之，人啊，只要有解释说明，就会选择去相信，只要有个大人物自信满满地说‘不必担心’，就会多多少少接受现实。而那些大人物呢，他们从没打算将所有真相都说出来。那部电影里还有一个场景，是面向孩子的教育节目，里面有一个用动画制作的乌龟说：‘发生核爆的时候，立刻藏起来！’然后它居然还跟孩子们说，‘只要趴到桌子下面藏好就没事了。’”

“真是胡扯！”

“我们现在看来确实是胡扯，但如果国家冷静而自信地一口咬定，大部分人就只有去相信那是正确的，不是吗？实际上，很多事情在特定时候也确实被认为是正确的。你看，如今被认为是对健康有害而禁止使用的石棉，以前不也因耐火性和耐热性优良而被当作宝贝吗？甚至有一段时间，大家都觉得盖房子的时候使用石棉才是正确的选择。”

“你小子真的是初中生吗？听听你说话那口气。”

真是愚蠢至极，王子用鼻子哼笑着。什么叫初中生的口气？多读书，多吸收各种信息，说话的内容自然就会发生改变，这跟年龄根本没有关系。“而且，石棉从被认为有害到禁止使用，中间花了好几十年呢。这期间大家或许都会这样想：‘如果真的有危险，那早就闹翻天了，法律肯定也会明令禁止。既然事情没变成那样，那就证明没问题。’如今已经有其他材料取代了石棉被投入使用，不过，或许今后什么时候，我们又会突然间被告知说果然这东西还是对健康有害哦。还有各种公害、食物污染、农药灾害之类的，到底应该相信什么，谁也不知道。”

“‘国家真过分，真恐怖，那些政治人物真没用’——你是想说这些吗？这种论调早就司空见惯了。”

“才不是。总之，让人们把‘完全不正确的事情’想象成‘正确的事情’是很简单的。国家或者政治人物或许在那个时代也同样以为那是‘正确的事情’，根本没打算骗谁。”

“那又怎么样？”

“最重要的是，要让自己成为‘让人信服的那一方’。”王子说着，心里却在想，这些东西就算对木村讲了，恐怕他也永远无法理解。“而且，让国家运作的并不是那些搞政治的人。除了政治之外的力量，比如说背后的官僚或者企业家，那些人的思想才是真正左右这个社会的力量，但那样的人却不会出现在电视上。普通人眼里只有那些整天出现在电视或报纸上的政治人物的面孔和态度，不过这对于那些真正躲在幕后的人来说倒是一件好事。”

“批判官僚的论调也是司空见惯了。”

“每个人都觉得‘官僚很坏’，可一说到具体的细节，因为不了解那些官僚，所以就没办法对他们发泄不满和愤怒。所谓的官僚看不见脸，只有语言。跟那些人比起来，政治人物却是看得见的。所以，官僚才能利用这一点。接受攻击的总是站在前面的政治人物，自己则躲在幕后。如果觉得哪个政治人物碍事了，还可以偷偷向媒体透露一些对那个人不利的情报。”王子说着说着，意识到自己的话似乎有些多了。或许是因为箱子打开了有些兴奋吧，他想。“说到底，掌握大量情报并且可以根据自身需要去提供情报的人，才是最强的。比如说，现在这个箱子的所在，只要知道这个，一定可以控制他人的行动。”

“那么，那些钱你打算怎么办？”

“不打算怎么办啊。这些只是钱而已。”

“还只是钱，那可是钱啊。”

“叔叔其实也不是很想要吧？再怎么有钱，对叔叔那不省人事的儿子也起不了任何作用。”

木村脸上的褶皱更深了。憎恨似乎在他脸上蒙上了一层阴影。真是够单纯的，王子想。

“你到底为什么要做这种事情？”

“你的问题太笼统了。‘这种事情’是哪种事情？是指箱子，还是指绑着叔叔去往盛冈？”

木村不知道该怎么回答。果然，他自己也不明白。他根本连自己究竟想问什么都不知道，只不过是茫然地将“你到底为什么要做这种事情”这句话说出口而已。这种人绝对无法修正自己的人生轨道，王子想。

“为什么要把涉害成那样？”过了一会儿，木村又问道。他似乎终于决定了自己究竟要问什么。

“我已经说了很多遍了，是涉自己非要跟着我们上楼顶，然后又自己掉下去的。嘴上还一直说着‘大哥哥，一起玩吧，玩吧’。我警告过他好几次，说‘太危险了，不可以’。”

木村满脸通红，身体几乎要冒出火来。“好了，别再说了！”他又立刻压抑住愤怒，“我才懒得听你那似是而非的借口。我说的是为什么要盯上涉？”

“那当然是因为想整叔叔你啦。”王子说着，还故意戏弄他似的将手指放在嘴上，轻声道，“要保密哦。”

“你！”木村开口道。一瞬间，木村脸上的紧张消失了，表情忽然放松下来，变得十分柔软，眼睛随即放出光芒。木村似乎突然间返老还童，回到了十几岁，露出了一副和王子差不多、几乎是他同学般的表情。王子瞬间产生了一种错觉，似乎旁边的木村忽然间和自己对等了一般。“你那时候该不会是害怕我了吧？”

王子经常受到侮辱。因为他是初中生，因为他外表毫不可怕，因为他体格一点也不强健，因为这些理由而看不起甚至戏弄王子的人有很多，但王子一直很享受将那些人的侮辱转化为恐惧的过程。

可此时木村的话却令他产生了一丝动摇。他想起了几个月前的事情。

白天的公园里，树木丛生的小树林中略微低洼的地上，王子正和他的同学们拿医疗器具做试验。王子最先提议，要对一直又蠢又笨、总拖后腿的朋康实施电击。说是提议，其实就是命令。那东西跟 AED 不一样，如果在人心脏还跳动的时候使用，可能会致死。王子早就知道这一点，却未做任何说明。给予他们的信息应该控制在最低限度。他还知道，万一朋康出了什么事，那更是个机会。所有人都会陷入惊恐，心慌意乱的他们只能更加依赖自己。

朋康一直哭，恳求着，闹得翻天覆地，所以最终还是决定拿他的狗作为试验对象。此时王子关注的东西已经从医疗器具的效果转移到了其他事情上。

将与自己长期生活在一起的爱犬作为替罪羊交出来的朋康，精神状态究竟会发生怎样的变化？他想知道答案。朋康肯定爱他的狗。尽管如此，却还要折磨自己的爱犬。对于这矛盾的行为，他要如何使其正当化呢？朋康必然会拼命寻找理由试图说服自己，自己并不是一个坏人。

要控制身边这些朋友的话，动摇他们的自尊心是最有效的，要让他们切实地感受到自己是多么卑劣的人。而想要达到这个目的，最快的方法就是利用有关性的手段。暴露对方的性欲，对其加以羞辱，或者以某种形式向他们暴露他们父母的性行为，他们同样会因为失去一直以来的精神支柱而产生动摇。人有性欲，这其实完全不必大惊小怪，但事实却是会令他们产生卑劣感。太简单了，王子禁不住感叹。其次有效的方法，就是让他们背叛某人。父母或者兄弟，朋友也可以。让他们背弃对他们来说十分重要的某个人，令他们的自身价值暴跌。让朋康折磨他的狗也是一样的道理。

但是，当他们控制住了狗，正要对其实施电击的时候，木村却出现了。

王子立刻便认出来了，这是曾经在商场里碰见过的那个男人。带着孩子，一副上了年纪的不良少年模样，毫无风度，脑子一根筋，这就是王子对他的印象。

那时候，木村似乎也只是单纯想要拯救朋康和他的狗。“喂喂，不可以欺负狗。”他说了些这样的话。“少年啊，尽情烦恼吧。我现在碍着你们完成任务了，再不想点办法，王子大人可要动怒喽。不过王子去哪儿了？”

王子不喜欢他的笑声，便说了一句“叔叔，你为什么这么倔呢”，随即将刚捡起的石头扔了过去。

被石头砸中了脸，木村朝后倒去，一屁股坐到地上。

“把他抓住。”王子平静地命令道。话音刚落，那些身着校服的同学便迅速行动起来。两个人分别站到木村两边，试图抱住他的手臂。

“好痛！干什么？”木村叫嚷着。

王子站到了木村对面。“叔叔，这样可不行哦。你应该多观察一下周围的情况。”狗叫声响起，王子往旁边望去，是朋康和他的狗。朋康似乎是在木村吸引了所有人的注意之时站了起来。他就那样站着没动，浑身发抖。狗并没有任何要逃的意思，反而像是要保护它的主人，发出了勇猛的叫声。只差一点点了，王子遗憾地想。要破坏狗和朋康之间的信赖关系，只差一点点决定性的东西，比如说，一点点痛苦、一点点孤独、一点点背叛。只要一点点，却又是必需的。

“王子大人，你这样领导自己的伙伴，觉得很开心吗？”

就算对方只是初中生，被三个人这样纠缠着，木村也的确不能自由活动了。一个人从后面拦腰抱住，另外两个人分别抱住一只手臂。

“完全无视自己的处境，只知道一味地逞强，真是难看，也很无聊。”王子说。

“我说，自己的处境是会根据行动而一点点改变的。”虽然两臂已经被夺去自由，木村却毫不在意，态度仍旧那么淡然。

“有没有人想揍这个叔叔的肚子？”王子看着其他的学生。这时候，起了一阵风，地面上的落叶随即沙沙地旋转起来。他们突然反应过来这是命令，互相看了几眼之后，便争先恐后地来到木村面前，接二连三地挥起拳头。“喔。”肚子挨了揍的木村似乎在痛苦地喘息。“我刚才喝了酒，真难受，想吐。”他接下来的声音却又带着几分轻松，“我说，你们这些家伙，就算是被王子命令了，也没必要这么拼命地服从吧？”

“叔叔，那这样吧，你来做我们的试验品，好吗？”王子的视线落到了放在地面上的那个医疗器具上，“是个电击试验。”

“好啊。”木村泰然回答道，“我一直很崇拜即使牺牲自己的健康也要继续做研究的居里夫人呢，求之不得。”

“逞强可没什么好处哦。”真是愚蠢啊，王子想。这个人就是这样活到现在的吧。他注定跟努力和坚韧无缘，只会完全按照自身的欲望，毫不负责地行动。

“是啊。那我就不逞强啦。好可怕啊，好可怕啊。王子大人。”木村装出一副要哭的样子，“救救我，救救我王子大人。Kiss me，kiss me……”

王子既没觉得生气，也不觉得有趣。为什么这样的人能平安无事地活到现在呢？这倒真是有些不可思议。

“那我们就来试试吧。”王子的视线又转向学生们。他们遵从指示殴打了木村，可并不知道接下来该做什么，正傻站着。

王子的一句话过后，好几个人动了起来，他们拿起医疗器具，靠近木村。拉出机器上的电线之后，必须要将另一头的两个电极片分别贴到上半身。于是拿着机器的一个人便弯下了腰，掀起木村的衬衫，打算将贴片贴到木村的皮肤上。这时木村却说：“喂，小子，你这样毫无防备地在我面前弯下腰是打算干什么？小心我把你踢飞。我的脚可还可以自由活动。喂，王子大人，你最好再找几个人来抱住我的脚。”

不知道他是在故作镇定，还是真的放弃了抵抗。但王子听从了他的意见，命令另一个人去抱住了他的双脚。

“喂，你们的同伴里面就没有女孩吗？被一帮男人这样抱着我可一点都不开心。你们所有人身上都散发出一股精子的臭味。”

王子理都不理木村的话，他开始叫人去贴电极片。如果木村死在了这里，他想，如果那样就对警察说，“这个从没见过的叔叔，不知从哪里抱来了这个医疗器具，然后开始装到自己身上玩了起来。他好像喝醉了。”这样应该就可以了吧。死掉的如果是一个患有酒精依赖症的大叔，肯定也不会引起社会上的广泛关注。

“好了，那就来试试吧。”王子站到木村身前。如果换个角度来看，现在被四个初中生紧紧抱住了的木村，简直和被夺去了自由的十字架上的耶稣一样。

“啊，先等一下。”这时候木村说道，“我忽然想起了一件挺烦人的事。”他软绵绵地说了一句。接着他将脸转向一边，看着站在那里抓住自己左臂的学生。“我嘴边长了一个青春痘一样的东西，你看见没有？”

“嗯？”负责左臂的学生眨了眨眼，凑过脸去看。瞬间，有什么东西从木村嘴里喷了出来。是他早已准备好的口水，用力地吐出。那些口水气势汹涌地朝脸上喷来，一下子就让负责左臂的人陷入了混乱。他松开手朝脸上抹去。

木村毫不犹豫地挥舞起重获自由的左臂。凌厉的拳头一下子砸在蹲着抱住他双脚的那人头顶。被打中的学生直翻白眼，伸出双手护住自己的头。木村的两只脚也解放了。木村弯起膝盖，抬脚踹向站在身后的人的小腿。最后，又一记头槌砸向抓着他右臂的人。四个初中生因疼痛而呻吟着。一眨眼的工夫就全部解决了。“啦啦——嘿，王子大人，看见没有？不管有多少初中生上来，对我来说都是不痛不痒。接下来就该解决你了。”木村拍着手，朝王子走去。

“大家想办法制服这个大叔。”王子命令学生们道，“就算伤到他也完全没关系。”

除了正在呻吟的四人之外，还有三个学生在场。他们刚看到木村的行为，显然还在恐惧踌躇。

“现在不好好上的人就等着受罚吧。父母兄弟姐妹所有人都要受罚。听到没有！”

王子说完，学生们都争先恐后地行动了。只不过是稍微拿电击吓唬一下，他们就张牙舞爪地听从命令，简直跟机器人没有区别。

但木村一下子解决了所有人。那些手持匕首的初中生全被他揍了个遍。抓住衣领，扯掉扣子，揪住衣袖，木村开始狂暴起来。他的行为渐渐地既无节制也不犹豫，即便对方倒下了，嘴里流出了鲜血，他还是不停地用手肘或是手掌和手腕之间那块坚硬的部分向对方砸去。他还故意折断了一两个人的手指。或许是喝了酒的原因，又或许是因为疲劳，木村毫无章法地跌跌撞撞，而这也令他的行为看起来愈发不像一个正常人。“喂，王子大人，如何啊？不管你再怎么神气，还是制不住我。”木村说话时，脸半带着恍惚，几乎就要淌出口水。

王子思索着该如何作答，可是转动头脑想了半天，也没想出合适的话。就在他不知所措时，木村已经站到他身前，双手狂乱地挥舞起来。究竟发生了什么，王子完全没反应过来。只知道自己的校服被一股巨大的力量扯向两边，接着，扣子四处飞散的声音、布料撕扯碎裂的声音便在耳边响起。然后，木村又不知什么时候抱来了那个医疗器具，正准备将贴片贴到王子身上。

王子伸手将其挡开。

“你那时候该不会是害怕我了吧？”坐在新干线的座位上，木村有些扬扬自得地说，“所以你才打算报复我。你想忘掉那个胆怯了的自己，想将其抹去，是不是？”

王子立刻想要回答“不是”，可话到嘴边却又咽了回去。人如果让情绪控制住，那么就已经输了。我真的害怕了吗？他问自己。

看到在公园里纵横驰骋、即便血花四溅也毫不犹豫地宣泄暴力的木村，自己确实产生了低其一等的意识。木村身上显然充满了一种肉体的力量，以及不受知识和常识束缚的豪放。对于一直靠头脑来弥补社会经验不足的王子来说，自身不具备的东西被如此鲜明地呈现在眼前，这令他不得不感到震撼。当时的王子就好像是被人一记当头棒喝，告诉他眼前这个殴打学生的木村才是真实的人，而自己却是虚假的，只不过如舞台道具一般。所以那时，王子选择了逃离那个公园。朋康和那只狗跑掉了，正好可以自欺欺人地装作是去追他们的样子，从那里逃开。

当然，他很快又恢复了冷静。木村只不过是一个被生活抛弃了的失败者，王子明白，他之所以能毫无顾忌地宣泄暴力，也只不过是一种不计后果的冲动。不过，虽然只有短暂的一瞬，但这人确实让自己感到了狼狈，因此，王子对木村的憎恨便日渐强烈起来。不想办法让木村感到恐惧、让木村下跪，他实在无法释怀。从无法控制木村这件事上，他看到了自身力量的局限。对他而言，这就像是为了确认自己的力量而参加的实力测试。

“叔叔才不可怕呢。”王子回答道，“叔叔的儿子，只不过是一次实力测验而已，就跟猜谜游戏一样。”

木村没明白王子的意思，愣了一下，但等他意识到自己那重伤在床的儿子正被别人如此轻描淡写地调侃，脸立刻又涨红了，刚才还自信满满的表情瞬间崩溃。这样就好，王子想。

王子把行李箱拿到自己脚边，将密码锁上的数字滚动至0600之后，箱子打开了。

“这钱你就没想要？就算是王子大人，也拿不到这么多压岁钱吧。”

王子不理会木村的调侃，他将箱子里的银行卡取了出来，放进后裤袋，然后再次合上箱子，抓住把手。

“你要干什么？”

“去还给失主啊。”

“什么意思？”

“就是字面意思。我打算把箱子放回最初的地方，也就是垃圾箱那里。啊，还是不要那样了，为了让他更容易找到，或许直接放到大件行李存放处会更好。”

“你想做什么？”

“知道了里面是什么，我已经觉得没什么意思了。接下来还是看谁和谁抢这个箱子更有趣。不过我拿走了里面的卡，肯定还是会给什么人造成麻烦吧。”

木村板着脸，目不转睛地盯着王子。王子所想的事情、行动的缘由，他一概不知，非常困惑。不求金钱和名誉，只不过想更多地观察他人的行为，这样的欲望在他看来或许十分罕见。

“我去去就回。”王子站起身，拖着行李箱走远了。

槿

槿打了个电话，告诉对方工作已经结束了。电话那头是一个在业界可以称作中间人的男人，曾经亲自做过事，但由于身上逐渐堆积起了赘肉，动作变得迟钝，便在年过五十的时候扮演起了传达室的角色，并且还真的获得了成功。

槿一直以来都是自己接活，但最近也开始做起这个男人所介绍的事。这跟六年前为了打击一家叫作千金的公司而制订的那个庞大计划也有关系。他在接手那份工作的过程中，体会到了同其他业界人士沟通的繁杂，感觉十分麻烦。当时那一连串的事情同样开始于刚才那个十字路口。六年前的记忆再次复苏：自称是家庭教师的男人、两个孩子和一个女人、布莱恩·琼斯和意大利面……一切都杂乱无章地从眼前掠过。那些画面轻轻地飘过脑海，如同灰尘连绵地飞舞之后又静静地落下一般，记忆也随之沉淀。

电话那头的中间人说了一句“辛苦你了”，又加了一句“正好”。

槿预感到有麻烦了。

“有一个好消息和一个坏消息。”对方继续说道。

苦笑。这是那个中间人的口头禅。

“我哪个都不想知道。”

“别这样说嘛。那就从坏消息开始吧。”男人说，“其实刚才，忽然有个熟人给我打了个电话。是一件稍微有些麻烦的工作，而且时间很紧迫。”

“真辛苦啊。”槿不带感情地说。

“接着是好消息。那个很急的工作的地点，就在你现在所在位置附近。”

槿停下脚步，扫视四周。只有一条宽阔的马路和一家便利店。两个听上去都像是坏消息。

“说是委托，但其实是以前一个很照顾我的熟人让我帮忙，我也没法拒绝。”对方坦承。

“跟我没关系。也不是说我不想接，但是我不大喜欢一天之内接下两件事。”

“别啊，那是一个很厉害的前辈的请求。是一个地位很高的传奇人物。”中间人强调，“拿游戏来打比方，就类似于《梦幻仙境》和《迷城的国度》[①]一样，怎么样，值得尊敬吧？”他开始死缠烂打。

“你打些我听得懂的比方。”槿说道。于是对方回答说，“拿音乐来说，就像滚石乐队一样。”

“这我至少还知道。”槿微微笑了一声。

“啊，搞不好应该是谁人乐队[②]吧，虽然已经解散了，但时不时地还会出来活跃一下。对，就是那个。”

“不管你说什么我也没办法啊。”

---

① 《梦幻仙境》和《迷城的国度》均被视为日式动作角色扮演类游戏奠基之作。

② 1964 年在伦敦成立的摇滚乐队，1982 年解散后曾多次重组演出。

“难道你讨厌老旧的事物？”

“不，对于那些老旧的事物，我表示尊敬。能有那么长久的生命力，光凭这一点就足以证明他们的优秀。所以，到底是什么样的委托？总之我先听听内容再说。”

中间人开心地开始解释，似乎槿已经接受了他的请求。

听完了内容，槿差点忍不住笑出声来。“内容笼统不清不说，不管怎么看，我都不适合。”

“为什么不适合？”

“我做事需要在有车经过的地方，或者是站台。室内交通工具可进不去。这不是我的专长，你还是交给其他人去做吧。”

“但是没时间了。就在槿你现在所在位置旁边啊。恐怕已经没时间去找其他人了。其实我现在也正赶过去呢。这些年来，自从我干起了中介这一行，就再也没有亲自去做过事，今天是无论如何也没办法，只有我去当执行部队了。”

“偶尔做一下不是也挺好嘛。这可是老前辈的请求。”

“我害怕。”对方毫无底气地说道，像是一个对社会感到恐惧的青年诉说着自己的苦恼。“好久没有亲自做事了，难免有些害怕啊。所以，你也来帮帮我吧，槿。”

“我去了又能怎么样？人们不是都叫我推手吗，你这件事的内容跟我完全不沾边。就好像是让扔铅球的去跑马拉松。”

“总之你来就行了。我，我马上就到啦。”

“祝你成功。”

“是嘛，槿，谢谢啦。这个人情算我欠你的。”

什么啊！究竟自己哪句话让他觉得我是答应了？

水果

蜜柑从容地走出厕所，再到盥洗池，毫不慌张。

刚才来到三号车厢的是个同行，他一眼就看出来了。对方比自己和柠檬年轻，还戴着眼镜，看上去很知性，还有稚气未脱的一面。或许本人试图强装镇定，但内心明显是在七上八下，从旁边经过时眼睛还忍不住地想往这边看。那副不自然的架势，让蜜柑差点忍不住笑出声来。

他惊讶于这时机的巧妙。这不正是替罪羊的最佳人选吗？正如柠檬所说，如果打算让谁背黑锅，再没有哪个人比这个人更合适的了。阴暗而蜿蜒的小路上忽然射进了一缕阳光，让蜜柑的心底浮出小小的感动。

他之所以留下柠檬起身离去，真的只是因为想去一趟厕所。如果一直强忍着尿意，势必对接下来的行动造成影响。于是他决定在还没发生什么大事之前先把这件小事解决掉。交给柠檬一个人应该没什么问题，他想。

那个戴黑框眼镜的男人受雇于真莉亚。蜜柑一边在厕所里小便，一边搜索着记忆。他跟自己一样，不会刻意挑选工作，如果要用一个陈腐又好懂的词来形容，那他们应该都属于“多面手”那一类。虽然至今为止从未因工作原因碰过面，但也曾听到过别人对他的评价——“虽然是新人，但很有能力”。

再有能力，应该也还没到能胜过柠檬的地步吧。如今，那个眼镜小子肯定已经被柠檬一顿狠揍之后老实下来了。这样想着，蜜柑愈发从容地洗起手来。他小心翼翼地拿肥皂涂抹着手指。最后，甩了甩水滴，将手伸到烘干机的送风口边。

电话响了。后裤袋里那部超薄型手机安静地振动着。蜜柑看了看来电显示，是个熟知的名字，一个在市内经营小型书店的胖女人。那个店从普通写真集到极度裸露的照片，罗列了大量的成人杂志，执着于纸质媒体这一落伍于时代的行业。虽然有一些常客，但盈利状况也能猜出个大概。但是，也不知道为什么，那个女店主总会有关于各式各样非法行当及相关业界同行的情报。人们去那里，大多是为了得到这些情报，同时又会留下其他情报。如此循环往复，那个被称作桃的老板竟成了一个五花八门的情报源。蜜柑和柠檬有时候也会因工作而去桃那里，买一些必要的情报，偶尔也卖一些。

“蜜柑，你是不是有什么麻烦了？”电话那头响起了桃的声音。

列车摇晃得很厉害，蜜柑走到车厢连接处的窗户边，略微提高音量装傻道：“什么啊？”

“峰岸好像正在集合人手往仙台和盛冈去呢。”

“仙台？峰岸为什么要让手下在那里集合？难道是那个吗，最近很流行的网友线下聚会？”

蜜柑听到了桃的叹息。“柠檬好像以前也说过，你的笑话还真是无聊啊。再没有比一丝不苟的男人拼命讲出来的笑话更不好笑的事了。”

“那还真是抱歉。”

“也不光是手下哦。他好像希望所有能用得上的人只要能去仙台都紧急赶到那边。我也收到了好几次联络，说什么几十分钟后在仙台集合，就算是普通打工也没这样的啊，哪能那么刚刚好就都集合起来。”

“那，你打电话来是为了问我们，要不要也去打一下这个工？”

“怎么可能！不是那样，是因为有消息说，有人看到你们跟峰岸的儿子在一起。我就想，你们该不会是要跟峰岸叫板吧？”

“叫板？”

“比如说把峰岸的儿子关起来，然后让他拿钱来换什么的。”

“怎么可能！我们又不是不知道那是多可怕的事。”蜜柑苦笑着。我们对峰岸有多恐怖一清二楚，可是，现在事态已经发展到一个可怕的境地。“正好相反。是峰岸找到我们，让我们去把他儿子救出来。而现在呢，我们正坐在新干线上。”

“那为什么峰岸现在要集合人手呢？”

“难道不是为欢迎我们而做准备吗？”

“要真是那样就好啦。我啊，还挺喜欢你们俩的，很担心你们是不是遇到了什么危险，所以打算先告诉你们一声。不管怎么说，能帮助别人，心情总是好的嘛。”

如果有什么新情况再告诉我，蜜柑正打算这么说，却突然想起另一件事，于是又问道：“对了，那个，真莉亚那里不是雇了一个人做事吗？”

“你说瓢虫啊。”

“瓢虫？”

“他外号叫七星瓢虫。那个小男生很可爱，我很喜欢。”

“我听别人说，被桃喜欢的人最后都要完蛋。”

“比如说……”

“蝉。”

“啊，那人真是可惜了。”桃安静地说。

“这个瓢虫是个怎样的人？”

“这可不能免费告诉你。”

“刚才不是还有个人说想帮别人忙吗，你让那个人接电话。”

桃的笑声跟车门因震动而摇晃所产生的响动纠缠在一起。“七尾很懂礼貌，平时文文静静的，但很不好惹哦。因为他也很强。”

“强吗？”没看出来啊，看上去像是更适合做些文员的工作。

“怎么说呢，比起强来，应该是快吧。有人这样讲过他呢。‘正准备跟他干一架，结果就被打趴下了。’他的动作简直就跟弹簧一样。哎呀，本性认真的人如果兴奋起来才是真的不好惹，对吧？比起那些原本就吊儿郎当的人来，这种人才更可怕。如果硬要分类，七尾应该也是这样，平常严肃认真，但如果发起火来就不得了了。”

“再怎么样，应该也比不过柠檬。”

“反正还是别小看他比较好。我常常听到关于他的风评，因为没把他放在眼里最后却吃了苦头的人太多啦。估计吃过七尾苦头的人，才真的可以去举办个网友线下聚会呢。”

“不好笑。”

“哎呀，你以前也捉过瓢虫吧？我说真正的虫子。只要伸出食指，它就会乖乖地爬上来。”

孩提时代的自己是如何对待小虫子的，蜜柑已经想不起来了。

记忆中似乎有尽情折磨它们的经历，还有哭着将死了的虫子埋进土里的画面。

“然后，当小瓢虫爬到指尖的时候，你知道它会怎么做吗？”

细小的触角在食指上轻挠着不断攀爬，关于那虫子的触感再次苏醒。那种叫人微微战栗的异样里混杂着麻麻痒痒的小小快感。啊，我也做过这样的事啊，蜜柑想着。爬到指尖顶端的小虫子在一次呼吸那么短的短暂停留后，便会张开翅膀，离开手指。“会飞。”

“对对。七尾他也会飞哦。”

蜜柑不知道该怎么回答才好。“还有人能飞吗？”

“怎么可能有呢？蜜柑，你也太当真了吧。这是比喻啊，比喻。我是说七尾如果被逼得太紧，他的大脑就会天马行空了。”

“变得不正常？”

“大脑思维会变得更快，应该是集中注意力了吧。被逼得太紧之后，那种瞬间爆发力还是反射神经什么的，反正就是思考能力会变得非同凡响啦。”

蜜柑挂断了电话。心想不会吧，一阵焦虑窸窸窣窣地爬满了后背。他忽然很担心柠檬是否还平安，赶紧快步回到三号车厢。门刚打开，进入视线的就是柠檬闭着眼睛的脸。在刚才所坐位置的后面一排，早已丢了魂的峰岸大少爷正后方，柠檬就在那里，纹丝不动。蜜柑立刻意识到中招了。他走到柠檬旁边坐下，首先摸向柠檬的脖子。脉搏还在，但这肯定不是睡着了。他生硬地掰开柠檬的眼皮，果然已经失去了意识。

“喂，柠檬！”蜜柑对着柠檬的耳朵道。

没有反应。

他用手背拍打着柠檬的脸颊，又站起身看了看四周，已经没有了七尾的身影。

售货小推车刚好从旁边经过，蜜柑将其叫住，控制着声调说“给我冰的饮料”，然后买了一罐碳酸汽水。看着推车走出了三号车厢之后，蜜柑将那罐饮料贴在柠檬的脸颊上，随后又换到脖子。原本期待着冰镇可以令他苏醒过来，可柠檬还是一动不动。

“真是太不像话了。这哪里是什么能干的小火车，简直就是个没用的小火车！”蜜柑小声嘀咕着，随后又补了一句，“虽然你本来也不是什么小火车。”

柠檬噌地坐起了身，上身猛地弹了起来，眼神却仍旧一片朦胧。他抓住蜜柑的肩膀，大喊道：“你说谁是没用的小火车？”蜜柑慌忙用右手捂住他的嘴。在车厢内大声喊出这种话真叫人难办。不过，列车正好驶入了隧道，由于震动太强烈，柠檬的声音还不至于太过招摇。

“冷静点，是我。”蜜柑握着那罐碳酸汽水，贴到柠檬的额头上，说道。

“啊？”柠檬这才回过神来。“太冰了！”他抓过汽水一把拉开拉环，喝了起来。

“怎么样？”

“什么怎么样？就是汽水啊，碳酸汽水。”

“不是问你这个。我是问刚才这里到底发生了什么？那个人怎么样了？”蜜柑下意识地说出了暗语，随即又重新说道，“七尾去哪里了？真莉亚手下的那个。”

“那小子！”柠檬气势汹汹地站起身。蜜柑连忙拉住，拼命拦着不让他冲向过道。

“你等等，到底发生什么事了？”蜜柑让柠檬坐下。

“大意了。我刚才怎么了？”

“就跟电池没电了一样，一直在睡。他让你昏过去了吗？”

“我怎么可能中他的招。只不过是电池没电了。”

“你刚才该不会打算杀了他吧？”蜜柑原本计划的是用暴力制服七尾之后将他抓起来。

“一不小心就兴奋过头了。不过蜜柑，那小子出人意料的强啊。强敌一出现，不知怎么的就越打越来劲了。我终于明白高登为什么会斗志昂扬地喊着‘我才是多多岛上最快的小火车’，然后拼命加速了。”

“桃刚才来电话，我就顺便问了她一些事情，那小子好像不能小看，否则要吃亏。”

“是啊，我低估他啦。莫道夫怎么可能在这里呢？”柠檬说完又看了看周围，“怎么搞的，那才是我的座位嘛。”他说着摇摇晃晃地走到了峰岸大少爷所在的那排座位。看得出来，他脑子还不是很清醒。

“你在这里休息一会儿。我去找找。他没法下车，而且他也知道我刚才去厕所了，所以只可能往后面的二号车厢跑。”蜜柑站起身，顺着过道走去。自动门开了。二号车厢前面的车厢连接处没有厕所和盥洗池，这里没有可以让人隐藏的空间，一切都一目了然。

如果七尾是朝这个方向跑了，那么只要追到一号车厢的车头，就一定可以找出来。可以藏身的地方并不多。他只能坐到座位上，要么就趴到地上，或者躺到靠近天花板的左右两侧的行李架上，再不然就是躲到车厢连接处的空隙或者厕所、盥洗池，仅此而已。只要一处一处地细心检查二号车厢和一号车厢的每一个角落，就一定可以抓住他。

蜜柑回忆着刚才打过照面的七尾的模样。黑框眼镜，牛仔外套，下身好像是浅茶色裤子。

蜜柑走进二号车厢。眼前可以看到一些乘客，占据了车厢内大约三分之一的座位。理所当然，他们的脸都朝着列车的前进方向，也就是朝着蜜柑。在逐一确认每个人的细节之前，蜜柑先将车厢内的整体情况大致观察了一番，就如同用照相机将刚进车厢那一瞬间拍摄下来了一般。他观察着是否有人做出了什么不自然的反应，比如忽然站起来或者别过脸去，即便只是挺直身体，那看上去也分外醒目。

蜜柑顺着过道缓缓前进。他一面注意着不要太过张扬，一面仔细观察各排座位。

他注意到大约在车厢正中间位置，自己右侧的双人座上有一个男人。那人靠在窗边，将自己的座位放到最低，正在睡觉。帽子扣得很深，完全遮住了脸。只是，那顶牛仔帽简直就像是从西部电影里拽出来的一般，实在是可疑，红褐色也很显眼。他旁边没有人。是七尾吗？七尾难道以为这样的伪装不会被识破，或者是想来个措手不及？

蜜柑全神贯注地开始靠近。他做好了充足的准备，自信无论对方何时扑过来都可以应对。终于站到那个人身边时，他一把掀起那顶帽子。蜜柑已经做好了对方会冲上来的准备，结果却什么都没发生，对方只是一个熟睡着的普通男人。长相跟七尾不一样，年龄也有差距，是个不相干的人。

是我小心过了头吗？蜜柑深深地舒了一口气，紧接着他又注意到二号车厢最前端跟一号车厢连接的部分，有个绿色衣服的影子一闪而过。他立刻穿过自动门来到车厢连接处。那个穿着绿色无袖衫的乘客正准备进厕所。蜜柑抬手放到了厕所门上。“等等。”他毫不犹豫地说道。

“干什么呀？”转身面对他的这个人一副女人装扮，但显然是男性。高个子，肩膀很宽，裸露在外的胳膊全是肌肉。

不知道这是什么人，但至少可以确定他不是七尾。“没什么。”蜜柑回答。

“你看上去是个不错的男人啊。要不要一起进厕所里做点什么？”对方调侃道。

蜜柑当即就有一种想要殴打这个男扮女装的家伙的冲动，但还是忍住了。“你有没有见到一个戴着黑框眼镜的年轻人？”

女装男莞尔一笑，鼻孔也随之扩张，鼻子下面的胡茬还泛着一抹青色。“你是说那个拿了我的假发后不知道跑哪里去了的小子？”

“他去哪里了？”

“都说了我不知道啊。你要是找到了他，记得帮我把假发拿回来。”女装男说，“尿要漏出来啦。”说着便消失在厕所里。这是哪门子的妖孽啊！蜜柑哑口无言。

厕所的门锁上了。

另一个厕所单间是空的。蜜柑朝里面看了看，但什么人也没有。盥洗池和男厕所里也都没有人。

女装男刚才说的假发一事引起了他的注意。七尾是夺了假发已经变装了吗？但刚才自己一路走来并没有和谁擦肩而过啊。如果是这样，那么除了还在一号车厢里之外，便没有其他可能了。

保险起见，他还检查了一下大件行李存放处。架子上有一个贴满了标签的行李箱。旁边是一个纸箱，盖子打开着。蜜柑朝里面看了看，是一个塑料箱子，六个面全是透明的，看上去像鱼缸，里面却是空的。蜜柑正准备拿出来看，却发现箱子上方有些歪，于是又放弃了。箱子上面盖着一块透明的板子，歪掉的就是那块板。蜜柑开始还有些担心，里面该不会是装了什么有毒气体吧，不过现在也没工夫关心这些了。

蜜柑起身朝前走去。连接着一号车厢的门打开了，他再次捕捉着车厢内的全景。面朝着自己的座位和几名乘客进入眼帘，而最先引起他注意的是三人座那一侧中部的一大片黑影。蜜柑起初还以为那是一大团头发，不禁一愣，随即发现其实是一把撑开了的伞。好像是折叠式的，放在一个没有人的座位上。

伞前面两排的位置上有一个人在睡觉，但不是七尾。一把撑开了的伞代表着什么呢？看上去也不像会爆炸。直觉告诉蜜柑，那是一个陷阱。是不是为了隐藏其他什么事而把人的注意力转移到伞上？蜜柑一惊，无意间往下瞟了一眼，于是又发现过道上方横向拉起了一小段绳子。蜜柑注意不被其绊倒慢慢地跨过去，再仔细一看，是用来打包的尼龙绳。面对着蜜柑的左侧是三人座，右侧是两人座，而这条绳子分别绕在两边的扶手上，穿过座椅下方，在贴近过道的上方形成了一条横索。绳子似乎有些旧了，可以看到很多毛刺。

原来如此，蜜柑明白了。先用伞吸引注意力，让人忽视脚下的情况，接着就靠这绳子将人绊倒，应该就是这样。这过于单纯的作战计划让蜜柑不禁苦笑，但同时神经又更加紧绷起来。

七尾在被逼急了的时候大脑思维会变得更快。桃是这样说的。

或许七尾只不过是在有限的时间里做了一切力所能及的事。从让柠檬失去意识开始到现在并没过多长时间。他利用这段时间缠起了绳子，伞应该也是他放的。他一定是想将追过来的敌人即蜜柑绊倒。那么，绊倒之后，他又打算怎么做呢？蜜柑思考着。从可能性来看只有两种：攻击被绊倒的敌人，或者趁机逃走。那么七尾本人现在肯定就在附近。蜜柑迅速扫了一眼周围。但是附近的座位上，只有两个十几岁、衣着靓丽的女孩和一个一直盯着笔记本电脑的光头男。女孩们似乎有注意到蜜柑，但并不像要有所动作。此外还有一个中年男人和一个年轻女人，一看就知道是在偷情旅行。并没有七尾的身影。

那对男女后方，最后一排座位最靠里的位置，有一个人的头正微微动着。是两人座靠窗户那一边。那人看了看这边，然后又立刻弯下腰，这个动作并没有逃过蜜柑的眼睛，他快速向那人走了过去。

是假发。蜜柑隐约可以看见一个戴着假发的脑袋，那光泽亮丽、如同人的毛发般的物体明显是人造的。那人见蜜柑过来，便立刻装出一副睡着了的样子。再没有比这更可疑的了。

是七尾吗？蜜柑再次扫视车厢内。所有的座位都已经是背对着他，附近并没有其他乘客。

蜜柑快步走近，立刻准备展开攻击。这时，那顶假发却突然站了起来。蜜柑条件反射地后退了一步，假发男却连忙怯懦地举起双手，说了一句“对不起”。头上那顶假发歪歪斜斜地就快掉了下来，他赶紧伸手扶住。

不是七尾。明显是其他什么人。一个圆脸、留着胡子的中年男人，脸上正嘿嘿地露出谄媚的笑。“对不起，那个，我只不过是被别人要求这样做。”他的脸有些抽搐，手中拿着一部手机，正慌张地摆弄着。

“被要求，被谁要求？”蜜柑一边打量着车厢一边问道。“找上你的男人去哪里了？是不是一个戴黑框眼镜的年轻人？”蜜柑抓住中年男人的胸口，继续小声逼问。他抓起那件看起来很廉价的条纹衬衫的衣领，手臂发力使劲一拧。虽然只有一点点，但那个男人的身体还是浮了起来。

“我不知道不知道啊。”对方立刻说。

蜜柑制止了他，斥责道：“安静点！”这人看上去并不像在说谎。

“那个男的打算偷假发，我就问他想干什么，结果他给了我一万块……”中年男压低嗓音解释着。声音虽然不大，但似乎还是有人注意到了这边的喧哗。

蜜柑发现一名乘客直起了腰，越过椅背朝这边看来。他连忙把手从对方的衣领上拿开。男人咚地一屁股坐到了椅子上，假发也从头上掉了下来。

这个男人也是个圈套吗？

蜜柑决定再次回到二号车厢。他顺着一号车厢的过道往回走，大约走到一半时，蜜柑装作一副很熟络的样子，跟那个看上去像是在偷情旅行的中年男人打了个招呼。对方吓了一跳。

“那边那把伞，你知道是谁放的吗？”他指着那把放在车厢中间、仿佛前卫艺术品般的伞。

男人明显有些不知所措，眼神慌张。他旁边的女人则强作镇定地答道：“是刚才一个戴眼镜的男的放在那里的。”

“放那儿是什么意思？”

“不知道，是不是想撑开了晒干啊？”

“他去哪儿了？”

“应该是回去了吧。”女人指着列车前进的方向——二号车厢。

到底是在哪里跟他错过了？从三号车厢到一号车厢，明明一路上都没有碰到过跟七尾相似的人。

蜜柑看了一眼一号车厢和二号车厢的连接处。那个女装男正从厕所里走出来，摇摆着硕大的身体径直朝一号车厢走来。真烦人！蜜柑想。果然，他刚穿过自动门，就堵到了蜜柑身前。“哎呀，怎么啦？特意在这里等我啊。”

别碍事，蜜柑心想，嘴上却问道：“你洗手了没有？”

“哎呀，我忘记了。”女装男若无其事地答道。

瓢虫

怎么办？怎么办？走出三号车厢，七尾不停地问着自己。柠檬失去了意识，短时间内肯定会昏睡，但是蜜柑马上就要从厕所里出来了。他要不了多久便会意识到究竟发生了什么，然后肯定会追过来。如果他顺着列车前进的方向朝四号车厢走，那倒是帮我忙了，但估计他不会。恐怕他认为我朝后方逃走的可能性很大，一定会来二号车厢。

二号车厢和三号车厢的连接处既没有厕所也没有盥洗池。七尾站在垃圾箱前，打开了那块带有突起的板。行李箱是可以藏进去，但人若要进去可不容易。不用想都知道，没法藏在这里。怎么办？怎么办？怎么办啊！

七尾意识到自己的视野正变得狭窄。由于焦急，心跳开始逐渐加快。呼吸变得急促，一股莫名的慌乱缠绕在胸口。他摇了摇头。怎么办？怎么办？自己脑中充满低语声。思绪如同泛滥的洪水，形成一股漩涡，如洗衣机一般将所有词语和情感搅拌在一起。七尾任凭那焦躁的洪水冲刷着身体，七尾感到脑中的洪流在头脑里肆无忌惮。但这时间十分短暂，也就是眨几次眼的时间过后，洪水停歇，心情也跟着焕然一新。头脑里的污浊似乎不见了，无须思考和计划，他的身体便行动起来。视野也变得宽广，和刚才截然不同。

七尾朝后方走去，二号车厢的门在他面前打开了。一阵空气喷射的声音响起，如同一声威严十足的喘息。所有座位都面向列车前进的方向，正对着七尾。

七尾顺着过道前进。右侧可以看见一个睡在两人座上的男人，头发和眉毛里已然夹杂着银丝。他将椅背放倒至最大限度，半张着嘴睡得正香，甚至让人觉得都可以听到他的鼾声。他旁边的座位上放着一顶红褐色的牛仔帽，看上去很醒目。姑且不论是否适合，这肯定是那个男人的东西。七尾在经过的瞬间拿起那顶帽子，放到了他脸上。原本还有些担心会吵醒他，但对方睡得很熟，一点反应都没有。

蜜柑看到这顶牛仔帽之后肯定会觉得可疑，但最终会导致怎样的结果就不得而知了。或许什么也不会发生。但即便是不起任何作用的小圈套也要多做几个，这一点很重要。这会让对方产生臆测，会多疑，搞不好还会摔倒，也就是说，这样会令其被动。如今只有通过积累一点一滴来一决胜负了。

来到二号车厢和一号车厢的连接处，七尾四处打量，寻找一切能利用的东西。大件行李存放处有一个用于出国旅行的大箱子，贴满了贴纸，使用过的痕迹很明显。七尾抓住箱子打算拉出来，但因为太重便放弃了。

旁边有一个纸箱子，用尼龙绳捆着。七尾解开绳结，打开纸箱。只见纸箱里面还有一个箱子。是一个透明的塑料箱，里面只随意地放了一段黑色绳索。

为什么要费这么大的事，把一段绳子放到这鱼缸一样的东西里呢？七尾觉得很有意思，便凑过去看，随即发出一声惨叫。箱子里放着的不是绳子，而是一条蛇，看上去黏糊糊的，光亮的蛇皮上还带有花纹，正盘踞成一团。七尾往后直退，一屁股坐在地板上。为什么一条蛇会出现在这里？这又是自己不幸的证明、不幸女神的兴趣之一吗？他一脸茫然，简直要哭出来。而且，由于他的动作太大，箱盖被弄歪了，蛇从里面爬了出来。七尾此时已经顾不得什么意外和惊慌了，他完全无话可说。

望着那条滑行着消失在列车前进方向的蛇，七尾感觉自己犯下了一个无法挽回的罪过。但现在也不是优哉游哉地去追蛇的时候。他原本打算将用来捆箱子的尼龙绳恢复原样，但中途又改变了想法，将其从箱子上拆了下来。他抓着绳子，握成一团。已经不见了的蛇就忘了吧。他告诉自己。现在，还是逃命要紧。

车厢连接处的厕所和盥洗池并没有人在使用。七尾顺便检查了一下那个单间的厕所，但不打算藏到里面。蜜柑追过来的时候，如果厕所显示“正在使用”，必然会引起他的戒备。到时候自己就是瓮中之鳖了。

继续向前，一号车厢的座位和乘客进入了七尾的视野。他顺着过道快步前进。

左边的三人座上，一个男人正在睡觉。头顶上的行李架上露出了一把伞，是折叠式的，被随手放在上面。七尾毫不犹豫地拿了下来，立刻撑开。伞发出啪的一声，在眼前伸展开来。这一下引来了一些乘客的注视，七尾若无其事地将伞架在往后两排的座位上。

接下来，他先将手里的尼龙绳缠到了三人座中间的扶手上。然后跪在地上，趴下身，将绳子绕过座位下方，横穿过过道，再从两人座的下方拉过来。等把绳子的这一头从座位之间的缝隙拉上来后，又再次缠到扶手上。这样就在脚下搭出了一道横索。

七尾注意着不要被绊倒，他这种人被亲自设下的陷阱绊倒的可能性实在太大了。他小心翼翼地跨过横索，头也不回地继续朝一号车厢的尽头走去。走出一号车厢后，七尾来到末端的车厢连接处，但看到那里并没有合适的藏身之处，他又再次回到一号车厢。

伞和尼龙绳，到现在为止只有这两样小把戏。七尾觉得还得再弄点什么才行。

他开始想象着蜜柑可能的行动：被伞吸引了注意力，不小心被脚下的尼龙绳绊住，摔倒在地。接下来，他就可以从附近座位现身，猛击蜜柑的头部，如果可能最好打中其下巴，让其昏迷，再趁机逃到反方向的车厢。他想象着这一连串的过程。现实吗？恐怕很难令人信服。他不觉得就单纯凭这点小把戏可以让蜜柑上当。

七尾打量着一号车厢。抬起头，刚好看到车厢最前端出入口上方的电子显示屏。显示屏呈细长形，由报社发送过来的新闻正从右至左地出现在屏幕上。七尾忍不住想要苦笑，如今这列车里发生的事情才更值得被当作新闻呢。

车厢里果然还是没有可以藏身的地方。

那么……七尾想着，走出了车厢门。他又回到了二号车厢。脑海里突然回想起在东京站站台上经历的场景。“为什么不是绿色车厢？”一个化着浓妆的人当时这样说着，那是个穿着女装的男人，似乎很生气。他接着想起来，女装男旁边还有一个小个子、黑胡子的男人。那个男人带着一脸困惑的表情回应道：“绿色车厢肯定不行吧。可是你看啊，二号车厢的第二排，不是刚好跟你的生日一样嘛，二月二日。”

再次经过厕所和盥洗池，七尾很担心那条蛇会在什么时候蹦出来，他心里十分紧张，但哪里都看不见那条蛇的影子。难道钻到垃圾箱里去了？

七尾一脚踏进二号车厢。第二排果然坐着那两个人。女装男正盯着娱乐杂志在看，胡须男则在摆弄他的手机。七尾看了看他们头顶的行李架，发现了一个纸袋。是在东京站见过的那个，里面装着艳丽的红色外套和假发。是不是应该用这些东西乔装一下呢？他们后面那排座位没有人，七尾于是溜了进去，伸直身子抓住纸袋，往后拉了一把。稍微发出了些动静，但背对着他的两人似乎没有察觉。

经过车门来到车厢连接处，站到窗边，七尾便慌张地在袋子里翻找起来。外套、连衣裙，还有假发。他只拿了假发。红色外套估计过分显眼了。可一顶假发究竟能将自己伪装成什么样子呢？

就在此时，忽然有人大喝一声，七尾吓得几乎要跳起来。“喂，你这个小偷给我住手！”

身后站着的正是女装男和胡须男。两人正带着凶狠的表情逼近自己，“你还敢偷东西啊！”原来他们其实注意到了七尾的动作，尾随到了这里。

七尾连犹豫的余地都没有。没有时间了。他迅速抓住胡须男的右手，将他的身体翻转过来，一下子就将他的右手别到了身后。“痛、痛！”男人大叫道。七尾凌厉地在他耳边命令道：“安静！”他知道，就在做这些事的时候，自己的境况也变得越来越紧迫。他觉得蜜柑接近的脚步声已经在耳边响起了，就算现在出现也一点都不奇怪。

“哎呀，这位小哥，你这是干什么呀？”体格健壮的女装男说。

“没时间了。请按照我说的做。”七尾快速说道。“照我说的做。”接着他又换了一种自己并不熟悉的命令式口吻重复了一遍。“只要你们照我说的做，就给你们钱。但如果不合作，就拧断你们的脖子。我是认真的。”

“你到底在说什么呀？”女装男着实吃了一惊。

七尾首先放开胡须男的手，然后一把将他转过来面对着自己，将假发套到他头上。“你去一号车厢的最后面，就戴着这个去。过会儿会有人从后面跟过去，等那个人靠近你的时候，你就给你女朋友打电话。”

匆忙之间，七尾将女装男称为胡须男的“女朋友”，但两人似乎没有特别反感。

怎么办？怎么办？大脑飞速地旋转着。计划，图纸，七尾在头脑里的纸张上设计又擦掉，随后又迅速重画。

“为什么一定要打电话？”

“你只要让电话响几声，然后挂断就好。”

“打通，然后挂断？”

“你不用说话，这只是个信号而已。没时间了，总之你快去，快！”

“喂喂，谁允许你这样指手画脚啦，小哥？”

七尾装作没听见，从后裤袋中掏出钱包，抽出一张万元钞票，塞进男人的衬衫口袋。“这是给你的谢礼。”胡须男的眼睛略微有了些光芒。

七尾心里暗喜。若光靠钱就能让他动心，那就好办了。“只要你替我做好了，我还会再加两万。”

或许是头脑比较简单，男人忽然间变得精神百倍。“那我要藏到什么时候？到底是什么人会来啊？”

“一个高个子帅哥。”七尾说着，轻轻推了对方一把“好了，快去吧。”

“知道了，我去就是。”男人戴上跟自己完全不相称的假发，就打算朝一号车厢去。中途又停了下来，转身道：“喂，不会有什么危险吧？”

“放心。”七尾斩钉截铁地说，“安全到你都不敢相信。”完全是一派胡言啊，七尾心里满是自责。

男人皱着眉头消失在一号车厢，也不知道刚才的指示他到底是理解了还是没理解。七尾又转身面对着女装男：“你跟我来。”

很幸运，女装男也没有对七尾表示出任何抵抗或反感，甚至还有些跃跃欲试。七尾稍微往前走了两步，来到了厕所前。“小哥，你果然很帅啊，我会帮你哦。”女装男说完还故作优雅地摆着姿态，七尾觉得受到了惊吓，但他还是迅速地继续说起来：“一会儿还有一个更帅的要来呢。你听好，很快就会有一个男的从那边过来。你就站到过道这边。”

“模特帅哥要来啦。”

“……然后，你就这样走进厕所。你要让那个模特帅哥亲眼看着你走进厕所。”

“为什么？”

“这你就别管了。”七尾十分焦急。

“然后呢？”

“进了厕所我再告诉你。”

“进厕所，你想干吗呀？”

七尾半只脚已经踏进厕所。“我先进去。你在后面，等看到那个男的之后再进来。当然了，我在厕所里这件事情可不能露馅。”

女装男一时间似乎还不能完全接受这一指示，但七尾知道再继续耗下去就危险了。“你就照我说的做。或者等了十分钟没有人来，你也可以进来。”七尾说完便进了厕所，将门关上，站到了马桶旁边。不知道能不能顺利进行。他选了一个开门时看不到的死角，背贴着入口这边的墙壁站好。

不一会儿，门开了。七尾全身一阵紧张。“尿要漏出来啦。”伴随着这句话，女装男也走进了厕所，然后关门，上锁。

厕所里，七尾和女装男相向而立。

“来了？”

“果然很帅呢。长得确实跟模特一样，腿也很长。”

蜜柑果然追过来了。虽然早已做好了准备，七尾还是觉得一阵胃痛。

“在这么狭窄的地方，只有我们两个人。”女装男也不知道是真是假，竟然扭动着身体贴了上来。“要我亲你一口也可以哦。”说着还噘起了嘴。

“你给我安静点。”七尾尽量摆出威严的架势，这也是他不擅长的事情之一，但为了让对方安静，他还是得厉声说话。外面此时的情况他完全没有了解。

七尾想象着蜜柑的行动。检查完这里之后，蜜柑一定会进一号车厢，首先肯定要把车厢从头到尾都检查一遍。没有人的厕所、正在使用的厕所蜜柑肯定都会去检查。但现在这个厕所，他刚眼看着女装男进来，应该会放松警惕，七尾继续推测着。按照柠檬所说，蜜柑也知道七尾的相貌，那么他一定知道刚才走进厕所的女装男不是七尾。至于厕所里竟然有两个人，这种超出常识的事情他不可能马上想得到。

他现在是不是快要进到一号车厢了呢？七尾继续想象着。蜜柑的注意力首先应该会被那把打开了的伞所吸引，那拉在下面的绳子他会不会发现呢？

会发现。

他还会确信，这一切都是七尾布置的。因此他会作出判断：七尾肯定到过这节车厢。这样一来，他必定会走到车厢尾部确认。

那么，那个胡须男会不会按照七尾交代的行动呢？坐在最后一排，看到蜜柑接近之后就打电话。当初是这样跟他约定的。靠你了，大叔，七尾正这样想着，女装男身上挎着的小包里就响起了听上去像手机铃声的声音，随即又消失了。时机太完美了。

“好了。”七尾说。不需要再磨磨蹭蹭想太多了，现在只能相信直觉。“你从厕所里出去，然后进一号车厢。”他对女装男说。

“啊？”

“你从这里出去，然后一直走，走到一号车厢。”

“去了然后干什么？”

“如果那个男人叫住你，你就说什么都不知道就好了。就说是被我威胁，然后全都按照我说的做了。”

“那你怎么办呢？”

“这不关你的事。总之，如果被那个男的问到，你就告诉他你什么都不知道就行了。”七尾说着。机会只有一次，自己要和女装男一起走出厕所，然后顺着列车的前进方向往前走。到时候就算蜜柑往这边看，女装男的身体也会将自己挡住。肯定是这样。“对了。”七尾从口袋里掏出一个手机，那是从狼身上拿过来的。他将手机交给女装男。“你把这个交给那个男人。”

“钱、钱，你先给我钱。”

对啊，七尾想了起来，从钱包里掏出两万元折好交给女装男。“谢啦，你们帮我大忙了。”嘴上说是这么说，帮没帮上忙还不知道呢，七尾心想。“好，去吧。”他打开了厕所的门。

女装男朝左边一号车厢的方向迈出脚步，七尾则朝反方向径直走去。

木村

王子带着行李箱走进了后方的车厢。

木村靠着窗户眺望窗外的景色。疾风号速度比他想象的更快。这样看着，建筑和地面全都像是接二连三地被扔到了脑后。双手和双脚都被绑住当然很拘束，他试图找个舒服点的姿势，但没成功。列车驶入了隧道。轰鸣和昏暗包围了车体，车窗都咔嚓咔嚓地震动起来。前途未卜——这四个字突然出现在木村的脑海。如今正躺在医院的涉，脑子里是否也是这种状态呢？是否四面八方都被黑暗包围，充满了不安？这样想着，木村觉得胸口一阵苦闷。

王子把行李箱放哪儿去了呢？如果王子迎面撞上失主就好了，他想。被可怕的大哥哥责骂“你小子，拿着别人的箱子打算干什么”，然后再吃些苦头多好。但他立刻又意识到，如果王子出事，那涉也危险了。

那小子说的到底是不是真的？医院附近，真的有人在等着他的命令吗？木村开始有些怀疑了。

会不会是虚张声势？会不会是虚张声势，以此作为威胁，借机嘲笑自己呢？有这个可能性。但无法断定。而只要可能性不是零，自己就必须保护王子的安危。光是这样想着，愤怒的思绪便已经让身体滚烫。真想挥舞着被绑在一起的双手朝四周砸去，木村拼命地抑制着逐渐粗暴的呼吸。

不应该丢下涉一个人的。虽然为时已晚，但木村依然为此后悔不已。

涉失去意识，住进医院已经一个半月了，这期间木村一直住在医院里。因为涉一直在昏睡状态，木村没法跟他交谈，也不能鼓励他。换洗贴身衣物，更换身体姿势，这些每日必须做的事情总也做不完。而且晚上基本上睡不好觉，所以木村其实已经非常疲劳。六人一间的病房里还住着其他病患，都是小男孩或者小女孩，每个人都有父母整天陪护在身边。他们并未尝试积极地跟寡言少语的木村多做交谈，但也没打算疏远他。每当木村形单影只地独自对着沉睡中的涉自言自语时，他们似乎也能感受到木村的心思，并投来如同带着相同意志祈祷面对强敌奋起抗争的同志能大获全胜般的眼神。在木村的印象里，不管什么时候，自己周围要么是敌人，要么就是对自己敬而远之的人。所以一开始，对于他们这样的行为，他并不习惯。但如今他已经逐渐觉得，那些人无疑站在自己这一方。如果拿体育来打比方，大家就好像是坐在同一张长凳上等待上场的选手。

“明天一天，我必须要去上班，所以如果涉有什么情况请给我打电话。”一天前，除了医生之外，木村还以他十分不习惯的郑重口吻，嘱托了那些在同一个病房陪护的家长。

他没打算告诉父母，否则一定会被他们教训个没完——丢下涉一个人，你到底想干吗？到底要去哪里？自己竟然为了给涉报仇而去杀一个初中生，这种事情，悠然地颐养天年的老人们又怎能理解呢？

“当然没问题。”家长们爽快地答应了。他们看木村每天都在医院，早已有了很多猜测：他到底从哪里获得收入？是请了长假？还是说他其实是个了不得的大富翁？可如果是这样，那不去单人病房而住在公共病房也太奇怪了。而此时木村口中“必须要去上班”这句话，似乎终于让他们松了一口气。虽然大部分的事情医院都会处理，但毕竟还有一些琐碎的日常护理只能求人代劳，即便如此，他们也大度地答应了这一请求。

“这一个半月以来，涉一直都在睡觉，没出过什么麻烦，所以明天应该也不会有什么特别的事情。”木村解释道。

“爸爸不在的日子，孩子反而更容易醒呢。”一位母亲笑道。

这不是讽刺，显然是满怀希望的话语，这一点木村能理解，所以他很感激。“的确很有可能啊。”

“很有可能。”那位母亲肯定地说，“如果一天之内事情办不完，你就联系我。我们这边没什么问题。”

“一天就够了。”木村立刻回答。要做的事情很简单。坐上新干线，拿枪指着一个不知天高地厚的初中生，开枪，回来。仅此而已。他是这样想的。

结果，现在竟然变成了这副模样，他完全没能想到。木村看着自己被绑住的双手和双脚。以前那个经常到家里来玩的繁究竟是怎样模仿脱身特技的呢？能不能回想起来？他思索着，但记忆里根本不存在的东西无论如何也不可能想得出来。

总之，涉还睡在那里等着我回去。木村坐立难安。等他回过神时，发现自己已经站起来了。并非有什么特别的打算，只是觉得一直这样下去也不是办法，于是他开始朝过道移动。一定要回医院。

该给谁打电话呢？他想着，手正准备伸进口袋，却因为两只手被绑在一起而失去了平衡，腰撞到了靠过道的座位扶手。一阵疼痛传来，木村不耐烦地咂嘴，蜷作一团。

后面有人靠近。是一名年轻女子，看到木村如此这般地堵在过道上，她有些疑惑，于是用胆怯的声音试探地问道："那个……"

"啊，不好意思啊，小姑娘。"木村说着，站起身来。此时他忽然灵光一闪。"小姑娘，你的手机可不可以借我用一下？"他问道。

对方有些意外，显然是在怀疑。木村为了掩饰绑在手腕上的带子，以一种十分不自然的姿势将双手塞到了膝盖中间。

"我有急事要打个电话。我的手机没电了。"

"要往哪里……打电话啊？"

木村语塞。完全想不起来父母家的电话号码。所有的号码都存在自己的手机里，能凭记忆背出来的一个都没有。几年前，他们换了资费更便宜的电话，号码一定也跟着换了。"那，就医院吧。"木村说出了涉所在的医院的名字。"我的儿子在住院呢。"

"啊？"

"孩子现在很危险。我不给医院打电话会有麻烦。"

"那、那医院的号码呢？"女乘客似乎被木村的气势所压倒，一边掏出手机，一边如同接近伤员一般地靠近木村问道，"你没事吧？"

木村板着脸，恶狠狠地说道："医院的号码我也不知道。"

"是、是这样吗？那，对不起。"女乘客说完便逃一般地离开了。

木村不打算气急败坏地追上去。他忽然想到，这时候如果喊一句"总之先给警察打电话，让他们保护涉"，会不会问题就解决了？但他放弃了。现在还不清楚那个等待着王子的命令、随时准备行动的是什么人。是初中生？还是医疗机构的相关人员？或许自己多虑了，但说不定他有同伙潜伏在警方。要是得知木村报警了，王子也很有可能会采取强硬的手段。

“叔叔，你这是怎么了？要去厕所吗？”王子回来了，他看着过道边弯着腰的木村问道，“还是说，你正打算着什么不大好的事情？”

“要去厕所。”

“在脚被绑成这样的时候？你还是再等等吧，总不至于尿裤子吧？好了，叔叔你先回窗户旁边去。”王子推搡着木村，自己也坐到了座位上。

“你把箱子怎么了？”

“放好啦，就放在当初拿的地方旁边的行李架上。”

“那还需要花这么长时间？”

“因为来电话了嘛。”

“电话？”

“哎呀，我不是说了嘛。我的朋友正等在叔叔儿子的医院附近，而且会定时给我打电话。过了大宫明明已经打过一次了，现在忽然又打了一次，我还想到底是怎么回事呢，结果他竟然说‘还没到我出场吗？还没到吗？快点吧，让我去叫那个孩子断气吧’。好像他是忍不住想去完成自己的工作啦。不过我已经好好制止他了，所以现在还没问题。不过，如果我告诉他‘你差不多可以出动了’，或者我没好好接电话……”

“他就会对涉下手吗？”

“才不是下手呢。”王子笑道，“只是让现在只会呼吸的涉连呼吸也停止而已。从停止排放二氧化碳这个角度来说，搞不好还算是环保呢。把木村涉杀了是犯罪吗？不，是环保。”他笑得更夸张了。

他是故意的，木村试图平复自己的怒火。王子是在刻意选择一些刺激自己神经的话。他说话时，有时候会说“叔叔的儿子”，但有时候又会称呼为“涉”。木村意识到，这其中可能有什么特别的意图。他一定是为了让对方产生不快而慎重地选择着用词。绝对不能落入对手早已布置好的陷阱，他这样告诉自己。

“那个等待着行动的是什么样的人啊？”

“叔叔，你很在意吧？但是，我也不是很清楚啊。因为我也只是花钱雇他而已。或许他已经穿着白大褂等在医院里了。穿着医生的制服，在医院里大摇大摆也不会引起多大的怀疑哦。理直气壮地说谎，反而会被信任。不过现在真的没问题，你就安心吧。我已经告诉他还不可以对叔叔的儿子下手啦。我跟他说了：‘还要等待，现在不可以杀那个孩子，知道了吗？’”

“我拜托你了，拜托你注意自己的手机千万别因为没电而关机什么的。”木村的虽然是一副半开玩笑的口吻，但其实也是真心话。如果仅仅因为电话没接通，王子的同伙产生误会而下了杀手……他简直不敢再往下想。木村如同看一个魔鬼般看着王子的侧脸，说道：“你到底是为了什么活着？”

“这算什么问题。这种事情我自己也不知道。”

“我不觉得你没有任何目的。”

王子露出了微笑，那爽朗的笑容温柔地散发着天真烂漫的气息。虽然只有短短的一瞬，木村还是禁不住觉得，他如此柔弱，必须得到庇护。“你也太看得起我了。我没那么聪明，只不过是想做各种各样的尝试。”

“为了人生阅历？”

"为了给这来之不易并且仅有一次的人生增添种种回忆。"听上去像是在胡言乱语，又像是真心话。

"如果整天胡作非为，只会让你仅有一次的人生变得短暂。"

"是啊。"王子再次露出无邪的表情，"但是，我总觉得事情不会变成那样。"

你凭什么这么觉得？木村想问。看来他这番话并非只是孩子的幼稚幻想。他似乎觉得自己生来就是统治者，掌管着一切生杀大权，并对此毫不怀疑。他似乎就是单纯地相信，一个国家的王子，当然必须占有绝对运势，因为就连命运的规则都是由王子创造的。

"叔叔，你知道那个吗？交响乐团之类的音乐会，演奏结束之后不是会有掌声嘛。"

"你去过？"

"去过啊。鼓掌的时候，一开始并不是所有人都会一起拍手，是有几个人会先开始，然后周围的人为了附和才加入其中。接着，掌声会越来越大，最后再逐渐变小，拍手的人也越来越少。"

"你觉得我会去听音乐会？"

"如果把当时的音量强弱做成曲线图，看上去就像一座小山。开始是少数人鼓掌，然后越来越多，到达顶点之后又开始逐渐减少。"

"你觉得我会对曲线图感兴趣？"

"还有，如果把跟那个完全不相干的事情，比如说手机的普及情况之类的做成曲线图，据说也会跟交响乐团演奏结束后掌声的曲线图完全吻合呢。"

"你到底想说什么？真厉害啊，不如作为课外活动的研究成果发表吧？"

"我是想告诉你，人会受到身边其他人的影响然后行动。人不是靠理性行动的，而是靠直觉。因此，就算看上去人是凭着自己的意志做出了判断，但其实还是因为受到了来自周围人的刺激和影响。你或许觉得自己很独立，是独一无二的个体，但其实你只不过是构成曲线图的一员而已。明白吗？比如说，当人们被告知‘你可以想做什么就做什么’的时候，你知道他们首先会怎样做吗？”

“不知道。”

“他们会窥探他人在做什么。”王子十分开心地说道，“明明事先已经说清楚了，可以自由行动。明明可以凭自己的意志行动，人们还是会选择关注他人。尤其是‘正确答案并不明显却又十分重要的问题’，人们更会去选择模仿他人的回答。很奇怪吧。但是人就是这样的。”

“那真是太好了。”木村已经完全不能理解王子的话，随意附和着。

“我最喜欢人在这种完全无知的情况下被巨大的力量所控制了。被自我辩解或正当化的陷阱所束缚，在他人的影响下，人就会自然地朝着某个方向前进。观察这样的过程真的很有意思。而如果自己能控制这些，那就最棒啦。你不这么觉得吗？不管是卢旺达大屠杀，还是交通堵塞引发的事故，只要操作得当，我都能让它们发生。”

“你是说操纵信息吗？”

“啊，叔叔，你知道得还挺多嘛。”王子再次浮现出亲切的微笑，“但也不光是那个哦。不仅局限于信息，就连人的感情也是如此。就跟打台球的道理差不多。让别人感到不安，感到恐惧，要不然就是让他愤怒。通过这些事情可以让人被逼疯，可以让人被追捧，也可以让人被无视，所有这些都很简单。”

“把我带到盛冈，也是你这课外研究活动的一环吗？”

“是啊。”王子爽快地承认。

“到底你想让我去杀谁？”木村在说完的瞬间，感觉到某个记忆复苏了。那是关于某个传闻的记忆，他连自己曾经听到过这个传闻这件事都几乎毫无记忆。“我听说，以前东京一个很有名的男人回到了乡下，开始新生活了。”

“哦，不错啊。再加把劲，很接近喽。”

王子戏谑的口吻让木村很不耐烦。他皱起眉头，似乎想从扭曲的脸上挤出话来一般。“你小子，该不会是想对峰岸下手吧？”

王子的嘴角因情不自禁奔涌出的喜悦而咧开了。“那个姓峰岸的叔叔就那么有名吗？”

“不是有没有名的问题。他是个专门招揽麻烦人物的黑社会老大，手里的钱多得叫人难以置信，丝毫没有常识和道德。”木村没有见过峰岸，过去在业界的时候也没有直接从峰岸那里接过委托。但是当时，在那个非法而动荡的行业里，峰岸良夫的势力大到人们都传说不管从什么人手上接到的什么工作，要是追溯源头最后都会找到峰岸那里，即便是别人交给木村做的事情，都很有可能是峰岸工作的转手，或者是转手再转手。

“以前不是有个姓寺原的嘛。”王子淡然道，就像在聊过去的家常琐事：哎，奶奶以前不是经常在河边洗衣服嘛，你猜后来怎么啦？

“你怎么会知道？”

“这种消息想要多少都找得到。情报只是在小范围内共享，除自己人之外秘密绝不可以外泄，相信这些而沾沾自喜的都是老一辈了。情报是无法阻隔的。只要你想，就可以去收集，甚至可以有目的地让别人吐出十分重要的情报。”

“通过网络吗？”

王子脸上又露出怜悯的笑。“网络当然是其中之一，但也不光是网络。老一辈们都太极端啦，瞧不起网络，又害怕网络，好像给它贴上什么标签之后就可以安心了。但是不管如何利用网络，最重要的还是处理情报的方法。‘电视和报纸全都是一派胡言！一味相信那些的人都是些傻瓜！’那些这样叫嚣着的人，搞不好其实也只是一味相信‘电视和报纸全都是一派胡言’这一情报的傻瓜。不管是什么情报，肯定都混杂着真实和虚假，他们那样的看法完全没有考虑过如何去判断哪些情报才是正确的。”

“也就是说，王子大人有能力辨别真伪？”

“辨别真伪其实也不是什么了不起的事。情报就是要广泛收集，然后进行取舍，最后再靠自己去检验。”

“峰岸碍着你什么事了吗？”

“也算不上碍事。”王子噘起嘴，像一个撒娇的孩子般带着天真，“我有个很讨厌的同学。啊，对了，叔叔你也认识。我们那天在公园玩的时候，他也在，还带着一只狗。”

“啊！”木村应道。他满脸严肃地试着回忆。“朋康吗？”过了一会儿，他说出了一个名字。“那哪里是玩，分明是在行刑。”那个朋康又怎么了？木村正准备问，却突然想起了朋康那时候说过的话。“他好像说过，我要回去跟爸爸讲，让他叫可怕的人来找你们算账。”

“那时候我还以为他在逞强，也没太当回事，可没想到他真的回去跟他爸爸商量了。好笑吧？竟然跟父母商量。然后，那个爸爸就生气了。因为自己小孩的事情一本正经地发脾气，你不觉得很难堪吗？律师就那么了不起？”

“我可不想成为一个那样的爸爸。”木村故意这样答道，“那，他爸爸做了什么？”

“他居然去告状了，真是难以置信。”

“跟谁？”

“就是那个峰岸。”

在一瞬间的惊讶之后，木村终于明白了。原来如此，原来王子和峰岸的交集在这里。“原来他爸爸认识的可怕的人，还真的是个可怕的人啊。”

“像叔叔你这样不依赖他人自己行动的人才更了不起呢。朋康的爸爸真没用。我也很意外，太叫人失望了。”王子的话丝毫不是装出来的感觉，那就像是小孩子在知道了圣诞老人原来是父亲扮的之后所发出的感慨一般。“而且，更叫人失望的是，连那个峰岸叔叔也小瞧了我呢。”

“什么意思？”眼前这个孩子将峰岸良夫称作峰岸叔叔，还一脸无辜的样子，让木村有些难以置信。而且他的坦然并非来自无知，而是源于自信。

“只有一个电话而已哦。他只是往我家打了个电话，对我说‘别再欺负朋康，要不然叔叔生气了很恐怖，你会后悔的’。就是些吓唬小孩的把戏而已。”

“你本来不就是小孩嘛。”木村脸上虽然在笑，心里却知道这个王子并非普通孩子。

“实在是没办法，我就装出害怕的样子给他看啦。装出一副要哭的样子跟他说‘对不起，我再也不敢了’，然后就这样结束了。”

“不是很走运嘛。峰岸可没闲工夫跟初中生一般见识。他要是当真了，可不是哭一下就能解决的。”

“那些都是真的吗？”王子一脸茫然。这个头发柔软、身体纤细的少年，怎么看都是一个品德优良、成绩优秀的初中生，别说偷东西了，简直感觉就是一个放学回家的路上连零食也不买的好学生。木村甚至产生了错觉，以为自己正带着侄子乘新干线去东北旅行。“他真的有那么恐怖吗？”

“当然恐怖了。”

“难道不是因为大家都这样以为而已吗？就像电影里的美国士兵都以为辐射没什么大不了的一样，说到底，只不过是因为大家一味地相信了情报和传闻。如果不是那样，那就是跟那些总说过去的电视更有意思、过去的棒球选手更厉害的老年人一样，可能只不过是一种怀旧情结而已。”

“你小子，太小瞧峰岸会死的。”

“所以说你们太执着于那种迷信了。只会说‘小瞧了峰岸叔叔会有生命危险’什么的。我觉得，那只不过是扭曲了的先入为主的观念所造就的集体意识，然后它反过来又歪曲了现实。”

“都告诉过你了，初中生说话就要像个初中生的样子。”

“人啊，就是会害怕那些从别人嘴里听说的所谓可怕的东西。恐怖分子是这样，疾病也是这样。既没有自己判断的能力，也没有自己判断的余力。那个峰岸，肯定也只不过是依靠着金钱、威胁、暴力和人海战术罢了。”

“那还不可怕吗？”

“事实上，他不也小瞧了我这个初中生吗？而且，理由仅仅是因为我是个初中生。”

“那你打算怎么做，王子大人？”

王子平静地指了指列车前方。“我要去盛冈见那个峰岸叔叔。你知道吗？峰岸叔叔每个月都会去见一次他和情人的孩子。跟妻子生的儿子虽然是自己的继承人，但很蠢，很无能，又任性。可能正因为如此吧，他很喜欢跟情人生的女儿。那个女儿好像还只是个小学生呢。”

“查得真够细的啊。我得好好表扬表扬你。”

“我可不是为了让你表扬我。重要的是，这件事又跟孩子扯上了关系，简直令人难以置信。”

“什么意思？”木村皱眉。

“看以前的少儿节目就会发现，不管再强的敌人，到最后都会被别人发现弱点。我还是个孩子的时候觉得，才不会有这么好的事呢。”

“你现在不也还是个孩子？”

“但我后来发现，现实的确如此。不管什么人都有弱点，而那基本上都是孩子和家庭。”

“事情有这么简单吗？”

“叔叔来找我，不也是因为孩子的事情吗？人类在自己的孩子面前简直令人吃惊的脆弱。峰岸叔叔也有孩子。我觉得只要针对这一点，就一定可以发现他的弱点。”

“你该不会是想对峰岸的孩子下手吧？”木村心里一时间充斥了各种情感。一种是单纯的愤怒，那些无辜、幼小的生命，竟然只因为王子的私利而被玩弄于股掌，这实在叫人愤怒，难以原谅。另外，他也有些怀疑，峰岸真的会因为孩子而暴露出弱点吗？“你真觉得能做成？”

“我现在并没打算做哦。”

“没打算做？”

“还不到时候。今天只是第一次，所以不用做。就是露个脸，算是去踩点吧。”

“你确定你能见到峰岸？”

“好像从昨天起，他的情人和孩子就去岩手了。听说现在就在牧场附近的别墅里。”

木村的眉头皱得更紧了。“连这你也调查了？”

“这又不是秘密，算不上什么了不得的情报，峰岸也没打算要隐瞒。不过，那别墅附近似乎安排了很多保镖。”

“那要怎么办？”

“所以说要去踩点嘛。但就算是踩点，空手而归也太浪费了，所以打算让叔叔大显身手一番。”

是啊，木村这才又想起了重要的事——王子是打算让自己去杀峰岸良夫。“那还算什么踩点，不就是真刀实枪了吗？”

“到了别墅之后，我会设法引开那些保镖的注意，到时候叔叔就进去，看看能不能干掉峰岸叔叔。”

“你觉得能吗？”

“大概一半一半吧，嗯，其实我觉得准确的胜率应该在两成左右。大概率会失败，但就算那样也没关系。”

“你少开玩笑。”

“真的想要有胜算的话，还是得用他的女儿作为要挟。出于孩子安全的考虑，峰岸就不能肆意妄为了。”

“因为孩子的事情而动怒的父母，要是动起真格，会非常可怕。”

“就像叔叔这样吗？为了孩子连命都可以不要？就算这次死了，还会因为担心孩子而复活？”王子的口吻明显是在挑衅。

“或许真有可能。”木村答道。他想象着被埋葬在墓地里的母亲们从土里爬出来的样子。从父母的立场来看，木村觉得这种事情的确很有可能。

“人类才没有那么强大呢。”王子笑道，“总之，为了女儿，峰岸肯定什么都干得出来。反正就算叔叔到时候再惨，也跟我没关系。说到底，我只不过是一个被叔叔指使的初中生。”

“我才不会失败。”木村知道自己只不过是在逞强而已。

“我可是听说过传闻哦。峰岸叔叔就算被枪击中也死不了。”王子说到一半开始兴奋起来。

“怎么可能会有那种事情！”

“对吧。不过，他被枪击中了，但还是活了下来，这也的确是事实吧。他肯定是个运气很好的人。”

“你要是这样说，那我以前做事的时候也好运不断。”木村很认真地说道。这并非谎言。自己以前做那些凶险工作的时候，有过两次由于一些小小的失误身陷危机的情况，但一次因为有同行来帮忙，还有一次则是因为刚好警察来了最后都得救了。“不过，峰岸和王子大人到底谁的运气更好，这我就不知道了。”

“这就是我想弄清楚的。”王子说得很开心，眼睛就好像遇到了劲敌的运动员般闪耀着光芒。“所以今天才要让叔叔对他下手啊。先小试一番，看他的运气究竟能好到什么程度。不管结果怎么样，首先能拿到一些关于峰岸叔叔的情报是肯定的。至少我可以接近峰岸叔叔的别墅，看到保镖们都长什么样子，还可以实际观察峰岸叔叔的行为。作为第一次踩点来说还是不错的。”

“要是我出卖了你，你又打算怎么办？”

“叔叔会为了孩子而努力的，因为你是一个父亲嘛。”

木村左右扭动着脖子，发出一阵声响。这个不管跟他说什么，都一脸平静地回答自己的少年，实在让木村忍不住想发火。“你小子，”他说道，“你小子，就算这次能对峰岸下手，进行得也很顺利，唉，我也不知道对于你来说究竟怎样才算是进行得顺利，总之，就算一切都如你所料想，你让我们这些大人吃了些苦头……”

“才不是吃了些苦头呢。不是那样，是更……怎么说呢，我要让大家更加深刻地感受到绝望。”

绝望，究竟是怎样的绝望，木村也不清楚。“不管你这样的小鬼做了什么，大人都不会把你当回事。”

“就是那个啊，叔叔。”王子又咧开了嘴，露出洁白漂亮的牙齿，“我就是要让你们知道，被我这样的小鬼肆意蹂躏却无力还击的自己是多么无能，然后让你们陷入绝望。让你们知道自己至今为止的人生是多么苍白，甚至失去走完余生的欲望。”

水果

柠檬的头脑还是有些不清醒。他看着窗外，盯着那些如同被狂风吹向后方般的建筑，摸着下巴。被击昏时其实并不痛，似乎只是一瞬间就失去了意识。那个戴眼镜的家伙看上去挺老实，但还真不好惹。

“哎呀，差点就跟你去了同一个地方啦。”他跟旁边的峰岸大少爷说话。没有回应。“干什么？不准不理我。”

他忽然想起了什么，赶忙朝身上摸去。刚才掏出来的枪果然不在了。随便把人家身上的东西拿走可不行啊，莫道夫。柠檬的脸色很难看。

接着，他又想起了刚才七尾说过的话。我也从峰岸那里接到了委托，那个眼镜男是这样说的。而且，他还说自己抢到的箱子却被其他什么人抢走了。那么，箱子现在究竟在哪里呢？

先去看看蜜柑的情况吧，他想着便站起身，准备顺着过道往后走。但转念又想，没那个必要，现在还是应该好好休息一下。他想给蜜柑打电话，可是手机也没有了。那个眼镜小子竟然随便拿我的东西，柠檬很生气。可惜了那个小火车托马斯的手机挂件。

一开始柠檬并没有注意到响起的声音。夹杂在列车震动声里的电子音效，听上去就像是某个座位上响起的手机铃声。这是谁的电话啊，真吵，柠檬以为这声音跟自己没关系。但不一会儿又注意到它一直在响，并且他还发现，这声音听上去是如此之近，于是开始留意起来。他凝神注意着声音传来的方向。

在下面。听上去在座位下方，稍微靠后一些的位置。柠檬弯下腰看地板，但是看不清楚。虽然很不愿意把裤子弄脏，但又不能放着那声音不管，柠檬于是双膝跪地，弓起身体，朝座位和地板间的缝隙望去。什么也没有。难道是再往后的座位吗？他想着，移动了位置，再次趴下。

声音越来越大，柠檬终于找到了源头。是一块小小的手表。这块廉价电子手表的屏幕正在闪烁。是谁掉的呢？掉了东西就赶紧来捡啊。柠檬在心里发着牢骚，随后又警惕起来。这该不会是什么奇怪的道具吧？虽然不至于是炸弹，但是随着这铃声响起，还是有可能会出现一些意想不到的事情。不能放任不管。柠檬调整身体的姿势，手伸得很长，抓了一阵之后，终于抓住了手表。虽然费了些事，但总算捡到了。他直起身，回到座位坐下。

“大少爷应该没见过这种便宜货吧？”柠檬回到座位的时候，将那块黑色表带的电子表朝峰岸大少爷亮了亮。按下按钮之后声音就停了，看上去没什么特别的。是窃听器吗？柠檬又将表翻过来，凑到耳边听着声音。只是一块普通的手表而已。

正烦恼着要不要扔掉的时候，蜜柑从二号车厢方向回来了。

“找到眼镜小子了？”柠檬问。

但是，蜜柑那张阴沉沉的脸已做出了回答。“被他骗过去了。”

“那，是反方向了？原来他往前面逃了。”柠檬指着通往四号车厢的车门。

“不，肯定是逃到一号车厢那边去了。但是，不知道在什么地方，被他从眼皮底下溜了。”

“溜了？蜜柑，你是说在你没注意的时候？”柠檬说着，他明白自己的嘴角已经笑歪了。沉着冷静、做事认真的搭档居然也会失败，这实在是大快人心。“喂喂，这事也没那么难吧？你从这边步行到一号车厢，而眼镜小子就在从这里往后的某个地方，简直就是瓮中捉鳖嘛。肯定能在中途碰上吧，想错过才难啊。该不会是……蜜柑，难道你又跑到厕所里打发时间了？还是眨眼的时间太长，眼睛一直闭着？”

“我没去厕所，眨眼的时间也不长。只是有人出手帮了那小子。”蜜柑摆出一副不快的表情。啊，他心情不好了，这下可麻烦了，柠檬有些紧张起来。平时一丝不苟的男人发起火来最可怕了。

“如果是那样，逼问那个帮忙的家伙不就好了？”

“他们好像也是被逼的。是一个男扮女装的家伙和一个普普通通的大叔。”

“被逼？真的假的啊。”

“那两个人虽然有点神神道道的，但看上去不像是在说谎。”蜜柑说着，不耐烦地伸出左手摸起了右拳。可能他已经对那两个人实施铁拳制裁了。

“那，眼镜小子莫道夫已经往反方向逃走了吗？”柠檬朝着列车前进的方向看去。“但是，刚才没有人经过啊。”

“是不是你眨眼的时间太长了？”

“我上小学时，可是在全校学生都参加的‘大家一起比赛不眨眼大赛’上获得了冠军。”

“没跟你上同一所小学真是万幸。不过，真的没人经过吗？一个都没有？”

“过是过了一两个人。乘客当然会走动，还有那个卖东西的小姑娘。但没有看上去像眼镜小子的人经过。”

“你一直面朝前方，坐在这个座位上吗？”

“那当然。我又不是小孩，总不会趴到窗户上。”柠檬正说着，忽然发觉自己手上还抓着一块电子表。“啊——”他吐了口气，“我刚去捡了这东西。”

“什么玩意儿？”蜜柑问道，脸上的表情显然透着怀疑。

“这个……”柠檬摇晃着手上的电子表，“刚才铃响啦。喏，就掉在那里。”他指着后面座位的下方说，“然后我就去捡了过来。”他发现蜜柑正用十分鄙夷的眼神看着自己，于是又添了一句，“就只做了这一件事。”

“就是那个。”蜜柑断言道。

“什么那个啊，什么意思？”

“那玩意儿应该就是眼镜小子放的，他的脑子好像转得很快，肯定都事先计划好了。”

“计划什么？”

“他是个很喜欢使用各式各样道具的家伙。你看。”说着，蜜柑将手里的手机拿给柠檬看。

“你换手机了？”

“是那小子交给我的。他告诉那个男扮女装的家伙，让他把这个交给我。”

“他到底在想什么啊？是不是准备打电话来哭着求我们，说‘饶了我吧’？”

柠檬只是开个玩笑，可就在这时，蜜柑手里手机的液晶屏却亮了起来，轻快的铃声随即响起。

“刚说完就打来了。”蜜柑耸了耸肩。

瓢虫

在一号车厢骗过了蜜柑之后，七尾回到了三号车厢前方。他正打算偷偷地透过车厢门上的窗户朝里面看，门却打开了——是门上的自动探测器感应到自己的身体。七尾觉得这一定也是因为自己的坏运气。根据以往的经验，七尾很清楚，违背这样的天意一定不会有什么好结果。于是他闪身进了三号车厢，第一排座位是空的，七尾弯腰进去，藏了起来。

留意着不要暴露行踪，七尾从前方椅背的旁边探出头去，他观察着前方的情况，发现柠檬正站起来。

柠檬并没有在睡觉。他似乎没喝那瓶放了安眠药的矿泉水。如果他喝了，此时正在睡觉，那就轻松了，不过想也知道自己不可能那样心想事成。七尾并没有失落。那原本就是走投无路之下弄出的小把戏，现在可没那闲工夫因为一个没奏效就患得患失。而且，柠檬最初失去意识的时候是在后面那个座位，他能喝到自己座位上的水的可能性原本就很小。

七尾又往前看了一眼。

柠檬的身体在动。七尾知道自己放下的电子表响了。“这是谁的电话啊？”柠檬说话了。是我的，七尾真想这样回答他，是我放在地上的手表。

因为自己运气不好，七尾原本还担心设定好了的手表会出故障，或者原本不可能没电的电池忽然就没电了，再不然就是干脆还没被柠檬发现就先被人捡走了。他设想过这些悲惨的情况，幸运的是这次这些都没有发生。

七尾计算着时机。应该什么时候站起来，什么时候从柠檬旁边走过呢？他想着此刻蜜柑正从一号车厢往回赶，随时可能会出现，心里一阵焦急。

七尾半坐在座位上，一副几乎就要滑下来的姿势，最小限度地伸出头朝前看去。

吵闹的铃声还没有停。柠檬接下来会怎么应对呢？肯定会去捡吧。果然，他看见柠檬站起身，走到了后面的座位，弯下了腰。

就是现在！七尾听从了身体里另一个自己的口令，站了起来。他毫不犹豫地快步前进，迅速穿过过道，经过了正聚精会神地捡手表的柠檬。他屏住呼吸，没有发出任何动静。

走出三号车厢之后，七尾终于松了口气。但还不能停下，得继续前进。他接着穿过了四号车厢，进入五号车厢，然后立刻掏出手机，拨通了刚记下的狼的号码。车厢连接处发出如同河流奔腾般的轰鸣，七尾将手机紧紧压在耳朵上，才勉强可以听见声音。他靠到窗户上，开始和对方说话。

“你在哪儿？你想干什么？”电话那头立刻说道。

“请冷静下来听我说。我不是你们的敌人。”七尾马上解释。他首先想避免对方朝自己这边靠近。“我的确拿过你们的箱子，但那也是峰岸让我做的。”

“峰岸？”蜜柑的口气很惊讶。七尾隐约听到旁边的柠檬正说着什么，应该是正向蜜柑转述自己刚才向他解释过的那些事吧。看来，蜜柑已经跟柠檬会合了。

“如果我们互相敌对、反目成仇，就正中峰岸下怀了。”

“箱子在哪儿？”

“我也正在找。”

“你该不会是让我信你这鬼话吧。”

“如果箱子在我手上，我刚才早在大宫下车了。尽管跟你们接触很危险，可我还是选择了这样跟你们对话，这对我可是一点好处都没有。箱子真的不在我手上。我是觉得我们联手比较好才这么拼命的。”

“我告诉你——”蜜柑语气冰冷，七尾觉得这跟柠檬那朝气蓬勃的气质完全相反。深思熟虑，不轻易答应别人，重视理性判断，蜜柑恐怕是这种类型的人。“我死去的爸爸留给我一句话。他说，一定不要相信经常用名词结句的作家和说话时喜欢用‘尽管’的家伙。而且我猜想，除了抢箱子，你是不是还接到了要干掉我们的任务？明明很危险却还是尝试跟我们接触，难道不是为了接近我们，然后找机会干掉我们吗？你之所以会这么拼命，是因为这是你不得不做的工作。”

“如果我接到了干掉你们的任务，刚才为什么不趁柠檬昏过去的时候对他下手？”

“你是不是觉得如果那样，再来对付我会很麻烦？你是打算一次性把我们俩都干掉吧？”

“这样多疑对你有什么好处？”

“正因如此我才能活到现在。喂，你在哪儿？几号车厢？”

“我已经换位置了。现在不在疾风号，而是在小町号上。”七尾说的时候连自己都没抱多大期望。东北新干线运行的时候，虽然疾风号和小町号连在一起，但并不能通过车厢穿行。

“少来这种连幼儿园小朋友都骗不了的谎话。从疾风号上根本没法去小町号。”

“骗不了小孩却骗得了大人的谎话又不是没有。”列车晃动得更激烈了。七尾把手机放在耳边，竭力维持着身体平衡。“可是，你又打算怎么做呢？现在我们双方能做的事情很有限。”

“是啊，能做的事情很有限。我们会把你交到峰岸手上，把所有责任都推到你身上。”

“你想把丢了箱子的责任推到我头上吗？”

“还有杀死峰岸宝贝儿子的责任。”

七尾无言以对。先前在附近的座位偷听他们对话的时候，虽然也想到过这件事，但当假想成为现实，七尾的头脑还是混乱了。

“我没告诉你吗？峰岸的儿子跟我们在一起，忽然间死了。”

“到底是怎么回事？”七尾说完，立刻想到了跟蜜柑和柠檬并排着躺在座位上的那个男人。没有呼吸，一动不动，显然已经死了。原来是峰岸的儿子啊，他想着，哆嗦了一下。为什么这列新干线上会发生这种事情？七尾真想随便找个人泄愤。“那可麻烦了。”

“是吗，果然还是很麻烦啊。”蜜柑故意装傻地说。

七尾险些骂了一句混蛋。不管是什么样的人，失去了儿子，必然会悲伤、发狂。如果知道是谁干的，一定会用愤怒的火焰将那个人烧成灰。而且，如果丧子的是峰岸良夫，那火焰的炽热、被灼烧的痛苦将会是何等恐怖啊。七尾光是想象，就已经觉得皮肤开始干裂焦黑了。“你们为什么要杀了他？”

这时列车又剧烈地摇晃了一下。不好，要跌倒了！七尾连忙岔开双腿竭力保持平衡。为了对抗车身的晃动，他弯下了身体，脸贴到窗户上，却正好看见某种液体啪的一声粘在了玻璃窗外侧——也不知道那是鸟粪还是哪里的淤泥，总之七尾被忽然跳到眼前的东西吓了一跳。一个踉跄，发出“哇”的一声丢脸的惨叫之后，他一屁股坐到了地上。

果然还是不走运，七尾叹了口气。比起跌倒在地的疼痛，对自己身上种种不幸的无奈更令他崩溃。手机从手心滑到了地上。

一个路过的男人捡起了手机。那人缺乏生气却满脸清爽，正是七尾刚才在车厢里见到过的补习班讲师。他就站在七尾旁边。“啊，老师。”七尾下意识地说道。

那位老师捡起了七尾的手机，似乎没多做考虑便放到了耳旁，听起里面的说话声来。七尾慌忙起身，伸出手要他赶紧还回电话。“你好像总是挺辛苦呀。”男人略微开了个玩笑，将手机递了过来，接着便走进了厕所。

“喂喂！”七尾喊道，“我刚手机掉了。你继续说，刚才你有说什么吗？”

他听见对方不耐烦地咂了一下嘴。“我们并没有杀峰岸大少爷。一直以为他只是坐在座位上，结果不知道什么时候已经死了。说不定是休克致死？你听好了，不是我们干的。”

“峰岸恐怕可不会相信。”连我都不相信，他在心里说道。

“所以啊，我们会把你交给他，跟他说凶手是你。这样多少还有点可信度吧。”

“一点都没有。”

“总比什么都没有好。”

七尾叹了口气。虽然是自己主动要求跟蜜柑他们同甘共苦，但如果不光是箱子，而是连峰岸儿子的死都要一起承担，就很难称得上是个好办法了。他觉得这就好像是为了躲避偷东西的罪名，结果却要对杀人犯宣称“让我们一起携手，跟司法做斗争吧”一样蠢。完全是得不偿失啊。

“喂，你怎么了？”蜜柑说。

“真没想到，你们竟然遇上了那么大的麻烦，我还在震惊。”

“不是‘你们’。这些事情全部都是你干的，眼镜小子。”蜜柑没有笑，“是你弄丢了箱子，杀掉了峰岸的宝贝儿子。然后我们又干掉了你。这样的话，就算峰岸要发怒，矛头也是指向你。或许我们还能被夸奖一句干得不错呢。”

怎么办？怎么办？七尾绞尽脑汁。“那不可能。总之……”七尾快速地说道。他的视线转向窗户。玻璃上还残留着刚才溅上的液体，正随着新干线的疾驰而逐渐变形，一点一点地扩散开来。“总之，我们在这列车里互相残杀并不明智。你不觉得吗？”

蜜柑没有回答。

一个男人站到了自己身前——刚才替七尾捡起电话的补习班讲师已经从厕所出来了。他面无表情地瞟了七尾一眼，不知道在想些什么。

“如果不能联手，那至少签个停战协议怎么样？”七尾一边留意着面前男人的动静一边说道，“反正我也没办法从这新干线上下去。我们就像现在这样，安稳地坐到盛冈吧。等到了盛冈再做了断也来得及。”

新干线发出咣当的声音，再次短暂而剧烈地震动了一下。

“两件事。”蜜柑的声音咝地钻进了七尾的耳朵，“我有两件事想说。第一，听你的口气，你似乎觉得如果到了盛冈做了断，自己还有胜算。”

“才没有那回事呢。别的不说，光人数上我就已经很不利了。你们可是二对一。”

“尽管是二对一，但……”

“啊，你刚才说了‘尽管’。”

七尾透过电话也能感觉到，蜜柑听后发出了轻笑。“第二，我们等不到盛冈。如果不在仙台把你交出去，我们就危险了。”

“在仙台有什么事吗？”

“峰岸的手下会到车站来检查。”

“查什么？”

“峰岸大少爷是否平安。”

“那当然是不平安了。”

“所以，如果在到仙台之前还没法拿你出来顶罪，我们就麻烦了。”

“怎么可以这样……”七尾正说着，忽然发现眼前的补习老师依然站在那里没动，仿佛是路过时发现学生打算做坏事，于是便停下了脚步，打算一直站下去，“不好意思，我可以先挂断吗？马上再给你打。”

“‘知道了，那我们就在你回电话之前先慢慢地欣赏一下沿途的风景吧。’你难道以为我会这样说不成？你如果挂掉电话，我们就马上过去。”蜜柑略带凶狠的话还没结束，柠檬就在旁边插嘴道：“不是挺好嘛，来欣赏一下风景呗。”

“反正都在疾风号上，你也没必要着急啊。到仙台还有三十分钟呢。”

“现在不是说这种无忧无虑的话的时候。”蜜柑说完，柠檬又在一边嚷道：“不是挺好的嘛，哎呀真麻烦，快把电话挂了吧！”

于是，电话真的挂断了。

这电话挂得如此突然，七尾还以为是谈判破裂了，正准备再打过去，转念又想到蜜柑应该不是那种会轻举妄动的人。没必要慌张，应该再稳当一些，事情应该一件一件地解决，他安慰着自己。于是他便对正看着自己的补习班讲师道：“嗯？怎么了？”

“啊，没什么。”对方似乎这才意识到自己一直都没动，像一个刚换完电池的玩具般结结巴巴地解释起来，“刚才我捡起电话的时候，里面的人说了些很可怕的话，我有些在意，就自顾自地想起事情来了。”

“可怕的话？”

“好像说什么人被杀了之类的。我觉得很可怕，就……”

估计是讲到峰岸儿子的时候吧，七尾想。“但是，老师你看上去并不像是在害怕。”

“到底是谁，在哪里被杀了啊？”

“就在这列车上。”

“啊？”

“如果是这样，老师你会怎么办？是跑去告诉列车长，还是会广播求助？‘各位旅客有没有从事警察相关职业的啊’之类的。”

“那……”男人的嘴角浮现出一丝微笑，可那笑容如此稀薄，似乎只要拿手指搅一搅就会溶化在水中。“那还不如直接问‘各位旅客你们谁是凶手’呢。”

七尾被这意料之外的答案弄得不知所措，笑了起来。确实那样更省事。“我开玩笑的。如果列车上发生了那么可怕的事情，我也不会这样镇定了。我肯定会冲进厕所，一直把自己关到终点站，或者早就钻到列车长怀里啦。如果在这样封闭的空间里做坏事，早就闹翻天了。”骗你的。自己明明杀掉了狼，还跟柠檬打了一架，就算做了这些坏事，但车里根本没闹翻天。

“但你刚才不是说过嘛，说你不走运。所以我就想，是不是就跟那个定律一样啊。‘一坐上新干线就会被卷入事件之中，但是想被卷入事件之中而坐上新干线的时候除外。’”男人说着，朝七尾走近了一步。

一瞬间，七尾觉得这个男人的眼睛突然间充满了魄力，变得醒目起来，就像大树上的树洞一样。自己和那个男人之间仿佛出现了一棵看不见的大树，树干上有两个黑洞，散发出幽暗的光。而一直注视着那树洞的自己则似乎马上就会被吸进去，溶化在树洞背后的黑暗之中。尽管充满恐惧，七尾仍被这黑暗一步步地吸引了过去。他察觉到了一种不祥的感觉，却无法将视线从男人的眼睛移开，因而又不断喷涌出更多的不祥的感觉。“你也，”七尾说，“你是，”他改口道，“你是做着什么凶险的工作吗？”

“饶了我吧。我可不是。”男人轻声笑道。

“你之前坐在四号车厢靠后的地方。如果去厕所，四号车厢和三号车厢之间就有，没必要特意绕远路跑到这里来吧？”七尾以试探的目光观察着对方。

“我只是走错了而已。刚好就朝前面走了，再回头很麻烦，所以就一直到了这里。”

“嗯。”七尾回应着，声音中仍带着怀疑。

“我以前也曾被卷进一场凶险的事件当中。”

“而我现在是正在其中。”七尾下意识地说道，他觉得体内的言语正接二连三地从胸口飞奔而出，“一个很恐怖的男人的儿子被人杀掉了。我虽然没有亲眼见到，不过那个大少爷似乎是在谁都没注意的时候死掉了。”

“恐怖的男人的儿子啊。”补习班讲师自言自语道。

“是啊。好像不知不觉间就死了。”

为什么自己会说出这些话？明明都是一些不能说的事情，却一字不落地全讲了出去，七尾对自己的行为感到很意外，可嘴里的话却停不下来。果然，这个男人或许有某种能力可以诱导别人说出真心话，他想道。如果是这样，那就是一种将自己周围半径几米之内的范围变成一间忏悔室的能力。“不能再跟这个人废话了。”来自内心深处的这一忠告，像被包裹上了一层薄膜，根本无法被清晰地感受到。是因为他的眼睛，七尾想。可是，刚浮现在脑海的“因为他的眼睛”这一意识，又立刻被包裹上了薄膜。

“对了，我被卷进那场骚动时，也有一个恐怖的男人的儿子被杀了。最后那个恐怖的男人自己也被杀了。”他说。

“你说的是谁啊？”

“说了你应该也不知道。虽然这个关键人物当时也挺有名的。”男人脸上浮现出至今为止仅有的一次痛苦。

“虽然不知道你说的那个关键人物是什么人，但说不定我也认识。”

“是一个姓寺原的男人。”

“寺原。啊，确实是个名人。”七尾立刻答道，“是因为中毒死的。”他毫不犹豫地说。刚说完，又为自己竟然如此唐突地开口而后悔起来。

补习班讲师表现得很平静。“是的。爸爸被下毒，儿子则是被车撞了。”

毒，这个字眼在七尾脑海里微微闪烁起来。“下毒……”他嘀咕着，“黄蜂？”他像是在问自己。杀死寺原的是名为黄蜂的杀手。

“黄蜂？”男人歪了歪头。

“峰岸的儿子说不定也是被黄蜂杀掉的。啊，你该不会就是黄蜂吧？”七尾想也没想就伸手指着对方。

“说什么呢，我可是个人。”补习班讲师出声道，“一名补习班的讲师，再普通不过的铃木老师而已。”他略带自嘲地说道。“黄蜂可是昆虫。”

“你确实不是昆虫。”七尾表情严肃地回答他，“你是行走的神父。”

名为黄蜂的杀手究竟是怎样的人，长什么样，有什么特征，七尾一概不知。真莉亚或许知道吧，他拿出手机准备打电话。可一抬头，却发现男人已经不见了。刚才跟自己面对面的那个人，难道并不存在于这个世界上吗？七尾感到害怕，一边继续打电话一边透过车门上的窗户朝五号车厢看去。他很快看到了补习班讲师步行离去的背影，这才放心地抚摩着胸口。一切并不是幻觉。

七尾将脸贴近窗户，把手机放到耳边。黏着在窗户上的污渍已经近乎支离破碎。

呼叫铃声一直在响，真莉亚却总也不接电话。七尾时刻觉得蜜柑就要从背后追上来，心神不宁，不知不觉竟在车厢连接处踱起步来。车厢连接处不停变幻着形状，如同爬行动物的身体般左右弯曲、摇摆。

“你现在在哪儿？”真莉亚的声音终于响起。

“哎？”七尾不禁提高了音量。

“怎么了？”

“有了。”七尾愣住了。

“有了？有什么？”

明明是七尾打的电话，可此时他已经顾不上那么多了。眼前有一个黑色行李箱，十分自然地立在车厢连接处的大件行李存放处，好像它从一开始就在那里似的。“箱子。”找寻了很久的东西就这样若无其事地出现在眼前，让人觉得很不真实。

“箱子，是要你找的那个箱子吗？哎，在哪里啊？亏你竟然找到啦。”

“也不是找到的，我正准备给你打电话，它就出现在眼前了。就很寻常地放在大件行李存放处。”

“是你之前没注意到的地方？”

“刚还检查过呢。”

“那是怎么回事？”

“它回来了。”

“就好像狗回到了主人身边一样？那还真是叫人感动啊。”

“或许是有人拿错了，又还回来啦。”

“或许是从你手上抢走了箱子，事后突然觉得害怕，所以又还回来了。”

“害怕峰岸吗？”

“也可能是害怕你。他可能觉得‘那个七尾竟然也跟这东西有关，太危险啦，他简直就像个吸纳坏运气的罐子一样’。但这不是很好嘛。这次可不能再离开那箱子半步啦。接下来只要在仙台下车，事情就算结束了。”真莉亚打心底长舒了一口气，“虽然中途很惊险，但总归还是平安无事的。似乎可以顺利完成任务呢。”

七尾的脸色却很不好看。“话是这么说，但是蜜柑和柠檬很麻烦。”

“你该不会是被发现了吧？”

“‘别磨蹭了，赶紧去三号车厢吧’，这可是你说的。”

“我不记得了。”

“我记得很清楚。”

“退一万步说，就算是我让你去三号车厢，我难道也说过让你被蜜柑他们发现，然后自己身处险境吗？我没说吧。”

“不，你就是那样说的。”七尾开始胡搅蛮缠起来，“在我的记忆里就是那样。”

他知道真莉亚正在无奈地苦笑。“唉，不过既然事情已经发生了也没办法，只有想办法脱身啦。”

“怎么脱身？”

“想办法。”

“就算你让我跑，可在新干线上能做的事那么有限，难道要一直躲在厕所里吗？”

“也是个办法。”

“如果他们挨个搜查，找到我只是时间问题。”

“但是，强行打开列车上厕所的门也是一件麻烦事，多少可以赢取点时间吧。他们找着找着，列车就会到下一站仙台啦。”

“到了仙台，一出厕所，如果蜜柑他们埋伏在外面，那不也是完蛋嘛。”

“那种时候就只有靠气势啦。”

这指示太过草率，怎么看也算不上是个作战计划，但也并非完全不可行，七尾想。单间厕所的出入口并不宽，可以先埋伏在里面，然后伺机发动攻击。不管是用刀，还是拧脖子，跟在宽敞的场所同时与两个人为敌比起来，或许埋伏在狭窄的空间里胜算更大。到仙台站之后，或许还可以攻其不备，冲出厕所往站台跑。但一切都只是或许。

“而且，同一辆列车上正在使用的厕所或许有好几个，他们一个一个地检查肯定要花很长时间。如果运气好，到处都是正在使用的厕所，蜜柑他们就要大费周章啦。或许还没查到你藏身的厕所，就已经到仙台了，这也有可能嘛。”

“如果运气好？你是在开玩笑吗？”七尾忍着没笑，“你以为我是谁？对于我来说，‘如果运气好’这句话跟‘绝对不可能’的意思是一样的。”

“唉，也是。”真莉亚毫不犹豫地承认了，“啊，还有乘务室，或许也不错哦。列车长待的地方。”

“乘务室？”

“再不然，绿色车厢前面还有多功能室哦。九号车厢是绿色车厢，所以应该在九号跟十号车厢之间吧。妈妈要给孩子喂奶啊什么的就会用到那个房间。”

“到那里做什么？”

“如果，你想喂奶的话。”

“等我想喂奶的时候一定会去试试。”

“还有，我还是先告诉你一声吧，从你所在的疾风号可到不了小町号。虽然连在一起，但车厢之间不通，你想逃到小町号上是不可能的。”

“这个连幼儿园小朋友都知道。”

“幼儿园小朋友知道大人却不知道的事情也不是没有嘛。啊，对了，到底什么事？打电话来的是你吧。”

“是啊，我都忘了。之前打电话的时候，你不是提到过黄蜂吗？不是虫子哦，是杀手，用毒针的那个。”

“杀掉寺原的那个呗。还有谣言说鲸和蝉也都是黄蜂杀的呢。”

“那是个什么样的家伙啊？有什么特征吗？”

“具体我也不知道。我觉得是个男的，但也有消息说还有个女的，也不知道到底是一个人还是两个人。不过，从外表上看应该没什么特别之处吧。”

也是，七尾想。当然没有人会打扮成让别人一看就想“哎呀，那是杀手”。“黄蜂或许也混进疾风号上了。”

真莉亚瞬间沉默了。“搞什么啊？”

“我也不是完全确定。只是，有个男人在毫无外伤的情况下死了，搞不好是被毒针扎的。”

“杀掉狼的是你吧？”

“不是狼，是另外……”

“另外？什么东西啊？”

“不是什么东西，是另外的尸体。”七尾没办法说那正是峰岸的儿子，而另一方面，狼这个名字却在七尾头脑里挥之不去。

“我说，”真莉亚有气无力地发出了无可奈何的声音，“我不知道究竟发生了什么，可你坐的到底是怎样一列新干线啊。怎么全是麻烦！”

七尾无言以对，他心中也是同样的想法。蜜柑和柠檬，峰岸儿子的尸体再加上狼的尸体，尽是些凶险至极的角色。“不过，新干线没错，错的是我。”

“那是当然。”

“如果黄蜂真的在，那我应该怎么办才好？”

“最近都不怎么听到这名字了，我倒觉得他应该已经洗手不干了。”

听到这番话，七尾脑海里闪过一个猜想。黄蜂会不会是打算像当初杀掉寺原一样，通过今天杀掉峰岸的儿子来重振自己的名声？同时，他也想到了狼。狼不是十分敬仰寺原吗？

“毒针很痛，你这个胆小鬼应该会哭吧。”

“不过，以前我家邻居有个老奶奶，得了糖尿病要注射胰岛素，我还替她打过针。好几次呢。”

“那属于医疗行为，亲属以外的人应该不能插手吧。”

“哎，是吗？”

“是啊。”

“啊，对了，蜜柑他们的雇主也是峰岸。”

“啊？什么意思？”

“他们受了峰岸的委托才来运送箱子。”七尾快速地说出自己的想法，“峰岸可能是从不相信任何人。所以，他会不会是同时雇了好几个人，让这些人互相争斗，从而使自己处于有利地位呢？也不知道他是想压低报酬，还是想找理由把所有人都解决掉。”

“我说，”真莉亚想了一会儿，开口道，“如果真的是那样，你或许也可以选择不要勉强，举手投降。”

“投降？”

“对。也不算投降，算是放弃任务吧。别再想着抢什么箱子了，就交给蜜柑他们。这样可以换来你的人身安全。只要箱子回来了，蜜柑他们应该也没什么问题。如果真的是峰岸在背后有所图谋，那就算我们的任务失败了，他也不能太过动怒吧？只要放弃报酬认错，或许还能求得原谅。”

“你突然间这是怎么啦？”

“我就是觉得，如果情况真的这么复杂，不如干脆收手，损失可能还小些。”

实际上，不光是箱子，“峰岸儿子的死”这个大麻烦还摆在面前呢，可是七尾不打算告诉真莉亚了，那只能令她徒增叹息和烦恼而已。

“真是感谢你啊。能把工作放到其次，关心起我的安危。”

“我是说在最坏的情况下哦。如果你尝试过后，觉得再这样下去就危险了，那也是一个选择。并不是把工作放到其次。工作当然还是第一。不过，真要是那样了，也没办法。”

“嗯，知道了。”

“真知道了？首先要多做努力，看能不能把箱子带出来哦。如果不行，再做别的考虑。”

“知道了。”七尾挂断电话。

还努力个屁啊。赶紧投降吧。

王子

身后的车门打开，有人进来了。王子装出一副不经意的样子，靠在椅背上。

一个男人拉着箱子从过道经过。是那个戴黑框眼镜的男人。他没有止步，也没有观察四周，而是快速前行。木村似乎也注意到他了，但没有出声，只是目送他离开。眼镜男走出了七号车厢。车门随即关闭，像是要藏起他的背影。

“就是他啊。”木村轻声道。

“是啊。他找到了箱子，可能正激动着呢。不过，还有一组人也在找箱子，接下来就是猫抓老鼠的游戏啦。他得不停往前跑。真有意思。”

“那你打算怎么办？”

“怎么办呢？”王子其实也正在考虑，“怎样才能让整件事情更有意思呢？”

“大人之间的恩怨，你一个初中生随便插手，是会吃苦头的。”

这时，王子抱着的背包里突然响起了手机铃声。“是叔叔的电话。”王子掏出手机，发现屏幕上显示着“木村茂”这几个字。“这是谁啊？”王子说着，将手机拿到手脚不方便的木村面前。

“我哪儿知道。”

“是叔叔的亲人吗？爸爸？”

“哼。”木村的脸颊在抽动，看样子就知道是正确答案了。

“为什么打电话来呢？”

“大不了就是想知道涉的情况呗。”

王子看着那振动个不停的手机。“啊，对了，叔叔，我们来玩个游戏吧。”他说。

“游戏？我的手机里可没什么游戏。”

“我们来试试看叔叔的爸爸到底有多信任叔叔。”

“你到底在说什么？”

“你接电话，然后试着跟他们求救吧。就说你被抓住了，救命。”

“可以吗？”木村讶异地问。

“当然，孩子的事不可以说哦。因为只要跟孙子有关，爷爷奶奶们立刻就没主见了。”

王子想起了自己的奶奶。王子家和亲戚几乎没有什么往来，另外三位老人在王子还小的时候就已经去世了，奶奶可以算是唯一上了年纪的亲戚。在王子看来，奶奶也和其他人一样无知。在她面前，王子当然是个毕恭毕敬又不失童趣的好孩子，不管奶奶给他买什么东西，他都会做出开心满足的样子给奶奶看。而这时奶奶则会眯起眼睛说“真是个好孩子啊，都长这么高啦”，眼眶也随之湿润起来，似乎要将自己那日渐模糊的未来全部托付给眼前这个孙子。

小学放暑假的时候，有一次，王子去奶奶家。两人独处时，王子问她：“为什么不可以杀人呢？”升到了高年级的王子那时候已经知道，就算向大人们提问，他们也不会认真回答，或者说，他们根本就没有办法回答，所以他对奶奶也没有抱什么希望。“慧，不可以说那么可怕的话。”奶奶的脸上露出一丝忧伤，“唉，杀人可是非常可怕的事情。”当她开始乏味地说教时，王子便已经感觉到无比失望了。

“那，战争呢？都说不可以杀人，但不还是有战争吗？”

“所以说，战争也很可怕啊。而且，你看，法律不是也规定了吗，不可以杀人。”

“说是不可以杀人，可制定了这样的法律的国家，也同样会发动战争，或者执行死刑。这不是很奇怪吗？”

“等你长大了就明白啦。”

奶奶那敷衍的答案让王子感到不耐烦，可他最后还是应道：“是啊，伤害别人，真是过分呢。”

王子按下了接听键。“喂，涉的情况怎么样了？”对面的声音听上去是个老年人。王子伸手按住话筒，快速地对木村说道：“叔叔，通啦。不可以说关于孩子的事情。如果你没能遵守游戏规则，那么涉可能就再也不会醒来了。”他将电话放到木村的左耳边。

木村斜眼盯着王子，心里烦恼着究竟该如何是好。“涉没事。”他对着电话回答道，接着又说，“先别管涉了，爸，接下来我说的话你一定要听好。”

王子在一旁听着，露出了苦笑。明明应该慎重准备，好好确认情况和关键之处，可为什么这人却会如此简单地就被别人左右呢？自己虽然说了“玩游戏”，但并没有说明游戏规则。原本明明应该仔细地问清楚内容之后再开始游戏才对啊，这样的木村令王子觉得十分悲哀。或许他有心想要凭借自己的意志行动，但最终还是被他人控制。面前突然出现了一列火车，被别人从背后推搡着说“上车”的时候，本应该先确认“目的地是什么地方”再考虑要不要乘车，可是他却不是这样，而是选择先上车再说。这是多么愚蠢啊！

“其实，我现在正坐在新干线上，打算去盛冈呢。”木村继续说道，“啊？跟涉没关系。都说了他没事啦。涉有医院那边的人照看呢。”

木村的父亲似乎因为他丢下涉跑去坐新干线而动怒了，木村则竭力控制着激动的情绪解释。“总之，”他说，“我现在被坏人抓住了。是啊。啊？当然是真的。我骗你们做什么。”

王子忍住没有笑出声。这样子说话，当然不可能有人相信。想让别人相信自己的话，必须要付出相应的努力。要仔细考虑说明和解释的方式，力求“让”对方相信自己。可现在木村却完全放弃了自己的努力，而是在强求对方的努力。他只是一味地要求对方相信自己。王子将头贴近手机仔细听着。

“你小子又喝酒了吧？”可以听见电话里木村的父亲的声音。

“才不是呢。都跟你说了啊，我现在被抓住了。”

“被警察？”

确实，如果要说“被抓住了”，也只能让人联想到警察了，王子在心里表示赞同。

“才不是。”

“那是被谁？你小子到底想干吗？”木村的父亲发出了不耐烦的声音。

“什么叫我想干吗，你就不想着要来救我啊。”

“你是在向每天在仓库上班、靠退休金过日子的我们求救？你妈因为膝盖痛，常常蹲在浴室都起不来了。而且你人在新干线上，让我们怎么去救你？你坐的是哪趟新干线？”

“疾风号。再有二十分钟就到仙台了。我也不是说非让你们跑到新干线上来救我，这是态度问题。”

“我不知道你到底是想干什么。丢下涉一个人跑去坐什么新干线，你到底是怎么想的？真是搞不懂你。”

“所以我不是说了吗，我被抓住了。”

“抓你能有什么好处？你这到底是在玩什么花样？”

“观察很敏锐啊。”王子小声说了一句。这的确只不过是一个游戏，只不过是在玩花样而已。

“我都说了……”木村的脸皱作一团。

“就算你被抓住了吧。那么我更搞不懂了，在新干线上被抓住到底算怎么回事？如果真是那样，那也可能是你自作自受。而且，一个被抓住了的人，怎么可能像你这样还能打电话？”

看到木村一下子不知道该说什么好，王子轻声笑了。他将手机放到自己耳边。“啊，不好意思。我现在就坐在木村叔叔对面，我是一个初中生。”他说道。虽然说得头头是道，却故意用了稚气未脱的语气。

“初中生？”突然出现的声音让木村的父亲很疑惑。

“我只是碰巧坐在叔叔旁边，他好像是在开玩笑呢。刚才电话响了的时候，他忽然就说什么‘看我故意装出惹上麻烦的样子，吓吓那些老家伙’。”

木村的父亲的叹息随着电波传到这边的手机，流了出来。“是吗。虽然他是我儿子，可是我也搞不清他究竟在想什么。如果给你添了麻烦，那真是不好意思了。他就是喜欢恶作剧。”

“是个挺有意思的叔叔。”

“那个挺有意思的叔叔是不是喝酒了？如果他再打算喝酒，你可不可以帮我制止他？”

“好的，我试试看。”王子爽朗地回答。他那语气几乎可以让所有年长者都能从他的话中体会到善意。

电话挂断之后，王子抓住了木村的手腕。“叔叔，果然还是不行啊。你明明是他的亲儿子，可还是没能让他相信你。而且，像你那种说法肯定是不行的。”他说着，从背包口袋里取出一个小袋子，从里面拿出一根缝衣针。

“喂，你要干吗？”

“惩罚啊。刚才的游戏叔叔输了，当然要接受些惩罚。”

“什么都是你说了算？”

王子捏好缝衣针，弯下了身。想要支配他人，就要靠精神和肉体的双重痛苦。列车上虽然不能电击，但针刺还是可以做到的。至于理由，什么都可以。制定规则，强行实施，地位上的差别便可以进一步得到强化。王子不理会木村的困惑，毫不犹豫地将针扎到他的指甲缝里。“痛！”木村发出一声惨叫。“嘘。”王子如同训斥小孩一般，“叔叔，你太吵了。再不安静点，我还会扎得更深。”

“你别乱来！”

“听到没有？如果再出声，我就扎到更痛的地方去。闭嘴忍着才是最轻松的方法。”王子说着，又将针朝旁边的指甲缝扎去。只见木村鼻孔大张，眼睛也挤成了三角形，似乎随时都会发出叫声。王子只好对着他的耳朵说：“你如果再出声，接下来被针扎的就是涉。我可以打一个那样的电话，我是认真的。”

木村的脸因愤怒而变得通红，但他知道王子不是信口开河的人，于是又咬紧牙关，脸色变得苍白。可以看出那是一边强忍愤怒，一边承受着针扎痛苦的表情。

他已经完全在我的掌控之下了，王子想。他已经完全听从了我的命令。遵从了一次命令的人，就跟跨下了一步台阶之后就会不停走下去的人一样，接下来只会完全按照我的意愿行动。想要顺着走下来的台阶再爬上去，就不是那么容易了。

“那，继续了。”王子故意放缓了扎针的速度。将这尖锐的锋芒刺进指甲和皮肉之间的时候，有一种沿着人皮肤的缝隙逐一剥去那些多余的痂皮一般的快感。

木村轻声呻吟着。他那承受着痛苦的脸，看上去就像一个强忍着哭泣的小学生，简直可笑至极。为什么呢？王子觉得不可思议。就算是自己的儿子，为什么人会为了那些对于“自己”来说只不过是“他人”的存在，选择承受痛苦呢？比起强忍他人带来的痛苦，将自己的痛苦强加给他人明显轻松得多。

就在这时，王子头上传来咚的一阵冲击，眼前一黑，一下子什么也看不见了。他只觉得那根针从手上滑落，掉在了地面上。

他立刻坐起身。他知道，是木村没能忍住疼痛，用膝盖和手腕上下夹击地攻击了他。而此时木村的脸上，同时有着“终于报了一箭之仇”的兴奋和“到底做了不该做的事”的后悔和焦虑。

脖子很痛。王子并没有生气，相反，他露出同情的笑容，揶揄木村道：“太痛就想也没想地爆发了？”又说，“你遇上我真是太幸运了。我在班上也经常被班主任说是‘慢条斯理，不管什么时候都很冷静’。如果换作别人，现在早就打电话让人对叔叔的儿子下手了。”

“哼。”木村以鼻息当作回答。他自己恐怕也不知道到底应该如何是好吧。

背后七号车厢的车门再次打开。王子观察了一下，发现两个体形纤细、手脚修长的男人正从旁边走过，两人的视线落在车厢内的每个角落。其中目光凶狠、一脸不开心的那个人刚看到王子便大声说道：“啊，这不是培西嘛！你小子，刚才我们见过面吧。”他的头发如同狮鬃一般，有些地方还带着刚睡醒似的痕迹。这个男人自己刚才的确见过。

“还在找东西吗？你要找什么来着？”

“行李箱。还在找呢。”

他忽然将脸凑了过来，王子有些担心木村手脚被绑的事会败露。为了引开他的注意力，王子噌地站了起来，和他相视而立。王子指着列车前进的方向说：“刚才我看见一个人带着箱子朝那边去了。戴着眼镜。”王子刻意装出一副单纯的语气。

“喂，这次该没说谎了吧？”

“我从不说谎。”

另一个男人转身回头，对刚睡醒的男人小声道：“赶紧走了。”

“也不知道那边现在是什么情况。”刚睡醒的男人说。

“说不定已经在决斗了。”

决斗？到底是什么决斗啊？王子歪着脖子，脑子里充满好奇。

“莫道夫跟黄蜂的决斗啊。不过，一说到黄蜂，就不得不提到詹姆士。”

“又是小火车？”

“詹姆士鼻子被黄蜂咬过，这很有名啊。”

“你嘴里的有名并不是正常情况下的有名。”

两人继续前进。他们的对话王子并没有完全明白。这也是他现在唯一感兴趣的事。“哎，我们过一会儿也去前面看看吧。”他对木村说。

木村一脸不高兴的样子，不做回答。

“说不定所有人都到齐啦。”

“那又怎么样？”

“去看看嘛。”

“我也去？”

“如果我出了什么事，你也不好办吧，不好好保护我怎么行？要像保护自己的儿子一样地保护我哦，叔叔。真要说起来，我还算是正在救涉的命呢。我可是他的救命恩人。”

水果

就在不久之前，两人还没走进王子所在的车厢，刚走出五号车厢的时候，柠檬看了看手表说："离仙台只有三十分钟了。"他在车厢连接处站着没动。

"用眼镜小子的话说可是还有三十分钟呢。"蜜柑道。

蜜柑看了看厕所门上的锁，女厕所的门上显示正在使用。其他的厕所都是空的，这一点刚才已经确认过了。

"他有可能藏在女厕所里吗？"柠檬不耐烦地说。

"别问我。不过，可能性当然是有的。眼镜小子现在肯定也是慌不择路，不管是男厕所还是女厕所，都有藏进去的可能。"蜜柑说道，"就算真是那样，肯定也马上就能找到。"

七尾打来电话之后，柠檬曾说："列车内可以藏身的地方很有限。那个眼镜小子，肯定马上就能找到。"

"找到了又怎样？"

"我的枪被他拿走了，就用你的枪干掉他吧。"

"在车上把事情闹大可不好。"

“那就在厕所里偷偷下手，然后把他关到里面怎么样？”

“早知道就带个消声器来了。”蜜柑十分后悔。他们这次没有带消声器，因为事前觉得这次的工作用不上那玩意儿。

“不知道附近有没有什么地方能搞到手。”

“如果售货推车上在卖就好了，要不干脆求求圣诞老人吧。”

“今年圣诞节，我想要一个能装在枪口上的消声器。”柠檬双手合十，做出祈祷的样子。

“别开玩笑了，先梳理一下大致情况吧。首先，我们要找出杀害大少爷的凶手，然后交给峰岸。”

“就是那个眼镜小子。”

“但是，就算杀掉了他，搬运尸体也是件麻烦事。反正要带到峰岸那里去，还不如活着带过去要轻松些。杀了之后挺麻烦的。”

“但是，眼镜小子有可能在峰岸面前哭诉，说他什么都没做，是被冤枉的哦。”

“不管什么人，那种时候都会说是被冤枉的。这一点倒不用太在意。”

于是两人决定彻底搜查整个列车，找出七尾。座位、大件行李存放处、厕所、盥洗池，只要滴水不漏地去找，一定可以找出来。如果厕所有人在用，那么就等里面的人出来。

“那，这里我来检查，你先往前走吧。”柠檬说着，朝列车前进的方向指了指。“啊，不过，或许可以反过来想。”

“反过来想？”蜜柑也知道，柠檬肯定想不出什么了不起的主意，但还是追问了一句。

“还有个办法，我可以从头开始，把厕所的门一扇扇地全关上。这样一来，就算暂时没找到那小子，但他的藏身处会越来越少。”

两人刚把峰岸大少爷的尸体藏到三号车厢和四号车厢之间的厕所里。他们都不在的时候把他的尸体留在座位上，这的确令人感到不安。他们将尸体抬到厕所里，放到马桶后方，然后又用细铜丝从外面将门锁上。只要先将铜线缠绕到门把手的凹凸处，再拉到门外，在关门的同时用力拉下铜线，虽然需要一些角度上的调整，但可以从外面把门锁上。“这样就是完美的密室杀人啦。”柠檬得意地说道，接着忽然又大声说，“之前有部电影里，好像有过用巨大的磁铁从外面把门打开的场景。”

“你是说《大黎明》吗？”那个用巨大的U形磁铁试图从门外弄开门内锁链的场景看上去十分好笑。

“是西格尔演的那一部吧？”

“是阿兰·德龙。”

“是吗？不是《暴走潜龙》吗？”

“没有暴走。”

在厕所前面没等多久，门便打开了，一个身材消瘦的女人走了出来。她身着白色连衣裙，服饰装扮看上去很年轻，但浓妆下的法令纹依旧清晰可见。枯萎的植物——蜜柑脑海里浮现出了这样的字眼。他目送女人朝列车后方走去。“这个不是啊，不是瓢虫。还好，挺容易分辨。”

走进六号车厢，逐一看过车上的乘客，确定七尾不在其中之后，蜜柑也继续朝前走去。虽然觉得没什么可能，但他还是留意了一下座位下方或者行李架上有没有什么可疑的身影，或者，有没有那个行李箱。幸运的是，不管哪个乘客，一眼看上去，都可以立刻分辨出不是七尾。因为年龄和性别明显都不一样。

“刚才桃在电话里说，峰岸正在召集可以前往仙台的人手。”

“说不定到时候站台上会挤满面相凶恶的各路人马，想想都叫人不舒服。”

“这么着急地集合人手，估计也召集不到那么多人吧。稍微有些能力的人，日程恐怕早安排满了。”走出六号车厢时蜜柑对柠檬说。

“峰岸的手下可能会冲上车，不管三七二十一就朝我们开枪。”

“虽然也不是完全没有可能，但可能性恐怕很低。”

“为什么？”

“不管峰岸大少爷究竟发生了什么事，我们都可以说是唯一的证人。知道情况的就只有你我而已。这样一来，我们也算是重要线索了，不可能立刻就杀掉。”

“原来如此。也对，我们是能干的小火车嘛。”柠檬率真地点了点头，“啊！”

“怎么了？”

“如果我是他们那边的人，肯定会先杀掉一个。”

“用一大堆‘这’啊‘那’啊这种指示代词的小说，都好不到哪里去。”

“你看，就算要带去见峰岸，我和你只需要一个就足够了。证人只需要一个，不是吗？两个人在一起风险更大，还是趁早将其中一个除掉更好一些。客运列车有一列也就够了。”

电话响了。蜜柑以为是自己的，但不是，是那部七尾让男扮女装的家伙交给自己的手机。上面显示了一个他不认识的号码。接通之后，传来的是七尾的声音。“蜜柑先生，还是柠檬先生？”

“蜜柑。”他回答。眼前的柠檬一脸“是谁”的表情，蜜柑于是单手握成一个圆，放到眼睛附近，做出“眼镜”的意思。“你在哪里？”

“在新干线上。”

“这么巧，我们也在。你还打电话来干什么？谈判也是白谈。”

“不是谈判。我要投降。”七尾的声音里听得出他的决绝。

跟车厢内比起来，车厢连接处的晃动更为激烈，四周全是列车前行时发出的轰鸣，仿佛在狂风暴雨中前进一般。“投降？”蜜柑没太听清便反问道。旁边柠檬的目光也变得锐利起来。“投降？”

“其实，我刚刚找到了行李箱。”

“在哪里？”

“车厢连接处的大件行李存放处。忽然就发现它在那里了。刚才明明一直都不在。”

这其中一定有什么蹊跷，蜜柑心头一紧。“为什么箱子会回来？会不会是别人设下的陷阱？”

七尾瞬间沉默了。“也不能完全否定这种可能，但箱子确实是回来了。”

“里面的东西呢？”

“里面不知道。我没法开密码锁，而且说到底，我连里面有没有东西都不清楚。不过，不管怎么说，我打算把箱子交给你们。”

“我们？为什么？”

“因为我也没信心可以一直逃下去，而且比起一直被你们盯着坐立难安，还是投降更轻松些。箱子我已经交给列车长了。估计要不了一会儿，列车上的广播就会响，到时候你们就知道我没有说谎了。你们到时候拿了箱子，就退到后方的车厢，好吗？我就直接在仙台下车。这次的任务我也不做了。”

“不好好完成任务，会被真莉亚骂，而且委托人峰岸会更生气。”

“可是，就算是那样恐怕也比被你们盯上好。”

蜜柑将电话放到一旁，转过脸将七尾的话简要地总结了出来：“眼镜小子说要投降。”

“真识相啊。他也知道我们的可怕了。”柠檬满意地点头道。

“可是，峰岸大少爷的麻烦还没解决。”蜜柑又将电话放回嘴边，“按照我们的剧本，你才是杀害峰岸的凶手。”

“不如你们直接去找真正的凶手，这样可信度更高一些。”

“真正的？”这句出乎意料的话让蜜柑的声音稍微变大了些。

“嗯。你知道黄蜂吗？”七尾说。

“眼镜小子都说什么呢？”柠檬在一旁歪着脖子道。

“问你知不知道黄蜂。”

“我当然知道了。”柠檬一把抢过了手机，“我以前去抓天牛，还被它追过呢。你知不知道，黄蜂是很恐怖的。”他说得唾沫横飞。但是，电话那头七尾的一句话让他皱紧了眉头。“啊？什么意思，什么叫‘你说的是真的黄蜂’啊？难道你说的是冒牌的黄蜂？黄蜂还有假的吗？”

蜜柑明白了。他比画着让柠檬把手机给他。“你说的黄蜂是指那个用毒杀人的杀手吗？”

“就是那个。”七尾一字一句地答道。

“我答对了有什么奖励？”

“可以得到一名凶手。”

蜜柑原本不明白七尾真正的意思，正准备动怒，让他少开玩笑，可忽然又想通了。“你是说黄蜂也上了新干线？”

“喂，真的假的？我、我害怕黄蜂啊。”柠檬举起双手抱着头，戒备着不知会从何处飞来的黄蜂。

“恐怕，就是那个黄蜂扎了峰岸的儿子。如果是那样，就算没有醒目的外伤也不奇怪。”七尾继续道。

虽然不知道这个叫作黄蜂的杀手具体用什么凶器做事，但听说可以人为地引发异常免疫反应：第一次被扎时还不会有什么问题，但此时在人体里形成的免疫系统，会在第二次被扎的时候产生过度反应，导致休克并且致死。这样的生理现象叫作防卫性休克，或者过敏性休克，据说那个叫黄蜂的杀手会刻意地诱发这种休克。蜜柑解释完这些之后，七尾惊呼道：“原来被黄蜂扎第二次的时候才最危险吗？”

“那么，那家伙现在什么地方？”

“不知道。也不知道究竟长什么样子，不过，或许可以找到照片。”

“照片？或许可以？”七尾的话完全叫人摸不着头脑，蜜柑很是窝火，“你赶紧给我说清楚。”

“在六号车厢的最后面，你们进去后的最后一排，靠窗户边有一个中年男人。他外套的口袋里装着照片。”

“那个大叔是谁？他就是黄蜂吗？”蜜柑转过身就准备回身后的六号车厢。确实，他刚才注意到最后一排有个男人一直在睡觉。

“也是同行，不过是个无可救药的男人。他怀里的照片似乎就是他这次的目标。现在想想，应该就是这列车上的一个女人。”

“你为什么觉得那个女人就是黄蜂？”

“也没有什么太明显的证据。但是，那个男人十分崇拜寺原，总是要么念叨着他的名号是寺原给起的，要么就是说寺原很喜欢他。而寺原呢……”

“是被黄蜂杀死的吧？”

“是的。今天那个男人跑到新干线上来，嘴上一直说着为了复仇要把那个女人杀掉这种话，还说要还人情。当时我也没太在意，后来才意识到或许他的意思是要向杀害寺原的黄蜂复仇。”

“这些完全都只是你的臆测啊。”

“啊，对了，他还提起了明智光秀什么的。他或许是把干掉了寺原的黄蜂比作杀死信长的明智光秀。”

“嗯，我还是不能完全相信你。不过，我还是先去跟那个大叔借一下照片，再问问他吧。”

“啊，问是问不到什么了……”

蜜柑打断匆忙解释的七尾道：“你先等着。我看了照片再打给你。”他说完便挂断了电话。

“怎么啦？”柠檬凑过来问道。

“我可能猜对了。”

“猜对了？什么东西？”

“我刚才不是说峰岸大少爷的死因可能是过敏性休克嘛，可能还真猜对了。”

两人回到六号车厢，径直穿过过道。两个高大的男人在面前不停地来回穿梭，这似乎让坐在座位上的乘客们心生怀疑，纷纷朝他们投以并不友善的目光。蜜柑与柠檬没有理会，直接走到了最后面的座位边。

两人座的窗边靠着一名中年男子，帽子压得很低。

“这个睡着了的大叔又是怎么回事？”柠檬不满地说，“这家伙不管怎么看也不是眼镜小子啊。”

“这男的怎么睡得跟死了似的。”刚说完，蜜柑就明白过来这男人的确是死了。他坐到旁边的空位上，在他的外套上找了起来。虽然外套看上去不是很脏，但蜜柑总觉得不干净，用指尖捏起衣服翻找着。外套的口袋里果然有一张照片。蜜柑将其抽了出来。这时男人靠在窗边的头忽然晃动了一下。原来脖子已经断了。蜜柑扶起男人的头，让其再次靠回窗边。

“你这偷得也太光明正大了吧。”柠檬嘀咕道，“而且大叔居然这样都没醒。”

“他应该是死了。”蜜柑指着男人的脖子道。

“原来落枕太厉害也能致死啊。”

蜜柑穿过后方的车门走出车厢，掏出手机打电话。

“喂？”七尾的声音传来。

列车行驶时的轰鸣声仿佛在轻抚着自己的耳朵。“照片拿到了。”柠檬也从六号车厢里走了出来。“喂，现在很流行吗？像那样扭断脖子。”蜜柑对着电话问道。

“算是吧。”七尾也不知该说什么好，只好给了个算不上回答的回答。

蜜柑并没有追问七尾是不是他干的，而是观察起照片来。“这就是黄蜂？”

“你这么说我也看不到。但我觉得很有这个可能，如果你在车上碰到了，最好当作那个人是。”

或许也只能这样了，照片上的女人蜜柑并不认识。柠檬也凑过来看着，大大咧咧地问道：“那到底要怎样才能打倒黄蜂，难道用杀虫喷雾吗？”

“伍尔夫的《到灯塔去》里，有一段用勺子杀黄蜂的描写。”

“用勺子？那怎么杀？”

“我每次读到那一段也总觉得不可思议。到底是怎么杀的呢？”

此时七尾的声音又断断续续地从手机里传来。蜜柑没听清楚，问道：“怎么了？”可对方并无回应，蜜柑再次问道，“怎么了？”

过了好一会儿，七尾才回答说："哦，我在买水呢。售货的小推车正好经过，而且我嘴也干了。"

"都火烧眉毛了，你倒还挺有闲心。"

"水分和营养这种东西能补充的时候还是要补充吧。和上厕所一个道理。"

"虽然你的话不能全信，"蜜柑说，"不过我就先查查这女人在不在车上吧。把车上的人看个遍虽然麻烦，但也不是办不到。"刚说完，蜜柑忽然意识到，这或许才是七尾真正的目的。他打算在到达仙台站之前尽量拖延时间。

"啊啊——"柠檬突然拖长了声音，他指着照片上的那张脸，略带狐疑地说道，"这不是那个人吗？"

"哪个人？"

"你怎么不认得呢？"柠檬一脸平静地解释道，"就是那个售货小姐啊。她不是一直推着那辆小车在车里来来回回嘛。"

瓢虫

在打电话之前，七尾就已经把行李箱交给了列车长。穿过八号车厢，右边有一个挂着“乘务室”牌子的小房间，七尾差点和正从里面出来的列车长撞上。“啊，不好意思。”七尾立刻道歉。在这种地方都能撞上人，果然不走运。列车长比七尾想象中年轻许多，如双排扣礼服般的制服看上去很威风。他和七尾的表现正好相反，十分冷静地问道：“有什么事吗？”

七尾还没来得及多想就将手上拉着的行李箱推到了身前：“这东西可以请你替我保管一下吗？”

列车长愣了一下。或许是制服帽尺寸有些大的原因，他看上去就像一个刚在新干线上工作的热爱铁路的少年。双排扣制服格调高雅，列车长的态度却平易近人。“这个行李箱吗？”

“我在厕所里发现的。就在五号车厢附近。”七尾撒了个谎。

“哦，这样啊。”年轻的列车长似乎并没有怀疑七尾，只见他左右打量了一番行李箱，确认密码锁是锁上的之后便承诺道：“我试着发个广播找找看。”

七尾道了声谢，走进绿色车厢，径直走到了另一头。他想起了狼，想象着狼和黄蜂之间的关系。过了一会儿，他又掏出了手机。九号车厢和十号车厢的连接处，对于疾风号来说已经是尽头。

蜜柑接通电话之后，七尾连忙说出了自己的打算：自己打算投降，箱子现在交给了列车长暂为保管，还有杀死峰岸儿子的凶手可能是黄蜂，而黄蜂的照片则在六号车厢后面的男人即狼的身上。蜜柑挂断电话后，七尾紧靠在窗边，如同等待着恋人的电话般紧握手机，眺望着远方。列车驶入了隧道。黑暗的隧道让他感觉似乎潜入了水底，呼吸也跟着屏住。直到列车驶出隧道，车窗外出现的景色才又让他感觉如同获得了一次短暂的喘息，心情也稍稍得以放松。然而，很快列车又不得不再次下潜。上浮、下潜、上浮、下潜，黑暗、光明、黑暗、光明，不幸、幸运、不幸、幸运，七尾在脑海里不断联想着。都说祸福相倚，怎么到了我这里就都是祸！七尾觉得很失落。

就在这个时候，售货小姐推着推车走了过来。推车上塞满了各式商品，堆叠得如同高塔般的纸杯看上去挺显眼。七尾正准备买水的时候，蜜柑打来了电话。七尾接起手机放到耳边，同时将零钱塞给售货小姐。蜜柑追问到底是怎么了，七尾于是解释说自己正在买水。

“都火烧眉毛了，你倒还挺有闲心。”

“水分和营养这种东西能补充的时候还是要补充吧。和上厕所一个道理。”七尾向售货小姐道谢之后便朝十号车厢走去。

而这时，蜜柑的声音又从电话那头传了过来。“喂，七尾，有一个好消息。在车上卖东西的那个女人就是黄蜂。”

“啊？”这句没头没脑的话让七尾茫然之下发出了超乎想象的

惊呼。

售货的小推车停了下来。售货小姐背对着七尾，转过了头。这个两颊有些鼓、稚气未脱的小姑娘正温柔地微笑，脸上那略显关切的表情也十分自然，似乎是在询问：怎么了，没事吧？

七尾挂断手机，直勾勾地盯着她。这个女人是黄蜂？实在让人难以相信。七尾从头到脚地打量着她。

“有什么事吗？”售货小姐缓缓地转过了身。她那身围裙打扮，不管怎么看都只是一个推着小货车的乘务员。

七尾把手机插进后裤袋。“没有，没什么事。”他注意着不让对方看出自己的紧张。“这个房间不管什么人都可以使用吗？”他指了指左边挂着“多功能室”牌子的房间。房间的门是侧拉式的，上面写着“如需使用请联系乘务人员”的字样。真莉亚所说的用来喂奶的房间应该就是这里吧。七尾伸手拉了拉门，里面似乎没人，门应声而开。房间里有位置可以坐下，其他东西都平淡无奇。

“有很多人来这里照顾小孩，您如果有需要，可以直接跟列车长或者乘务员说。”售货小姐回答道，挂在脸上的笑容很刻意。七尾不知道那究竟只是单纯的业务微笑，还是出于某种紧张。

多功能室对面，通道右侧，是一间厕所。跟其他车厢不同，这间厕所比较大。墙上有一个用于开关门的按钮，圆形的，大概有拳头那么大。七尾猜测这样的设计是为了让那些坐轮椅的人也方便使用。

售货小姐还在微笑。怎么办？怎么办？七尾在脑海中问着自己。是否应该去证实这个女人的真实身份？万一她真的是黄蜂，那又该怎么办？

这时，一阵噼里啪啦的声音响起。七尾正想着是怎么回事，才发现原来是自己的手撕下了绿茶瓶上的塑料标签。意识还没下达指令，手指已经动了起来。

“是不是有蜜蜂飞到了车上啊？”七尾从多功能室的门边走开，装出一副恍然大悟的样子问道。标签则已经完全撕了下来。

“嗯？”这问题似乎出乎售货小姐的意料，她反问道：“蜜蜂？”

“嗯，是那种有毒的蜜蜂。我觉得好像就在这车厢里。”七尾试图套话。

“您是说车厢里有蜜蜂在飞？会不会是中途停在车站的时候飞进来的啊。还挺吓人的。等会儿我去通知列车长。”

她是在装傻，还是真的什么都不知道？光从反应上看不出她有什么特别的迟疑。售货小姐莞尔一笑，再次转过身背对七尾，往十号车厢走去。

“啊，那算了，我自己去跟列车长说好了。”七尾说完也同样转过身去背对着她，装出打算返回绿色车厢的样子，事实上则全神贯注地观察着背后的动静。他微微举起了手中的饮料瓶，心想或许可以当作镜子使用。而就在那摇晃着的茶水中，出现了一个女人的身影，正悄无声息地迅速逼近。

七尾转身。

售货小姐停下脚步。

七尾将饮料瓶朝对方脸上砸去。女人侧身避开。七尾迅速推开对方，没有手下留情，用尽全力地一推。女人失去了平衡，踉跄着直往后退，结果撞上了推车，一阵声响之后，堆得老高的纸杯全部散落，几个土特产的包装盒从推车下方掉了出来。女人背靠着推车，一屁股瘫坐在地。

此时，七尾瞥见一个歪歪扭扭如同绳子般的东西出现在推车下方。七尾这才意识到，是蛇。肯定是装在靠近车尾那节车厢的纸箱中的那条蛇。它或许一直盘在推车底下，一路跟着推车到了这里。蛇沿着墙壁迅速爬出车厢，转眼就不见了踪影。

女人扶着推车站了起来。她的右手上有东西在发光。是针。

可爱的浅蓝色衬衫外套着深蓝色围裙，这身打扮显然不适合运动，然而女人的动作却十分敏捷。她健步如飞地前进着，毫不犹豫。她手上的针会以怎样一种方式攻击呢？是扎过来，还是扔过来？此时的七尾完全无法判断她的行动。怎么办？怎么办？七尾问自己。

女人在靠近。

七尾右手微微一动，拍在了过道右侧专门提供给残障人士使用的开关门按钮上。门应声向旁边打开。

虽然只是一瞬间，但女人的注意力还是被其吸引了，她朝门看了一眼。七尾没有放过她这一小小的破绽。他朝左侧移动着身体，同时一脚踢向女人，将其踹进了刚刚打开的门里。不管是女人还是小孩，既然对手是职业的，那就一定不能手软。

女人跌进厕所之后，七尾也跟了进去。空间很狭窄，马桶几乎就在身边。七尾迅速地朝前挥出左拳。他的目标是对方的脸，却被其用手臂挡开了，于是他又立刻换右拳朝对方的腰部挥出。原以为这下子肯定能打中，没想到对方竟扭过身，用后背接下了这一拳。女人的动作十分敏捷。她内心或许同样焦急，但还是对七尾的动作逐一做出了应对。

七尾预感针可能会飞过来。厕所门开始自动关闭了。七尾敲击着内侧墙壁上的按钮，门再次打开。他飞身从厕所跳出，后背整个撞到了过道对面多功能室的门上。刚才被柠檬刺伤的手臂随即传来一阵痛楚。

手枪从背后掉了出来。那是从柠檬身上抢来的，好像是刚才从皮带里滑落出来了。七尾慌张之下正打算去捡，却听到背后的墙壁上传来了金属撞击的声音。有什么东西撞上了门之后，又掉到了地上。是针。女人不知什么时候将针扔了过来。

女人也跟着来到过道，一脚踢向手枪，枪在地上滑出很远。七尾快步来到推车旁。包装盒散落了一地，是一些包裹了包装纸的土特产。七尾捡起一个，当作盾牌对着女人的方向。就在同一时间，盒子被戳穿了。女人将针刺了过来。千钧一发，七尾立刻拿包装盒挡住，勉强来得及。女人将针夹在手指之间，随即抽回了拳头，立刻又对准七尾挥去。她的手臂有力地挥了过来，七尾再次拿起手中的盒子挡下。

七尾将盒子横向一拉，女人的右臂连同盒子一起偏到了一边。七尾立刻抬起右脚踢过去。脚尖踢中了腹部，成功向对方施以打击的触感传来。女人捂着肚子跌坐在地，仰面倒下。

好，七尾心想着，打算继续乘胜追击。然而，就在他一脚踏进车厢连接处时，新干线却毫无征兆地晃动了一下。晃动只持续了一瞬间，就像野兽为了甩掉附着在皮毛上的水滴而摇晃身体一般。如果真的是停留在野兽脊背上的一只瓢虫，一定会在受到惊吓的同时振翅高飞，但七尾却没法做到。等他意识到发生了什么的时候，脚步已经开始踉跄。他最终失去了平衡，跌坐在地。

与“居然在这种时候跌倒”的后悔相比,他更多感觉到的是“到底还是变成了这样”的无奈。在如此紧迫的近身肉搏中，自己竟然会脚底打滑。不幸女神总是对自己念念不忘。

七尾拼尽全力打算爬起来。女人则捂着被踢到的肚子，还在呻吟。七尾暗暗发力准备起身，却感到手上传来一阵刺痛。他正感到诧异时，忽然想到了什么，惊慌之下连忙朝手上看去，这才发现手背上竟然插着一根针。七尾简直不敢相信自己的眼睛。刚才女人扔出来砸到门上后掉下来的针如同鱼钩般地弯曲着。七尾的手正好被那往上翘着的针尖刺中了。七尾知道这一定不是什么普通的针，上面肯定有毒。

一瞬间，各种各样的想法同时出现在七尾的脑海里。准确地说，那并不是什么想法，只是一些只言片语。“如此不幸”“黄蜂”“毒”“去死”“为什么总是这样不走运”……一连串的语句过后，七尾想到的是，我要死了吗？他觉得自己几乎就要当场倒下。就这样死得不明不白？怎么办？怎么办？七尾不停地挠头低语。此时他正处于视野十分狭窄的状态之下，拼命地打量着四周。眼前是一个倒下的女人、推车和掉落在地的商品。他觉得毒素已经开始在体内扩散，刺透了皮肤的毒素究竟会在体内如何蔓延呢？七尾脑海里再次涌现出洪水，搅拌着思想。怎么办？怎么办？脑子里塞满了对自己的质问。

突然间，七尾脑中思考的洪水停了下来，视野也开始恢复正常。他的大脑忽然变得空灵，此时该做的事情只有一件。七尾拔出了插在手上的毒针。没时间犹豫了。他看到还有一根针掉在女人身边，于是站起身，走了过去。

女人此时终于坐直了身，手在地面上来回摸着。七尾好奇她想做什么，很快便发现她正打算去拿七尾刚才掉在地上的那把枪。七尾连忙冲过去把枪捡了起来，然后又抓起掉在地上的那根针，毫不犹豫地插到了女人的肩膀上。他的动作是那么自然，就好像为了鼓励对方而拍了拍她的肩膀一般。女人如同一只待哺的雏鸟般张大了嘴，看着那根扎到自己身上的毒针，瞪圆了眼睛。

七尾往后退了一步，又退了一步。

女人正因自己被扎了毒针而哑口无言。

七尾不知道这毒究竟需要多久才会发作，又会引发怎样的症状。他感到十分恐惧，害怕自己站在这里的某个瞬间，忽然就会呼吸急促，失去意识，所谓的自我也将永远消失。咔嚓一声，电源切断，一切都到此为止，光是想象这些就已经让七尾连站都站不稳，全身上下冷汗直流。求你了，快点吧，给我快点啊，七尾在心里默念。而女人此时也慌张地在围裙里摸索着，从口袋里取出一支油性笔一样的东西。她此时的任何动作都生死攸关。只见她取下了那支笔一样的东西的盖子，保持着倒地的姿势弯起膝盖，抬起大腿，打算将那支笔压上去。

七尾没有丝毫犹豫，快速接近女人，在她旁边弯下身，随后一口气拧断了她的脖子。他从女人手上拿起那笔一样的东西。似乎是一支注射器。他想起了自己还是个孩子的时候，经常帮邻居家老人打针的事。是不是按照当初的做法就可以呢？七尾有些怀疑，但此时就连这怀疑的时间都显得太过奢侈，只能赶快行动。七尾裤子左腿的膝盖处开了一个小洞，他将手指伸了进去，粗暴地撕开了裤子，然后将注射器按到裸露的大腿上。这究竟是不是解药？像这样皮下注射究竟对不对？最重要的是，究竟还来不来得及？七尾选择了无视这些从体内不断涌现出来的疑问的泡沫和担忧的颗粒。

注射器的针头扎进大腿时的疼痛比想象中更强烈。七尾保持了一会儿按压的姿势，随后便拔出了注射器。他站起身。不知是不是错觉，他似乎感到心跳变得更激烈了。

七尾抱起了歪着脖子的女人，将其移至多功能室靠走道的墙上，又将门拉上使之不能轻易被打开。最后七尾才从只留下一点缝隙的门里挤了出来。不知道这样的把戏能隐瞒多久，但是如果门不能正常打开，乘客们或许会以为有人在使用或者门出故障了。他又顺手将“使用中”的牌子挂到了门把手上。

接着，七尾又将散落一地的商品重新放回推车。不能留下曾经发生过格斗的痕迹，他将推车整理好后推到车厢连接处停好。

弹夹也从弹仓里卸了下来，扔进了垃圾箱。不难想象，既然自己如此不走运，那这枪很可能根本不会对自己有任何帮助，反而大概率被敌人抢到手，到头来给对手提供了武器。就像刚才，自己的枪就差点被那女人抢到手。是不是不带枪反而危险会更小些呢？七尾很快就做出了这样的判断。他将空膛的手枪插到腰后。就算没有子弹，或许也可以当作一种威慑手段拿出来吓吓别人。他背靠垃圾箱附近的墙上，膝盖一软，坐了下来。

七尾一声叹息，看着自己那只被针扎过的手。

正好有一个中年男人从十号车厢走了出来。他看了一眼被单独扔在一边的小推车，似乎没有表示出太多的怀疑，随即消失在了厕所里。

好险！要是再多耽误一点时间，刚才的混乱就会被别人看到了，也不知道我这到底是走运还是不走运，七尾像是在跟呼吸对话一般，确认着自己的平安。我还活着。还活着。是这样吧？他在心中呼喊着自己。

列车晃动着车身。一阵颠簸从屁股下面传来。

木村

“赶紧去看看吧。肯定正发生什么有意思的事情呢。”王子推着木村的后背道。

手脚上的束缚已经解开了，木村却并没有重获自由的感觉。对王子的憎恨将他包裹起来，却又不能让它爆发。木村觉得他好像正透过一层玻璃观察着那个浑身发抖、嘴里说着“我要杀了你”的自己，而这种情绪也只不过是来自置身事外的自己的某种幻想。

他顺着七号车厢的过道朝前走去。跟在身后的虽然只不过是一个初中生，却让人感到恐惧。自己似乎正被一头危险的猛兽纠缠，丝毫不能掉以轻心。我是在害怕这个初中生吗？木村觉得这种想法实在叫人难以置信。正因如此，内心的感觉才仍旧模糊不清。这个初中生真的有能力威胁他人，将恐惧植入别人的内心吗？木村摇了摇头，摇掉了脑海中的这些思考。

走出车厢的时候，木村面前出现了一个高个子男人，他背靠在出入口的车厢门上，正无聊地抱着双臂。男人的眼神看起来很凶狠，一头乱发跟刚睡醒似的，那形状轮廓像极了小朋友的画里常出现的太阳。是刚才经过七号车厢的两个男人中的一个。

“哦？这不是培西嘛。”男人慵懒地开口道。木村不知道他在说什么，但心想应该是哪部作品中的一个什么角色。

“你在这里做什么呢？”王子问男人。

“我吗？我在等厕所空出来。”他指了指面前那个男女通用的单间厕所。门把手附近的指示牌看不清楚，但应该是有人正在用吧。“在等里面的人出来。”

“还有一个大哥哥呢？”

“蜜柑去前面了。他还有要紧事要办。”

“蜜柑？”

“嗯。”那人没有任何提防的意思，一脸得意的表情，“我叫柠檬，那家伙叫蜜柑。我们俩一个酸一个甜。你喜欢哪个？”

王子无言地歪着头，似乎在说：我不知道你问这个究竟是什么意思。

“你这是干吗？跟爸爸一起来上厕所吗？”柠檬说道。

是吗，这个叫人恨之入骨的初中生，看上去竟然像我儿子？柠檬的这个误解让木村有些头晕目眩。列车在晃动，飞驰的同时似乎又像在拼尽全力对抗狂风。这让木村想起了当初一心想要戒酒而精疲力竭的自己。对抗酒精的诱惑时，木村的身体比此时飞驰着的新干线更加狂暴。

“这个人不是我爸爸。”王子说，“啊，我马上就回来，叔叔你等我一下哦。”王子天真地说着，朝小便专用的厕所走去。他此时脸上的笑容，让人觉得似乎阳光都照进了自己的胸口。木村甚至觉得，看到那爽朗的笑容之后，自己连恨都恨不起来了。这没有什么特别的理由，或许只是一种本能的反应。“叔叔，你好好地在这里等我哦。”

木村知道，好好地等，就是让他不要说多余的废话，只是安静地等待。在车厢跟车厢之间，跟一个头发睡成爆炸状的男人单独相处，真是叫人心里不舒服。对方也正一脸不耐烦地打量着自己。

“大叔，你有酒精依赖症吧？”柠檬简短地问道。

木村转身看着对方的脸。

“说中了？我周围有很多人都是这样，所以我也多少能看出来一些。我爸妈都有酒精依赖症。父母两个人都是这也太夸张啦。因为没有人站出来阻止，所以就一直没有刹车地不断加速。托马斯小火车里就有一集，达克因为被货车推着没办法停下来，最后冲进了书店。就跟那种感觉差不多。只能放声大喊‘救命啊’，停不下来，仅此而已。他们的人生简直就是自由落体。我也没办法，只能离开爸妈，躲到角落，看着托马斯小火车，拼了命才活到现在。”

柠檬的话木村有一大半都没听明白，但他还是答道：“我已经不喝酒了。”

“那是应该的。酒精依赖症的人一喝酒就完蛋啦。你看看我。遗传这东西没法违背，所以我完全不喝任何带酒精的东西。我就喝水。虽然都是透明的，但水和酒精可完全不一样。”柠檬说着，晃了晃手里的矿泉水瓶，揭开盖子喝了一口，“酒精会让大脑产生混乱，水却相反，可以帮助大脑整理清楚。”

一开始木村没有太在意，只是不经意地看着柠檬，可那液体看在眼里竟越看越像酒精，而柠檬的喉咙又像要将那美味的甘露一饮而尽似的动弹着，让木村不知不觉间觉得就要被吸引过去。

新干线车身的晃动并非单调地重复，而是如同有生命一般地发出不规则的震颤，所以偶尔也会由下而上传来颠簸，让身体产生短暂的飘浮。而这短暂的颠簸和飘浮，正试图将木村从现实世界当中抽离。“让你久等啦。”王子回来了。“哎，我们去绿色车厢那边看看嘛。”他不冷不热地对木村说道。“坐在绿色车厢里的肯定都是有钱人吧。”王子装出一副好奇而天真的孩童模样。

“也不一定吧。不过，应该都是些相对来说手头比较宽裕的家伙。”回答的是柠檬。

这时，单间厕所的门开了，一个穿西装的男人走了出来。他注意到了包括木村在内的三个人，但并未多作留意，洗完手后就回到了七号车厢。

“唉，还真不是七尾啊。”柠檬说。

“七尾？”木村当然不知道这是什么人。

“好了，我要继续前进了。”柠檬说着，开始往前走。

“我们也走吧。”王子看向木村，接着又说，“我们会替你找找看箱子到底在哪儿的。”

“还不到要培西出手相助的时候。而且箱子在哪儿早已经知道了。”

“在哪儿啊？”

柠檬闭上了嘴，直勾勾地盯着王子，冰冷的目光显然充满了怀疑，即使对方只是个初中生，也没有丝毫顾忌，就跟肉食动物寻找猎物时一样，它们也不会去在意猎物的年龄。“为什么非得告诉你？你也在打箱子的主意吗？”

王子并未显示出慌张。“倒没有在打主意，只不过觉得好像寻找宝藏一样很有意思。”

柠檬并未放松警惕。他目光锐利地盯着王子，似乎要看穿对方，直接触摸对方的心底。

“不告诉就算了。我跟叔叔自己找去。”王子闹别扭似的说道。当然，他这是故意的，木村想。他只不过是通过这种动作装出一副小孩的模样，以此向对方证明自己其实并没有其他打算。

“你别来碍事。每次培西想努力表现的时候，都没什么好事。比如有一次，培西被盖了一头的巧克力，还有就是弄得一身煤灰。培西想好好表现的时候，基本都是那种结果。”柠檬说完，打算继续往前走。

“如果我们先找到了箱子，你可要表扬我哦。”王子还是一副小孩的样子答道。“是不是啊，木村叔叔？”

既然王子问到，木村于是也不经意地答道：“最好是能把里面的钱分一成给我们。”他其实没什么特别的意思，只不过是被别人征求了意见，于是就随便回了一句而已。还有一个原因就是，当初打开箱子看到里面的钞票和银行卡的记忆还残存在脑海里。

“你怎么知道箱子里装的是什么？”柠檬忽然转过身瞪眼道。

木村感觉到，四周的空气一下子变得紧张起来。王子还是没有显露出一丝慌张的样子。他只是瞥了木村一眼，眼神里带有对犯下过错的人鄙夷的尖刺，但并不显眼。“哎，箱子里装的真的是钱啊？”他一脸天真地问柠檬。

对话停止了，周围只剩下列车震动发出的声响。

柠檬盯着木村，又看了一眼王子。“我也不知道箱子里装的是什么。”

“那如果不是里面装的东西，就是箱子本身很高级喽。要不怎么大家都在找。”

木村在一旁听着，很是感叹王子的机智和胆量。他正不动声色、一点点地卸下对方的戒心。将孩子气作为武器分散对方的注意力，这并不是任何人都能做到的。

但是，柠檬的猜忌心似乎出乎意料地强，他又问道：“你又怎么知道大家都在找？”

王子的表情有些僵硬。虽然只是一瞬间，只有那么一点点，但王子那样的表情木村还是头一次见到。“当初见面的时候你不是说过嘛。”王子又变回了那个天真爽朗的初中生，“你说，大家都在找。”

“我才没说呢。”柠檬不满地抬了抬下巴，“真叫人不爽。”他很不耐烦地挠了挠头。

木村不知道该如何应对了。他打心眼里想提醒柠檬，这个孩子很危险，你还是先下手采取一些措施比较好。但是，他做不到。如果王子在下一站仙台不能跟同伙取得联络，住在市内医院里的涉就会有生命危险。虽然现在还没有证据断定他说的是不是真的，但木村明白，那一定是真的。

“叔叔。”王子在叫木村。但是木村正在发呆，没能及时回应。“叔叔，木村叔叔。”王子不停地叫着，木村才回过神来。“什么事？”

“叔叔，我们好像说了什么不礼貌的话呢。柠檬哥哥好像生气了。”

“我们也没有恶意，如果让你生气了，那真是对不起。”木村决定低头认错。

“木村大叔，”柠檬忽然道，“不管怎么看，你都不像一个正经的大人啊。”

“因为我有酒精依赖症嘛。”木村不知道对方究竟想说什么，心里十分不安。同时，他发现自己背后已经全是冷汗了。现在的场面就跟当初他做那些凶险的工作时，不止一次遭遇过的场面一样，自己的真实身份正被敌人怀疑。令人不舒服的紧张似乎在木村和柠檬之间拉出了一条线，而且还在不断扩张。

“对了，大叔，你有没有起床气？”

对于这没头没脑的问题，木村只回了一句：“什么？”

“你在睡觉的时候如果被别人叫醒，会不会生气？”

“你到底在说什么？”

“你有没有起床气？”

“不管是谁，睡觉的时候被吵醒了心情肯定都不会好吧。”

眼前出现了一片金星。同时，自己的头也猛地朝后弹去。被攻击了。虽然有些迟，但木村还是反应过来了，对方的拳头砸在了他的嘴角。至于对方的手臂是怎样移动、拳头又是如何接近的，木村完全没看清。他感觉到嘴巴里掉落了细小的碎块。舌头一舔才发现，是门牙掉了。木村捂住嘴巴，擦拭了一下渗血的嘴角，取出牙齿，放进了口袋。

“你这是干什么？叔叔，你没事吧？”王子依然扮演着天真无知的初中生。他对柠檬说：“请快住手！你为什么要打人？我要叫警察了。”

“我只是在想，如果你真的是那个叫人敬畏的同行，这点拳脚应该可以轻松地避开吧。没想到这么简单就打中了。是我的直觉错了吗？”

“当然了。我叔叔就是一个普通的大叔而已。”

“是吗？”柠檬看着嘴角正流血的木村，显得很失落，“但我的直觉不是那样告诉我的。我的直觉告诉我，这个大叔做的事情一定跟我们做的差不多。”

“那你的直觉不准啊。”木村坦诚地说道，“以前我是做过一些凶险的事情，但是好几年前就已经洗手不干了。现在我只是个认真努力的保安。说实在的，身体早就生锈了。”

“这种东西就跟骑自行车一样，就算多少年不骑了，身体还是会自然地做出动作。”

木村想告诉他别再说这种傻话，但忍住了没说。“你还是赶紧去前面的车厢比较好吧。”木村感觉到血正从断裂的牙根处不断地涌出。

“叔叔，你没事吧？”王子将背包从肩头取下，从外面的口袋里掏出手帕递给木村。

“立刻就能拿出手帕的孩子，家教应该挺好吧。”柠檬咧嘴笑道。

王子重新背好背包。这时木村忽然想到，那背包里还装着自己当初带来的那把枪。只要装出不经意的样子把手伸向王子的背包，拉开拉链，就可以抽出来，他这样想道。

木村脑海里随即飘过了两件事。

首先是一个疑问，拿回了枪之后该怎么做呢？用来威胁对方，还是直接开枪？如果要开枪，又该对谁开枪？是柠檬，还是王子？他最想做的当然是将枪口对准心里连一点善意的碎片都没剩下的王子，扣动扳机，但如果可以这样做，他早就不用这么辛苦了。涉会有危险，这一点一直都没有改变。别多想了，动手吧。列车的摇晃一如既往，令木村微微地抖动着，似乎在唆使他打破身上那忍耐的枷锁。自己不是一直很简单地活到了现在吗？想做的时候就做。日子过一天就少一天，不需要什么忍耐。别任由那可恶的初中生摆布，好好教训一下他吧。估计，他说的那些话都是虚张声势。根本没有什么等在医院旁边的人，涉也没有危险。一直以来，木村都拼命想要锁起那个随性妄为的自己，但同时，他体内还有另一个竭力想要掀开那层忍耐的盖子的自己。

这一切会不会都是王子的算计？这是木村的第二个想法。现在，背包就在木村眼皮底下，所以他才意识到了枪的存在。或许，这才是王子真正的目的。王子是否在期待着木村夺过枪，跟柠檬对着干呢？这件事说到底会不会只是在按照王子的剧本发展呢？

越思考，便在泥潭里陷得越深。猜疑又生出猜疑，为了不被沼泽吞没，只好抓住一根木棍，可它究竟值不值得信任更令人不安。另一方面，体内还有一个自己正拼命打算掀开那层忍耐的盖子，渴望着不顾后果随性而为。木村觉得只要稍有松懈，一切就都会在瞬间支离破碎。

“好吧，就让我来确认一下车皮里都装了些什么东西。”

听到这句轻描淡写又不明所以的话，木村一开始还不知道柠檬究竟指的是什么，可就在这时柠檬一把夺过了王子肩上的背包。王子也愣住了。柠檬的动作是如此之快。他只是伸出了手，轻轻地在空中挥舞了一下，王子肩上的背包就不知不觉间被夺走了。

木村感到头皮都麻了。王子也终于表现出了紧张。

“培西，还有大叔，你们都听着。我现在还不知道这个背包里装了什么东西。但是，光看大叔那忍不住直往上瞟的眼神就可以想象，里面应该是某种可以给你们带来优势地位的工具。”柠檬拎起背包，拉开拉链，随即发出了“哦”的一声，看上去很开心，“竟然还装了这样的好东西。”

木村只能直勾勾地看着那把被拿出来的手枪。

“如果要用十五个字来表示我现在的心情，那应该是这样吧：‘爸爸，圣诞老人来过啦！’哦，好像不到十五个字。”柠檬自言自语道，像是在演讲，也不知道他究竟是认真的还是开玩笑。他取出了那把装着消声器的手枪，拿在手上打量着。“在列车上开枪，太吵也太引人注目，我正发愁呢。谁知道，原来车上也能搞到消声器，早知道都不用去求圣诞老人啦。”

王子一动不动地盯着柠檬。木村则因为跟不上他那一连串行云流水般的动作愣住了。

“好吧，我就问你一个问题。”柠檬打开了枪上的保险，枪口指着木村。

“问我？”木村想都没想地应道。结果还是盯上我了啊，他想。跟我比起来，这个初中生可是要更加邪恶。木村差点就说了出来。列车像是要让木村更加紧张似的，开始蠕动起来。

“眼前的事实是你们身上带着枪，而且连消声器都准备好了，所以肯定不是外行。小孩和大叔的组合虽然很少见，但也用不着大惊小怪。我们这些穷凶极恶的家伙当中，什么样的组合都有。关键是，你们到底为什么在这里？是自己主动的，还是受了别人的委托？你们打算做什么？要做的事跟我们又有什么关系？”

说实在的，自己这边跟柠檬其实没有任何直接关系。枪是木村为了干掉王子才带上车的，对箱子感兴趣决定插手，只不过是王子一时兴起。但是，木村无论如何也不会认为，这样对他解释就可以得到他的信任。

王子征求意见似的看了看木村，像随时会哭出来般地说道：“叔叔，怎么办？我好害怕。”

看到他这副柔弱的样子，木村顿时有了“必须要保护他才行”的使命感，但随即又告诉自己，别被他骗了。这个看似受到惊吓的初中生其实就是个两面三刀的人，表面上装作可怜兮兮，背地里却是阴险狡诈。

“你们该不会是也从峰岸那里接下了任务吧？”柠檬说。

“峰岸？”木村看着王子的脸。他很意外，为什么这个名字会在这里出现？

“你们听着。接下来我会朝你们当中的一个人开枪，不是你就是你。至于为什么不把你们两个人都干掉，是因为那样蜜柑应该会生气。如果他想从什么人那里问出情报，而那个人却被杀了，他一定会生气。很烦吧，他是典型的A型血。话虽如此，同时留下你们两个也很麻烦。所以只有开枪干掉一个。好，我要开始提问了。”柠檬将枪口放了下来，稍稍弯起一边的膝盖，看上去十分懒散，“你们两个人当中，哪个才是负责指挥的？我可不会被身高欺骗，小孩负责指挥的可能性也不是完全没有。听着，我喊预备开始，负责指挥的人就把手举起来，而另一个人呢，就拿手指着负责人。如果你们俩的回答有矛盾，比如两个人都举起了手，或者都伸手指对方，那就没办法了，我只好打死你们两个。”

“两个都杀了不是有人会朝你发火吗？”木村已经不抱什么希望了。

“大叔，你也是A型血吗？真够烦的。唉，被蜜柑骂虽然很讨厌，但是被骂几下又死不了。我们这边的游戏才更重要。”

“这就是个游戏吗？”木村撇了撇嘴。刚才王子也说什么来玩个游戏，如今柠檬又打算玩个游戏取乐。他感到厌倦和失落，为什么周围全都是这样的家伙？跟他们比起来，只要喝喝酒就可以满足的自己简直才是最正经的。

“要开始了。你们俩都给我认真回答。”柠檬厉声道。

这时，一个年轻的母亲带着一个大约三岁的小孩路过了车厢连接处的这段过道。柠檬安静了下来，木村和王子也没有出声。“妈妈，快回去吧——”小男孩天真地叫喊着，从木村背后经过。木村想起了涉。那个母亲显然觉得僵持在这里的三个人有些可疑，但还是直接回到了七号车厢。

听到了孩子的声音，木村才意识到，一定得活下去。为了涉，我必须活下去。不管发生什么，我都不能死。木村像是在暗示自己，在心里一遍又一遍地呼喊着。

孩子刚才经过的那扇自动门，在一阵短暂的停顿之后，开始缓慢地闭合。

“到底谁负责指挥呢？”确认没事之后，柠檬开心地问道，“预备，开始！”

木村没有犹豫。他弯起手肘，抬起右手。转过头一看，王子则伸出了手指，正指向木村的胸口。视线再转回前方，是柠檬的枪口。旁边盥洗池的烘干机传来了风扇转动的声音，好像还有什么人在。木村听到声音之后，视线也随之移向那边。

并没有枪声响起。咔嚓——只有一声如同拿钥匙开锁般的微弱声响，相比之下，耳边烘干机的声音要大多了。咔嚓，咔嚓。声音还在持续。好一会儿木村才反应过来，这就是枪声。由于消声器的关系，枪声几乎消失了。木村甚至都没意识到自己被击中了。他最先感觉到的是胸口灼热。没有疼痛，只有液体从体内涌出的感觉。眼前开始模糊。

“大叔，朝你开枪了，不好意思啊。”柠檬笑着道歉，“唉，这样这事就算结束了。”

听到这个声音的时候，木村已经什么都看不见了。头后面感觉很硬，自己已经倒下了吗？疼痛的感觉在头脑里蔓延开来。接着，他又感受到了列车的晃动。自己如同被丢弃在一片黑暗之中，眼前的世界全都变成了黑色，没有任何远近大小之分。这黑暗有没有底呢？

意识消失了。

不一会儿，木村觉得自己正飘浮在空中。好像在被拖着。他不知道究竟发生了什么，也完全没法判断从自己中枪开始究竟过了多久。一种跟睡意背道而驰的微弱不安摇晃着他的身体。他被关在了一个狭小而黑暗的地方。

“叔叔，叔叔！”不知从哪里传来了呼喊。

木村觉得意识如同散落在一片浓雾中，即将消失殆尽。在这样的不安之中，他勉强尝试着将意识串连起来。真想喝酒啊，他想。来自肉体的感觉已经消失了。不安和恐惧正紧紧抓住自己的心脏，抓得是那样的紧，真难受。对了，在最后的这个时刻，还必须再去确认一件事情。身为人父的情感化作仅存的执念喷薄而出。

涉没事吗？应该没事吧。

作为自己赴死的交换，儿子的人生将会得到延续。这样就好了。

王子的声音很遥远，就像坐在家里听着窗外呼啸的风声。“叔叔，你就要这样死掉啦。后悔吗？恐惧吗？”

涉呢？木村想问，可现在的他就连一次呼吸都无法完成。

“叔叔的儿子可不会得救哦。过一会儿我就去给那个人下命令。也就是说，叔叔你白死啦。失望吗？”

虽然不知道究竟是怎么回事，但是，“叔叔的儿子可不会得救”这句话让木村陷入了更大的不安。帮帮我，他想说，嘴却动不了。生命正在逐渐流逝。

“什么？叔叔，你说什么呢？喂！”王子轻描淡写的话不知从何方传来。

涉……木村想要说话却什么也没说出来。无法持续的呼吸使他痛苦不堪。

“叔叔，加油。救救孩子——你只要能好好地说出这几个字，我就帮你。”

对王子的愤怒早已经没有了。只要他愿意救自己的儿子，那就什么都听他的。木村在意识朦胧中思考。他想动动嘴巴，口腔里却汩汩地涌出了血，直令他作呕，呼吸也变得更加急促了。涉——他试图说出这个名字，可即便用尽全身力气，却还是出不了声。

“嗯，什么？听不见哦。叔叔。”

木村甚至已经不知道此刻这样询问自己的人究竟是谁了。他只剩下一个念头——对不起，我马上就好好地说出来，请一定救救我的儿子。

“叔叔，你真是没用啊。涉可要死了哦。这都怪叔叔。”一个声音喜滋滋地说道。

木村觉得自己的身体正不停下坠，直至地狱。而不管木村的灵魂如何嘶吼，声音都再也无法传递出来。

王子

“好啦。”王子眼前的柠檬说着，站起了身。

“这样就上好锁了吗？”

柠檬将奄奄一息的木村塞进厕所后，又将细铜线拴在门内侧的锁柄上。接着，他在关门的同时用力抽动铜线。第一次没反应，第二次总算响起了成功锁上的声音。这是一种用细线从门外上锁的物理式原始做法。用过的铜线夹在门缝里，垂了下来。

“这截露出来的部分……”

“铜线这样放着就好。不会有人注意，而且如果有需要，只要将铜线往上一拉还可以把门打开。”柠檬说，“给我。”他伸出了手。王子将刚才柠檬让他保管的矿泉水瓶递了过去。对方接过之后立刻喝了起来。

“不过，你小子，最后那时候为什么要在他旁边嘀嘀咕咕地说话？”柠檬转过身来问他。刚才柠檬将流血不止的木村拖到厕所正准备关门的时候，王子说：“我还想再跟他说最后几句话。”随后他便进了厕所，对木村说了些什么。

“也没什么大不了的事，只是叔叔还有个孩子，我就跟他说了说那个孩子的事。而且，叔叔好像也有话想说，我就凑过去听了。”

“听到了吗？”

“说出来的几乎都不成句子了。”王子说道。他想起自己说“涉可要死了哦”时木村的反应。已经面色苍白、毫无意识的木村，因为他的这一句话，脸色变得更加苍白。王子当时感到了一种说不出的满足。

一个人明明即将死去、注定已绝望，却还可以让他感受到更深的绝望。这可不是随随便便就能做到的事情，王子扬扬自得地想。木村痛苦不堪，却还试图恳求他“救救我的儿子”，实在是滑稽至极。都已经不能好好说话了，却还要拼命尝试，真是可笑。

王子又想起了那本描写卢旺达大屠杀的书。里面提到，图西族人几乎都是被砍刀砍死的，很多人都遭受了惨烈的折磨。于是，有一个人便决定，如果真到了万不得已的时候，就将所有财产尽数交给对方，以求得能让对方“用枪杀死自己”。不是为了恳求别人不要杀自己，而只是为了能让自己死得痛快而去行贿和祈求。王子读到这里时很感动，这世上竟然还有如此卑微的愿望。交出全部财产，恳求对方“请让我死得干脆”，这样的愿望怎能不叫人兴奋？

死是绝望的，但那并非终点。就算死到临头，也还可以让人更绝望，王子理解到这一点后，一直想要亲自尝试一下。他觉得这就如同音乐家总是想要尝试难度更高的曲子一样。

就此而言，木村的态度和表情或许算是很理想了。自己都要死了，竟还要去替别人着想，还要去担心孩子会如何，王子觉得这实在很好笑。由此，他又产生了新的想法。能否利用木村的死，再继续摧残其他人，以及他们的人生呢？比如说木村的儿子和父母。

“好了，走吧。你跟我来。”柠檬朝前方歪了歪头。

不知是不是因为柠檬的手法很好，地面上并没有沾上太多的血，只有一条微弱的红色的线，好像鼻涕虫留下的痕迹一般，一直延伸到厕所。等柠檬拿一片湿巾一样的东西擦过之后，那微弱的红线也随即消失了。

“我一定得跟着你吗？”王子说的时候十分谨慎，他一方面让自己看上去很害怕，另一方面又不至于表现得不够自然。“我只不过是做了那个叔叔让我做的事情，其他什么都不知道。我都不知道这把枪到底该怎么办。”

柠檬开完枪后，那把枪又被放回到了王子的背包里。

“我可还没有完全相信你，你或许也是业界的人。”

“业界的人？”

“拿人钱财、替人消灾的人。就跟我们一样，尽做些险中求生的事情。”

“你说我吗？我只是个初中生啊。”

“初中生也分很多种。不是我吹牛，我还是初中生的时候就已经杀了人。”

王子将手放到嘴边，做出一副吃惊的样子，但他内心却有些许失望。自己杀人的时候，还是个小学生呢。他觉得自己的期待忽然间开始枯萎了，这个叫柠檬的人或许根本不会超越自己的想象。“大哥哥，为什么大家都说不可以杀人呢？”王子又问出了这个问题。

原本已经准备迈步前进的柠檬忽然间站住了。刚好有个人正打算经过他们所在的车厢连接处，于是他顺势让开，走到了车厢出入口附近比较宽敞的空间。他对王子说：“培西，你过来。‘为什么不可以杀人呢？’这种一点都不可爱的问题可不是培西该问的。”他语气里明显带着不快，“培西可是很受小朋友欢迎的。”

“我很久之前就觉得不可思议了。发生战争的时候不是也会杀掉很多人吗？而且还有死刑。那为什么还非要说不可以杀人呢？”

“我刚开枪打死一个人，你现在问我这样的问题本身就很搞笑。”柠檬的表情和他的话不同，丝毫没有放松的意思。他继续道：“你听着，不可以杀人，这只不过是那些不想被别人杀死的家伙捏造的规则。他们都是些自己一无是处，却希望得到他人保护的家伙。要我说，如果不想被别人杀死，就应该好好考虑怎么通过自己的行动来避免，比如说不要招人恨，或者是去锻炼身体，总会有方法的嘛。你最好也这样试试。”

王子觉得他的回答并没多大意思，差点当场说出“你也不过如此嘛”。虽然有些不合常理，但这个人只不过是因为除此之外再没有其他生存之道，才做起了这种凶险的事情。他不是什么多罕见的人，想法更是跟哲学没有一点关系。王子有些愤怒，觉得对方辜负了自己的期望。如果是先充实自己，再付诸暴力伤害他人，那或许还算得上有深度，但本质空虚而只在行动上不择手段的人实在太过单薄。

“你笑什么呢？”柠檬锋利的声音传来，王子立刻说了句“没有”，同时摇了摇头。“我只是在发呆。”王子说出了他的理由。在王子看来，编造理由和道理堪称控制他人的基本手段。说出理由，不说理由，说明规则，隐藏规则——通过这些行为，很多人都能被轻易地诱导、玩弄。“我被那个叔叔威胁之后，很害怕。”

“我开枪杀人，你都没有显得有多害怕。”

“被那样威胁之后，任谁都不可能不在乎的。”

“那个大叔有那么过分？”

王子表现出害怕的样子。“真的很可怕。他是个很过分的人。”

柠檬一动不动地盯着王子。他锐利的眼神落在王子的脸上，似乎要像剥橘子般将王子的脸一片一片地撕开。王子害怕自己的真实想法会随着那些被剥落的皮裸露出来，暗暗告诉自己要将那些东西深深地压在心底。

“你说的话太可疑了。”

王子思考了一下该如何应对之后，选择柔弱地摇了摇头。

“啊，对了，我知道一个差不多的故事。”柠檬那细长的眼睛闪烁着光芒，微微歪起嘴笑了起来。

“差不多的故事？”

“是黑色的狄塞尔来到多多岛时的故事。狄塞尔不喜欢绿色的蒸汽小火车达克，想将他赶出多多岛，于是到处说他的坏话。”

“你说的这些跟我有什么关系？”王子看着柠檬说话时那稍稍有些兴奋的样子，拼命思考着应该采取怎样的行动。

“那个可恶的狄塞尔到处跟人说：‘达克在到处说小火车们的坏话。’多多岛上的小火车们毕竟太单纯，听后都很生气，怪达克竟然四处说大家坏话。不过当然啦，达克其实是被冤枉的。”

王子看着好像在演讲般的柠檬，觉得自己也有点被他的故事吸引了，可忽然发现柠檬在说话的同时，竟然像捏寿司似的将刚才拆下来的消声器不知不觉间又拧到了枪口上。看着他那熟练的动作，王子不禁吓了一跳。那动作就像是在仪式开始之前检查自己的着装一般，不紧不慢，熟练而自然。枪是什么时候被拿走的，王子完全不知道。

“达克也吓了一跳。因为不知不觉间忽然就被朋友们讨厌了。

而当达克知道自己被冤枉到处说别人坏话之后，你知道他说了什么吗？”柠檬的口气就像是一名正教导着王子的老师。消声器已经装好，枪口正对着地面。为了检查弹仓，柠檬还拉了一下枪栓。

王子觉得自己无法动弹了。

一边讲着孩子们爱听的故事一边做开枪准备，这看上去是那么的不真实。

“你听着啊，达克是这样说的：‘我真是想都没想过！’那也是当然嘛，那样巧妙的坏话，哪是达克那么简单就能想到的？”柠檬右手握着枪，很自然地垂了下去。准备工作已经结束，随时都可以开枪。那支枪正严阵以待。

“那，”王子将视线从枪上移开，径直看着柠檬，“那又怎么样？”

“接下来，达克说了一句叫人感动的话。你最好记一下。”

“他说了什么？”

“‘我们蒸汽小火车，才没有那么卑鄙！’”

王子的面前就是枪口。柠檬的手臂伸展着，手臂前端的枪正指着王子的额头。枪装上了消声器之后显得特别长，王子觉得自己像被一根看不见的竹签穿了起来。

“为什么？”王子说。到底应该怎么办？他拼命想着。他当然知道现在的情况十分不妙。

天真烂漫的孩子，这个角色还是应该装到底吧。为了控制人的情感，外表很重要。比如，如果婴儿不是那么可爱，不能刺激大人的感知，让大人觉得他们很可爱，那么肯定谁也不愿意下那么大功夫去养育他们。同样，就算总有人强调树袋熊其实很凶残，就算理性上人们也可以理解这一点，然而，当亲眼见到那些背着自己的孩子悠然自得的树袋熊时，想对其抱有戒心还是十分困难。

相反，对于那些外表怪异、令人不快的东西，不管表面上人们的态度多么友好，感情上其实还是无法对其敞开心扉。这些都只不过是生理反应，但正因如此，利用这一点进行诱导才会相当有效。

人决定做什么，靠的不是头脑，而是直觉。生理上的感觉会成为操纵人心的杠杆。

“为什么要朝我开枪呢？你刚才不是说了要留下一个活口吗？”王子决定先进行一番尝试。或许他只不过是忘记了自己刚才所做的决定，王子试图让他回想起来。

“刚才，我终于明白了。”

“明白什么？”

“你其实是坏心肠的狄塞尔。”

“那个狄塞尔到底是……”

“‘是来胖总管的铁路局帮忙的狄塞尔。心眼非常坏，还狂妄自大。总把其他小火车当傻瓜，净做些狡猾的坏事，但最后诡计总是会被拆穿，受到大家的惩罚。’这就是狄塞尔。怎么样？跟你很像吧。”柠檬面无表情地背诵道。“虽然你说刚才那个大叔是个很过分的家伙，但依我看，那个大叔应该跟达克一样，是那种‘想都没想过’的类型。不是吗？他其实是个没什么脑子的人，虽然没出息又离不开酒精，但并没有坏心眼。”

“你什么意思？”王子试图恢复冷静，将注意力从枪口上移开。这把枪虽然可怕，但如果有害怕的工夫，还不如用来想想该如何活下去。陷入恐慌的瞬间，就已经变成了一个失败者。是谈判，还是恳求？是威胁，还是诱导？王子在心里默默排列着选项。或许应该先考虑拖延时间？还是说应该故意挑拨？他决定先从眼前这个男人最感兴趣的话题开始。“那个，关于那个行李箱……”

“当然，”柠檬并没有听王子说话，“我也不觉得那个大叔能比得上达克，但单从被冤枉这一点来讲，他们俩是一样的。”

那把枪就像是柠檬的一根修长的手指，紧对着王子，纹丝不动。

“等等！我不知道你在说什么。我刚才说的是行李箱。”

“你不是培西，是坏心肠的狄塞尔。我现在总算明白了，虽然花了点时间。”

王子以为柠檬说完的瞬间就会朝他开枪。他觉得眼前一黑，可又忽然意识到那是因为自己闭上了眼睛。他又赶紧睁开。如果真的要死在这里，又怎能不亲眼见证这一时刻呢？在危险和恐惧面前捂住眼睛是弱者才会做的事。王子很满意自己此时并未感到恐惧。就这样结束了吗？王子觉得有些不甘和惋惜，又或者是类似的其他什么情感。人生就要结束了，游戏却还没有完成，这就是他此刻的心情。反正接下来的人生估计也都是一些无聊的节目，那么就算此时被宣告生命终结，也没什么大不了。这是他真实的想法，而且他也对如此直面人生最后的终点却毫不狼狈的自己感到自豪。

“你就是狄塞尔。”是柠檬的声音。

要开枪了。那颗毁掉我人生的子弹，就要从这个黑洞里喷射出来了吗？王子紧紧地盯着枪口，并不打算避开视线。

过了一会儿，王子开始疑惑为什么自己还没中枪。接着，他看到柠檬那只端着枪的右手缓缓地垂了下去。

王子看向柠檬的脸。只见他怔怔地眨了眨眼睛，表情一片茫然，随后又用左手捏了捏眼睛，那样子看上去明显很不自然。他左右摇了摇头之后，打了两个大大的哈欠。

这时候困了？怎么可能！王子试探着朝旁边移动了一步、两步，慢慢地避开了枪口。“你怎么了？”王子问道。他是被下了药吗？

王子忽然想到了。以前，为了陷害同年级的一个女同学，王子曾经使用过强效安眠药，此刻柠檬的表现就和当时那个女生被下药后一样。

“混蛋！”柠檬胡乱地晃了晃枪口。他可能也感觉到了危机，于是打算在完全失去意识之前封住王子的行动。“怎么这么困？”

王子立刻用双臂抱住柠檬的右臂，趁着对方的行动变得迟缓，他不顾一切地夺下了枪。柠檬像是要发狂一般，挥起了左臂。王子躲开他的攻击，朝后退去，一直躲到他对面的门前。

柠檬腿都伸不直了，摇晃着朝门这边走来。他此时已被睡魔所制服，正处在崩溃边缘。只见他两手摸索着四周的墙壁，然后就像一个被剪断了提线的木偶一般，当场倒下。

王子将手上的枪再次放回背包里。现在可没工夫拆什么消声器。柠檬脚边有一个矿泉水瓶。王子慢慢地走过去，拿了起来。看上去就是一瓶十分普通的矿泉水，难道就是这里面被下了药吗？他朝瓶里看了看。水里被下了药？被谁？一个个疑问涌了上来，但立刻又被其他的思绪掩盖了。

我运气很好，王子不得不这样认为。在这样千钧一发的被动局面之下，竟然还能上演如此大的逆转，他不禁感慨万分。

王子站到柠檬身后，双手伸到柠檬腋下，稍微往上抬了抬。的确很重，但也不是完全抬不动。能行，王子做出判断后暂时放下柠檬，走向刚才把木村塞了进去的那个厕所。他抓住铜线，注意着不让手被割伤，然后往上一提。门应声打开。接着，他又回到柠檬身旁。为了将柠檬搬进厕所，他再次绕到柠檬的背后，打算将其抱起。

就在此时，他被攻击了。

原以为柠檬早已睡熟，没想到他竟然猛地伸出双手，抓住了身后王子的西装衣领。王子向前一个趔趄，翻倒在地。四周的场景在旋转，他一时间摸不清状况，只得慌忙站起身。王子感到自己的汗毛都立了起来。柠檬会继续攻击自己吗？那就真的完了。

“喂。”然而柠檬却坐着没动，他目光涣散，手摇摇晃晃地伸向前方，如同醉汉一般，用奇怪的语调说道，“你去告诉蜜柑。”

看来药效确实很强劲，柠檬光是为了保持意识清醒就已经竭尽全力了。那前仰后合的样子，看上去就好像在陆地上拼命地划着船，这一可笑的执着让王子差点笑出声。或许他喝的不是安眠药，而是其他什么更糟糕的东西。王子拿出手枪，朝柠檬走去，将脸稍稍凑到柠檬身旁。

“你告诉蜜柑，他正在找的那把钥匙，就放在盛冈站的储物柜里。”柠檬咬紧牙关，拼命维持着意识说完这句，随即猛地垂下头，再也不动了。

王子正以为柠檬死了，又发现他呼吸还在。接着，王子再次准备抬起柠檬，却突然注意到柠檬手下面还压着一张小小的画片。那是一张贴纸，被贴在了地板上。

绿色的小火车上还有一张脸，一看就是儿童节目里的角色。他真是够喜欢这东西的，王子意外之余，又觉得他将贴纸贴在这里，或许是打算给同伴蜜柑留下什么暗号，于是立刻将其撕了下来，揉成一团扔进了垃圾箱。

接着他拖起了柠檬，将他放进厕所。木村正躺在里头，血缓缓地从身体里渗出，渲染开来。那红黑色的血似乎跟附着在地面上的尿液混在了一起，王子觉得恶心。于是他轻声对木村说了一句：“好脏哦，木村叔叔。”

如果这时候有人进来就麻烦了，王子决定先拉上门，锁住。他让浑身无力的柠檬坐在马桶上，然后从背包里掏出手枪，毫不犹豫地顶住了柠檬的头。他担心自己被血溅到，便一直退到了紧挨着门的位置。拉开距离，瞄准好之后，扣动了扳机。咔嚓一声传来。不知是因为有消声器还是因为列车的震动，那声音显得很小。柠檬的头猛地晃了一下，鲜血随即从被击中的地方汩汩流出。

在睡着的时候中枪，就这样结束了人生，真够蠢的。他应该连疼痛都没有感觉到吧。看着那些有气无力地流出来的可怜的血，王子脸上不禁浮现出笑容。就连断了电的玩具都比这有尊严得多。我才不要这样的死法呢，王子坚定地想。

稍微考虑了一下，他决定将枪留在厕所里。原本想过是不是应该带在身上，但那样有一定的风险。电击枪还可以以防身为理由，真枪可就不行了。而且，考虑到木村和柠檬都是被枪打死的，这把枪出现在厕所里或许更容易解释。从厕所出来之后，他关上门，再次用铜线上了锁。

正打算去八号车厢，王子忽然又想起了什么，于是停下来从背包外侧的口袋里掏出了手机。这是木村的手机。他翻出通话记录，立刻按下呼叫键。

铃声反复响了几次之后，电话那头传来一个粗鲁的男声。“喂。”

“是木村叔叔的父亲吗？”列车的震动使得电话里的声音听得不太清楚。

“啊？”男人反问一句之后，声音缓和下来，“哦，你是刚才接电话的那个初中生吧？”

对方那慢悠悠地看着电视喝着茶一般的闲情逸致让王子差点笑

出声。他真想告诉对方，在你喝茶的时候，你儿子已经死啦。“其实，刚才木村叔叔说的都是真的。”

木村的父亲不说话了。像这样将重要的事情告诉毫不知情的人时，王子总是兴奋不已。

“木村叔叔在这边遇到了危险。木村叔叔的儿子似乎也不安全。”

“怎么回事？涉不是在医院吗？”

“我也不大清楚。”

“让雄一……你让他接电话。”

“叔叔现在已经接不了电话了。”

“什么叫已经接不了电话了？他不是在新干线上吗？”

“我觉得就是因为爷爷你们太疏忽大意，所以才搞成了这样。”王子淡淡地说着，话里没有任何感情，只有事实。最后他又添了一句，“可能还是报警比较好。”

“你什么意思？”

“啊，对不起。我不能再继续说了，先挂了。”

这样就好，王子想。从现在开始，木村的父母会烦恼不已，不知道儿子和孙子究竟出了什么事，被不安的情绪所控制，坐立难安，唯一能做的也只有给医院打电话。但是，现在这个时候还不会发生什么事情，医院那边肯定也只会回答“没问题”。身处东北乡下的他们除此之外便再也无能为力。王子不觉得他们会报警。即便报警了，也只是“有人打来一个奇怪的电话”这种程度。

等知道了全部真相之后，他们一定会后悔。王子觉得这实在是令人无比开心。原本只打算安度晚年的一对老夫妇，那所剩无几的宝贵时光却会被悔恨和愤怒塞满。一把捏碎别人的人生，将从中榨出的果汁一饮而尽，再没有比这更美味的了。

王子朝八号车厢走去。你也没什么了不起的嘛，柠檬先生，他想着。不管是孩子还是大人，人类都是如此脆弱，全都不值一提，真无聊。

槿

路程短到出租车的计价器都还没怎么跳，槿就到达了目的地。

付钱，下车，目送出租车离开。四车道的马路对面就是目标建筑，是一栋高楼，外观看上去很新。

那个中间人是不是已经到了呢？槿想象着一个平日里坐在桌边接着电话，做着文职的男人，因并不熟悉的现场作业而紧张不已的样子，不禁想笑。比起那些给自己定下条条框框，总想着哪些事情是自己做不到的，从不打算跳出那些束缚的人来，槿倒是对他还更有好感。

槿打了个电话。中间人没接。把别人叫出来，自己却不出现，这算怎么回事？槿虽然没有生气，却也无计可施，不禁心想要不要先回去，可又有些好奇。想着想着，身体已经穿过了马路朝那栋建筑走去。

等待人行信号灯变绿时，槿眺望着马路。在他看来那就是一条河流。将目光聚焦后，景物的颜色变得不再那么鲜艳，马路上隆起不规则的波涛。河流由右向左地缓缓流动起来。设置在马路边的防护栏，为了不让那缓慢摇曳着的河流偏离航道涌上河岸，默默地坚守着守护者的岗位。这河流偶尔会和着狂风加大水势，但大部分时间都只是摇晃着波澜不惊的河面，发出潺潺流水的声音。

槿收回视线。河流消失了，马路重新出现在眼前。四周的景致又开始活泼起来，染上了各种颜色。

旁边的花坛里摆着一个铝制的小桶，里面插着交通安全旗[①]。

再往下，花坛里开满了蒲公英。那小巧的黄色花瓣，就像不知疲倦地欢跳玩耍之后，又忽然间软绵绵地睡过去的小孩，让人感受到天真无邪的生命力。朴素的绿色花茎摇摇晃晃地支撑着它们。包裹在黄色花瓣外的是一层绿色的皮，绿皮下端往下垂着，是西洋蒲公英。

外来的西洋蒲公英将原先的日本蒲公英取代了。他想起曾经有人这样说过。

可那并不是事实。日本蒲公英之所以会减少，是因为人类侵占了它们赖以生存的环境。西洋蒲公英只不过是来到了一片空无一物的土地上而已。

真是有意思，槿想。人类伪装出一副西洋蒲公英才是让日本蒲公英减少的罪魁祸首，而自己则是这一切的目击证人的样子，而实际上，明明自己才是真正的凶手。西洋蒲公英只不过因为生命力顽强才大量残留了下来，就算西洋蒲公英没有传来，日本蒲公英同样也会消失。

黄色花瓣的旁边，一滴鲜红进入眼帘，是一只差不多指甲尖那么小、如同从滴管里挤出的一粒水滴般的瓢虫。槿眯起眼睛，看着

①放置在人行横道两端的写有“交通安全”等字样的小旗子，多为黄色，儿童过马路时拿起该旗以提醒来往车辆注意。

它那有如在红色的水滴上用细笔尖点了几点墨汁的斑点般细腻的背壳。

昆虫的模样究竟是谁想出来的呢？他不觉得这只是顺应环境进化而来的结果。那落在红色上的黑色斑点里，是否蕴含着什么必然呢？既算不上怪诞，也算不上奇异，昆虫的外形里有太多地方让人无法相信那竟是出自大自然之手。

槿一动不动地看着那只颤颤巍巍地爬在叶片上的瓢虫。他将指尖凑了过去，结果瓢虫躲到了花茎的背面。一回头，发现路灯已经变成了绿色，槿于是穿过了人行横道。

中间人打来了电话。

水果

蜜柑有些在意迟迟未来的柠檬，但当九号车厢前端的车门打开，他跨出车厢的瞬间便发现眼镜小子正坐在地上，于是也管不了那么多了。

列车进入隧道，震动的声音也随之改变。周围突然暗了下来。列车内忽然被一种如同下潜到水底般的压抑感所包围。

七尾就在出入口附近，背对车头靠着墙壁，蜷膝坐在地上。一开始蜜柑以为他已经断气了。因为他的眼睛虽然睁着，但看上去意识很朦胧。

蜜柑将手伸进外套口袋准备掏枪，却发现七尾不知何时已端起枪对准了他。

“你不要动。”七尾说。他仍旧保持着坐倒在地的姿势，枪稳稳地对着蜜柑。“我会开枪的。”

新干线冲出了隧道。从车窗往外面看去，可以看到大片种植着水稻等待收获的水田。列车很快再次潜入隧道。

蜜柑略微举起了双手。

“你最好不要有什么多余的想法。我很累了，会立刻开枪。”七尾说，“我先从结论说起吧，杀害峰岸儿子的凶手已经找到了，就是黄蜂。”

在蜜柑的视野边缘，内侧出入口附近有一辆售货用的推车，但是并没有发现那个女售货员。“赢得很轻松吗？人在哪儿？”

“我放到那个多功能室里了。赢得很辛苦。”七尾说，“这样一来，你就没必要干掉我了，是吧？在这里跟我硬拼，对你也没有好处。”

“是吗？”蜜柑一动不动地注视着七尾的动作。看上去似乎有机可乘，如果顺利，或许可以拔出枪，他在脑海里默默演练。

“刚才我也说过了，我们之间还是相互帮助比较好。在这里互相开枪也于事无补，到时候开心的就是别人了。”

“谁？”

“我现在也不知道，另外的某个人。”

蜜柑和七尾相对而立，一动也不动地思考着。“好吧。”过了一会儿蜜柑点头道，“你把枪收起来吧，我们先休战。”

“我可不记得我跟你开战过。”七尾扶着墙壁，缓缓地站起身。他将手放在胸前，反复做着深呼吸。或许是因为刚才跟那个女人战斗完，他很疲劳，正惶恐不安地确认着自己的身体是否无恙。他的裤子破了，地面上还有一个玩具针筒一样的东西。发现蜜柑的视线注意到那东西之后，七尾慌忙拾起，扔进了垃圾箱。他把枪插到背后。

“你注射了什么药？”

“她是职业的，所以我想应该早已经准备好了解毒剂。情况危急，我只好赌一把看看，期待她在自己被扎了的状况下可以拿出解药。”

“什么意思？”

“总之，我现在还活着，所以应该是赌赢了吧。”七尾说着，将手张开又握紧。接着他又稍稍弯下身，摆弄着撕破了的裤子上的布条。

蜜柑口袋里的手机振了起来。他掏出来看了一下液晶屏幕，立刻心情沉重起来。“是我和你的老板。”

“峰岸？”七尾睁大了眼睛。他的脸看上去逐渐恢复了生气，但在说出了这个名字之后再次苍白起来。

“马上就要到仙台了嘛。应该是想要最终确认一下吧。”

“确认什么？”

“‘再不老实交代，我就真的发火了，你确定要这样？’可能是类似这样的确认吧。”

“怎么可能！”

“那我把电话给你，到时候你替我说。”蜜柑接通了电话。

“我有一个问题。”峰岸连名字都没有报就开始进入正题。

“嗯。”

“我儿子平安吗？”

他问得如此直接，蜜柑一时间无言以对。

“刚才有人向我报告，”峰岸说，“说我儿子在车上的样子不对劲。他跟我说‘您儿子的状态好像有些不对劲，不如您去关照一下吧’。我告诉他‘我儿子不是一个人坐在新干线上，我已经找了两个信得过的人跟他一起，不用担心’。结果对方又说‘最好留意一下您信赖的那两个人，虽然他们是跟您儿子在一起，但不知道那到底是个还在喘气的儿子，还是个早已经一动不动的儿子了’。”

“您在大宫的部下误会了。可能因为您儿子当时正在睡觉，所以看上去像是不喘气了。”蜜柑苦笑着说。他忽然想到，如果峰岸要求“那你现在让我儿子接电话”，那可怎么办？身上的汗毛不禁竖了起来。

面前的七尾正带着一脸小心翼翼的表情看着自己。

“这么一说我倒是想起来了，‘息子①’这个词里不是正好有个‘息’字嘛。肯定得有气息在所以才算得上是儿子啦。”

蜜柑的话峰岸并没有听进去。或许他原本就只喜欢发号施令，对来自别人的建议或理由从来都不会听进耳朵里，唯一有必要听的只有报告。“所以，”峰岸继续道，“小心起见，你们要在仙台再接受一次检查。”

果然如此，蜜柑只得打起精神道：“就算您要查，新干线可是不等人。”

“你们下车就好。带着我儿子和箱子一起在仙台下车。站台上有几个我的手下，另外，我还找了你们的同行。”

“一下子出现那么多大好青年，车站里的人恐怕会吓一跳。”

到站的通知音乐响起了。轻快的旋律在车厢中肆无忌惮地回响着，蜜柑却只能苦笑。

“你们能按要求做到当然最好不过，但要是做不到那就没办法了。我再问一次，我儿子没事吧？还有箱子。”

“当然。”蜜柑答道。

“那么很快就可以检查完了。你让我的手下看到我儿子和箱子，然后再上车就好。记住要让他们看到我的儿子还喘着气。”

音乐过后，列车长也通过广播通知很快就要到仙台站了。

---

①日文中“儿子”的汉字写作“息子”。

“怎么了？你怎么不说话？”电话那头的峰岸问道。

“到站的音乐太吵了。好像马上要到仙台了。”

“你们是坐在三号车厢吧，我的手下就等在车厢门附近。到了仙台之后立刻下车。没问题吧？”

“啊，您儿子现在刚好去上厕所了。”蜜柑说完之后，立即在心里把自己骂了一通。这算什么破理由啊。你小子的头脑不是挺好使的吗？他开始同情起自己来。

“我再重复一遍你们要做的事情：从三号车厢下车，然后让我的手下看到我儿子和箱子。仅此而已。”

“其实，我们刚才跟列车长闹了点矛盾。”蜜柑竭力解释道，“现在我们已经走到九号车厢，来不及回三号车厢了。”

“那么就到六号车厢吧，正好在三号和九号中间。走这点距离总没问题吧？我现在就给他们下命令，让他们到六号车厢那里去等。你们也从六号车厢下到站台就可以。记得带上我儿子。”

“我出于好奇想随便问问。”蜜柑强装平静地对着电话说，“如果那些手下认为我们的情况不正常，会怎么样？应该不会马上就朝我们开枪吧？”

“儿子和箱子不是没事吗？那你就不用担心了。”

“但是您的手下说不定会判断失误。如果是这样，我们在站台闹成一团不是给人添乱吗？”

“给谁添乱？”

蜜柑一时也答不上来。要是说“无辜的普通市民”这样的字眼也太空洞了，完全算不上是解释。“车上有很多乘客，如果乱开枪会造成恐慌。”

“车上不可能有那么多乘客。”峰岸说得很肯定。

“不是啊，都坐满了。”蜜柑毫不犹豫地说了个谎，他心想峰岸不可能知道这边的空位情况。但结果正好相反。

“不可能坐满。大部分的车票都被我买下了。”

“买下了？”

“知道你们要坐那趟新干线带我儿子回来之后，我就把当时剩下的空位全买下了。”

“全部的空位？”这一出乎意料的消息实在让蜜柑哑口无言。虽然不是没可能，但是有这个必要吗？他觉得十分疑惑。

“我是为了尽量减少风险。新干线上会发生什么，谁也不知道。乘客比较少，你们也更容易保护我儿子，不是吗？”

还谈什么保护不保护，你儿子上车后一眨眼的工夫就死掉了，蜜柑有一种想要立刻向峰岸坦白的冲动。而且，在那所剩无几的乘客当中竟然混进了那么多同行，峰岸的囤票战术也实在算不上成功。“那到底得花多少钱啊？”

“也不是多大的金额。就算一个车厢能坐一百个人，那也才一千张车票。”

蜜柑的脸色很难看。他倒是并不意外有人会有这种扭曲的金钱观，因为来找他们做事的人大部分都抱有扭曲的金钱观。但即便如此，峰岸的这种花钱目的和方式也太不正常了。买光新干线的车票到底算怎么回事？如果是这样，列车长难道就不怀疑吗？那些明明已经卖出去的座位，到头来竟然全是空的，列车长就一点都不觉得奇怪吗？蜜柑突然听到电话那头传来一个小女孩的吵闹声。是峰岸和情人的那个女儿吗？那边是父女之间的天伦之乐，这边列车上却正上演你死我活，两者的天壤之别让他觉得迷茫。峰岸究竟是如何一边担心儿子的安危，一边又能和女儿一起度过悠闲时光的呢？蜜柑只能认为，峰岸那扭曲的心理状态，已经不是正常人的价值标准所能衡量的了。

“总之，你所说的车上的座位都坐满了是谎言，没错吧？根本就不可能坐满。你最好别再说谎或者夸大其词，否则很快就会被戳穿。一旦被戳穿，就要受到惩罚。而且，在仙台只要你们不做抵抗，就一定不会发生什么危险。这一点你可以放心。”

电话挂断了。

新干线开始减速。车身稍稍偏斜，画出一条柔和的弧线。

没工夫瞎想了。蜜柑走出九号车厢，进入八号车厢。“怎么样了？”七尾匆忙跟在身后，但蜜柑没有回答。他稳稳地踏出脚步，对抗着车身的摇晃，向前走去，还不时抓住座位以维持平衡。

一些乘客似乎准备下车，纷纷起身从行李架上拿出行李。对面车门里走出了一个孩子，向蜜柑靠近。别碍事，蜜柑正准备从旁边挤出去，对方却说了一句：“请问是蜜柑哥哥吧？刚才一个叫柠檬的哥哥在找你呢。”

是啊，都把柠檬的事给忘了。但是，也没工夫烦恼了。“柠檬在哪里？”

“他刚才说有事，到后面去了。”

蜜柑又打量了一番面前的少年。一头乌黑的头发没有刻意分边，猫咪般的大眼睛，挺拔的鼻梁，看上去像是个家教很好的孩子。不能再耽搁了，蜜柑走了过去，他感觉到列车已经开始刹车。

“到底该怎么办？你要去哪里？打算做什么？”七尾很吵。

一些乘客聚集在车厢连接处准备下车，他们狐疑地看着匆匆忙忙的蜜柑等人。蜜柑从大件行李存放处找了一个行李箱，二话不说便抽了出来。是适合国外旅行的那种大箱子，比蜜柑他们带的那个要大很多，看上去十分结实。

“你拿那个箱子打算干什么？”七尾说。

“没时间了。拿这个先顶一阵。”蜜柑拎起手上的箱子，朝七号车厢走去。箱子看上去很结实，但也很重。

蜜柑避开人群，在七号车厢里穿梭。那些从座位上站起来向出口走去的乘客看着反方向逆行的蜜柑，毫不掩饰地投来不耐烦的眼神。蜜柑又来到下一个车厢连接处。人们为了下车已经排起了队。他终于来到了位于六号车厢和七号车厢之间的乘降口，站在人群正中央。七尾也停下脚步。少年跟在他们身后。

“听着，到了仙台之后，我们要从这个门下车，去一趟站台。”蜜柑快速地对七尾解释道。

“是峰岸说的吗？”

“他的手下正等着呢。我必须带着箱子跟峰岸的儿子一起去站台，接受他手下的检查。”

“可这个箱子不对啊。”七尾指着蜜柑手里的行李箱说。

“是的。而且你也不是峰岸的儿子。”

“啊？”

“箱子和峰岸的儿子，两个都是假的。事到如今，只能指望瞒混过关了。听好了，到时候你什么都不要说，只要装愣就行。”

七尾似乎没能理解蜜柑的意思，愣了一下。“我？”

新干线像是开始俯冲似的降慢速度，随后又立刻往后摇晃起来。脚下几乎站不稳，蜜柑只得扶着墙壁支撑住身体。“你就假装是峰岸的儿子。”速度越来越慢。蜜柑知道，车已经进仙台站了。

“那怎么行？”七尾的眼睛一片茫然，“这要怎么装？”

“别管那么多了，跟我来。”

这时，身后的少年插嘴了："真要有事，不如试试别管他们了，怎么样？如果你们不下车，那些手下一时间应该也不知道该怎么办。搞不清状况的话，他们恐怕也没法胡来。你们就这样装糊涂，或许还可以乘车继续前进哦。"

一点也不像个孩子，蜜柑很不喜欢少年的这番话。他说的虽然有一定道理，可是蜜柑并不打算改变计划。"我们如果不下车，大量他的手下就会冲上来，到时候也很难办。"

门打开了。排着队的乘客们开始有序地下车。

"走吧。"蜜柑对七尾说道。

瓢虫

仙台站到站之后，广播响起，几个带着行李的乘客乘上了新干线。七尾与蜜柑并肩站在站台上，斜眼观察着他们。他们面前是三个身着西装的人。我们两个人，对面三个人，七尾在心里默念着。稍远处有一个光头瘦高个的男人，再远一些是两个体格如格斗家般强健的男人。他们都站着没动，只是注视着这边。

“简直跟踢足球时发任意球似的嘛，大家都排成人墙了。”蜜柑很沉着。至少看上去如此，呼吸沉稳，说话的时候也不慌不忙。

“是蜜柑先生吧。”西装三人组中间的那个说道。他几乎没有眉毛，眼睛细长。“久仰大名。这次是因为峰岸先生突然打电话来，所以我们也不得不来检查。”听上去对蜜柑他们似乎很敬重，但语调平淡，纯粹是礼节性的。

七尾稍稍抬了抬头，发现列车长也站在后方车厢附近，查看站台上的情况，显然是在留心七尾他们。确实，一大堆男人面对面站在一起，多少会让人有些警觉，七尾想道。不管怎么看，他们既不像是依依惜别的异地恋人，也不像是为了送别友人专程结伴而来。

但是，可能是怕惹麻烦，列车长并没有靠近。

“喏，这就是峰岸先生的儿子，然后这个是行李箱。检查好了吗？新干线可要发车了。我们可以上车了吧？”蜜柑很不耐烦地说。

那黑色的行李箱没有什么可疑之处，设计也很简单。只要一口咬定这就是那个箱子，或许真的能勉强让他们相信。问题是七尾。他连头都不敢抬太高，只能一直盯着自己的脚尖。虽被叫来冒充峰岸的儿子，但到底该怎么冒充，他也不可能知道。

“这个箱子能打开让我们看看吗？”

“打不开。我们也不知道怎么打开。而且，你们知道箱子里装的是什么吗？”蜜柑说，“我倒是很想让你们教教我该怎么打开这箱子。”

西装男没有作声，手伸向了那个黑色行李箱。他弯下腰，抚摩着把手和密码锁，像是在鉴定陶器。但是看他那样子，似乎也不知道该如何辨别箱子的真伪。“这缩写是什么意思？”男人保持着弯腰的姿势，转过脸看着蜜柑。

箱子下方贴着一张写有“MM”的贴纸，是用带荧光粉的笔写的，像是十几岁的女孩很喜欢用的那种。

“应该是峰岸名字里的‘M[①]’吧。”蜜柑不动声色地说道。

“那另一个‘M’又是什么？峰岸先生的名字是良夫啊。”

“难道不是峰岸的‘M’？”

“我是说另一个‘M’。”

“那个也是。峰岸的名字是良夫，这听上去总感觉像是个奇怪的笑话。而且，这贴纸也不是我们贴的，你别问我啊。新干线马上要出发了，我们可以上车了吗？”

---

①“峰岸”用拉丁字母写作“Minegishi”，“良夫”为“Yoshio”。

已经没有乘客下车了。站台上似乎也没剩下等待上车的乘客。接下来就只等着发车了。

西装男直起身，这次他走到了七尾面前。“你以前戴眼镜吗？”他说道。七尾一惊，差点当场跳起来。他真想立刻摘下眼镜，但只能拼命忍住。

“是我让他戴上眼镜的。也不知道你们究竟知道些什么情况啊。这个大少爷——”蜜柑说完，西装男稍稍抬了抬眉毛。“峰岸先生的儿子，”蜜柑改口道，“他被一些凶恶的家伙绑架了。就是说，有人盯上了他。新干线上也不能保证就没有人还在打他的主意，所以得让他稍微乔装一番。”

“所以就给他戴了副眼镜？”

“还有其他很多地方，你看他现在跟平时的感觉不大一样了吧。”蜜柑完全没有表现出胆怯，若无其事地说道。

“谁知道呢。”没眉毛的男人口气依然很有礼貌。他拿出了手机，“刚才我们收到了他的照片。”此刻手机屏幕上应该正显示着峰岸儿子的照片吧。只见他将手机放到了七尾的脸旁边。

“喂，马上发车了。”蜜柑叹了口气。

“看上去不怎么像。”

“那是当然。为了不至于一下子被别人认出来，我们让他换了风格，发型啊眼镜什么的。好了，我们走了。你们好好跟峰岸先生报告一下。”蜜柑将手搭到七尾的肩膀上，歪了歪头道，“回去吧。”七尾点了点头，这下好了，戏也演得差不多了，他终于放下心来，但为了不让别人看出他那终于释然了的表情，七尾仍尽量皱着眉头，装出一副很严肃的样子。

这时，没眉毛的男人喊出了一个他并不知道的名字。七尾不知道是在叫谁，正打算不理会，忽然想到该不会是在叫峰岸儿子的名字吧，于是抬起了头。他的直觉似乎对了，只见没眉毛的男人开口问道：“真的除了你父亲之外，其他人都打不开箱子吗？”

七尾保持着皱眉的样子点了点头。“我什么都不知道。”他又觉得什么都不做似乎有点不妥，有些不安起来，便下意识地伸手去拿放在站台上的那个箱子。他随手摆弄着密码锁，发出咔嚓咔嚓的声音。“要是这样就能打开，倒也省事了。”他觉得这样一来会显得更有说服力。人越是想强装镇定，越是会做出一些不自然的举动，七尾现在的行为正是典型中的典型，完全是多余的行为。

密码锁上一共有四个数字，他觉得只是这样随手摆弄一下绝对不可能中，而且像自己这样不走运的人就更不可能了。但是，七尾忘记了按完整的墨菲定律来说其实应该是这样：“胡乱摆弄密码锁是不可能打开的，除非打开了会有大麻烦。”

箱子打开了。

由于七尾的动作很大，箱子一下子弹开来，一大堆女式内衣如同雪崩一般从箱子里散落出来。

从没眉毛的男人开始，西装男和光头男，包括两个格斗家般的男人，所有人都像是冻住了一般。这突如其来的变故显然使他们的思维停顿了。

这个装满了内衣的箱子不可能是峰岸的东西，这一点他们还是猜得出来吧。蜜柑也目瞪口呆。这时最冷静的就是七尾了，他早已习惯了自己因不走运而引起麻烦。虽然有些意外，但他更多感觉到的是“又来了”。说得更清楚些，就是类似“早就知道说不定会变成这个下场了”的感觉。他立刻蹬起双脚冲上了车。蜜柑像是被他感染了一般也冲了进去。几乎就在同时，车门在背后关上，新干线动了起来。

七尾看了一眼窗外。站台上，没眉毛的男人正将手机放到耳边。

“好了。”在已经发车的新干线上，七尾看着正大口喘气的蜜柑说，“接下来怎么办？”

新干线毫不理会七尾他们的混乱和烦闷，速度越来越快。

“你为什么要在那里开箱子？”蜜柑讶异地看着七尾。他好像在怀疑七尾，但是从那冰冷的目光和死人般的脸色上读不出情感。

“我觉得那样摆弄一下或许能让他们感觉更真实。”

“更真实？”

“我想让他们相信我真的打不开那个锁。”

“但你打开了。”

“我运气好。”其实是因为自己运气不好，但七尾故意这样说。“那些人应该怀疑我们了吧，箱子是假的这件事也暴露了。”

“应该是吧。在大宫的时候对我们的好感度本来就已经下降了，经过这一下，恐怕是急转直下。”

“不过，反正到盛冈之前新干线都不会再停，这样算不算躲过一劫？”七尾说道。他只能寄希望于这一厢情愿才找到的光明，虽然这光明其实只不过是一个幻影。

“跟柠檬当初说的话差不多。”蜜柑说完便看了看四周，“对了，柠檬到底去哪儿了？”接着，他指着呆站在附近的那个初中生道：“喂，你刚才说柠檬去后面了，是吧？”

他怎么还在啊，七尾想。他听到了七尾和蜜柑之间的对话，又看到了刚才在仙台站的这一幕，应该早已明白此刻情况危急，但是他既没有选择逃跑，也没打算向别人报告事态异常，而是继续留在附近。这个少年看上去只是个老实的普通初中生，难道其实内心十分阴暗，对这些非常态的场面十分向往吗？七尾心想。还是说他只是想事后跟朋友们吹嘘“我在新干线上遇到了这种事哦，亲眼所见哦”，想借此让别人对他刮目相看呢？

“嗯。”少年点了点头，“他当时好像是忽然想起了什么，慌慌张张地往那边去了。”他说着指向六号车厢。

“或许已经在仙台下车了。”七尾将心中所想随口说出。

“为什么？”

“我怎么知道，会不会是觉得已经受够了？”

“他不是那样的人。”蜜柑平静地答道，“他一心想做个能干的小火车。”

“跟我一起上车的叔叔也不见了，我也正着急呢。”初中生来回看着七尾和蜜柑，仿佛是一位已经摸清了班级的大致情况，正准备做出指示，给学生们分配任务的班长或体育委员。“那个……”他轻轻地举起了手。

“干什么？”

“刚才你们说的不对，这趟新干线，接下来要停的可不是盛冈哦。”

“啊？”七尾因这意料之外的消息而发出了一声惊呼，“下一站是哪里？”

“是一之关，再有二十分钟就到啦。接下来是水泽江刺、新花卷，最后才是盛冈。”

“疾风号经过仙台之后不是直接到盛冈才停吗？”

“也有不是那样的，比如这一趟。”

“这样啊。”蜜柑看来也一直理解错了。这时，手机铃声响了，七尾从口袋里将手机拿了出来。“快接吧。”蜜柑说道，“肯定是你的真莉亚大人打来的。”

七尾也没有不接的理由。

“反正你肯定又没能在仙台下车吧。”真莉亚的声音蹦了出来。

“你怎么知道？”

“你现在还好吗？我还担心呢，怕你让蜜柑他们给干掉啦。”

“蜜柑先生正跟我在一起呢。要不要让他接电话？”七尾有些自嘲地说道。

真莉亚忽然沉默了。她似乎很担心。“你被抓住了？”

“也不是。双方的情况都很棘手，所以就互相帮助一下。”七尾说着偷偷看了蜜柑一眼，发现他耸了耸肩，“我按照你说的，已经打算把箱子让给他们了。”

“我那是说到最后的最后无论如何都没办法的情况下。”

“现在就是最后的最后无论如何都没办法的情况。”

真莉亚又沉默了。两人如此一来一往的时候，蜜柑那边似乎也有电话打进来，他将手机放到耳边，稍微走远了一些。初中生虽被晾在一边，但似乎并没打算回自己的座位，而是四处打量着车厢连接处。

“下一站是哪儿来着？”

“真莉亚，你知道吗？我还以为下一站是盛冈，结果不是。接下来是一之关。”

“那你就在一之关下车吧。箱子反正也已经无所谓了，就在那里罢手吧。事情到了这一步，怎么想都觉得你坐上了一班不祥的列车。真是叫人提心吊胆啊。还是赶紧跟它断绝关系吧。”

“或许只不过是一列普通的新干线搭载了一个不祥的男人而已。”七尾苦笑。

“对蜜柑和柠檬可不能掉以轻心。他们很可怕。”

“我知道。”

七尾刚挂断电话没多久，蜜柑就回来了。“峰岸打电话来了。”他说。表情虽然没有任何变化，但仍可以看得出他心里很烦。

“都说什么了呀？”初中生问道。

“小孩别乱插嘴。”蜜柑目光锐利地盯着那个初中生，给了一个警告的眼神，接着又对七尾说：“他让我们去盛冈。”

“去盛冈？”

峰岸好像并没有生气，而是用一种近乎同情的语气问道：“为什么要给我的手下看假箱子？”

“我短暂地思考了一下应该道歉，装傻，还是硬撑，最后跟他解释说‘您的手下一副目中无人的样子，所以我才打算捉弄他们一下’。”

“你干吗要撒那样的谎？”这不是没事找骂嘛。

“不，那样峰岸反而不好判断，我到底是背叛了他，还是说只是在胡闹。实际上，我们也的确没有背叛他，只不过是失误了而已。”

这可是个致命的失误，因为峰岸的儿子被杀掉了。七尾将手按在胃部默默想道。

听了蜜柑的话，峰岸微微笑了一下。“好。要是你们心里真没鬼，应该会到盛冈来吧。如果你们敢在其他车站中途下车，我只能当你们是逃跑了。那么，我肯定会让你们吃尽苦头，让你们后悔无数次，想着‘当初如果没有逃跑而是直接去盛冈就好了，能不能再重新来过啊’。”

“当然了，我们肯定会去盛冈。您儿子也想赶紧见到您。”蜜柑回答道。

跟七尾说明了通话内容之后，蜜柑耸了耸肩，说道：“峰岸还决定现在赶去盛冈。”

“他亲自来？”

“原本应该在别墅里享受假期的啊。”蜜柑茫然道，“他似乎是预感到有什么不好的事情发生了，于是想要亲自来确认。他说有人给他打了个电话。”

“有人给他打了个电话？什么电话？”

“我想应该是刚才在仙台站打电话报告的那帮人吧。他们向峰岸进言说：‘您还是亲自去站台确认比较妥当。’”

七尾不知道该回答什么才好。手下可以那样劝上司吗？“那，”过了一会儿他说道，“那祝你马到成功。我下一站就下了。”

蜜柑端起枪，瞄向七尾。枪并不大，看上去甚至都不像是枪，而是一台奇形怪状的数码相机。

初中生略微瞪了瞪眼，往后退了一步。

“瓢虫，你必须要跟我们一起去一趟。”

“不行啊，我已经决定抽身了。从这次任务里抽身，也从这趟新干线上抽身。箱子我已经放到乘务室了，杀峰岸儿子的女人我也塞进了绿色车厢前面的多功能室。接下来你只要去跟峰岸解释清楚就可以了。”

“不行。”蜜柑的口吻丝毫不容分辩，“你觉得你还有选择吗？你觉得我只是为了吓唬你才掏枪？”

七尾既不能点头，也无法摇头。

“那，要不我们赶紧去找柠檬哥哥吧。”当议题错综复杂、班会变得无法收场的时候，班长就要站出来总结，那个初中生似乎是带着这样的气势发话了。小孩什么都不用烦恼，真是叫人羡慕啊，七尾想。

木村

看到丈夫木村茂将话筒放回电话机上，木村晃子问道："刚才是什么电话啊？"

顺着四号国道一路北上进入岩手县，再往前走一段有一处老旧的住宅区。这里是当初经济还景气的时候，当地的开发商一鼓作气盖出来的。随着年月积累，经济也越来越不景气，年轻人都去了大城市，当地人口逐渐减少。当初效果图上的那些设施和建筑就那样被永远地留在了图片中。再没有新建的住宅，渐渐地，这里变成了一个死气沉沉的街区。建筑排列有序，墙壁已经褪色，让人觉得这里像是刚经历过青春期就进入了老年，但对于木村茂和晃子来说，逐年老化这件事在某种程度上跟他们自己的情形不谋而合，这远离刺激和潮流的街道无疑更适合他们居住。于是，十年前他们在这里找到了一栋二手住宅后，便毫不犹豫地买了下来，而对之后的生活，他们也从未有过任何不满。

"是从新干线上打来的。"木村茂回答道。

"哎呀。"晃子说着，将装着辣味膨化零食和糯米团子的盘子放在了桌上，“好啦，来吃吧。有辣有甜，要再有些水果就完美了。”她愉快地说。“那，到底是什么事啊？”她又问道。

“刚才，雄一打电话来的时候，不是说‘我被抓住了，来救我’吗？”

“是哦，你刚才说过，说他坐在新干线上还搞恶作剧。”

“是啊。可是，搞不好那并不是恶作剧。”木村茂理不出头绪来，只能模棱两可地解释道，“之前在电话里讲话的初中生，刚才又打来了。”

“雄一又做什么怪事了？”

“他说了些很奇怪的话。”

木村茂将电话的内容转述给妻子。晃子则歪着头说：“到底是怎么回事呢？”随后拿起一块膨化零食放进嘴里，“好像不怎么辣呢。”她嚼了几口后说，“要不你再给雄一打个电话？”

木村茂立即拨了电话。他努力回想着如何给刚打来的电话号码回电，手法生疏地按着按钮。拨号声并没有响。人工信息音响起，手机的电源被切断了。

“我好像有种不祥的预感啊。”晃子又嚼了一块膨化零食。

“我担心涉。”木村茂感觉胸中那幽暗的想象、轮廓模糊的苦闷正在膨胀。那个打来电话的孩子只一味地含糊其词，以至于他的臆测也只能四处扩散。

“涉有危险吗？”

“还不知道。”木村茂说着，开始往医院打电话，“他把涉一个人丢在医院到底是打算去哪里啊，这个雄一。是准备坐新干线到我们这里来吗？”

“要是那样，我想他会讲的。就算不讲，也应该先确定我们到底在不在家啊。”

“难道是陪护陪烦了，跑了？”

“虽然酒精依赖症让他意志薄弱，但那孩子肯定不是那样的人。”

木村茂往医院打电话，可总也接不通。他执拗地继续打。最后终于听到了工作人员的声音。是一个见过几次面的护士，木村报上名字后，对方也很有礼貌地打了招呼。“涉的情况还没有改善吗？”他问道。

“刚才我去看的时候还没什么特别的变化，我现在再去看一次吧。”她说道。稍微等了一会儿之后，护士再次拿起了话筒。“现在好像还是没什么变化，如果有情况，我会联系您的。”

“谢谢了。”木村茂答谢过后又装作开玩笑似的说，“其实我刚才睡午觉的时候做了个噩梦，梦到一个可怕的人闯进了你们医院，涉也十分危险。”

“哎呀呀，”护士似乎有些不知道该如何回应，“那是挺让人担心啊。”

“我们这些上了年纪的老家伙，不管什么梦都会当真啊，真是抱歉。”

“我这边也会注意的。”

这样的应答应该已经是她的极限了吧，木村茂也能理解。与被质疑而露骨地表示出不耐烦相比，这已经算是很好了。难得啊，他想着，挂上了电话。

“你是不是在想，会不会发生了什么不好的事情？”晃子皱着眉头，把茶杯放到嘴边，啜了一口。

“不是会不会，有可能已经发生了。我的直觉从来不会错。”木村茂摸着下巴。指尖传来已苍白的胡须的触感，大脑思考着。“很可疑。”

“什么东西很可疑？”

“打来电话的那小子。开始感觉只是一个很普通的初中生，可刚才那通电话却很好懂。”他直起上身，抬起双臂，做伸展动作。关节噼啪作响，身体的各个部位似乎都被碾压一般。他回想着刚才那通电话。那个自称初中生的人，语气虽然爽朗，说出的话里却只有冷漠。“我觉得就是因为爷爷你们太疏忽大意，所以才搞成了这样。”对方先是这样说，试图将负罪感抛给他，然后又扔下“我不能再继续说了，先挂了”这样一句不明不白的话就挂断了。

“老头子，你是在怀疑那个孩子吗？”晃子又吃了一块点心，“比起零食的辣味来，还是这些点心的甜味更浓啊。”

“我的直觉从来不会错，这你也知道吧。”

“可是，要真是那样，该怎么办呢？还联系不上雄一吗？要不要报警？”

木村站了起来，走到隔壁的房间，打开柜子。柜子里上面塞着被褥，下面摆着收纳箱。

“你又要睡午觉啦。你以前就这样，一有什么放心不下的事就想睡觉。”晃子无可奈何地说，又吃起了点心，“不过，你现在如果睡午觉，可真要做噩梦了哦。”

恐怕噩梦已经成真了，木村茂想。他心中已布满了混沌、不安的幽暗浓雾。

水果

柠檬去哪儿了？蜜柑一边顺着过道往后走，一边暗暗疑惑。到现在都还没看到柠檬的身影。

“或许有什么急事，在仙台下车了。”七尾在身后说。

“还能有什么急事？”蜜柑在车厢连接处停下脚步，转身回头，七尾也停下了。他此刻虽然愣头愣脑地不知所措，却完美地跟蜜柑保持着一定的距离，这一点让蜜柑不由得感慨。两人之间自然地拉开了一段距离，这段距离让七尾可以应付蜜柑的突然袭击。虽然他看上去慌慌张张，十分不可靠，可毕竟还是从事这危险行业的人。那个初中生也跟在后面。蜜柑虽然心里厌恶，但要赶他走也很麻烦。

“柠檬先生可能发现了什么可疑的人，为了跟踪他，就在仙台下车了。”七尾说。

“这我也考虑过。”

柠檬或许是怀疑上了某个从厕所里出来的人，然后决定跟踪他。虽然不知道可疑人物是什么人，但柠檬向来不是靠道理而是靠直觉做判断，所以还是立刻决定跟踪对方。这也不是没有可能。蜜柑当时和七尾一起在站台上，没有工夫观察四周，所以就算他真的从哪个车门里走出来了，他们也有可能注意不到。

“可就算真是那样，也应该联络我啊。”蜜柑说着，这句话像是在说给自己听。“过去也发生过这样的事情。只是，他虽然是个怕麻烦、很随便的家伙，但对时间和约定被破坏这种事非常敏感，所以总是会给我打电话。”能干的小火车一定要随时注意按照预定时间运行，柠檬经常这样说。如果要变更路线，一定会事先通知。就算当时来不及，事后也会尽快报告。这是他的信条。

蜜柑掏出手机看了一眼。没有电话。就在这时，初中生的电话却响了。车厢连接处的噪音很大，虽然一开始没有真切地听到铃声，但初中生还是猛地反应过来，将手机放到耳边，走到了车门旁。小孩跟在后面总是很烦，蜜柑径直朝前走去。

穿过自动门，走进下一节车厢，蜜柑再次观察起乘客和行李。没有看上去像柠檬的人，好像也没有什么跟柠檬有关的东西。

“果然还是在仙台下车了吧。”七尾也从后面走进来，说道。

蜜柑停下脚步，面对着七尾说道：“我总觉得不是那样。”列车前进时发出的声音就像心脏在跳动一样。蜜柑甚至觉得，自己或许正走在一条巨大的钢铁血管之上。

“喂，瓢虫。”蜜柑忽然想到了什么，问道，“你在车上有没有跟柠檬讲过话？”

“讲话？你说什么时候？”

“什么时候都可以。”

“要说讲过话，那也算讲过一点。”

“他没说过什么关于我的钥匙的事吗？我在找的那把钥匙。或者，他有没有让你给我带话？”

七尾愣了一下。“钥匙？”他歪着头，一副茫然不知所措的表情。“是很重要的东西吗？”他的脸上浮现出一丝不安。

“没事”。蜜柑答道。如果……他想，如果……柠檬死了呢？他终于想到了这一点。对啊，并非没有这种可能，倒不如说，在这趟新干线上，这是很有可能的事情。为什么自己就没有想到？蜜柑为自己的迟钝感到意外。假设柠檬死了，那一定是被杀，一定是有人朝他下手。还不能断定那个人不是七尾。因此，蜜柑期望着如果他真的是被七尾所杀，或许会留下什么证据或者信息。

“柠檬什么也没说过吗？”

“钥匙什么的反正是完全没说过。”七尾的回答看上去并不像在掩饰什么。蜜柑忽然又意识到，现在回想起来，跟柠檬分开之后，他一个人继续前进，然后才在前方的车厢连接处遇到七尾。七尾根本没有机会在蜜柑不知情的情况下杀掉柠檬。这一点只要冷静下来想想，马上就能明白。蜜柑苦笑。

“正因为是他，才很难想象会受伤。”

“他确实很强啊。”七尾诚恳地说道，“柠檬先生他还跟我说过，‘就算我死了，也会复活。’”

有那么一瞬间，蜜柑怀疑这就是柠檬留下的信息，但还是觉得不对。那句话他经常说。“我是不死身”“我会复活”，不管见到什么人，他都会这样叫嚣，还会说什么“复活之后，我就是柠檬Z了”这种不明所以的话。

“因为我跟柠檬的命都特别硬嘛。所以就算出了什么意外，或许也会换个身体重新回来吧。”

就在这时，列车长从后方的车厢走了出来。自动门打开，一个年轻挺拔的身影走了过来。这个人穿着双排扣制服的正装，显示着一个值得信赖的列车长所拥有的自信。

七尾立刻做出反应，对列车长说道："啊，不好意思，刚才我送过去的那个箱子……"他指着蜜柑，"是这位先生的。"

列车长看着蜜柑。"啊，那个啊，刚才我播了一遍广播，结果没人来认领，我正发愁呢。"他说道，"东西还放在乘务室，可以请您跟我过来一趟吗？"

"是啊。"七尾看着蜜柑，"现在去拿吗？"

蜜柑也有些犯愁。要说找柠檬，整列车还没找完，但放着箱子不管，他也有些不愿意。或许还是应该在能弄到手的时候先弄到手比较好。

"蜜柑哥哥。"有人叫自己，蜜柑才发现初中生又出现了。他打完电话又追上来了。真是个纠缠不清的小孩，蜜柑对他已经超出烦恼，而是开始感到憎恶了。或许他只是想在大人说话的时候插嘴，尝试一下成为大人的感觉，但实在是太碍事了。蜜柑觉得真应该赶他走。这时候初中生却说："那个，我在那边发现了一个可疑的东西。"

列车长似乎对于初中生的话并不感到讶异。"那么，跟我一起去乘务室拿箱子吧？"他说完便像带路似的顺着列车前进的方向走去。

列车长带路，七尾、蜜柑、初中生排成一列，朝前走去。

穿过七号车厢，来到连接处，初中生从背后拉了拉蜜柑的外套，连着拉了好几下。蜜柑转过身，视线不经意地瞥到旁边的厕所。

"喂。"蜜柑叫了一声七尾，"你先去，帮我拿到箱子。我陪这小子上个厕所。"他用下巴指了指初中生。

列车长似乎对此时不自然的气氛没有丝毫反应，七尾像是明白了他的意思，点了一下头之后便消失在了前方。

列车长和七尾进了八号车厢之后，蜜柑立刻折回厕所，问初中生："你是觉得这里可疑吗？"

初中生一副神秘兮兮的表情，伸手指向厕所。"你看，这里有一条奇怪的线。"他指着一条从门缝里伸出来的铜线。

蜜柑不由得瞪大了眼睛。是柠檬经常带在身上的铜线。绝对没错！在藏匿峰岸大少爷的尸体，要将厕所的门从外面上锁的时候，他也留下了一条一模一样的铜线。

"这个是不是很奇怪啊。厕所好像还是使用中的状态，但里面又不像有人的样子。我觉得有些可疑，还有些害怕。"初中生就像不谙世事的孩子害怕日落后的黑暗一样，害怕着那个厕所。

是柠檬干的吗？蜜柑想着，抓起铜线用力往上拉起。随即传来了咔嚓的声音，门打开了。

"这样打开没事吗？"

蜜柑径直将门拉到一边。映入眼帘的是一幅跟普通厕所大不一样的场景：有马桶，但又并非只有马桶，还有人的身体，如同蛇一般蜿蜒盘旋，怪异地扭曲着的人的身体。因为有两个人，手脚的数量也跟着多了起来，看上去就像一个诡异的组合。

声音从蜜柑四周消失了。一瞬间，一切都变得不真实。

两个高大的男人围绕着马桶倒在地上。身体弯曲成不自然的形状，一眼看上去就像是什么恐怖的东西一般。蜜柑觉得似乎目睹了一只未曾见过的巨型昆虫。地板上积攒的血液还在歪歪扭扭地流动，看上去就像小便。

"怎么会这样！"身后的初中生一声嘶喊，朝后退去。

“柠檬。”蜜柑悄无声息地叫出了这个名字。

声音又回来了。列车行进时的声响让蜜柑内心的最深处猛地抖了一下。柠檬的脸出现在眼前，不是面前这个闭着眼睛、眼皮上还覆盖着血液的男人，而是总在身边吵吵闹闹地跟自己说个没完的柠檬。“我也想被别人这样说啊，你真是个能干的小火车。”蜜柑想起那两眼闪烁着光辉、如同孩子般的表情，觉得自己的胸口忽然裂开了，碎成一片一片。冰冷的风吹了进去，带来了小小的纷扰，而那样的纷扰他从未感受到过，茫然不知所措。

小说里的语句在脑海里回响。“我们终将死去，各自孤零零地死去。”

不管一起度过的时光有多长，消失的时候都是孤零零地独自一人。

王子

王子从蜜柑背后窥探着厕所里的情形，此时往后退了一步、两步。他一边装出害怕的样子，一边留意着蜜柑的表情。王子没有错过蜜柑那张苍白而僵硬的脸。他感受到一种一脚将玻璃踢得粉碎的快感，甚至想轻声地告诉蜜柑：“什么呀，你不是也很脆弱吗？”

蜜柑从厕所里关上了门。王子被留在了外面。

王子也想留在厕所里看蜜柑的反应。面对着柠檬的尸体，他是会惊慌失措，还是会拼命掩饰狼狈？王子很想观察这个周身散发出冰冷气息的男人到底会做什么。

不一会儿，门打开了，蜜柑出现在面前，表情没有变化。王子有些失落。

“另外一个大叔，是之前跟你在一起的那个吧？”他反手关上门，用拇指指了指。应该是在说木村吧。“他胸口中枪了，但不是心脏。你打算怎么办？”

“打算怎么办？”

“柠檬已经死了，但大叔还有气。”

王子一时间没能理解这句话。木村还活着？原以为他被柠檬打中之后死定了呢。确实，他流的血不多，但即便如此，如果那副模样都能活下去，那真叫人觉得他永远都不会死了。真倔！王子险些说出口。

“别误会。大叔也不是生龙活虎的状态。”蜜柑解释道，“他只是还没死，但也奄奄一息了。怎么办？哦，就算你想做什么，在这新干线上也无法进行治疗。或许你可以在这里号啕大哭，抱着列车长的大腿，让他替你把这列车停下。你就告诉他，快叫救护车！”

该如何回答呢？王子只迷惑了一瞬间。从一开始他就没打算要让列车停下，更别说惊动警察了。“我之前被那个大叔抓住了。”王子开始谎称他是被木村以近似绑架的方式控制住了。他告诉蜜柑，自己十分害怕，现在知道木村快死了，虽然有些混乱和恐怖，心里却感觉终于得到了解放。其实，自己背地里还有一丝期待，如果木村就这样死去，那他就开心了。

蜜柑对此似乎并不是很感兴趣。他的目光犀利，却很难看出究竟在想什么。正常情况下他或许会指责王子“即便如此，这时候也应该联系警察吧”，但不知是否因为他也希望列车就这样继续行驶下去，所以并没有再多说什么。蜜柑站在关上了门的厕所前一动不动，隔着过道跟王子相对而立。“厕所里有两具尸体。大叔虽然现在还没死，但也撑不了多久。柠檬的身体是靠在大叔上面的。所以，柠檬是死在大叔之后的。朝大叔开枪的应该是柠檬，在那之后，柠檬也被人击中了。”

“被谁呢？”

“枪就在里面。但是，只有一把。”

“只有一把吗？那是谁开的枪呢？”

“首先，柠檬朝大叔开枪。接着，大叔又在临死之前发狂般地抢过枪来朝柠檬开了枪。先不管这现不现实，可能性还是有的。”

王子想告诉他，你要是愿意这样想，我当然开心。他小心戒备着，但还是忍不住想笑。这个叫蜜柑的人果然头脑很聪明，思考很有条理。头脑聪明的人我最欢迎了。越是按条理行动的人，越难以从自我正当化的束缚中挣脱出来，越会按照王子设想好的路走。

蜜柑转过身，看着厕所门上露出的铜线。“但是，我最在意的却是这东西。”

“这个铜线，到底是干吗的？”

“应该是柠檬用来锁门的。一个从外面将门锁上的小把戏，是柠檬常用的手段。”蜜柑用手指一圈一圈地缠绕着那根裸露在外的铜线。看上去不像是在感触颇深地怀念友人，却像是在确认铜线的触感和强度。“既然这东西挂在外面，最合理的解释就是，除了厕所里的大叔之外，当时还有另外一个人在这里。”

“感觉你好像侦探一样呢。”王子不是在开玩笑，而是他确实有这种感受。蜜柑那沉着冷静，丝毫不流露出感情，在尸体面前侃侃而谈，披露自己想法的样子，跟王子从前读过的小说里登场的名侦探重叠在了一起。

“我才不会为了抓凶手而去玩扑克[①]。我只不过是依据见到的线索，想象最有可能的场景。”蜜柑说，“估计，柠檬在朝那个大叔开枪之后，将尸体藏进了这个厕所，然后锁上了门。这铜线就是那时候拿出来的。”

王子不知道蜜柑的真实想法，只能不置可否地附和着。

---

①似指美国作家范达因《金丝雀杀人事件》中的情节。该作中，主角通过一场巧妙的牌局找出了凶手。

“但是，随后又有另外一个人射杀了柠檬。那凶手为了将柠檬的尸体藏起来，再次进了厕所。他觉得可以把柠檬跟大叔放在一起。然后，为了锁门，他又使用了这根铜线。”

“怎么会？”

“那个凶手可能见过柠檬如何使用这根铜线。拉起铜线，这样将门打开又关上。他目睹了铜线的使用方法后，照样学的而已。”

“你是说，柠檬哥哥把方法教给了那个人吗？”

“应该不是教的，只不过，柠檬那样锁门的时候，那个人或许在旁边看见了。”蜜柑用手指摆弄完铜线之后，稍稍往前走了几步，他弯下腰盯着地板，似乎觉得那里留有什么证据一样，脸凑得很近。他还摸了摸残留在墙壁上的痕迹，简直就像在犯罪现场四处查探的警察。“对了，你之前有没有跟柠檬说过话？”蜜柑很快又回到王子面前。看他那说话的口气，像是忽然想起了什么。

“嗯？”

“你跟柠檬应该稍微聊过几句吧？”

“你是说，他还活着的时候吗？”

“他死后你有没有跟他说过话，这问题我还真问不出来。你有没有从他那里听到过什么？”

“什么‘什么’？”

蜜柑思考了一会儿，然后说道：“关于钥匙的事。”他稍稍歪了歪头。

“钥匙？”

“我在找一把钥匙。柠檬似乎知道些什么，他有没有跟你提起过？”

“那个啊……”王子差点就打算这样回答了。他想起了柠檬最后的时刻——被睡魔侵袭，意识朦胧，却拼尽最后的力气说了这样一句话："那把钥匙，就放在盛冈站的储物柜里。"柠檬的确说过去告诉蜜柑。王子并不知道那究竟是一把什么钥匙，但正因如此，他也还记着这件事情。如果这时候把钥匙的事告诉蜜柑，说不定还能引出其他什么有趣的情报。钥匙的事他的确说过，但是我也不知道他说的究竟是什么意思——这句话差点脱口而出，可话到嘴边，王子的脑海里却拉响了警报：可能是陷阱。没有任何根据，一种只能被称作直觉的东西制止了他。"他从没说过那样的事情。"王子答道。

"是嘛。"蜜柑似乎并不沮丧，只淡淡地应了一句。

王子看着蜜柑的反应，思考着。是不是应该提一下盛冈站的储物柜会比较好呢？但是，即便不提，也不见得会带来什么不利后果。如今我们的地位依旧是平等的，或许自己的还更高些，王子分析着。

"我还是有些在意。"蜜柑忽然叹了口气。

"在意什么？"

"刚才你为了接电话走开了，当时是在六号车厢后方的车厢连接处。"

"是啊。"

"但你原本的座位应该在七号车厢。"

记得真清楚啊，王子下意识地想这样回应。蜜柑只从他座位旁边经过了一次。就那样一次不经意的交错而过，他便记下了车厢号码。

蜜柑目不转睛地盯着王子。

绝对不能慌，王子告诉自己。他知道，蜜柑只不过是虚张声势。"那是因为，"他装出胆怯的样子说道，"虽然我当时回了座位……"

"虽然？"

“但突然又想上厕所，就到这里来了。”好的，王子在心里用力地点了一下头，标准答案。

“哦，是嘛。”蜜柑也点了点头，“对了，你对这个有印象吗？”蜜柑不知从哪里抽出了一张彩色的纸，摊开来。纸并不大。王子看出来了，是排满了托马斯小火车里的角色的贴纸。

“这个怎么了？”

“这是我刚才在柠檬的外套口袋里找到的。”

“他很喜欢托马斯吧。”

“喜欢得都发痴了。”

“所以这个怎么了？”王子决定再问一次。

“这里的贴纸没有了。”蜜柑指的地方有两处空白，贴纸确实被剥掉了。

王子想起柠檬倒下时将贴纸贴到地面的事情。上面有一辆绿色的小火车，那东西被王子撕下扔进了垃圾箱。

“难道不是给你了吗？”

王子觉得蜜柑身上似乎伸出了无色、透明、看不见的触手，如同植物的长蔓般伸展过来，探索着王子的脸颊和脖颈。它们轻抚着王子，似乎要看透他的内心。王子思考着。他无法判断该如何回答。是装傻，还是顺着他编一个答案？“是给了我一张，但我有些害怕，就扔到垃圾箱里了。”

王子十分感谢自己是个初中生。蜜柑原本可能不分青红皂白，仅凭直觉就对王子下狠手。这人即使是用近似拷问的方式，问王子对柠檬的死是否知道些什么也不奇怪——他也十之八九就是靠做着这些残暴的事情活到了现在。但是，对王子，他却不能那样做。为什么呢？因为王子还是个孩子。因为对方是个孩子，他踌躇了。面对如此幼小柔弱的人，实在没法毫无根据便下狠手，所以他一定是听从了来自良心的意见，决定先找出可以佐证自己直觉的证据之后再做出行动。良心这东西，明明就一点用处都没有。

比起柠檬来，王子觉得这个蜜柑更聪明，也更有内涵。内涵会强化想象力，而想象力得到提升后，共情的能力也会更强。换言之，人就会相应地变得脆弱。比起柠檬来，这个蜜柑更容易控制。那么，我应该不会输，王子想。

“是吗？扔垃圾箱里了？是什么贴纸？”蜜柑严肃地质问道。

“嗯？”列车的摇晃让王子失去了平衡，他伸手扶着墙壁，支撑住倾斜了的身体。

“你拿到的贴纸是哪个角色？名字叫什么？”蜜柑手上的贴纸还沾着薄薄的血迹。

王子摇了摇头。“这我可不知道。”一瞬间，王子觉得肚子上开了一个洞。他感到一阵哆嗦，像在高处走钢丝，一只脚却踏偏了。

这时蜜柑小声说了一句：“真奇怪。”

“奇怪什么？”

“那家伙不管什么时候，总是喜欢教别人小火车托马斯的朋友们的知识。他给别人贴纸和玩具的时候，也总会告诉他们相应的名字。绝对会这样。他不可能一声不吭地送出去。如果你拿到了贴纸，那一定听到过名字。就算你不记得了，也一定听过。”

王子思考着答案。不能立刻回答，他想。如果脚已经从钢丝绳上踏空了，那么就更不能慌张，只能慢慢地找回平衡。

“依我看来——”蜜柑看着手上的贴纸，那两处被撕掉的地方，只留下了轮廓。“你拿到的一定是这个。”他指着其中一处被剥掉的贴纸，“一定是绿色的吧？”

“啊，是的。”实际上，他扔到垃圾箱里的确实就是一个绿色的小火车。

“那应该是培西。可爱的培西，是柠檬很喜欢的小火车。”

“可能就是那个名字。”王子模棱两可地回答道，同时观察着对方的反应。

“是嘛。”从蜜柑的表情无法读取他内心的想法。“那你知道这边这个是什么角色吗？”他指着另一处被剥掉的贴纸的轮廓。

“不知道。”王子又摇了摇头，“我并没有拿到那个。”

“我知道。”

“你知道原来贴的是什么？”

“知道。”蜜柑刚说完，身体就凑了过来，“就贴在你这里。”他说完立刻抬手摸了一下王子的衣领，又放下手臂。

王子无法动弹，只能傻愣着。

“你看。这个，是黑色的狄塞尔。”蜜柑手上确实有一张印有黑色车体、四方脸角色的贴纸。

因为完全没有料想到那张贴纸，王子一时呆住了。为了不显露出来，他拼命地控制着反应。“蜜柑哥哥对托马斯也很熟悉呢。”王子勉强应了一句。

这时蜜柑的表情稍微有了些缓和，甚至好像还掺杂着一丝笑容，虽然那看上去并非发自真心。“那是因为，”他说道，“总是被他那样念叨，多多少少会记得一点。”他脸上浮现出一丝无可奈何。接着，他又从自己后裤袋里掏出一本卷了起来的文库本。“刚才我检查尸体的时候，还在他外套里找到了这个。”

封底是橙色的，封面上只印了书名和作者名。蜜柑抚摩着这本看似平淡无奇的文库本，看着书签所在的位置，“好像，他还很努力地读到这里了呢。”他淡淡地说道，“那家伙跟我都是不服输的个性……”蜜柑呢喃着，接下来的声音就更小了，“一点都不坦诚。”

“那个……”

“你听着，狄塞尔心肠很坏。柠檬常常跟我讲，信任谁都不能信任黑色的狄塞尔，他很爱说谎，也不愿意去记别人的名字。而这个狄塞尔，就贴在你的衣服上。”

“或许，是不小心粘上的吧。”王子说着，眼神却在左右游移。大概是柠檬在最后攻击他的时候贴上的。完全没注意到。劣势越来越大，王子直观地感受到这一点。但还有希望。至少从王子自身的感觉来看，仍有很大希望。蜜柑还没有掏出手枪。是觉得随时都能拿得出来呢，还是因为有自信？或者，有什么理由让他觉得不拿出来更好？不管是哪一种，王子都觉得自己还有机会。

蜜柑缓慢而平静地说道：“陀思妥耶夫斯基的《罪与罚》里有这样一句话。”

王子不知道他究竟是什么意思，十分茫然。

“‘首先要爱自己，因为世上一切都是以个人利益为基础的。’也就是说，最重要的是自己的幸福。围绕着它，所有人的幸福都会联系在一起。我从来没考虑过别人的幸福或困苦，只觉得那是理所当然的。你呢？”

“为什么不可以杀人呢？如果有人这样问你，你怎么回答？”王子没有直接回答，却问出了那个自己一直以来的问题。

蜜柑似乎并没怎么犯愁。“陀思妥耶夫斯基在《群魔》里说过，‘犯罪已不再是疯狂，而恰恰是健全的理性，几乎就是天职，至少也是一种高尚的抗议。一个有教养的凶手既然需要钱，怎么会不去杀人呢？’人犯罪并不是什么异常的行为，而是十分自然的。我也赞同这一点。”

从小说里引用的一段似是而非的话，是否真的可以作为问题的答案呢？王子觉得无法接受。而且，就算他赞同“犯罪是健全的理性”，但“高尚的抗议”这样的修辞只能让人感觉到一种近乎自恋、浮于表层的趣味。果然，结果还是令人失望。这只不过是种感性而冲动的思想，只不过是空谈。我想知道的，是对于“禁止杀人”的冷静见解，他想。

另一方面，他想起了刚才列车经过仙台站后不久，打来电话的那个人，那个为了加害木村的儿子而等在医院附近的人。“我已经进了医院，打扮成了医护人员的样子。你应该快到仙台了吧？到现在也没打电话来，我还要继续等待吗？”他这样问王子，似乎迫不及待要开始工作。

“继续那样，什么都不要做就可以。”王子回答，“但是，请按照事先定好的规则行动。如果你打来电话响了十声我还没接，你就可以行动了。”

“是吗，知道啦。”男人略带兴奋地回答。或许，他是认为“只要钱能到手，就算是残害一条幼小的生命也毫无问题”。或许，他会告诉自己“这并不是一个凶残的任务，自己只不过是让连接在孩子身上的医疗机器的功能稍微紊乱一下而已”。人们总会不遗余力地完成自我正当化。

“你是初中生吧？多大了？”眼前的蜜柑还在继续说话。

“十四岁。”王子回答道。

“正好啊。”

“正好？”

“你知道《刑法》第四十一条吗？”

“啊？”

“《刑法》第四十一条，未满十四岁的人的犯罪行为不受惩罚。你知道吗？从十四岁开始，就要受到《刑法》的惩罚了。”

“不知道。”这当然是谎言。这点事情王子知道得很清楚。但是，王子并不认为到了十四岁所以就该退缩了。他犯罪从来都不是因为“正处于不受刑法制裁的年龄”。这种东西只不过是附加在他想做的事情上的制约或优待罢了。《刑法》与他所犯下的罪行完全属于不同的世界，那只不过是些琐碎的小事。

“我再告诉你一段我喜欢的话吧。《午后曳航》里面的。”

“什么？”

“是一个差不多你这个年龄的孩子说的。他提到，所谓的《刑法》第四十一条，‘是大人们对我们抱有幻想的表现，同时也是他们无法实现梦想的表现。他们认为我们什么也做不成，而全凭这一疏忽，我们才可以在这里隐约窥见湛蓝天空的一片角落，一片绝对自由的角落’。多么忘我的文字，我非常喜欢。为什么不可以杀人呢？这个问题的答案也可以在这里找到提示。‘不可以杀人’这种话，只不过是大人们无法实现的一种梦想的表达。是梦啊，梦。就跟圣诞老人一样。现实中绝对看不到的美丽蓝天只能拼命地画在纸上，害怕的时候就钻到被窝里看着它，从现实中逃开。法律说白了就是这样一种东西，只不过是安慰自己，是一种觉得‘只要有这个在就没问题’的表达而已。”

为什么他忽然间开始这样频繁地引用起小说来了呢？王子不能理解，甚至感到绝望，人一旦寄希望于他人的话语时，他的极限也就可想而知了。

不知什么时候，手枪出现了。而且，是两把。面前出现了两把手枪。其中一把被蜜柑拿在右手上，那个黑洞正笔直地指向王子。另一把在蜜柑的左手上，而那只左手却如同救星一般，伸到了王子面前。

这是怎么回事？王子困惑了。

“你知道吗，我现在相当生气。你这样的小孩尤其让人生气。但是，要我单方面地开枪夺走你的性命，又觉得下不了手。欺负弱小跟我的个性不合。所以，我把我的枪分给你。我们都拿着枪，选择杀还是被杀。”

王子没能立刻做出反应。他无法判断对方究竟是什么意思。

“好了，赶快拿着。我教你怎么开枪。”

王子一边戒备着对方的行动，一边接过枪，接着往后退了一步，又退一步。

“先拉后面的枪栓，再抓着枪柄拉下保险，那是安全装置，接下来只要面对着我扣动扳机就行了。”蜜柑面无表情地说道，既看不出兴奋也没有紧张。王子不禁怀疑，他真的在生气吗？

王子拿着枪，打算按照蜜柑刚才所说的操作。但是，他的手一滑，枪掉到了地上。他吓了一跳，脸一下子白了。他还以为蜜柑会趁这个间隙开枪，但蜜柑只是轻声一笑。“冷静点。捡起来，再重来一次就好。我不会做那种乘人之危的事。”他对王子说。

王子觉得蜜柑不会说谎，于是弯下腰去捡枪。这时他的头脑里忽然冒出一个疑问：如此重要的场面，我真的会手滑吗？自己明明一直被幸运之神眷顾，无时无刻不被满溢而出的幸运保护着，这样的失败太不自然了。随即，他想到了——这恐怕是必然。这是必然的失败。“这把枪我不需要。”王子捡起枪，递给蜜柑。

蜜柑的脸沉了下去，眉间皱了起来。

预感到形势即将逐渐改变，王子渐渐有了底气。

“为什么？你不会以为两手空空就能得救吧？”

“不是。”王子干脆地回答，“恐怕，这是个陷阱吧。”

蜜柑不作声。

果然如此，王子喜悦的同时，也觉得很有成就感。我果然被幸运之神眷顾啊。虽然不知道原理和机关，但这把枪恐怕跟正常的枪不一样，应该是那种一旦开枪，自己反而会受到伤害的装置，他想象着。

王子正这样想着，便听蜜柑说道：“亏你竟然知道。那把枪只要扣动扳机就会爆炸。主动开枪的话就算不会死，手臂或者身体的一部分也会受到损伤。”

我果然是被幸运包围着。王子此时已不再惧怕蜜柑。相反，蜜柑难道不是已经开始惧怕自己了吗？

就在这时，王子看到蜜柑背后的门打开了，有人正走了过来。

“救命！”王子喊道，“有人要杀我！”抱着试试看的心态，王子喊了一声“救命”。

而下一个瞬间，就在王子面前，蜜柑的头猛地一晃，原本笔直的脑袋便横到了一边。接着，蜜柑倒在了地上，枪也掉了下来。

列车的地板接住蜜柑的身体，像是要将他带去某个重要的地方，发出了一阵轰隆轰隆、咯噔咯噔的躁动，摇晃着。七尾站在那里。

瓢虫

真是连气都叹不出来了。七尾低头看着被他拧断了脖子的蜜柑，茫然无措。为什么会变成这样呢？他问自己。

“刚才我差点被这个人杀死。”初中生带着颤抖的声音说道。

烦躁不安的思绪如今也几乎要麻木了。“到底发生了什么事？”

“刚才，这些人开枪互射了。”初中生解释道。

“这些人？”这个复数的表述让七尾感到奇怪。他反问之后，初中生伸手指向厕所。“拉一下那根铜线之后，门好像就会打开了。”七尾依话照做，门真的开了。

门后竟然有人围着马桶倒在地上，七尾不由得瞪圆了眼睛。而且，是两个人。他感到一阵头晕目眩。这场景就像是那些不需要的垃圾，比如洗衣机或者电脑被随手丢掉时一般。

“我已经受够了，又是这种事情！”七尾已经顾不上大人的身份，如同一个蛮不讲理的孩子般哭喊道，“饶了我吧！”

“我也是，根本不知道到底怎么回事。”

七尾觉得刚刚被拧断了脖子的蜜柑也不能就那样放着不管，于是将他也拖进了厕所，让他靠在墙边。厕所里已经没有落脚的地方了。这里已经成了太平间，他想。

七尾翻找着蜜柑的衣服口袋，掏出手机。万一什么时候电话响了，尸体被发现，那就麻烦了。蜜柑后裤袋里有一张纸，七尾打开来一看，是超市的摇奖券。为什么会有这种东西？他呆呆地看着。身后的初中生却说道："反面好像写了什么东西。"

纸的背面是一个用纤细的笔迹画的火车图案，还有手写的两个字——"亚瑟"。

"是什么？"

"火车图案。"七尾说着，将纸片直接塞进了自己的口袋。

收拾完厕所之后，七尾走了出来。初中生将背包重新背回肩上，说了一句："得救了。"七尾觉得刚才好像看见他手上拿着枪一样的东西，现在却已经不见了。是错觉吗？他拉上门，反复尝试着拉铜线的动作，把门锁上。

七尾回想着刚才发生的事。

从乘务室拿到箱子回来之后，发现蜜柑正拿枪指着初中生。这个少年柔弱地说出"救命"时的模样，让七尾的身体下意识地做出了反应。无助的孩子投来求助的目光，这使得七尾将眼前的少年和过去曾经被自己抛弃的被绑架的少年重叠在了一起。他的大脑一片空白，近似于一种忘我的状态。他从背后接近，拧断了蜜柑的脖子。他很清楚蜜柑有多强悍，身体也因此立即做出行动。如果不先痛下杀手，那么接下来陷入危机的恐怕就是自己。

"为什么他要朝你开枪？"

"不知道。他在这个厕所里发现了尸体，然后忽然变得很激动。"

是因为看到同伴的尸体所以失去冷静了吗？也不是没有这个可

能性。“到底是谁杀了谁啊，完全搞不清楚。”七尾看了一眼厕所之后，叹了口气。这些细节其实已经无所谓了。他只想尽快离开这个莫名其妙的地方。他觉得此刻“不幸号”正以两百公里以上的时速疾驰。“不幸号”和“倒霉号”连在一起，运载着自己。蜜柑手上掉下的枪又怎么办呢？他只苦恼了一瞬间，随后便将其扔进了垃圾箱。

“啊。”初中生说。

“怎么了？”

“我觉得还是带上枪心里比较有底。”

“我要是拿了，肯定也只会引起什么麻烦事罢了。”危险的东西弃之不用才是上策，七尾是这样想的。蜜柑的电话也扔进了垃圾箱。“扔掉才是最好的办法。”他说着抓起了那个被放在一边的行李箱。“我受够了。真想早点下车。”

初中生脸色有些难看，眼神充满不安，一瞬间眼眶便湿润了。“你要下车吗？”

“反正我也不知道到底该怎么办了。”现在蜜柑和柠檬已经不在了，峰岸交代的事情，责任究竟由谁来承担，他完全没有头绪。但是，会受罚的应该是蜜柑和柠檬，自己根本不会被当回事吧。七尾所接受的委托，只是抢箱子，然后下车。就这样带着箱子在下一站下车，应该不会有什么问题，虽然要被扣分，但至少还能拿个及格，他想。准确地说，是他试图这样想。或许该说，时机刚好吧。广播响了：“下一个停靠站一之关就要到了”。

“那个，可不可以跟我一起去盛冈？”初中生几乎要哭出来了，“我，很担心。”

七尾塞住了耳朵。接下来如果再被卷入什么事件当中可就真叫人受不了了。去盛冈没有任何好处，坏处倒是不管多少都能列举出来。

“其实我……”初中生面色凝重地开口道。

不祥的预感包围了七尾。他十分害怕他不想听到的真相会从少年身上跳出来，将自己五花大绑。现在必须堵上耳朵。他将双手伸向脸的两旁。

“我，如果不去盛冈，有个孩子就危险了。”

“什么意思？”他的双手在捂上耳朵之前停住了。

“算是人质吧，是一个朋友的孩子，差不多只有五岁。人在医院里。如果我不能平安到达盛冈，他就会有生命危险。”

“生命危险？到底是怎么回事？”

“具体我也不清楚。”

七尾很为难。他现在得知了少年必须要去盛冈站，自己在意他的安危是事实，但哪怕早一秒都想赶紧离开这列新干线也是事实。“没关系的，估计到盛冈之前什么都不会发生了。”七尾如同念诵着都不知道是否真的能奏效的佛经一般，不带任何情感地说出了这番连自己都无法相信的话。“所以，你接下来只要老老实实地坐着就好了。”

“真的什么都不会发生了吗？”

“当然也不敢说绝对不会。”

“到了盛冈之后，也不知道究竟会发生什么事，我好害怕。”

“那我也无能为力。”

七号车厢的门打开了，一个男人走了出来。七尾闭上了嘴。他怕别人起疑，于是挺直了身子，可那样子反而更让人怀疑。

“啊。”那个男人轻声打了个招呼。

七尾正疑惑着是谁呢，忽然发现原来是那个补习班讲师。他还是老样子，给人一种透明的感觉，好像如果伸手去触碰就会直接穿过他的身体似的，像一个亡灵。

“唉。”他挠着头，“我骗补习班的学生们说旅游时坐的是绿色车厢。现在才忽然意识到，再不去看一下绿色车厢到底长什么样子，那说的谎也太没可信度了，所以就打算来看一看。”他满脸尴尬地堆着笑容，在七尾还没问起他为什么在这里之前就主动解释了原因，看上去不像是在说谎。

“当老师也不容易啊。”七尾苦笑道。

“你们认识吗？”初中生心怀戒备地问道。

如今这孩子眼里，或许这车上所有人看上去都很可怕了，七尾想。他一定没想到自己竟然会像这样发现尸体，还被枪指着。孩子就应该有个孩子样，老老实实去玩沙盘就好了。“也不算是认识。只不过刚才偶然说过两句话。他是补习班的老师。”七尾对初中生解释道。

“我是铃木。”他报上了自己的姓氏。七尾觉得他没必要这么做，可他却还是特意说了，这大概就是他的真诚之处。就在这时七尾忽然想到了什么。“铃木先生，你说你要去哪里来着？”

“盛冈啊。”

七尾其实并没有深思熟虑。但是，他却一厢情愿地认为，在这里碰上铃木，难道不是命中注定吗？“铃木先生，如果是那样，你可不可以代替我陪这个孩子一起去？”

“啊？”

“我必须要在下一站一之关下车，所以接下来想拜托你……”

七尾的话让铃木有些摸不着头脑。没有任何中间环节就突然摆出了一个结论，他如此反应也是理所当然吧。那个初中生也是一样，表情瞬间僵硬起来，好像在说，你要扔下我不管吗？

“是迷路了吗？”铃木勉强应了一句。

七尾歪着头道：“那倒也不是，但是他好像害怕一个人去盛冈。”

“我就要跟哥哥一起。”初中生显然有些不愿意，好像还有些不安。

“但我必须拿着这东西在下一站下车。”七尾拎起箱子道。

“怎么可以……”

“跟这孩子一起坐车倒是没问题，可只是这样似乎并不能消除他的担忧哦。”七尾正烦恼的时候，补习班老师说道。

七尾叹了口气。

新干线的速度降了下来，已经接近一之关站了。七尾看着窗外流过的风景，然后又不经意间看到了初中生的侧脸。这时他忽然意识到，初中生似乎比想象中要冷静许多。他有些诧异。对于刚目睹了尸体和手枪的孩子来说，这是不是有点太淡然了？如今站在他面前的七尾，可正是刚才拧断了蜜柑脖子的人，而且并非一不小心，而是以驾轻就熟的手法刻意为之。难道他不应该更戒备、更恐慌，或者追问他的真实身份吗？恳请杀了人的七尾陪他一起去盛冈，这难道不是不合常理吗？但是，七尾立刻又得出了结论。应该是这样，这个初中生受到的打击太大，以至于都有些神志不清了。他可是被枪指过，心情之忐忑根本难以想象。真可怜啊，七尾心中的怀疑变成了同情。

木村

木村在柜子里翻找了一阵之后，转身对妻子说：“你是不是又收到其他什么地方去了？”

“哎呀，老头子，你不是打算睡午觉吗？”晃子嚼着点心说，“不是要拿被子？”

“你有没有在听我说话？现在不是那么气定神闲的时候。”

“都还不知道到底发生了什么事呢。”晃子不耐烦地说着，抱起卧室里的一把小椅子往柜子那边走去。“请让开。”她推开木村，放下椅子站了上去，然后挺直身子，打开了最上面的柜门。

“原来在那里啊。”

“因为你从来不好好收拾嘛。”晃子说着，从里面抽出了一个棉布包裹，“你是要这个吧？”

木村接了过来放在榻榻米上。

“你是认真的吗？”晃子从椅子上下来，噘嘴道。

“因为我很担心嘛。”

“担心什么啊？”

“好久没闻到过这种臭味了。”木村板着脸道。

“什么臭味？”晃子回头看了看厨房，嘀咕道，“今天我也没做什么奇怪的东西啊。”

“是恶意。明明是在电话那头，却臭不可闻。”

“真是叫人怀念啊。你以前经常这样说呢，恶意真臭什么的。难道对方是被恶灵附身了？”

“你知道我为什么不再做那工作了吗？”

“因为雄一出生了呗。不是你说的嘛，想要亲眼看着儿子长大，还是换个工作吧。我倒是早就不想干了，所以正好。”

“除了那个之外还有其他的原因。三十年前，我就已经受不了了。周围所有的人都臭不可闻。”

“因为邪恶吗？”

“伤害他人，侮辱他人，无论如何都想优于他人的人，真的很臭。”

“你说的那些我都不懂。”

“周围全都是恶意的臭味，我厌倦了，所以才换了个工作。超市的工作虽然很辛苦，幸运的是跟恶意的臭味无关。”可万万没想到，儿子竟然在自己退出了的那一行做起事来，木村在心里苦笑。当他从熟人那里听到风声，说自己的儿子在插手那些危险的事情的时候，他非常担心，几乎想偷偷去看儿子做事时的样子。

“那今天又是怎么了？”

“刚才电话那边的人也臭得不行。就是这样。啊，喂，你查了新干线没有啊？”

跟儿子雄一打电话的时候，他说自己正在新干线上，木村茂当时就觉得有些可疑，当然那时候凭借的只是直觉。虽然电话里的声音所散发出的只不过是一丝恶臭，但他还是转身对晃子说：“雄一说他还有二十分钟就到仙台了。你去查一查是不是真的有这样一班新干线。”晃子苦笑着说“干吗这么激动”，但还是立刻从电视机旁边的架子上取出列车时刻表翻了起来。

“查啦查啦，有。十一点整到仙台。到一之关是十一点二十五分，到水泽江刺是十一点三十五分。哎，你知道吗？据说最近都不用这么厚的时刻表了，只要上网一查，很简单就能找到呢。以前跟你一起做事的时候，我翻过多少遍时刻表，还各种抄电话号码，不是还做了一本这么厚的笔记嘛。”晃子拿手指比画了一下厚度，“如今已经没那个必要了吧。”

木村看了一眼挂在墙上的旧钟。差不多十一点五分了。“现在出门，在水泽江刺上车，时间应该还绰绰有余吧。”

“你要上新干线？你是认真的吗？”

木村刚为了送传阅板[①]去了一趟邻居家，所以现在身上穿的不是睡衣，而是浅茶色长裤和深绿色外套，随时都可以出发。刚刚好，他嘀咕道。“你也去吧。”

“我可不去。”

“我都去了，你当然也要去。”

“我真的要去吗？”

“你从前不是都跟我一起吗？”

“是啊。好多次都是因为有我在你才得救了呢。你还记不记得？说起来，你到底有没有跟我道过谢啊？都已经是三十年前的事情了哦。”晃子站起身。你看，肌肉都没了，膝盖也痛得不行。她呢喃着，抚摩着自己的腿。

①日本社区用来通知各种事项的板子，在居民间传阅。

"这就跟骑自行车一样。以前记下的东西早已渗透进身体里了。"

"我觉得绝对跟骑自行车不一样哦。因为必须要集中精神嘛。可如今我们的精神啊，你瞧瞧，别说集中了，都已经跟棉花一样软乎乎的啦。"

木村站上椅子，看着顶柜，抽出里面叠好的衣物扔了下来。

"这马甲也挺叫人怀念的啊。对了，最近好像都不说马甲，改叫背心了。"晃子说着，伸手拿了一件。这一件是你的，她说着递给木村茂。"不过，要是把吊带背心说成吊带马甲，确实也挺好笑的。"

木村茂有些茫然。他先是脱下外套，穿上了那件皮革背心，随后又将外套套上。

"你现在跑去坐新干线，打算干什么呢？"

"去确认一下雄一的情况。他当时说要去盛冈。"

"反正都是他的恶作剧吧。"

"那个初中生，嗯，实际上是不是初中生也不知道，很可疑。"

"就算是，有必要准备得这么充分吗？"晃子摸了摸自己穿在身上的背心，又从摊开在榻榻米上的棉布包裹里拿出那些以前工作时用过的道具，来回打量着。

"我的直觉啊，已经拉响警报啦，准备是必须的。万幸的是，跟飞机不一样，新干线的乘客不需要检查行李。喂，这个，这击锤好像是坏的。"木村摸着手枪的击锤说道。

"我说老头子，你不是不喜欢左轮手枪吗，弹壳留在弹仓里你总嫌烦。而且以前你就是动不动就开枪，没有安全装置的话很危险。"晃子从棉布包裹里拿起一把自动手枪，又拾起一个弹夹插进弹仓。咔嚓，晃子熟练地朝后拉了一下枪栓。"给，还能用呢。你还是用这个比较好。”

“还好定期做了保养啊。”木村从晃子手上接过手枪，插进背心上的枪套里。那件背心左右可以各放两把枪。

“就算枪没问题，那也过了三十年了啊。老头子，你枪法还在？”

“你也不看看你这是在跟谁说话。”

“涉没问题吗？我比较担心那边。”

“那边可是医院啊，应该没什么大问题吧。而且，我也想不出有什么会让涉身处险境的理由。”

“以前吃过我们苦头的人为了报仇，不会有这样的可能性吗？”

木村停止了动作，注视着妻子。“这我倒真没想过。”

“都过了三十年啦，你看我们也都变成了这样的老家伙，就算以前有人害怕我们，现在也可能觉得这是个机会啊。”

“还真是被小瞧了啊，居然忘记了我们的可怕。”木村说着，“唉，谁让我这些年都只管哄孙子呢。”

“是啊。”晃子又开始咔嚓咔嚓地摆弄起其他的自动手枪来。一摸到令人怀念的玩具便愈发起了兴致，再次回想起当初的感觉，手都停不下来了，这就是她此刻的心情。过去，一直都是身为妻子的晃子对枪械的使用更为细腻，而且，射击的精准度也比木村好。她将选中的枪插进了背心，然后开始扣外套的扣子。

木村走到电话机旁，将刚才打来的电话号码抄到记事本上。医院的电话号码也一并写上，以防万一。“繁的电话号码你记得吗？在东京的熟人，除了繁也没其他人了吧？”

“繁啊，不知道他现在好不好呢。老头子，那我们走吧。再不赶紧的话，就赶不上新干线啦。”

王子

疾风号开始靠近一之关站。眼下已经可以看见站台随着列车的前进而往后移动，离到站还有一点点时间。“那么，老师，这个孩子到盛冈之前就麻烦你了。”七尾说着，调整了一下黑框眼镜，转向了车门。

“可以吗？”那个自称铃木的讲师说道。不清楚他的话究竟是对七尾说的，还是对自己。但不管是对哪边，那都是个没有意义的问题，王子就当没听见。

“你真要走吗？”他对着七尾的后背说道。他在思考。就这样让七尾离开新干线真的好吗？不应该阻止吗？原本自己去盛冈就是为了看那个姓峰岸的男人。既然好不容易去一次，便打算让木村替自己去找他点麻烦，可现在木村已经不在了，奄奄一息，还成了蜜柑和柠檬那两具尸体的垫背。

难道不应该让这个七尾顶替木村去做吗？他想。为此，首先必须要控制住七尾。必须用项圈套住他的意志，带领他行动。但是，项圈上的锁此刻还没有准备好。面对木村的时候，他儿子的生命就是那把锁，而且他对王子的憎恨也可以加以利用。但七尾的弱点是什么，他还不知道。当然，考虑到七尾既然可以那样轻易地拧断蜜柑的脖子，那么他当然也不是什么正经人，只要稍加打探，也很有可能可以找出他那不愿为人所知的弱点，王子想。

请不要从新干线上下去，是不是应该这样强行要求他留下呢？不，那一定会被怀疑。算了，他真要下车也没办法。王子继续自问自答着。今天就这样老老实实地在盛冈下车，到峰岸的别墅附近观察一番之后便回东京吧。重整旗鼓，再跟峰岸对决。这样就好，他得出了结论。就算木村不在了，能用的棋子要多少都有，重新计划和安排才是上策。

“那个，那就给个电话……”王子想问七尾可不可以给他留个电话号码。他觉得跟七尾保持联系或许会有什么好处。棋子总是储存得越多越好。“我怕万一会发生什么事情，所以请让我给你打电话。”

旁边的铃木也补充了一句。“是啊。等他平安到达盛冈之后，我也想通知你一声。”

七尾“啊”了一声，显得很为难。他下意识地从口袋里掏出手机，嘴里嘟囔道：“这都快到站了。”

就在这时，新干线停了下来。先是一阵前冲，接着又朝后仰去。摇晃得比想象中更厉害。王子一个踉跄。

真正狼狈的是七尾。他猛地撞到墙壁，弄掉了手机。只见手机在地面上弹了几下，随后便滑进了大件行李存放处的底下。那里摆着两个巨大的海外旅行用的行李箱，手机正好藏在两个行李箱之间。整个过程就像是一只松鼠从树上掉落，马上又钻进树底的洞穴逃走了。七尾放下手中的行李箱，为了捡手机冲向大件行李存放处。

此时，新干线的门开了。

“哎呀哎呀！”七尾慌慌张张地趴下，膝盖跪在地上，身体前倾，手拼命地朝架子深处伸去，拼尽全力想要抓住手机。可还是够不到。他又站起身将大箱子拖了出来，这才捡回了手机。等他连忙直起上身，头又狠狠地撞上了架子中间的隔板。他捂着头，身体蜷作一团，呜呜地发出了痛苦的呻吟。

王子瞪大了眼，完全看呆了。这人到底在干什么？

七尾仍捂着头，好不容易直起身后，他将刚才拖出来的大箱子整齐地摆了回去，随后像是唱戏般摇摇晃晃地走向门口。

通往站台的车门没有显示出丝毫怜悯，就在七尾眼前闭合了。

七尾最终还是没能下车。他垂下肩膀。

王子和铃木一时间都不知道该对他说什么好。

列车又缓缓前进了。

七尾手抓行李箱转过身，没有丝毫尴尬。“总是这样。”他脸上竟然是释怀的表情，“其实也没什么好吃惊的。”

“站着也没用，先去坐吧。”铃木说。

过了仙台站之后，原本人就不多的车厢里空位更多了，所以他们没有回到自己的座位，而是在最近的八号车厢并排坐了下来。“我一个人害怕。”王子恳求的时候表情惟妙惟肖，两个大人自然都相信了。他们坐在最后一排的三人座上，窗户边是七尾，中间是王子，靠过道的则是铃木。

列车长过来了，铃木向他说明了换座位一事。年轻的列车长都没有要求他们出示车票，只笑了笑以示同意。

旁边的七尾稍稍低下头，轻声嘀咕了一句：“没什么大不了。”

"你怎么了？"

"没有，我只是说从自己以往倒霉的经历来看，刚才那种事情根本没什么大不了的。"

这种说法显然是为了拼命说服自己，让人感觉十分悲怆。这个男人所失去的好运，难道不是尽数堆到了我的头上吗？王子不明白不走运的人究竟是怎样的心情，也找不出什么话可以对他说。

"这也挺难得的，你不如就这样一直陪他到盛冈吧。"铃木说得很亲切。这种安慰经受了挫折的学生、试图鼓励他们的口吻，让王子感受到一种老师特有的派头，令他很不舒服。当然，这种不舒服不能表现出来，于是他也附和道："是啊。如果哥哥能跟我一起去，我会很开心的。"

"我先去看看绿色车厢。"铃木给人一种问题终于得到了解决，自己总算可以卸下带路人的职责，松了一口气的感觉。那些人在这列车上的怪异行为、尸体，还有枪，这个补习班讲师都没有亲眼见到，所以他才能这样心平气和吧。无知是福啊，老师。王子看着往前走去的铃木的背影，在心里默念道。

"真的很谢谢你。"座位上只剩下两个人，王子对七尾说道。他希望能尽量装出受了惊吓的样子。"哥哥能陪我一起去，我安心了不少。"

"你能这样说我也很开心。"七尾自嘲地说，"我要是你，才不会想跟我这样的人同行呢。净是些倒霉事。"

王子咬起嘴唇。他想起了刚才七尾在车门边上演的那场闹剧，那滑稽的场面让他不禁想笑。"七尾哥哥是做什么的？"他问道。王子并非真的对此感兴趣，而且也不难看出，这人所做的事跟蜜柑和柠檬他们应该也差不多，无非是些助长罪恶、目光短浅之流。

“我其实就住在新干线上。”七尾苦着一张脸，“或许是被诅咒了，不管哪一站都下不去。刚才在一之关你也看见了，我每次要下车都会发生这样那样的意外。就这样，一晃已经过去了十多个年头。”

“算啦。”王子打断了七尾的话。

但七尾又说：“你应该能看出来吧？就是做和刚才差不多的事啊。”

“下不了车的事？”

“别开玩笑了。是那之前的，就是那种刀头舐血的工作。”

“但是，我觉得七尾哥哥是个好人。”王子说。我只是个柔弱的少年，只能依靠你，我相信你哦——王子将这些信息传递给七尾。首先应该让这个人觉得“我必须保护这个初中生”。那就把这个人也玩弄于股掌吧，王子决定。如此倒霉又没自信的人，夺去他的自主意识加以控制应该很容易吧。

“可能你现在因为脑子一片混乱，还不知道究竟是怎么回事，但我肯定不是什么好人，也不是正义的伙伴。我还杀人。”

王子很想说，混乱的只是你而已。我可没混乱，我可以条理清晰地把握周围的事物。“可是，那也是为了救我吧。比起我一个人来，七尾哥哥在的话，我绝对更安心。”

“是吗？”小声说着话的七尾仍在困惑，又多了一丝害羞。王子不得不再次强忍住笑。使命感被激发之后，自我感觉还可以吧。就跟被女人奉承了几句之后便只知道憨笑的中年男人一样嘛。太天真了。

王子看向窗外。水田在流动，远处的山峰似乎也在缓慢地旋转。

水泽江刺站很快就到了。王子原以为七尾在这里又会极力要求下车，但他似乎已经做好了要去盛冈的准备，或者是怕到时候又下不了车让别人看笑话。总之他对通知即将到站的广播完全没有反应。或许他也可能趁自己不注意的时候猛地站起身冲出去，王子想。但当新干线到达水泽江刺站，在开门、关门、发车的这段时间里，七尾只是背靠在座位上叹息，一副失神的模样。看来他已经完全放弃了。

新干线驶出车站，继续北上。

没过一会儿，手机振动起来。王子检查了一下自己的手机之后问道："七尾哥哥，你电话是不是响了？"

七尾一惊，连忙翻了翻口袋，摇头道："不是我的啊。"

"啊。"王子明白了，是木村的电话。他摸了摸背包外侧的口袋，将手机拿了出来。"这个，是刚才那个叔叔的手机。"

"刚才？那个带着你到处跑的？"

"是木村叔叔。哎，是从公用电话打过来的。"王子盯着手机的液晶屏幕，一时间有些拿不定主意。都什么年代了，竟然还有人用公用电话！他惊讶不已。"是不是接了比较好呢？"

七尾没有直接回答。"让我做决定绝对不会有什么好事，你自己决定就好。"他推脱般说道，"你要是接的话，其实也不用出车厢，就在这儿不也挺好嘛，反正都这么空。"

是啊，王子点头，接通了电话。电话那头的声音说道："啊，雄一？"王子立刻明白，是木村的母亲。王子的心一瞬间就躁动起来。她应该是从丈夫那里得知了他打来电话一事，因而变得坐立难安了吧。不知道儿子和孙子到底出了什么事，只能发挥想象力，但浮现在脑海中的又全是些不好的场面，于是再也无法忍受那不断增长的不安，终于打来了电话。再没有什么比站在一旁观察一个因孩子而痛彻心扉、死去活来的母亲更愉快的了。他甚至觉得，这电话来得有些晚了。

“啊，叔叔现在不在。”王子回答。好吧，该如何应对，才能让对方感受到更大的不安呢？王子开动脑筋。

“那，现在你在什么地方呢？”

“还在新干线上。疾风号。”

“那些我知道。几号车厢呢？”

“您问这干什么呢？”

“我家那位打算去会会你呢。”

这时王子才意识到，木村的母亲的声音是那么沉着，就像深深植根于泥土的大树一般泰然自若。

背后的自动门开了。

王子保持着手机放在耳边的姿势转过身。一个穿深绿外套、体形中等、满头白发的男人正从那里走进来。粗眉毛，细细的眼睛很是锐利。

王子猛转过身，眼睛勉强抬起，打量着那个男人。男人忽然咧嘴笑了。“还真是个初中生啊。”

瓢虫

一个看上去已经退休、本应在家颐养天年的男人，一把扶住了七尾他们的三人座前面的座位，脚踩座位下方的踏板，粗鲁地将座椅转了过来。于是那排座位就正对着他们的三人座了。他在七尾和初中生面前，如同对峙般坐了下来。这一切都是一眨眼的工夫就发生了，七尾两人连反对的机会都没有。等回过神来，眼前的景象就好像一家三代一起出门旅行一般。

自动门再次打开，这回出现的是一个大约年过花甲的女人。“哎呀，原来在这里呀。”她理所当然般地坐到了七尾对面，刚进来的那个男人的旁边。“老头子，没想到你找得挺快啊。”她对那个男人说完后，如同审视联谊对象般打量着七尾和初中生。

“那个……”七尾终于对眼前这对不请自来的夫妇开口了。

“不过，”那个女人打断了他的话，“新干线上的公用电话我还是头一次用。看上去好像也没电话线，到底是怎么打出去的呢？”

“难道不是通过铁轨把信号传过来的吗？”

“我们还是弄个手机吧。多方便。”

“嗯，总之，好在雄一的手机是能在新干线上打得通的那种。新干线上的公用电话啊，能拨打的运营商是有限的。”

“是吗？”女人问七尾。七尾当然不知道。

“爷爷，你们是……”初中生带着戒备和不安的神情说道。

面前的两人虽然上了年纪，但完全没有萎靡的样子，还没有衰老到该叫爷爷奶奶的程度。不过作为一个初中生，可能也只能叫爷爷了吧，七尾愣愣地想着。对面那个男人却说了一句：“你那是故意的吧？”

“啊？”初中生有些惊慌。

“你是故意把我们当作老人来对待吧，刚才故意选择了爷爷这个称呼，不是吗？”

“哎呀，老头子，你太吓人啦。对方只是个孩子。”女人打圆场似的说道，“人家会笑话你老糊涂的。”

“这小子可不是什么可爱的小朋友，他在慎重地选择说话时的用词，臭不可闻。”

“我臭？”初中生的样子有些生气，“第一次见面，不用说成那样吧。我叫您爷爷也没什么恶意啊。”

“虽然是第一次见面，但也不是完全不认识。我是木村。你不久前不是还给我打过电话嘛。”男人指着自己，咧嘴笑着。他的口气还算亲切，目光却很锐利。“你的电话让我很在意，所以就慌慌张张地跑到刚才的水泽江刺站上车啦。”

啊！初中生一副很惊讶的样子，嘴张得很大。“是那个木村叔叔的……”

“不好意思啊，我们太宠孩子了。儿子惹了麻烦，现在只好老子来啦。好了，雄一在哪儿？”

七尾在头脑里梳理着。他口中的“木村雄一”应该就是一直跟初中生一起、现在躺在厕所里的那个男人吧。但初中生打的电话又是怎么回事？

“你在电话里说雄一有危险，我孙子涉也不安全，不是吗？”

“啊，那个是……”王子含糊起来。

“你还说过这样的话——‘我觉得就是因为爷爷你们太疏忽大意，所以才搞成了这样’。”

“那些……”初中生低下了头，“全部……都是被逼着说的。那个，木村叔叔也被别人胁迫了，还有其他的人也……”

其他的人又是谁？七尾在一旁听着，同时打量着初中生的侧脸。小小的脸，挺拔的鼻梁，额头和后脑勺的弧度也很好看，如同一件优雅的瓷器一般。他想起了小时候别人告诉他“你家里那么穷，还是选择足球运动员或者罪犯这两条路比较好”。说这句话的那个同班同学，不是也长着这样一张完美的脸吗？“什么都有”的人连长相都那么完美。

“他只是个普通的初中生，意外被卷入到了一场凶险的事件之中。你也不要说得那么吓人嘛。”七尾插嘴道。

“他真的只是个普通的初中生吗？”男人看着七尾。他的脸上满是皱纹，皮肤也很干燥，但身上却散发出即使树皮剥落仍堂堂而立的大树般的威严。树干粗壮，推上去纹丝不动，强风也不会令其动摇。“这小子恐怕可不只是一个普通的初中生。”

说话的瞬间，男人的手迅速一翻，身上的外套微微抖动了一下。

七尾做出了反应。那完全是下意识的反应。他的手伸向背后，掏出手枪指向前面。几乎同时，男人掏出枪指向初中生。

因为几乎没有什么空间，双方的枪都触到了目标的鼻尖。

新干线车厢内，几乎可以用来打扑克的相对的两排座椅上，那个男人和自己竟然同时掏出了枪，这样的场景让七尾觉得很奇妙。

“现在说真话，或许还不会造成致命伤哦，小少爷。”男人晃了晃指着初中生的枪口。

“老头子，你那样人家就算想说也说不了啦。”那个女人轻声责备着丈夫，四周的紧迫感顿时消失。

“我说，这也太牵强了吧。”七尾对他这种野蛮的做法很不满，“你再不把枪收起来，我就开枪了。”

男人一副这才注意到七尾的枪的样子说：“得了吧你。里面根本没子弹吧。”

七尾一下子不吱声了。确实，弹夹已经扔到了垃圾箱里。但为什么？他为什么会知道呢？七尾可不觉得这是一眼就能看穿的事情。“怎么可能没子弹。”

“那，我们就来试试吧。我开枪啦。”

被当成外行的屈辱令七尾脸红，但此时又不能低头掩饰。他紧张兮兮地将没有弹夹的枪收到外套内兜里，直勾勾地盯着那个男人。

“你们有车票吗？疾风号上可都是对号入座的哦。”初中生冷静地说。

“别废话了。票卖完了我有什么办法。”

“卖完了？这不是空得很吗？”七尾看着四周。车厢里几乎到处都是空位。

“是吧？我也觉得很奇怪。是不是有人把团体票一下子全取消啦？唉，反正列车长也不会因为这点事就让我下车。好了，雄一在哪里？他怎么样？还有，涉又会发生什么事？”

“我也不是很清楚。”初中生小声说道，“只不过，我如果不能去盛冈的话，好像他在医院就危险了。”

七尾再次盯着初中生的侧脸。从刚才的对话中可以推测，之前他所说的如果不去盛冈就会有生命危险的孩子，应该就是这对老人的孙子。但是，初中生跟这对老人之间的关系却还不知道。而更令他不解的是，这对夫妇到底是什么人呢？仔细看就可以发现，女人那厚重的外套下恐怕也藏着什么东西。她也带着枪吗？他们那冷静的样子绝非等闲之辈，恐怕是业界人士。可七尾又从没听说过还有这把年纪的同行。

自己到底是被卷入到了一件什么样的事情里，七尾至今也没能完全搞清楚。但这男人对这初中生的敌意却明显令人生疑。不正常。这趟新干线之旅从一开始就一点也不正常，但即便在这一连串不正常的事件当中，眼下也算得上是另类——一对年过六十的夫妇在逼问一个缩着肩膀的初中生，而且还端着枪。

手机来电的振动声在这个时候传来，那声响似乎将在座的四个人轻轻地摇晃着，玩弄着他们。所有人都没作声，屏住呼吸，侧耳倾听，四周立刻被一片寂静所包围。

七尾隔着衣服摸了摸手机，确定不是自己的。

“啊，”初中生说着把背包放到前面，拉开拉链，“是我的电话。”

“别动。”男人猛地向前推了一下枪口。由于距离实在太近，看上去与其说是拿枪瞄准，倒更像是拿着刀要挟。

“但是，有电话。”

“不用管，别动。”

七尾听着他们的对话，默数着那低沉的振动声。三次，四次。

“我觉得，不接恐怕不好。”

“接个电话而已，没关系吧？”七尾这样说并非有什么特别的原因，只是出于类似父亲袒护违反校规的儿子般的心情说道。

“不行。”男人很坚决，“这小子太可疑了，说不定会拿接电话做幌子干出什么事来。”

“老头子，‘什么事’又是指什么啊？”女人还是那单纯天真的口气。

“我也不知道。不过，有一点我可以肯定，在跟头脑好的人对峙时，绝对不能顺了对方的意。不管是多么小的事情，都有可能跟我们想象的不一样。比如从前我在一家拉面店跟店老板对峙。我当时正拿枪指着他。不是因为他的拉面不好吃哦，具体什么事情我也忘记了，反正就是命令他把一件很重要的东西交给我。是我的任务。然后，店里的电话响了。老板就说，如果不接电话会引人怀疑。我一想也是，就展示了我和蔼的一面，警告了他一句‘不要做出什么出格的举动’之后，就让他接电话了。老板就说了些什么味噌拉面啦叉烧拉面啦，总之就是一些关于送外卖的对话，但吓人的在后头呢，原来那是暗号。不一会儿，凶残的援军就出现了，我们就在那么一家狭小的拉面店里枪战。当然最后是我活下来了，但也着实费了一番功夫。另外，还有这种情况。那是一家不知名的小公司，我在跟社长交涉时，桌上的电话响了。我就亲切地告诉他，你可以接电话。结果，社长刚接起电话，就是砰的一声。总结来看，这到底说明了什么问题呢……”

“说明了三十年前还没有手机呗。”女人插了一句玩笑话。至今为止不知被迫听了多少遍的“当年勇”似乎让她很不耐烦。

“结论就是：这种时候打来的电话一定没好事。”

“你那是三十年前啦。”女人苦笑着。

“现在也一样。”

七尾看着初中生。拉链被拉开了的背包就放在初中生旁边。他似乎在思考着什么，表情很严肃。七尾脑海里闪过一丝奇怪的念头。那个恳求自己“救命”的胆怯少年如同晨雾般消失了。枪明明就指在面前，他竟然可以如此冷静，这实在很不正常。直到刚才为止，七尾一直都觉得他应该有些惶恐不安，但他却如此淡然。

七尾的视线朝下移动，就在这时，他注意到了背包里有个看着像是枪柄的东西。是枪。为什么会那里会有枪？是初中生偷偷藏在身边的吗？七尾不清楚是怎么回事。但总之那里有一把枪，这是事实。

这东西……七尾装作若无其事的样子思考着。这东西或许用得上。

七尾的枪里没有弹夹。这件事情男人也知道，所以他现在一定会大意，觉得七尾已经没有武器了。可以抓住这个疏忽，伺机从包里抽出手枪指向对方。眼前的这对夫妇当然不用说了，这初中生也不可小觑。七尾完全不知道初中生的想法，但有种预感：如果大意了肯定得吃苦头。首先应该利用这把枪取得这里的主导权，他想。七尾打起精神，试图寻找掏枪的时机。不能鲁莽，否则肯定会被当成靶子。

手机振动的声音停止了。

“如果是什么要紧事肯定会再打来吧。”男人不负责地随口说了一句。

七尾听到了轻轻的哼声。他偷偷看了一眼头微微朝下的初中生的脸。看到少年因无法掩饰笑而咬紧牙关的侧脸，七尾不安起来。

王子

为了忍住笑，王子整个身体都颤抖起来。从内心喷涌而出的喜悦的笑容根本无法完全掩饰。这个上了年纪的男人归根结底还是一样，王子想。虽然他展示威严，强调着人生经历的差距，流露出游刃有余的态度。但其实他也只不过是那种会因偏执和过度自信而落入陷阱，并且落入陷阱之后仍不愿面对事实的人。

刚才的电话，几乎可以肯定就是在东京的医院里等候时机的那个男人打来的。他可能想问些什么事情，要不然就是开始感受到了这一工作的压力，如坐针毡、迫不及待，所以才打来了电话。电话响十声，如果王子没有接就开始做事，这是事先约定好的。而现在，王子没有接电话。

那个男人有没有按照约定行动的勇气，王子不知道。但考虑到自己的人生总是被幸运所眷顾，所以现在那个男人肯定正走向病房，打算对木村涉下杀手。无论人或事都会完全遵循自己的期望，这样的经验王子已经有过多次。

这都是你的错哦，王子忍不住想要告诉眼前这个男人。正因为你掏出枪试图让自己处于优势地位，才夺走了你那宝贝孙子的命啊。他为这个男人感到悲哀，甚至打算说一些安慰他的话。另一方面，他开始思考究竟该如何利用这个事实。如果使用得当，就可以控制住这对夫妇。告诉他们孙子的悲剧，尽情享受男人的悲痛欲绝和女人的茫然自失，然后再刺激他们的负罪感，剥夺他们的判断能力，给他们的心套上枷锁。只要按照自己一直以来的方法去做就可以。可是，还需要一点时间。如果现在就告诉他“你的孙子有生命危险了哦”，那么男人可能会挥舞着手中的枪，狂躁不堪地给医院打电话，拼尽全力想办法拯救孙子。如果打算将这个消息告诉对方，就应该等到可以肯定他们做什么都为时已晚之后。

“喂，”男人说，“赶快说。要不然不用等你到盛冈，我就会朝你开枪。”

“为什么？”这高了八度的声音来自七尾，“为什么非得做这么绝？”

“那个……我……真的……我真的什么都不知道。”王子竭力装出一副精神状态仍处于混乱之中的初中生的样子。

“老头子，你到底怎么看这孩子啊？我是看不出来他在说谎。”王子眼中，这女人的脸跟已去世的祖母的脸重叠在了一起。虽然有些怀念，却并不感到亲切。相反，他有些失望，因为这又是一个好对付的对手。老人都会对孩子满脸堆笑、和蔼可亲。这并不是什么人的道德和使命，而绝对是作为动物的本能。必须保护同一种族内更为年轻的生命，人类就是被这样设计出来的。“可是，雄一在哪里呢？在仙台下车了吗？你说雄一‘已经接不了电话了’是什么意思？”

“我还是觉得这家伙很臭。”男人深深地靠在椅背上，用下巴指了指王子。枪已经放回了外套下背心的枪套里。虽然他们不可能掉以轻心，但至少看上去紧张的气氛得到了缓和。“好吧，先算了。总之，先给涉那边打个电话看看吧。走的时候搞得慌慌张张，虽然托繁替我去打探情况了，但他有没有按照我说的去做呢？也不敢完全信赖他啊。”

“毕竟繁以前就不怎么靠得住嘛。”女人笑道。

他们让熟人去医院了。

“那就用刚才那个公用电话打打看吧。”女人说。

不好，王子想。他还想再多拖延些时间。

这时七尾在一旁问道：“您孙子是生病了吗？”这样或许可以岔开话题呢，王子十分感谢七尾这个时机刚好的提问。我果然运气很好。

“他从商场的楼顶上摔了下去。至今还没恢复意识，一直躺在医院的病床上。”男人的语气很呆板，似乎并没带什么感情。

王子用手捂着嘴。“是吗？”他装出第一次听说的样子，“竟然从楼顶上摔了下去。他当时一定很害怕吧。”王子的内心在无声地笑。他想起了那孩子从楼顶上摔下去时，脸上那完全无法理解事态、因茫然的恐惧而感到困惑的表情。

“现在就跟天照大神躲进了天岩户石洞时一样。涉一直睡觉，而我们这里的世界则只剩黑暗。再不快点有人来跳个舞，大家一起欢笑着把涉叫回来，那真的就要一片漆黑，糟糕透顶了。[①]”男人带着很不愉快的表情回答道。

王子忍住没笑出来。一片漆黑的只有你们，我可一点都不觉得

①在日本神话中，掌管光明的天照大神曾因发怒躲进了天岩户石洞，世界因此陷入一片黑暗。后众神通过舞蹈和欢笑将其引了出来。

有什么不好。你孙子是死是活，对这个世界来说根本没有一丁点影响。王子在内心低语。

“医生怎么说？”七尾问道。

“现在没有其他办法，该做的都已经做了。他现在随时都有可能醒过来，但也可能永远都不会再醒来。”

“那确实很让人担心啊。”七尾小声道。

男人无声地笑了笑。“这个小兄弟，你身上竟然没有臭味，倒是令我很意外啊。从你刚才掏枪的架势看，应该也是跟我们做着差不多的事，但你身上却没有恶意的臭味。为什么？你应该也不是刚入行吧？”

“嗯，怎么说呢。”七尾也笑了笑，“我只不过是很不走运而已。所以，对于那些无端的不幸，可能比较容易产生共鸣。”

“那个，我早就想问了。”王子继续岔开话题。为了不让他们去打电话，他必须继续提问。

“什么？”男人说道，看上去有些不耐烦，又有些警惕，“我们这样的老家伙能回答得了吗？”

“为什么不可以杀人呢？”这是王子一直在问的问题，也是让大人们为之一愣，然后叹息着说出一句“那不是理所当然的嘛”之后便无法再继续解答的问题。

“啊！”这时七尾插了一句。王子还以为他想到了答案，于是看向旁边，可七尾却是对着一个截然不同的方向。他正看向列车前方。“铃木来了。”他小声说。

王子也转头去看，只见补习班讲师正从过道对面走来。

“谁？”男人再次从背心里掏出枪，指着七尾。

“是在这列车上偶然碰到的人。也不太熟，只不过聊过几次。

他只是个普通人，也不知道我身上带着枪，只是个补习班讲师。他也担心这个孩子，于是我们就一起坐在这里了。”七尾语速稍快地解释道，“所以他现在才会回到这里。”

“不可信啊。”男人说，“真的不是同行吗？”他握着枪的手更用力了。

“你要是这么觉得，他来后你朝他开枪就是了。”七尾强硬地说，“不过你会后悔的，那个铃木先生可是个如假包换的正经人。”

女人朝过道俯过身去，手扶在座位的把手上，往后看了一眼，随即她又恢复到原先的姿势说道：“看上去确实是个普通人呢。那真的是一张什么也不知道的脸。而且明显身上也没带武器。感觉只是跑去看看绿色车厢是什么样子，偷偷坐到椅子上感受一下之后便回来了的样子。”

“夫人，您真犀利。”七尾严肃地将头点了两下。

男人将手和枪一起放进了外套口袋，可枪口依然对着七尾。“你只要敢乱动一下，我就开枪。”

话音刚落，铃木就到了。“哎呀，什么时候变得这么热闹了。这是怎么回事呀？”

女人笑着，眼角的皱纹堆到了一起。“我们在上一站上了车，这位先生怕我们老年人寂寞，就把座位弄成了这样。”她说起谎来真是面不改色。

“啊，是这样啊。”铃木安静地点了点头，“那很好啊。”

“听说你是学校的老师？”男人发出低沉的声音。目光很锐利，几乎没有眨眼。

“是补习班。要说老师的话也算是老师吧。”

“那正好。你就坐这儿吧，坐老太婆旁边。”男人让铃木坐到自己这一排靠过道的座位，“刚才这孩子问了个可怕的问题。”铃木刚按他说的坐下，他就开始说话了。是对铃木的戒心已经解除了，还是说他心口不一，暗地里正高度警惕着不要错过任何适合开枪的时机呢？

“什么问题？”铃木睁大了眼睛。

“他问：‘为什么不可以杀人呢？’这个问题就让老师你替我好好回答一下吧。”

铃木被这突如其来的点名弄得不知所措，然后看了一眼王子。“是吗？”他略带悲伤地垂下眉毛。

王子禁不住想要叹息。他问这个问题的时候，对方基本上都是这样的表情，要不然就是红着脸表示愤慨。“我只是单纯想知道原因。”王子说。

铃木深深地吸了口气，长长地呼出，像是想让自己冷静下来。他并没有激动，眉间仍是悲伤。“该怎么回答呢？确实叫人为难。”

“果然很难吗？”

“或者说，是因为不知道你到底想做什么。”铃木那张脸越看越像老师，王子觉得很不舒服。“首先，”他说，“这只是我的个人意见。”

所以不是个人意见的意见又是怎样的呢？王子很想开他的玩笑。

“假如你想去杀人，那么我会阻止你。反过来也一样。如果有人想杀你，我也会对那个人说‘不可以’。”

“为什么呢？”

“因为人的死——就算不到死的地步，也可以是一个人攻击另外一个人——是一件非常忧伤的事情。悲伤而决绝，我希望那样的东西可以消失。”

这种答案我才不想听呢。“我知道你想说的意思，也可以理解那种心情。”王子说谎道，“但是，我想知道的是除去这种伦理层面之外的理由。如果按照你说的那样，那么没有类似情感的人岂不是就可以认同杀人这回事了吗？这世上明明还有战争和死刑，可大人们却不去追究那些。”

“嗯，是啊。”铃木像是早已预料到王子的回答似的，点了点头。“我刚才说过，这只是我个人的感觉。但是，这才是最重要的。人不应该杀人，绝对不可以，我是这样认为的。不过，你想要的不是这样的回答。那么，”他忽然很亲切地继续说道，“我倒想问问你。”

“问什么？”

“如果我现在朝你身上小便，你会怎么办？”

他竟突然问出如此幼稚的问题，王子很吃惊。“啊？”

“我如果脱掉你全身的衣服，让你赤身裸体，你会怎么办？”

“你还有这种癖好吗？”

“不是那个意思。只是让你设想一下会怎么办？在车上不可以小便，不可以把别人脱光，不可以说坏话，不可以抽烟，不可以不买票就上新干线，想喝果汁的时候不可以不付钱。”

“你在说什么呢？”

“我现在很想揍你，可以吗？”

“你是认真的吗？”

“如果是认真的，你会怎么办？”

“我可不愿意。”

“为什么？”

王子思考着答案。因为我不愿意，应该这样说吗？还是应该回答“可以啊，那你就打吧”？他有些为难。

“这世上充满了禁止事项。”铃木耸了耸肩，“各种事情都是被禁止的。如果只有你一个人的话的确做什么都没什么问题，可一旦出现了另外一个人，就会随之产生很多禁止事项。在我们四周，其实有无数说不清原因的禁止事项。我们只是勉强在做一些被允许了的事而已，这样形容可能才更接近现实。所以我实在是觉得不可思议。为什么你们只认定了‘为什么不可以杀人’这一个问题？如果这样的话，你们不是也应该问‘为什么不可以打人’‘为什么不可以擅自睡在别人家里’‘为什么不可以在学校里生火’这些问题吗？又或者是‘为什么就不可以侮辱人’之类的。比起杀人，理由更难懂的规则还有很多。所以，虽然有些抱歉，但每当我听到这样的质问时，首先都会去怀疑，难道搬出‘杀人’这个过激的题目，不是故意想要为难我们这些大人吗？”

“我是真想知道。”

“就像我刚才说的，这世上有无数的禁止事项。而在这些各式各样的禁止事项中，如果是可以挽回的东西，那总还可以想办法。比如说，我从你那里抢走了钱包，那么只要原封不动地还回去，一切还能恢复原样；把你的衣服弄湿了，最坏的情况也只不过是买一件相同的，问题就可以得到解决。我和你之间的关系可能会闹僵，但也可以很大程度地复原。然而，死去的人却无法挽回。”

王子哼了一声。就因为生命是美妙的吗——他本打算这样说，铃木却在他之前说道：“我可没打算说就因为生命是美妙的。”他的表情很严肃。“这就像世上仅有一本的珍贵漫画书被烧掉的情况。一旦如此，就再也没办法看到它了。我并不认为生命和漫画是一样的，但客观来讲，它们的确就是一样的。所以，当你问‘为什么不可以杀人’的时候，其实更应该问‘为什么不可以把超级珍贵的漫画书烧掉’。”

“老师，没想到你挺能说啊。”男人笑道。

铃木丝毫没有激动，反而越说越冷静，王子甚至开始怀疑自己面对的是否真的是一个人。

“过程有些啰唆，现在要说结论了。”铃木的口气就好像是告诉学生“这里考试会考到”一样，“接下来就是答案。”

“嗯。”

“如果允许杀人，那国家就会为难了。”

“国家……吗？”王子预感到话题可能会变得抽象，皱起了眉头。

“比如说，如果每个人都感觉自己明天可能会被谁杀掉，那么，人们就无法去从事经济活动。简单来讲，如果不对人的所有权加以保护，所有权经济就无法成立，不是吗？如果自己买来了东西却无法作为私有物品被保护，那谁都不会再去花钱了，甚至连钱都不能说就一定是自己的。而生命是自己拥有的最重要的东西。如此看来，如果首先不去保护生命，或者说不装出保护生命的样子，经济活动就会停止。因此，国家才创造了这些禁止事项。禁止杀人的规则只是其中之一，却是很重要的规则之一。这样考虑，战争和死刑被允许的理由也就很简单了。因为那些都是国家根据自身的需要去做的事情——只有国家认为没问题的东西，才会获得许可，这跟伦理没有任何关系。”

这时，新干线到达了新花卷站。

短暂的间隔让人觉得列车似乎在这段时间里轻微地调整了一次呼吸，之后又从新花卷站出发了。风景再次移动起来。

瓢虫

铃木侃侃而谈的时候，七尾听得津津有味。缺乏激情的补习班讲师对初中生做出长篇解释，这情形看上去很有意思。

“所以，在某个离我们很遥远的不知名的国家，杀人说不定也是被允许的。我不知道具体在哪儿，但在世界的某个角落或许会有这样的国家或社会。禁止杀人，说到底只不过是国家的需要罢了。所以，如果你去那个国家的话，杀人，或者被人给杀了，都不是什么不可以的事。”

虽然不是什么独到的见解，但或许是因为铃木的语气太过淡然，七尾并未感到丝毫抵触，而是完全听进去了。实际上，对于有杀人经验而且还不止一次的七尾来说，就算滔滔不绝地告诉他禁止杀人的理由，事到如今他既不能改过自新，也无法去反省。但铃木毅然决然又态度柔和地娓娓道来，却让他很有好感。

“为什么杀人不被允许，如果排除伦理层面的理由，那么只能说是由法律规定的。所以你们如果想追求法律之外的答案，那就是和‘为什么必须要吃蔬菜呢？请回答除了可以摄取营养之外的理由’

一样，是个狡猾的问题。”铃木吐了口气，“不过，开始我就说了，我个人的想法跟国家的需要或规则无关，只是单纯地认为人不可以杀人。因为人从这个世界上离开，自我完全消失，是非常恐怖而悲伤的事。”

“老师，你是不是想到了某个特定的人才说了刚才这些话啊？”男人问。

“是啊，听上去是有这种感觉。”女人也摇了摇头。

“我妻子死了，虽然是很久以前的事。”铃木将脸转到一边。七尾觉得，之所以从他的眼睛里感觉不到光明的理由就在那里，“而她正是被人给杀掉的。”

“啊呀。”女人睁圆了眼睛。

是这样啊，七尾也很意外。

“那个杀掉她的人现在怎么样了？”男人就像是在说：要不要我替你去报仇？

“死了。所有人都死了，一了百了。”铃木沉静地讲述着，“为什么会变成这个样子呢？妻子为什么死了呢？我来回想了很久也不明白。我总觉得自己所经历的那些事情全部都是幻觉，一开始是想着为什么信号灯总也不变，等回过神来，人已经在站台上了。”

“什么啊。”男人苦笑，“你产生幻觉了吗？”

“那个站台……明明不可能有经过东京站却不停的列车。”

铃木茫然地说着，眼神就像是忽然间坠入了曾经经历过的噩梦里无法自拔一般。他嘀咕着一些不明不白的话，然后又摇了摇头，看上去像是恢复了意识。

“一想到死去的妻子，我就像是掉进了幽暗的洞穴里一般。我会觉得，或许妻子现在还被丢在广袤的沙漠之中。她在那黑暗的沙漠之中，既发不出声音也听不见响动，什么都看不见，怀抱着不安的情绪永远地漂流。我却无法拯救她的孤独，我找不到她，或许一不小心我也会将她遗忘。留给我的，只有放置在那片黑暗广袤的土地之上的巨大的不安和悲伤。”

“你说得真难懂，我也不知道是什么意思，但你似乎是个好人啊。好，你的那个补习班，我会让涉去上的。”男人开着玩笑，却用十分认真的眼神说道，“你给我张名片吧。”

铃木礼节性地将手伸进西装。“啊！我的行李！还放在我自己的位置上呢。还有那个装着点心的袋子我也忘了。”他笑着，忽然变得像个大学生。“我得在到盛冈之前拿过来。”说完他便站起了身。“妻子死后，我还是第一次去见她的父母呢。我终于能去面对他们了。”

“哦，那好啊。好好地去见啊。”男人很随意地说着，但看上去很开心。

铃木消失在了后方的车厢里。“喂，你听进去了吗？”男人看着初中生说，“刚才老师的答案你满意吗？要我说，杀人还是不杀人，全凭自己的想法，我并不是接受了老师的话，但我觉得那也有一定的说服力。你要不要说点什么？”

初中生稍稍睁大了眼睛。不知道他是在愤怒还是感动，七尾试图从侧脸读出他的情绪。但那表情很快恢复了原样。就像一个饱满的气球瞬间没了气，他的倔强消失了。

“不，我觉得也不是什么多有意义的答案，很失望。”倔强虽然消失了，但比起孩子的天真，此刻他身上更为显眼的却是那些尖刺。

“你似乎很生气嘛。这样很好啊。你之前那种看透了一切的态度很累的。”男人语调高昂地说着，然后不知不觉中又把枪掏了出来，

“喂，初中生，我来告诉你一件好事吧。”

“什么事？”

“刚才你问的那个问题，是我十几岁的时候经常挂在嘴边的。”

男人旁边的女人忽然发出了笑声，就差没吹口哨了。

“你虽然自以为很了不起，不过这种事情所有人在还是孩子的时候都会干。‘为什么不可以杀人呢’，问这样的问题让大人为难，说什么‘反正最后都要死去，那人为什么还要存在呢’，独自享受着宛如成了哲学家般的感觉。这就跟麻疹一样。你现在只不过是得了我们在还是孩子的时候早就得过了的麻疹，然后趾高气扬地向众人炫耀说‘我得麻疹了哦’。”

“我也不喜欢那种高傲地说‘我看电影的时候从来不哭’的孩子。因为年轻的时候大家都那样嘛。等上了岁数，眼泪也就不值钱啦。不管是我还是其他人，大家年轻的时候都没怎么哭过啊。如果实在想说，那也应该等过了六十之后说才值得骄傲。”女人说着，“哎呀，对不住啦，搞得好像在教育你似的。”她还刻意用手捂住了嘴巴，接着做了一个把嘴唇拉上拉链的动作，微笑着。

女人的这个动作让七尾重新想起了背包拉链的事，眼睛又瞟向了初中生旁边的背包。透过拉开了的拉链，可以看到一把手枪。还是用上这把枪吧。他观察着时机，屏气敛息。

这时初中生忽然低下头，用柔弱的声音说了一句：“爷爷奶奶，对不起。”

王子

王子为自己生气了而感到生气。刚才铃木的说话方式和态度，虽然并未表现出对自己的轻蔑，但他说话时给人的感觉，让人产生了生理上漠然的厌恶。就像看到了很多只脚的昆虫或者颜色艳丽的植物一般，令人不快。更可气的还有眼前的这对夫妇，好像为了证明自己的经验有多丰富似的，带着一副什么都知道的表情说个没完。

他压抑着怒火，为了让头脑恢复冷静而调整呼吸。“对不起。”他说，“事实上，我认为爷爷奶奶的孙子，已经有麻烦了。”

差不多也可以公布了吧。夫妇俩同时僵硬了。只要是关系到孙子的事，他们必然会一副如临大敌的样子。再怎么装腔作势，到头来不还是这副德行！

“刚才不是有人打电话来了嘛。其实那个电话是必须得接的。”

“什么意思？”男人的脸如同被一把攥住了似的，皱作一团。王子知道，他不是在显示自己的强大，而是为了不至于让内心的不安表现得太过明显而压抑着感情。

“我曾经被这样警告过。一定要接电话。如果不接，正在住院的那孩子的命就危险了。必须要在电话响完十声之内接听。”

男人沉默了。只有列车震动时发出的声音在回响。

“可是，因为爷爷说不准接电话。”王子装出激动的样子，肩膀也颤抖起来。他真的很想诚恳地对他说：你觉得怎么样？你一副无所不知的样子，不还是没能保护自己的孙子吗？我虽然是一个初中生，能力却在你之上。

“你说的是真的吗？”男人平静地问道。他或许也发现了，这并不是单纯的吓唬人。虽然他觉得屈辱，但还是得顺着自己的意思，这让王子觉得很舒服。王子在微微颤抖，脊背上爬满了喜悦。

“是真的。那个时候，如果能接电话……”

“老头子。”女人第一次表现出内心有所动摇的样子。或许她那粗大的神经上，也终于开始萌生出不安的幼芽了。

“干什么？”

“老头子，打个电话看看吧。”女人站了起来。

“是啊。”王子说。已经过了这么久，那孩子很可能已经出事了。“要不要用我的手机？啊，不过，我好像不可以乱动吧？”王子看着男人的脸，故意用讽刺的口吻说道。

男人的脸僵硬了。刚才他连王子摸一下电话的动作都要戒备，现在却是一副求之不得的样子。“把手机给我。”他痛苦地说道。

真痛快！第一步完成了，王子想。就像这样，一步一步地拉大彼此的力量差距就可以。他正打算从包里掏出手机，却感觉到旁边七尾的视线锐利地移动了一下。他立刻明白了。七尾应该是察觉到了包里有枪。

七尾打算用这把枪。应该是这样。

王子的心略微有些激动。包里的枪原本是蜜柑的，这不是一把普通的枪，它被做过处理，如果扣动扳机，开枪的人反而会受伤。七尾并不知道这一点，所以才打算使用它。

那就让你用吧，王子愉快地想。

爆炸会让事态发生怎样的变化，不实际尝试一下可不知道。七尾就不用说了，估计坐在正对面的这个男人也会受到严重波及。就算不致命，肯定也会负伤，恐怕连动都动不了。

这里会乱作一团。然后，趁那个时机我就可以获得解放。一定是那样。王子确定不疑。

当然，无法排除自己也会受伤的可能性。但王子心里大致有数。只要在七尾拿枪的瞬间冲上过道，应该就不会受重伤。这样的期待是一方面，更主要的是，他对自己的好运坚信不疑。不管什么时候，面对这样的场合，我总会安然无恙。

车内响起了平和悦耳的旋律。“还有五分钟左右就到盛冈了。”广播里的声音说道。

广播结束的瞬间，一连串的事情接二连三地发生了。

首先，车厢前方响起了一个声音。是一声满怀感情的“爷爷”。虽然只不过是别人家的小孩在叫自己的爷爷，但那幼小的声音却让这对老夫妇起了反应。此前他们把座椅反转了过来，因此，对他们而言，这声音是从背后传来的。或许误以为是自己的孙子在叫吧，他们的注意力一时都转移到了身后，那个女人甚至将脸伸向过道去看。

七尾没有错过这个时机。他抓住背包，将右手伸了进去。

在这种情形下，居然因为一个孩子的声音，给七尾送来伸手夺枪的机会，这是怎样的一种幸运！王子的身体在颤抖。只要七尾掏出枪，扣动扳机，这样一切就结束了。王子立刻逃离了座位。

但是，爆炸并没有发生。

来到过道后，王子保持着停下脚步时的姿势，回过头去。七尾并没有掏出手枪。相反，他正注视着已经从包上移开了的手，如同电池耗尽了一般，一动不动。

坐在他对面的男人瞪大了眼睛，拿着枪僵住了。女人也惊讶地张大了嘴巴。

因为七尾的右臂异样地肿了起来。手臂上的血管膨胀成了立体的圆管状，布满怪异的纹理。

似乎如此，实则不然。是蛇缠上了他的手臂。

“为什么会有蛇……”拿枪的男人小声说道。他先是失神地呢喃，然后低喝道：“为什么这种地方会有蛇？”

“哎呀！”女人吓傻了。

“咦——”七尾发出了颤抖的声音，身子僵住。

“喂，这到底是怎么回事啊？”男人笑道。

“还刚好就缠上了你，小兄弟，你还真是倒霉啊。”女人觉得这时候笑很不礼貌，于是竭力想要摆出同情的表情，但依然一副憋不住笑的样子，发出了哧哧的声音。

“它是什么时候……”七尾挥舞着手臂，嘴唇微微颤抖，“明明刚才都还没有啊！就算要出来，为什么偏选这时候？”

王子呆呆地看着七尾。真的会有这样的事吗？他的大脑一片空白。

“拿不掉。”七尾仍旧挥舞着手臂，几乎就要哭出来。拿不掉啊拿不掉啊，他那样子好像一个哭闹着的小孩。

“要不你浇点水上去试试。”女人刚说完，七尾便如同一个冲锋陷阵的勇士一般，从王子面前飞身闪过，跑过过道，穿过打开的自动门消失了。

女人一直笑个不停，男人也咧开了嘴。“真是神来之笔啊。”他反复说着，“为什么蛇会出现在新干线上？那个小兄弟真是倒霉得惊人。”

王子的头脑一片混乱。这一切究竟怎么了？到底要怎样做，才可以在这个节骨眼上让一条蛇在新干线车厢内登场？他完全无法理解。愤怒的同时，他又感到畏惧。那是一种自身的幸运正被一个来历不明、代表着厄运的怪物撕咬吞噬殆尽的恐怖。

这时，传来了一阵轻快的笑声。是男人在笑。

是蛇的闹剧所带来的滑稽姗姗来迟了吗？王子一看，却发现男人正看着车厢的天花板，露齿大笑。他所注视的位置应该就在王子的头顶附近。“哦，来啦。”他说道。女人听到后，也朝同样的方向看去，微笑着说道：“哎呀，真的呢。”

他们到底在说什么？王子感到很奇怪，于是顺着老夫妇的视线望向自己身后。来啦，是说有什么人过来了吗？比如刚才离开的补习班老师，或者是跟蛇一起消失了的七尾？王子本以为自己会看到类似的人影，可是什么人都没有。他不知道究竟该往哪里看才好，只得左右游移着视线。他转回身，只见那两个人还是在看着同一个地方。于是王子又再次转了过去。他的目光停留在自动门上方镶嵌在墙上的长方形电子显示屏。

“由繁至茂。涉平安。凶手已死。”这样一条信息正在屏幕上流动。

槿

花坛里的瓢虫围绕花茎打着转，正面、反面、侧面，可同时仍在一直朝着上方移动。瓢虫将那长长的花茎当作螺旋阶梯，一圈圈地攀爬、上升，似乎是为了要给谁送去祝福，匆忙的脚步一刻也没有停下。

“喂，槿，你在听吗？”放在耳边的手机里传来了中间人的声音，“你现在在哪里？”

“在蒲公英和瓢虫附近。”槿回答。他想起了以前因工作而结识的孩子。那孩子喜欢昆虫，收集了很多卡片，如今差不多该是上初中了吧。每当想起，槿都禁不住想让思绪随着那飞速流逝的时光一起驰骋。只有自己搁浅在时间的洪流之外，仿佛绊在了某块岩石上，无法前进，孤身一人。

“蒲公英和瓢虫？这暗号指的是哪儿？”

“不是暗号。我真的在蒲公英和瓢虫旁边。”槿回答。“我已经到了你所说的医院前面了。从这里可以看到正门。你现在呢，在哪儿？”槿一边反问一边听凭自己那茫然的意识行动，他把手伸向蒲公英，将那黄色的花朵摘了下来。指尖的触感脆弱柔软。

“病房附近。我按照前辈跟我说的，直接到了病房。结果时机刚好，一个穿白大褂的男人出现了。”

“你得到的指示是等一个穿白大褂的男人吗？”

“不是。”男人回答，“我只是被叫来帮他照看病房里的孙子。但是，看那个穿白大褂的男人来了，我便躲到了床底下。那下面净是些医疗器械的电线啊插头数据线啊什么的，乱七八糟，再加上我体形又是这样，可是苦了我啦，不过竟然还真藏好了。而那个穿白大褂的男人进来后开始摆弄起医疗器械来。”

“穿白大褂的男人摆弄医疗器械也不是什么奇怪的事吧。为什么你会觉得可疑？”

“我在床下看到他的鞋脏得很，还沾了泥。医护人员穿着那样的鞋子不正常吧。”

“你不如别干中介了，去做些福尔摩斯那样的事情不是很好吗？”

“我啊，当时就从床底下跳出来，质问他：‘你在干什么？’”

“从床底下还能跳出来？就你那体形？”

“你还挺注意这些细节上的修辞啊。实际上当然不是。其实我是磨磨蹭蹭连挤带爬好不容易才出来的。”

“那对方应该大大吓了一跳吧？”

“吓了一跳，然后就逃出去了。顺着走廊，进了刚好停下的电梯。”

“这就很可疑了。那，你现在到底在哪儿？”槿觉得自己一直在问这个问题。

“还在电梯间。说了你都不信，医院的电梯一到关键时候就总也不来。”

是吗。槿的视线回到了瓢虫上。随花茎旋转着到达了顶点的瓢虫不会考虑，直到刚才这里还有一朵黄色的小花。它只是来这里等待飞向天空的时机。

瓢虫的英文是“ladybug”或者“ladybeetle”。那个“lady”，槿听说其实指的是圣母玛利亚。他已经想不起来这是从谁那里听来的了。好像是有人在耳边轻声告诉自己的，又好像是自己从图书馆翻开的书中记下的。他有自己还是孩子的时候老师一边板书一边解释的回忆，同时也有跟来找自己的雇主聊天时聊起过的记忆。每一个都几乎同样鲜明，也就意味着，每一个都几乎同样模糊，所以无法从中选出真实的记忆。槿的记忆和回忆全都是这样。

背负着圣母七苦[①]飞向天空。所以，瓢虫才被叫作“ladybeetle”。

槿并不知道所谓的“七苦”具体指的是什么。但是，如果有人告诉他，那小小的虫子的确是将世上的悲苦化作黑色斑点，放在鲜红的后背上爬到了树叶和花瓣的顶端，槿觉得自己似乎也可以感受到那份顽强。瓢虫爬到那个再也无法上升的地方之后停下了动作，似乎是为了下定决心。一次呼吸的停顿之后，它便张开那红色外壳，扇动着伸展出的翅膀飞翔。虽然只是小小的黑色斑点，但看到这一幕的人会觉得，那只小虫子也带走了自己的悲苦。

我所做的事情正好相反，槿觉得。每当推上别人的后背，他都不可避免地感觉到，阴冷潮湿的黑影正往四周繁衍扩散。

“喂，槿。”中间人继续道，“白大褂男人肯定会从医院出去。到时候你可不可以帮我解决掉他？我也正要下去，但那样就来不及了。”

---

①指圣母玛利亚一生所受的七大痛苦，详见《圣母七苦玫瑰经》。

“从一开始，你被要求去做的难道不就是在病房保护孩子吗？”槿确认道，“逃走了的凶手就放着别管了不好吗？”

“不是，他还告诉我，如果有什么可疑的人来，一定别饶了他。”中间人说，“总之他说了，一定别饶了他。”

“真是个野蛮的请求啊。”

“过去这一行的人都这样。毕竟那是个连学校都还认可体罚的年代嘛。而且，即使在那些凶残的同行当中，我的前辈也算得上极其凶残了。”

“那，这个算是对我的正式委托了？不过，目标的情报太少了。至少要告诉我他在哪儿，是干什么的，否则我没法开始做事。”

“伏击一个穿白大褂的男人。”

“有这么随意的委托吗？如果真有可疑的白大褂男人从医院里冲出来倒是好办。”槿刚说完，就不觉笑出了声。前方不远，一个正从医院冲出来的男人进入了他的视野。男人右手抱着一团白花花的东西，看上去像是件窝成了一团的白大褂。不是像，就是。他对着话筒，描述起男人的相貌。

“就是他，就是他，没错。”中间人很肯定。

“那我就接了。”槿挂断电话。

抱着白大褂的男人左右看了一下人行道，徘徊着不知道该朝哪个方向去。很快，他便小跑着朝槿这边跑来，经过槿的身边，继续往后方走去。擦肩而过的时候槿观察了一下他的鞋，发现上面有泥巴，很脏。

转过身，男人正在马路边等红灯。槿看见他拿出了手机。

槿的双脚悄无声息地蹬着地面，如流水般从背后接近男人。感受对方的呼吸。看信号灯。手指猛地张开，握紧一次，再张开。屏住呼吸。视线望向由右侧驶来的车辆。车流量虽然不大，但每一辆都毫不减速地行驶着。等候时机。微微呼出一口气，所有的精神都集中到指尖，触摸对方的后背。

就在同一时刻，刚才钻进花坛里的瓢虫轻盈地飞向了天空。周围的悲苦也忽然变得轻了一些——当然，那只是极其微小的分量，大约只有那些小小的黑色斑点那么多。

尖锐刺耳的刹车声响起。手机从被推的男人身上落下，在地面翻滚。

木村

八号车厢最后方的车门上有一块电子显示屏。在那块长方形的显示屏里，信息由右至左地流动显示着，一般都是一些由报社提供的新闻或列车的行车信息。

“这是……”初中生扭着身体看着那块电子显示屏，失神地说，“怎么回事……”

“吓了一跳？”木村茂在笑。

“涉平安”这条消息像是生怕别人看不到似的，连续显示了五遍。

“吓了一跳？”木村茂觉得安稳和踏实的感觉充满了胸口，故意调侃初中生似的又问了一遍。

“怎么回事？”初中生第一次真实地暴露出情感。他转过身，鼻孔由于激动而变大，脸微微泛红。

“好像涉已经没事啦。”

“刚才那是什么新闻？”初中生还没有弄清楚情况。

“哎呀，以前干这一行，联络方式可是很伤脑筋的。跟现在不一样，那时候没有手机嘛。”

“繁以前很喜欢钻研联络方式呢。”晃子点了点头。

“繁那是本末倒置。他像是为了试验自己钻研出来的联络方式而挑选工作一样。不过，还算是用上啦。毕竟我们也没有手机。”

在前往水泽江刺站乘坐新干线之前，木村从家里给繁打了个电话。“你去看看我孙子怎么样了，帮我照看一下。如果有什么可疑的人来，一定别饶了他。”虽然内容不清不楚，但却是一个强硬的请求。“如果有什么事，你就打电话到新干线上来找我。”他最后要求道。这是因为他没有手机才想出的无奈之计。

“恐怕打到列车上的公共电话的业务已经没有啦。”繁立刻说道，“我到时候会使用另外的联络方法。”他喘着粗气告诉木村。

“另外的联络方法？”木村问。

繁答道：“注意车厢里的电子显示屏吧。如果有什么事，我会通过那个向你们报告。”

“这也能做到？”

“木村大哥引退之后，我也成长了不少哦。这种东西也可以作为中间人的一种能力嘛。新干线的指挥中心里有人跟我关系还不错。”繁说得有些激动。

看到电子显示屏上的字消失之后，木村说了一句“手机借我”。见初中生还愣着没动，木村便把他手上拿着的手机一把夺了过来。

“你干什么！”初中生用尖锐的声音抗议着。

木村则说：“你先等等。我只要现在打个电话，你就能明白刚才的消息是什么意思了。”当然，这只是他的一个手段。他知道，只要这样说，对方就会产生兴趣并听从。木村茂从外套口袋里取出一张小纸片，拨下了写在上面的电话号码。是在家里的时候抄下的繁的号码。

“喂。”对方接了。

“是我。木村。”木村回答。

“哎？”对方很惊讶，“木村大哥，您还有手机？”

“我正在新干线上，刚跟一个可疑的小少爷借了个手机。”木村说着。手里的枪大概举到几乎跟座位一样的高度，枪口一直对着初中生。

“那正好。我刚让人往新干线的电子显示屏上发消息了。”

“看到啦。你让什么人给你发的啊？”

“我不是说过嘛。指挥中心的负责人。”

这些细节上的事情木村不是很清楚，但他现在也没有心情悠闲地问问题。

“啊，木村大哥。有一个好消息和一个坏消息。”繁说。

木村茂苦笑。三十年前，跟木村他们一起去现场做那些危险的工作时，繁就很喜欢说这句话：“有一个好消息和一个坏消息，你想听哪个？”

“你就从好消息开始说吧。”

繁应了声“是”，声音变得有些紧张，不一会儿又说，“想对木村大哥的孙子下手的人刚刚倒在马路中间了，被车撞上，已经没命了。”

“是你干的吗？”

“不是我，是另外的杀手。他跟我不一样，很优秀的。”

“你倒是挺诚实啊。”木村这才切实地感觉到涉真的安全了。胸中那块巨石终于可以放下了。“坏消息又是什么？”木村茂问道。

新干线已经开始减速，行驶时发出的声音也变了。列车似乎慢慢松开了原本紧紧抓住的铁轨，声音也变得轻快起来。盛冈站近了。

初中生一直瞪着眼睛，看着木村茂。原以为他会因为不明白对话的内容而感到不安，可他却为了不漏掉任何一句话，一直集中注意力认真地听着，这让木村很是意外。果然还是不能小看他呀，木村茂在心里感叹。

"坏消息是……"电话对面的声音稍微弱了些，"木村大哥，您可别生气哦。"

"快说吧。"

"我为了保护木村大哥的孙子，躲到了病床下面。然后，从下面跳出来的时候……"

"你还能从病床下面跳出来？你有那么身手矫捷吗？"

"那点修辞也无所谓吧，唉。"男人的语气很无奈，"只不过，那个时候稍微有些慌乱。"

"该不会是涉出了什么事吧？"木村的语气不觉强硬起来。

"嗯，真的是非常对不起。"

"出什么事了？"木村竭力忍耐着动怒的冲动。难道是撞上了旁边的机器，把机器弄坏了？他想象着。

"稍微有些慌乱，结果，好像不小心把您孙子给吵醒了。"

木村一时间不知道该怎么回答。

"啊，其实也没有多慌乱，就是稍微晃了一下吧。不过，他像是好不容易睡着了，结果又被我给吵醒了，支支吾吾说了些什么之后，眼睛就睁开了。在别人睡觉的时候把人吵醒，木村大哥，您以前不是最讨厌这个嘛。不过，我真的没有恶意的。"

"是真的吗？"

“真的啊。我怎么可能有恶意呢？木村大哥的起床气有多大，我可是有深切感受的，怎么可能敢故意去吵您孙子睡觉呢。”

“不是问你那个，我是说，涉真的醒了吗？”

听到木村茂这句话，晃子脸上散发出了光彩，而对面的初中生则好像被冰冻住了一般。

为了准备在终点下车，一些乘客开始在过道上走动。木村茂开始还担心手上的枪会不会被发现，结果乘客们只是若无其事地消失在车厢连接处。乘客的数量本来就很少，现在更是少到连队都不需要排的程度。

“您孙子真的醒了。实在是对不起。”繁快速地说道。

“哪里。找你真是找对了啊。”木村茂说。此前给几乎可以说是他们在东京唯一的熟人繁打电话的时候，木村还不知道涉是不是真的有危险，有些半信半疑。但是，繁比想象中更热情，帮了大忙。“本身就是有些强人所难的请求，不好意思啦。”

“因为木村大哥一直都很照顾我嘛。”

“我退出很久啦。”

“当我知道木村大哥的儿子雄一竟然也在这一行工作的时候，真是吓了一大跳呢。”

“原来你知道啊。”木村茂有些小小的意外。老鼠的儿子会打洞，他只能抱着这样的自嘲和无奈去接受那件事。但另一方面，他也下定决心，绝对不能让涉再跟那一切有任何瓜葛。老鼠的儿子是老鼠，这是没错，可丑小鸭也有可能变成白天鹅，他告诉自己。

“其实，我还救过雄一好几次。”繁有些不好意思地说道，他的话中并没有想借机做人情的势利，而是带着那种背地里向孩子的父母告状时的歉意。“对了对了，刚才有个人说了这样一句话。”繁继续说道。

“什么话？”

“从过去一直存在到现在的人，光凭这一点就很优秀了，大概是这么个意思。不管是滚石，还是木村大哥，是吧？因为你们都存活了下来，所以是胜者。”

年纪大就是胜者啦？木村茂放声大笑，随后挂断了电话。

新干线缓慢地画出一道弧线，似乎打算在进站之前展示出最后的气势。车内的广播开始播报关于换乘线路的消息。

木村茂把手机还给了初中生，说道：“就像刚才显示屏上的消息一样，我们的宝贝孙子没事啦。”晃子凑了过来，说了一句：“是不是真的呢？”

初中生忽然开口说道：“那——”

“住嘴，我没打算回答问题。马上要到盛冈了。”木村茂说得很干脆，“怎么样，你心里现在肯定全是疑问吧。我刚才的电话是打给谁的，涉是怎么脱险的，而他为什么又醒了过来，这些你都不知道。到今天为止你肯定都觉得看透了世间的一切，看不起大人。包括那个无聊的‘为什么不能杀人’的问题在内，到今天为止你可能解决了所有的疑问，因为你聪明嘛，于是就去嘲笑其他那些什么都不知道的人。”

“不是那样的。”事到如今，初中生那柔弱无助的感觉仍然若隐若现。

“可是，你现在心中的疑问将永远成为疑问。我不会对你做任何说明，你就永远那样一头雾水吧。”

“请等一等。”

“我和她都已经活了六十多年了。你心里肯定在想，我们都只不过是一把没有未来的老骨头。”

“怎么会。”

“我告诉你个好东西吧。”木村忽然抬起了枪口，锁定初中生的眉间，“六十年，能活到现在不死，是一件很了不起的事。你明白吗？你现在顶多也就活了十四五年吧。还有五十年，你有活得下去的自信吗？光靠嘴其实什么都能说，可能否真真切切地在五十年的时间里存活下来，不被疾病和意外事故打倒，不去实际经历谁也不知道。你听好了，你可能坚信自己是无所不能的幸运儿，那我就告诉你一件你做不到的事吧。”

初中生的眼睛在发光。那并不是闪耀的光辉，而是跟那清爽完美的脸庞格格不入、飘浮在瞳孔里的焦灼的火焰，是自尊心被伤害后的愤怒。“什么做不到的事？”

“在接下来的五十年里活下去。非常遗憾，跟你相比，我们会活得更久。被你当作傻瓜的我们，将比你看到更多的未来。是不是很讽刺？”

“您真要开枪？”

“别把大人都当傻子。”木村说道。

“老头子，好像用手机打出去的电话号码都会留在上面的吧？刚才跟这孩子借的手机里可还留着繁的电话号码哦。不用删掉吗？”晃子说。

“不用。没关系。”

“不会出什么问题吗？”

“这小子再也用不上手机了。”

初中生的视线直勾勾地对着木村。

“你听着。”木村说道，“到此为止了。我现在不会杀你，只会向你开枪，让你动不了，然后把你搬出去。知道为什么吗？”

“不知道。”

“给你一个反省的机会。”

初中生脸上射出了一丝光芒。“反省的机会？”

“你别误会了。你小子应该很擅长装出反省的样子吧。反省，以此获取大人对你的宽容，你不就是这样活到现在的吗？听好了，我可没那么慈悲。你身上的臭味，在我遇到过的人当中是最臭的。至今为止你应该作过不少恶，是吧？我会给你反省的机会，但即便如此，也不可能放任你身上的罪恶不管。”

“怎么可以……”

木村茂并没有激动，平淡地说道：“你可别想死得痛快。”

“老头子，这太可怕啦。”晃子虽这样说，却是一副无所谓的表情。

“怎么可以这样呢？您看，您孙子不是已经平安了吗？”初中生露出一副快要哭出来的表情。

木村冷笑了一声。“我年纪大啦，眼睛也花了，耳朵也聋了，你的演技我可看不清楚。总而言之，你对我们的孙子下手了。真是令人遗憾啊。放弃挣扎吧，你如果反省，还可以死得稍微痛快些。人生就是这么残酷。”

这时，初中生似乎终于放弃了计谋和策略，一副要死大家一起死的架势，带着要报一箭之仇的气魄冷冷地说道：“哎呀，爷爷的儿子，那个有酒精依赖症的叔叔，现在正躺在厕所里奄奄一息哦。快死之前，他还不像样地哭了呢。爷爷的家人都很没用。”

木村茂感觉内心几乎就要动摇了。虽然他知道对方的目的就是扰乱他的意志，但他还是几乎就要动摇了。多亏了旁边妻子这时的一句话，他才站稳了脚。晃子虽然也稍稍有些故作坚强的样子，但还是微微一笑地说道：“雄一他啊，肯定会顽强地活下来的。他一定还挂念着涉，执着地活着呢。一定是这样。”

“是啊。”木村茂也点头，“他是那种你踩也踩不死的人。”

新干线驶进了盛冈站的站台。

瓢虫

冲到盥洗池前，浇上水，蛇却还是不松开，反而缠得更紧了。七尾吓了一跳。再这样下去，手臂会不会瘀血，甚至被折断呢？七尾不禁一阵恐惧。他被恐惧所驱使，将手放到盥洗池上，用尽全身力气拿左拳敲击，结果随着某种类似水管破裂的触感，蛇也变得软绵绵的，一下子从手臂上滑了下来。从盥洗池来到车厢连接处，七尾发现已经有几个要在盛冈站下车的乘客三三两两地站在车门附近了。他慌张地将那条已经变得软绵绵的蛇盘作一团，期望别人可以将其看作一只皮包，拿到七号车厢附近的垃圾箱边扔了进去。垃圾箱里会不会忽然间又蹦出个别的什么东西来呢？七尾十分害怕，所幸这样的事情并没发生。

新干线的速度越来越慢，四周响起高亢的声响。就要停车了。这趟恐怖之旅终于要结束啦，七尾松了口气，可是忽然又想到即便列车到站，自己仍有可能无法走上站台，不禁打了个冷战。

必须先回八号车厢去拿行李箱。七尾看了一眼通往前方车厢的门，有几个人手持行李排队等在那里。想到还要拨开他们才能回去，七尾有些打不起精神。他又想应该去看看那对夫妇和初中生究竟怎么样了，确认清楚初中生是否还安全。可刚才因蛇而起的那阵骚乱似乎已经搅乱了他的神经，他觉得八号车厢根本不是自己该去的地方。换言之，他彻底没干劲了。车身的摇晃愈加剧烈，七尾脚底一滑，打算伸手扶墙却撞到了膝盖。然而这时七尾已经觉得根本无所谓了。

受够了！必须赶紧从这里逃跑！这个念头越来越强烈。刹车的动静更大了。前后摇晃，车速缓缓下降。

到站之后，新干线像是猛地屏住了呼吸，稍作停顿之后又长吐了一口气，门开了。车内的空气都似乎变得更加轻盈，一种开放的感觉充满了车厢。车内的乘客慢慢地走下站台。虽然人不多，但要让每位乘客都先确认好脚下再慢慢踏上站台还是需要一定的时间。

就在这个时候，如同有什么东西破裂了似的，响起了咚的一声。

那声音如同气势汹汹的铁棍敲击在墙壁上，虽然只有一瞬间却很激烈。

乘客们似乎并未察觉，或许所有人都默认了这只是新干线呼吸吞吐的声音，或者是停止的车轮所发出的响动。七尾不知道乘客们究竟会认为这是什么声音，但总之应该是会当作某种机械关节在扭动时所发出的声响吧。

可七尾知道这是枪声。

应该是八号车厢吧。在那面对面的六个座位处，有人开枪了。是初中生被击中了吗？

七尾朝后方的车厢望去，但没有看到铃木返回这里的身影。或许他回去取了行李之后，忽然又冷静下来了，心想为什么我非得去照顾素未谋面的眼镜男和中学生呢，于是改变了想法。

真明智。不愧是老师。

七尾看着八号车厢的车门。那扇自动门还是纹丝不动，好像在发出警告：此刻里面正在发生恐怖事件，别过来。这扇门宛如一个沉默而倔强的门卫。

七尾下了车。原本明明是计划在上野下车的！七尾有种想这样大叫一声的冲动。本来只需要五分钟就可以下车了，为什么自己竟然在车上停留了超过两个半小时，并且现在还脚踏在距离东京五百多公里的东北大地之上呢？还没做好心理准备就被强迫去冒险，这毫无真实感的徒劳之旅让身体愈发沉重，而身体的重量又让思考变得轻飘飘起来。

盛冈站的站台上并排站着很多身着西装的男人，形成了一道异样的风景。每节车厢前面都有五个人，等间隔地排列着，仿佛是一道墙壁。下车后的乘客对此十分不解，不时投去谨慎和疑惑的目光，朝出口处的扶梯走去。

七尾面前的五个男人，组成了一道只有训练有素的人才排得出的队列，称呼他们为士兵再合适不过了，身着西装组成了队列的士兵。七尾原以为他们一定会质问自己："你是七尾吧。约定好的箱子呢？为什么你也来盛冈了？"可他们对七尾似乎毫无兴趣，或者并不知晓七尾的长相，一点也没有要接近的意思。

接着，那些人忽然间集体冲进了车厢里。刚刚到站的疾风号接下来应该要返回列车总站，或者为之后的返程而进行车内清扫，但他们对此毫不在意，如同抄家一般在车厢内开始了搜索。

简直就像是蚂蚁将蚯蚓团团包围，一气呵成地将其解体。他们的行动之干练和强势让七尾感受到不容分说的强悍。

隐藏在厕所里的尸体和被七尾放在座位上的狼的尸体，肯定迟早要被发现。

尽快离开这里才是上策，七尾迈出了脚步。疾风号前方车厢附近站着一个姿态威严的男人，有着恐龙般棱角分明的脸庞和橄榄球运动员般的身体。七尾看得出来，那便是峰岸。他四周围着身着黑衣的男人。

啃噬着新干线的蚁群，定是峰岸派出的士兵无疑。

列车长站在峰岸面前，或许是在抗议他将新干线闹得天翻地覆。列车长脸上一副恳求着“请让他们住手”的表情。他也明白，这个威风凛凛的恐龙脸男人便是这场混乱的罪魁祸首。当然，峰岸才不会顺他的意。他朝列车长挥着手，面无表情地示意其离开。列车长理直气壮地站得笔直，还在申辩着什么。说话的内容听不清，但似乎最终还是没讲通，只见他一副无可奈何的样子，绕过峰岸，走向了扶梯。

这时七尾的背猛地被拍了一下，吓得他差点跳起来。“哇！”七尾转过身，迅速挥动手臂，架到了对方的脖子上。

“喂，你别做出这么可怕的动作行不行？”面前的女人说着，眼神表示她在生气。

“真莉亚。”七尾愣愣地说道，“你怎么会在这里？”

“我可不是鬼哦。”

“你不是在东京吗？”

“打从你没能在上野下车之后，我就想到了，这肯定是场持久战，绝对还会继续出麻烦。”

“完全正确。”

“我觉得一定得来帮你，就立刻赶往大宫了。然后，就中途上了新干线啦。”穿着薄薄的黑色条纹套装的真莉亚朝峰岸所在的位置瞥了一眼，“哎，那不是峰岸吗？不好，赶紧走吧。不管怎么看都是大事不妙。要是被问到箱子的事情，我们可没办法交差。好可怕好可怕！”她说着就拉起七尾的手。

“他应该是担心儿子的性命安危，所以才搞得这么沸沸扬扬啦。”

“你说峰岸的儿子出什么事了？”真莉亚小声地说完后，还没来得及等七尾回答，又继续道，“还是算了。我可能不想听。”

往扶梯的方向走的时候，七尾问道，“你一直都在哪儿啊？”新干线各车厢他也来回走了一趟。“你说你是来帮我的，可完全没见你出手啊。”

“唉。”真莉亚说完，稍微停顿了一会儿，那模样仿佛是要公开自己的难言之隐，“我坐到小町号上了。”

“你说什么？”

“原来小町号和疾风号在车厢里是不能往来的啊。简直不敢相信。它俩到底为什么连在一起？”

“这个幼儿园小朋友都知道。”

“幼儿园小朋友知道大人却不知道的事情也不是没有嘛。”

“可是，你怎么知道我到盛冈之前都不会下车？”实际上，在一之关的时候他就曾打算下车。“我搞不好也会在仙台下车啊。”

“刚开始我也想过，你可能在仙台下车。可是……”

“可是？”

“我不小心睡着啦。”

七尾瞪圆了眼睛，一动不动地看着真莉亚。“睡着了？出了这么大的事，你睡着了？”

“我不是说过嘛，我昨天晚上一直都在看电影。”

“为什么你还一副扬扬得意的样子？”

“给你打完电话之后，我打算小睡一会儿，结果就睡熟了。等醒来的时候车已经过了仙台。我连忙给你打电话，结果你还没下车。然后我就确信了：啊，这样看来，命运肯定是打算让你在终点之前都下不了车啦。”

“我都成那样了，你竟然在睡觉！”

“你负责工作，我负责睡觉嘛。睡觉也是工作的一部分哦。”

“你不是因为看了《星球大战》吗？”

“蜜柑和柠檬呢？”

“死了，在列车的厕所里。”

真莉亚又叹了口气。“列车上到底有多少尸体啊。这算怎么回事？尸体列车吗？一共几具？”

“嗯——”七尾原本想数数，又放弃了，“五六具吧。”

“那不是跟七星瓢虫身上的星星数量差不多嘛。”

“就算是那也不是我的错。”

“要我说，你可能是背负了所有人的不幸，替大家在承担吧。”

“所以我才这么倒霉吗？”

“如果不是这样，不可能那么不走运啊。你可能帮了所有人。”

七尾也不知道这到底算不算是被表扬了，没有说话。就在他准备上扶梯的时候，他似乎听到背后突然发出了嗡的一阵声响。感觉像是身体庞大的野兽轰然倒下，大地都在颤抖，可他知道那并不是现实中的声音，而是此刻正在发生的事态的严重性让空气也随之震颤了。接着，不知什么地方传出了叫喊声。

七尾转身眺望。穿黑色衣服的男人们蹲在地上，正抱着一个人。刚才还八面威风的峰岸犹如一个坏掉的木偶横躺着。

“咦？”身后的真莉亚也注意到了骚动，转过身。

那群人围在了一起。

“峰岸他……”七尾喃喃说道。

“到底发生了什么事呢？”

“是不是因为贫血昏倒了？”

“要是受到牵连就不好了，我们还是赶紧走吧。”真莉亚从背后一下下地推着七尾。

确实，再停留下去绝对没什么好事。七尾迈出脚步。

“好像被什么东西扎了。”他听到了背后不知什么人的声音。峰岸四周正闹得沸沸扬扬，可此时不管是七尾还是真莉亚都已经站上了扶梯，开始缓缓下降了。“是针！”有人喊道。

扶梯还在下降，七尾转过身，对后面的真莉亚说了一句：“黄蜂。”

真莉亚眨了眨眼睛。“黄蜂？啊，你说的是用毒的那个？”

“黄蜂在车上出现了，扮成了推车的售货员。但是，应该已经被我干掉了。”七尾低声说。接着，他的脑海里出现了刚才跟峰岸面对面站着的、身着双排扣制服的男人的身影。“难道是列车长？”

“列车长？”

“黄蜂的行动是不是有时一个人有时两个人？”

“是啊，独唱或者二重唱。”

“我一直以为就是一个人，那这次或许两个人都上车了。两个人都在新干线上，目标可能就是峰岸父子。”

推车的女售货员负责峰岸的儿子，列车长负责盛冈站的峰岸，不知道他们是不是这样分配任务的。

电梯到底了，七尾走了下来。真莉亚跟在后面，小跑几步之后跟七尾并肩走着。“七尾啊，你说不定看得很准呢。黄蜂以前就是因为干掉了寺原才一举成名。”真莉亚一边整理着思绪一边说道，“他们可能打算这次把峰岸干掉，再次扬名。”

“原来是想重温往昔的荣光啊。”

“大家都是这样吧。缺乏好的创意时，就会想去复制从前的成功案例。”

新干线疾风号上的异常和峰岸在站台上猝死或许已经被发现了。铁路工作人员、警卫和警察跟七尾他们擦肩而过，冲上了扶梯。七尾觉得应该尽快封锁这个站台，但他们应该还没完全把握情况吧。托他们的福，现在逃还来得及。

“他知不知道呢？”七尾自言自语道。如果那个列车长是黄蜂，那他知道同伴已经死了吗？这件事让七尾放心不下。尽管他正是下杀手的那个人，但他的心还是痛了起来。他想到了永远等待着不知去向的成员的乐队。

“啊，对了，箱子怎么样了？你没拿着吗？”真莉亚的声音让七尾回过神来。

糟了！七尾想，随后又觉得焦躁和烦乱。“不要了。”他粗暴地决定道，“峰岸现在也顾不了那个了。”

七尾将车票塞进检票口，走了过去。但刚走了一半，警报声就响了，低矮的小门关了起来。

附近的工作人员立刻赶过来看了看车票，头歪了起来。“好像没有什么不正常的地方，为什么呢？不过为了小心起见，还是请您从最边上那个检票口过吧。”

“这种事我早习惯啦。”七尾略带自嘲地皱了皱眉，接过车票。

瓢虫

露天的风吹得冰冷，虽然才十二月上旬，气温已很低。可能是大自然为了推翻之前暖冬的猜想奋起反击了吧，七尾不禁想道。似乎天空只要稍不注意，略微松开一点那缠绕着的绳结，就会开始下雪了。

七尾在漆原站附近的超市。宽敞的店内摆满了从食物、日用杂货到文具、玩具之类的商品。七尾没有什么特别想买的东西，但还是拿了日式点心在收银台前排起队来。五个收银台每个都有大约五人在排队。到底哪个是最快的呢？七尾烦恼了一阵之后，选择了右起第二个收银台。

有电话打了进来，拿到耳边一听，是真莉亚。“你在哪儿？”

“超市。”七尾说着又补充了些详细情况。

“你怎么还在那么远的地方？超市的话我家附近就有吧。今天有很多事情要谈，我还希望你能早点来呢。”

“我出去之后马上就过去了。只是结账的人很多。”

“你排的那一队肯定是最慢的啦。”

从以往的经验来看，这话确实无法反驳。七尾那一队最前面的人付完钱后朝前走去。七尾也随着队伍如流水线般前进。

“还有你之前想了解的关于那个初中生的事。”

“查到什么了？”

两个月前，东北新干线上发生的事件在社会上闹得沸沸扬扬。列车的厕所里和座位上各有好几具尸体，这当然会引起人们的兴趣。但是，随着警方深入调查才发现，死掉的那些都不是一般人，净是一些摸不清底细的可疑人物。就连那个在列车上售货的工作人员，也是一个被当作临时工雇用的来历不明的女人，所以大部分媒体都选择了相信“犯罪组织的成员内讧”这一来自警方的敷衍了事的公开声明。对于这一声明无法解释的细节，他们则决定视而不见。或许是因为有必要在对铁路运输的恐惧渗透民众的心之前，或者说在对国家经济产生明显影响之前，赶紧对公众宣布这只是一起特殊事件，跟正常生活的民众无关吧，七尾想。而盛冈站峰岸被杀一事则被报道为，定居在岩手县的知名人士突然在站台因呼吸困难猝死，似乎只被当作一次跟新干线的事故偶然巧合的不幸。至于峰岸生前的所作所为以及他那强大的影响力，尤其是在非法勾当方面不可告人的影响力，则被永远地尘封了。

令人惊讶的是厕所里的一个人，那个跟初中生一起的木村。他在盛冈站被发现的时候仍有气息，被立即送往医院，捡回了一条命，但是后续情况却没有报道。

“那时候的八号车厢，你坐过的位置附近确实有开枪的痕迹，但并没有留下血迹。”

初中生和那对高龄夫妇究竟怎么样了，七尾无从知晓。从那个高龄男人的行为举止判断，即使对方是初中生，他恐怕也会毫不犹豫地开枪。然后，他或许会像抱孙子一样地抱起那个少年，将其带出车站。

“我也大致查了一下东京市内失踪初中生的情况，还真够多的呢。这个国家到底是怎么了？年轻人都要消失光啦。啊，对了，警方在仙台湾发现了一具较小的尸体，不过身份似乎并不清楚。”

“不是那个初中生吗？”

“或许是，又或许不是。真想查的话，那些失踪孩子的照片或许可以搞到手，怎么样？”

“算了吧。”七尾回答。他觉得那将是一件令人沮丧的工作。“姓木村的那个同行的情况知道吗？”

“好像还不能走路，但已经恢复了很多啦。孩子也一直陪在旁边，精神状态还不错。”

“啊，不是那个，是他爸爸那边。那对六十多岁的木村夫妇。”

“啊，那个啊。”真莉亚的声音大了起来，“太惊人啦！关于那对夫妇的事，简直就是会走路的伍德斯托克[①]啊。”

真莉亚的比喻七尾不是很懂。广为流传——是这个意思吗？

“有些是我以前就听说过的传说。你啊，真是见到了大人物啦。”她似乎在说，能看到又老又有名的乐手现场表演，真是太好了！

“看样子明明就是两个安享晚年的老年人。”

那时，在到达盛冈站的新干线上，靠近八号车厢附近，有不少人目击到几个中了枪、正在呻吟的男人。他们的情况几乎完全一样，双肩和双脚被击穿，失去了行动能力。这无疑是木村夫妇的杰作，七尾和真莉亚做出了相同的推断。他们为了下车，就朝峰岸那些碍

①全称“伍德斯托克音乐节”，世界上极具盛名的系列摇滚音乐节，最早举办于1969年，因举办地位于纽约州北部的城镇伍德斯托克而得名。

事的手下开枪了。敏捷地操作枪支，如同盖章般将子弹射入人体的相同部位，虽然光看那两个老人的模样难以想象，但这么华丽的表演肯定是他们做的。

“我想了一下。”

“先算啦，见面再说。”

“先说一点点。”真莉亚似乎忍不住要将自己的想法公之于众，“我们那件工作的委托人，可能并不是峰岸，而是黄蜂。”

“啊？可是，你之前不是说是峰岸？”

“是啊。但当时那也只是臆测嘛。”

“是吗？”

“如果说那个时候黄蜂已经盯上了峰岸的儿子，那么蜜柑和柠檬不是变得很碍事吗？所以，让你去抢箱子，恐怕就是为了让他们产生混乱。”

“声东击西啊。”七尾半信半疑，附和道。

“对对。然后，当他们出现破绽时，就用毒针去扎峰岸的儿子。或许就是为了这个，我这里才会来了个抢箱子的工作委托。”

“这样一来，从东京站出发之后告诉你箱子位置的，说不定是那个在车上售货的女人或者列车长。”七尾想了起来，“他们即便在车内来回走动检查也不会让人怀疑。”

“嗯，而且啊，他们在车内引发了混乱之后，或许还在途中跟峰岸报告了呢。比如跟他说，‘情况有些奇怪啊，您还是亲自来看一下吧’。”

“为什么还要……”刚说一半，七尾就明白了。是为了在车站杀掉峰岸。如果能在站台杀，就省事多了。

挂断电话之后，收银台的队伍还是没怎么前进。后面都排了这么多人啦，七尾回头看了看。当他注意到队列末尾有个熟悉的男人时，他差点叫出声来。

是那个补习班讲师铃木。他穿着西装，腰板很直，手上拎着一个装有食物的购物筐。铃木也注意到了七尾，瞪圆了眼睛，但表情很快又放松了下来，似乎有些没想到会在这里见面的感觉。虽然两人几乎都不知道对方的情况，却有一种邂逅老友的喜悦。

七尾简单地打了个招呼。铃木点头回礼，接着像是忽然想起了什么很重要的事，离开了正排着的队伍，换到了别处。

一堆硬币掉到地上的声音热闹地响起。七尾转头一看，队伍最前面，一个上了年纪的女人钱包里的东西全掉了出来，撒了一地。她赶忙去拾，后面排队的人也开始帮忙。其中一枚还掉到了七尾脚边，优雅地滚动着、旋转着。七尾想抓住它，却不怎么顺利。

旁边的队伍还在不停地前进。

在超市出口附近，七尾从钱包里拿出了摇奖券。背面有个不太专业的手绘图案，是小火车亚瑟。这是那时在新干线上蜜柑口袋里的东西。七尾当时没多想就带了出来，后来就完全忘记了，前几天整理衣服的时候才发现。他回想起新干线上的那场风波，觉得这东西兆头不好，打算扔掉，可在最后关头却放弃了。他查出那家超市的位置，来到一个从未来过的车站，专门跑进了店里。

“竟然在这里见到，真是巧啊。”

有人跟自己说话，回头一看，是铃木。“你刚才的判断很正确啊。我排的队会变得很慢。”

铃木眯着眼睛，笑了起来。“没想到排那么靠后的我最后竟然先付完了钱。本来还有点半信半疑呢。”

铃木似乎原本在超市外等待七尾出来，可总也看不见人。回去一看，发现七尾正排在等待摇奖的队列里。

“这个队只有一列，所以不用担心。”七尾苦笑。

“你要摇奖吗？搞不好还真的能中呢。”铃木说，“至今为止的坏运气可能会在这里让你人品爆发。”

七尾看了看摇奖柜台的广告招牌，恳切地说道：“如果一张机票就要让至今为止的坏运气一笔勾销，我也不是很开心。”

铃木笑着。

“不过，其实还是挺期待的。我竟然可以从新干线的那个恐怖事件中全身而退，说不定幸运已经降临到我头上来了呢。这张摇奖券是那个时候找到的，我觉得这或许是我的幸运时代已经到来的象征，于是大老远地跑来了。”

“但是，收银台排队还是那么慢呢。”铃木有些同情似的说道。

“是啊。”七尾板起脸。“不过我遇见你了，这或许也是一种幸运？”

“如果我是个可爱的女孩子，或许还算是。”铃木似乎更加可怜自己了。

“好的，请。”店员的手伸到了面前。不知不觉已经轮到七尾了。

七尾将画着小火车的券递过去，店员道：“好的，一次。”这个体格健壮的中年女子身上所散发出的威严似乎要将那身制服撑开，但人却很亲切，她爽朗地对七尾说道：“小兄弟，加油哦。”在铃木兴致盎然的注视之下，七尾抓住了摇奖台的把手，往左边转去。可以感觉到里面的圆球正倾斜着滚动起来。

摇出来的是一颗黄球。

随后，体形丰满的店员夸张地摇起了手中的铃铛。七尾一惊，与旁边的铃木面面相觑。

一个男店员从旁边搬来一个大纸箱。“恭喜，三等奖！”他发出爽朗而悠长的声音。

“挺厉害嘛。”铃木拍了拍七尾的肩头。七尾看着面前巨大的纸箱，表情有些僵硬。中奖的喜悦当然有，可不知所措也是事实。他脸上浮现出勉强的笑容。“这种东西拿了也……”

纸箱里塞满了水果。橙色的拳头大的蜜柑和黄色的柠檬大概刚好各占一半。

这究竟是怎样的一种幸运啊——女店员带着这句未说出口的赞叹，笑着对七尾说了句“恭喜啊，真是太好啦”，七尾却什么也无法回答。怎样才能把这东西搬回去呢？这么多柠檬又要怎么处理？他脑中出现了很多疑问，但不管哪个此时都说不出口。

七尾盯着箱子。虽然只有一瞬间，但他还是产生了一种错觉，觉得里面的蜜柑和柠檬好像忽然张开嘴对自己说话了。“你看，复活了吧。”七尾似乎看到了那得意扬扬的表情。

参考和引用文献

《黑天鹅效应：你身边无处不在的风险与恐惧》，丹·加德纳著，田渊健太译，早川书房

《隐藏的逻辑》，马克·布坎南著，阪本芳久译，白杨社

《错不在我》，卡罗尔·塔夫里斯、艾略特·阿伦森著，户根由纪惠译，河出书房新社

《卢旺达饭店的男人》，保罗·路斯沙巴吉那著，堀川志野舞译，villagebooks

《日本的真面目　政治家·官僚·媒体——谁是真正的掌权者》，长谷川幸洋著，讲谈社

《21 世纪版墨菲定律》，阿瑟·布洛赫著，松泽喜好、松泽千晶译，ASCII

《日本蒲公英与西洋蒲公英》，小川洁著，动物社

《罪与罚（上）》，陀思妥耶夫斯基著，工藤精一郎译，新潮文库

《群魔（下）》，陀思妥耶夫斯基著，江川卓译，新潮文库

《到灯塔去》，弗吉尼亚·伍尔夫著，御舆哲也译，岩波文库

《午后曳航》，三岛由纪夫著，新潮文库

关于酒精依赖的话题以及酒精与 A10 神经的关系，本书参考并引用了《要酒疯与不要酒疯的人》（真先敏弘著，新潮新书）。

本书对“不能杀人的理由”的思考是受了《国家是什么》（萱野稔人著，以文社）的启发。

另外，书中登场人物叙述的托马斯小火车的角色说明引用了白杨社的《托马斯小火车卡片》中的说明。

此外，关于新干线的内部结构，梅原淳先生教给了我很多知识，友人小林先生给予了我很多资料，在此深表感谢。

毋庸赘言，本书的故事纯属虚构，与实际存在的人物和团体没有任何关系。我根据参考文献和获得的信息杜撰了很多内容，希望读者以此为基础进行解读。

故事以我经常乘坐的东北新干线为舞台，但我在现实中并未遇到过如此骚动。不过意想不到的是，全新的新干线将于来年[①] 登场，车辆似乎也会发生很多变化。本书的故事发生在与现实完全不同的世界中，那里有“不存在的新干线”在运行——如果诸位能如此看待本书，那就再好不过了。

①指 2011 年。

图书在版编目(CIP)数据

疾风号 / (日) 伊坂幸太郎著 ; 代珂译. -- 2版
. -- 海口 : 南海出版公司, 2020.1
(伊坂幸太郎作品)
ISBN 978-7-5442-9671-7

Ⅰ. ①疾… Ⅱ. ①伊… ②代… Ⅲ. ①长篇小说－日
本－现代 Ⅳ. ①I313.45

中国版本图书馆CIP数据核字(2019)第221330号

著作权合同登记号 图字: 30-2019-046

疾风号
〔日〕伊坂幸太郎 著
代珂 译

出　　版　南海出版公司　(0898)66568511
　　　　　海口市海秀中路51号星华大厦五楼　邮编 570206
发　　行　新经典发行有限公司
　　　　　电话(010)68423599　邮箱 editor@readinglife.com
经　　销　新华书店

责任编辑　张　锐
特邀编辑　张博炜　王　雪
营销编辑　范雅迪　李鹏举
装帧设计　李照祥
内文制作　王春雪

印　　刷　北京中科印刷有限公司
开　　本　850毫米×1168毫米　1/32
印　　张　14.5
字　　数　331千
版　　次　2015年4月第1版　2020年1月第2版
印　　次　2022年12月第5次印刷
书　　号　ISBN 978-7-5442-9671-7
定　　价　68.00元